Alek Popov
Schneeweißchen und Partisanenrot

Alek Popov

Schneeweißchen und Partisanenrot

Roman

Aus dem Bulgarischen übersetzt von
Alexander Sitzmann

Residenz Verlag

Bibliografische Information der Deutschen Bibliothek
Die Deutsche Nationalbibliothek verzeichnet diese Publikation in der Deutschen Nationalbibliografie; detaillierte bibliografische Daten sind im Internet über http://dnb.dnb.de abrufbar.

www.residenzverlag.at

Umschlaggestaltung: boutiquebrutal.com
Typografische Gestaltung, Satz: Lanz, Wien
Lektorat: Jessica Beer
Gesamtherstellung: CPI Moravia Books

ISBN 978 3 7017 1620 3

Diese Geschichte ist literarische Fiktion und hat nicht das Ziel, ein objektives Bild der Epoche, in der sie spielt, zu zeichnen. Das ist nicht Aufgabe der Kunst. Die beschriebenen historischen Ereignisse erheben keinen Anspruch auf dokumentarische Genauigkeit, und jede Ähnlichkeit mit lebenden oder toten Personen ist rein zufällig. Die Namen von Orten und Siedlungen sind willkürlich vom Autor gewählt oder frei erfunden, und als solche gehören sie zur Gänze ins Reich seiner Fantasie.

Alek Popov

Die Straße

In dem alten Sofioter Stadtviertel, das früher einmal als »Konjovica« und in den Jahren des entwickelten Sozialismus als »Zone B-18« bekannt war, gibt es eine klitzekleine Gasse, deren Ende von den Ständen des Genossenschaftsmarkts verstellt ist. Im Lauf der Jahre ist dieses früher einmal als weit entfernt geltende Stadtviertel allmählich im Meer der Blocks versunken und jetzt näher am Zentrum als an der Peripherie. In der Nähe führt ein Kanal vorbei, der mal an die Oberfläche kommt, mal unter der Erde verschwindet, um sich am Ende in das schmutzige braune Rinnsal zu ergießen, das den Verkehr auf dem Boulevard »Slivnica« in der Mitte teilt. Alles in allem eine freudlose Landschaft, in die kokett wie künstliche Blumen neue Wohnblöcke in grellem Rosa, Gelb und Grün gesteckt sind.

JARA-PALAVEEVA-STRASSE

Ein Schild auf der abgeblätterten Fassade des Eckhauses ist das Einzige, woraus der Straßenname ersichtlich wird. Er taucht nicht einmal im großen Stadtplan von Sofia auf, vielleicht weil die Gasse so kurz ist, dass der Platz nicht ausreicht, um ihn darauf zu vermerken. Alles in allem sieben Hausnummern! Das Eckhaus ist das repräsentativste, wenngleich von bescheidenen Ausmaßen, mit Giebeldreiecken und Simsen vom Beginn des 20. Jahrhunderts. Es folgen drei oder vier unansehnliche, lange Gebäude mit maroden Zäunen und Fachwerkanbauten, nach den Kriegen auf die Schnelle von den Umsiedlern hochgezogen. Wie auch eines der bereits erwähnten schmucken neuen Mietshäuser mit Fenster- und Türrahmen aus PVC und einer grünlichen Isolation, die auf die Brandmauer aufgeklebt worden ist.

Gemeinsam ist den Bewohnern dieses vollkommen heterogenen Wohnungsbestands, dass niemand von ihnen etwas über die erlauchte Persönlichkeit weiß, nach der ihre Straße benannt ist. Einschließlich des hageren älteren Mannes mit schauspielerischen Neigungen, der das Gebäude bewohnt, dessen Mauer das Straßenschild schmückt, und der die Gewohnheit hat, seine Besucher mit einer gezückten Pistole zu begrüßen. Die Pistole ist eigentlich ein Spielzeug, aber das wird erst später klar … Der Herr wohnt seit mindestens einem halben Jahrhundert hier, aber weder erinnert er sich an den alten Namen der Straße noch daran, ob er überhaupt einmal geändert wurde. Einzig die hochbetagte Dame von Nummer sechs hat eine undeutliche Erinnerung daran bewahrt, wie sie im Jahre 1952, auf dem Rückweg von der Schule, ein kleines Grüppchen von Männern mit Schirmmützen antraf, die sich an der Ecke versammelt hatten. Bei ihnen war auch eine Frau in einem strengen, braunen Kostüm. Das Schild war soeben angebracht worden. Es gab keine Kränze, nicht einmal Blumensträuße. Die Frau hielt eine kurze Rede, die Männer nahmen die Mützen ab, schwiegen ein wenig und stiegen dann in die beiden staatlichen Autos, die in der Nähe warteten. Die Rednerin sprach sehr leise. Die Dame aus Nummer sechs merkte sich nur, dass es sich bei Jara Palaveeva um eine Partisanin handelte, die als Heldin im Kampf gegen Faschismus und Kapitalismus umgekommen war. Was konnte man sonst auch erwarten?

Heute, mehr als zwanzig Jahre nach der sog. *Wende*, die die Symbole des alten Regimes hinwegfegte und einen Haufen seltsamer und unbekannter Namen von den Karten der bulgarischen Städte fortblies, um sie durch neue, nicht weniger fremde und zufällige zu ersetzen, mutet es fast wie ein Wunder an, dass die Gasse von den Wirbelwinden des höchst produktiven Umbenennens verschont geblieben ist. Allerdings würde es an Spott grenzen, einen so hässlichen kleinen Appendix nach einer bedeutenden Figur der Gesellschaft, einem historischen Datum oder einem internationalen Symbol zu benennen. Sicherlich haben deswegen noch kein einziges Initiativkomitee, keine Institution, ja noch nicht einmal eine Partei, und die Parteien sind, das ist bekannt, Allesfresser, nach den sieben Hausnummern der »Jara Palaveeva« gegiert. Und so trägt die Gasse bis heute ihren alten Partisanennamen, allen Unbeständigkeiten der Zeit und politischen Moden zum Trotz.

Doch wie kam es überhaupt soweit? Woher kam die Initiative, diese unansehnliche Ecke der Hauptstadt nach dieser Persönlichkeit zu benennen? Womit hat sie diese doppeldeutige Ehre verdient? Ein staubiger Aktenordner, der in den Tiefen des Archivs der Gemeinde Sofia vor sich hin dümpelt, gibt teilweise Antwort auf diese Fragen, wenngleich nicht auf die wichtigsten. Zwischen seinen krummen Deckeln liegt die Korrespondenz, die diese historische Entscheidung begleitet hat. Aus ihr wird ersichtlich, dass am 11. Februar 1951 eine Gruppe sog. aktiver Kämpfer gegen den Faschismus und Kapitalismus mit dem Vorschlag kam, im Gedenken an ihre Kampfgefährtin die auf »Gladstone« getaufte Straße in »Jara Palaveeva« umzubenennen. Anlass war der nahende Jahrestag des gewaltsamen Todes der Heldin Palaveeva wie auch der Umstand, dass sie just in dieser Straße geboren und aufgewachsen war. Auf der Liste der Unterzeichner scheint auch der Name Kara Palaveeva auf, nach ihrem Mann Grebenarova, die Schwester der Heldin. Augenscheinlich handelt es sich um General Kara Grebenarova, einen langjährigen Kader im System der Staatssicherheit. Ihr Name taucht in den Medien periodisch im Zusammenhang mit den Skandalen rund um den Geheimdienst des ehemaligen Regimes auf. Kurz, bevor man sie pensionierte, verschwanden aus den Archiven der Staatssicherheit über 140 000 operative Akten. Nach 1992 verliert sich General Grebenarovas Spur.

In diesem Aktenordner wird das Antwortschreiben eines gewissen Danailov aufbewahrt, Sekretär der Kommission für amtliche Benennungen (eine solche Kommission existierte tatsächlich!). Er informiert das Initiativkomitee unter dem Vorsitz Kara Grebenarovas, damals noch im Rang eines Majors, darüber, dass der Gemeinderat höchste Achtung vor Jara Palaveevas Heldentat empfinde, jedoch nicht die Möglichkeit habe, ihrem Antrag Folge zu leisten; es existiere bereits ein Beschluss, die Straße nach einem anderen berühmten Vertreter der Revolutionsbewegung umzubenennen. Im Übrigen ist dies, wie die Geschichte bezeugt, wirklich passiert, obwohl der Mann ein ganzes Jahr später gestorben war als Jara. Es erfolgt ein neuer Vorschlag, eine andere Straße im Zentrum auf den Namen Jara Palaveeva zu taufen, der mit ähnlichen Argumenten abgelehnt wird. Eine gewisse Zeit lang spielen sich beide Seiten den Ball zu. Die Kommission legt einen beneidenswerten Erfindungsreichtum an den Tag, wenn es darum geht, Gründe für eine Absage zu finden. Der wahre Grund verbirgt sich wahrscheinlich in parteiinternen Auseinandersetzungen, wovon auch eine denunzierende Anzeige über die bourgeoise Abstammung der beiden Schwestern zeugt, die der Korrespondenz beigefügt ist. Die Kampfgefährten Palaveevas, mit ihrer Schwester an der Spitze, sind jedoch fest entschlossen, ihr Ansinnen zu verwirklichen.

Die Angelegenheit klärt sich erst im Herbst 1952. In ihrer ordentlichen Sitzung fasst die Kommission unerwartet den Beschluss, die Querstraße zu Dunavska Zora, deren Ende am Markt Dimităr Nestorov herauskommt, solle den Namen der Schwester der Vorsitzenden des Initiativkomitees tragen.

Woraus man schließen kann, dass die betreffende Querstraße bis zu jenem Augenblick überhaupt keinen Namen besessen hatte. Höchstwahrscheinlich befand sie sich im Prozess der Regulierung oder in einer anderen administrativen Prozedur. Mit diesem perfiden Akt wäscht die Regierung ihre Hände in Unschuld. Die Kampfgefährten Palaveevas werden vor vollendete Tatsachen gestellt. Die Heldentat ist gewürdigt worden, wenngleich stillschweigend, ohne überflüssige Neugier in den Medien zu wecken und Aufsehen zu erregen. Der Aktenordner verschwindet im Archiv. Mehr als fünfzig Jahre lang wird sich niemand an ihn erinnern. Weshalb er höchstwahrscheinlich auch überlebt hat …

Kuckuck, Kuckuck ruft's aus dem Wald

Schon seit zwei Stunden gingen sie so, schweigsam und ohne anzuhalten. Nur der kleine Ziegenhirt, der vorauslief, drehte sich von Zeit zu Zeit um und prüfte, ob die anderen auch nicht zurückblieben. Er war es gewohnt, alle möglichen Leute ins Balkangebirge zu führen, aber nicht solche wie diese beiden. Schon als er ihren Duft einatmete, begriff er, dass sie *sehr speziell* waren, und er konnte nicht aufhören, sich zu wundern, was sie hier zu suchen hatten. Sowohl ihre Kleidung als auch ihre Hände und Gesichter, ja sogar ihre Stimmen, soweit er sie vernommen hatte, hatten nicht das Geringste mit der rohen, kargen Wirklichkeit zu tun, die er kannte. Sie waren zusammen mit dem Studenten gekommen, den er zu den Waldleuten führen sollte, wie man die Partisanen auch nannte. Voll ausgerüstet – mit Rucksäcken, Knickerbockern, Windjacken und hohen Schuhen mit so dicken Sohlen, wie er sie noch nie zuvor gesehen hatte. »Schau sich die einer an!«, sagte sich der kleine Ziegenhirt.

»Der Zonenstab schickt sie!«, versicherte ihm der Student.

Aber da war er sich irgendwie nicht ganz sicher … Der Student taugte nicht viel. So ein Langer, mit Nickelbrille und Uniformmütze, eingehüllt in einen Stadtmantel, der mit einem Gürtel zugebunden war. Er trug weiche Stiefel, die höchstwahrscheinlich beim ersten Schnee kaputtgehen würden. Über seiner Schulter hing eine Tasche aus Zeltleinwand, selbst genäht und nicht sonderlich voll. Lozan, wie sich der

Bebrillte vorgestellt hatte, war schon nach einer Stunde Fußmarsch am Ende. Er begann schwer zu atmen, japste, stolperte über die Unebenheiten auf dem Weg und strauchelte. Aber aus Ehrgeiz und Trotz erlaubte er nicht, dass sie seinetwegen stehen blieben. Dafür schritten die Stadttussis, die so aussahen, als würden sie schon am Hügel über dem Dorf die Segel streichen, flink den Berg hinauf, ohne überhaupt außer Atem zu geraten. Nur ihre Gesichter röteten sich in der Gebirgsluft und wurden noch schöner.

Wer weiß warum, aber der kleine Ziegenhirt ärgerte sich und begann noch schneller zu laufen. Das Röcheln hinter seinem Rücken verstärkte sich. Einige Klumpen Erde kullerten in die Talschlucht. Er grinste schadenfroh, wobei er seine verfaulten Zähne entblößte, als ihn jemand heftig am Ärmel zog. Er konnte nicht sagen, welche von beiden. Sie ähnelten sich, mussten Zwillinge sein.

»Lauf nicht so schnell!«, das Mädchen sah ihn böse an.

Als sie zu einem kleinen Brunnen kamen, versteckt zwischen dem Wurzelwerk dreier ineinander verstrickter Buchen, blieb der kleine Ziegenhirt stehen, lauschte und rief fünfmal wie ein Kuckuck. Keine Antwort. Lozan ließ sich schwer ins Gras fallen, eines der Mädchen drehte den Verschluss seiner Feldflasche auf und gab ihm zu trinken. Der kleine Ziegenhirt rief erneut Kuckuck, diesmal sogar siebeneinhalb Mal. Er lauschte – nichts. Irgendwo in der Ferne hämmerte ein Specht.

»Zu dieser Jahreszeit gibt es keine Kuckucke«, merkte eine der Zwillingsschwestern an. »Das haben wir in Zoologie gelernt.«

Er schenkte ihr jedoch keine Beachtung und fuhr konzentriert fort, wie ein Kuckuck zu rufen, bis etwas durch die Luft zischte. Der kleine Ziegenhirt jaulte auf wie ein getretenes Kätzchen und fasste sich an die Schulter. Zwei sichtlich verärgerte Männer sprangen aus den Büschen und stürzten auf die Gruppe zu.

»Verdammt, Rajčo!«, rief der eine, der einen gekürzten Karabiner über die Schulter gehängt hatte. »Dass du dir aber auch nicht eine einzige Parole merken kannst! Alles was recht ist, aber … Wie oft, haben wir dir gesagt, sollst du Kuckuck rufen?«

»Na ja … was weiß ich«, stotterte der kleine Ziegenhirt, während er sich die Stelle rieb, an der ihn der Stein getroffen hatte.

»Neun!«, der Mann zeigte ihm die Finger seiner beiden Hände und knickte einen ab.

»Aber ich habe doch neunmal Kuckuck gerufen!«

»Neun, Pustekuchen! Fünf! Fünfzehn … Zehn … Wir werden noch verrückt wegen dir!«

»Das hängt davon ab, wie du zählst«, mischte sich eine klare Mädchenstimme ein. »Kuck oder Kuck-kuck. Im Prinzip macht der Kuckuck Kuck-kuck, deshalb heißt er ja *Kuckuck* und nicht *Kuck.*«

»Und wer bist du?«, der Mann nahm instinktiv das Gewehr von der Schulter.

»Wir sind zwei!«

»Onkel Vanjo«, Lozan erhob sich. »Sie gehören zu mir!«

Der Genosse Partisan brach in Gelächter aus. Er trug eine Försterjacke, und an seiner Hüfte baumelte eine Parabellum mit kurzem Lauf. Er hatte ein breites, flaches Gesicht mit einem ins Blonde gehenden Bart.

Der Mann mit dem Karabiner stürzte sich auf den Studenten, umarmte ihn und sagte halblaut:

»Jetzt bin ich Lenin.«

Er war der Ältere von beiden und hatte offenbar das Kommando. Lozan setzte an, ihm von der Arbeiterjugendorganisation in Jučbunar zu erzählen, doch jener unterbrach ihn unbestimmt mit einem »später, später« und warf den Zwillingsschwestern einen scharfen Blick zu.

»Was sind das für welche?«

»Die Genossinnen Gabriela und Monika von der Diversionsgruppe beim Ersten Mädchengymnasium.«

»Warum hast du sie hergebracht?«

»In der Schule ist was schiefgelaufen. Es besteht die Gefahr, dass sie enttarnt werden, und deshalb wurde der Entschluss gefasst, dass sie in die Illegalität gehen sollen.«

»Wer hat das entschieden?«, fragte Lenin scharf. »Das Komitee in der Hauptstadt? Der Stab? Deine Oma?«

»Nuuun …«, der junge Mann senkte den Blick und begann zu stammeln. »Also, zweckmäßigerweise …«

»Wir wollen Partisaninnen werden!«, meldeten sich die Mädchen gleichzeitig zu Wort.

»Das ist ja schön und gut …«, Lenin nahm die Mütze ab, darunter hatte er wie der echte Lenin so gut wie keine Haare mehr, und kratzte sich am Kopf. »Aber das geht nicht! Haltet ihr das etwa für ein Spiel?« Er wandte sich dem kleinen Ziegenhirten zu: »Du bringst sie wieder zurück ins Tal!«

»Wir gehen nirgendwohin!«, widersetzten sich die Mädchen.

Ihre Augen leuchteten mit einem harten, ins Graue gehenden Schein, und Lenin begriff, dass er nur schwer mit ihnen fertigwerden würde. Auch Lozan mischte sich ein:

»Onkel Ivan …«

»Lenin!!!«

»Genosse Lenin«, begann der Junge mit unerwarteter Feierlichkeit. »Die Genossinnen schweben in Lebensgefahr. Die Faschisten sind ihnen auf den Fersen. Ich habe versprochen, ihnen zu helfen. Wenn du sie wegschickst, gehe auch ich mit ihnen zurück. Und dann geschehe, was da wolle!«

»Diese Büchsen haben ihm das Gehirn rausgeblasen«, schüttelte der andere den Kopf, wobei er ein leises, zischendes Geräusch zwischen seinen Zähnen erzeugte.

»Gräber, du wirst die Genossinnen nicht so nennen!«, wies ihn Lenin zurecht. »Man hat dich schon einmal vor versammelter Mannschaft gerügt. Wenn ich so etwas noch einmal höre, werde ich es Medved melden!«

Bei der Erwähnung dieses Namens trat eine vielsagende Pause ein. Die Mädchen sahen sich an und nickten einander zu.

»So sprechen wir eben zu Hause in Pernik, was ist schon dabei …«, brummte der Mann, der soeben der Gräber genannt worden war.

Natürlich war das nur sein Partisanenname und noch nicht einmal sein ganzer. Niemand jedoch hatte die Zeit, ihn »Totengräber des Kapitalismus« zu nennen – der Name, den er sich ausgesucht hatte, als er in die Einheit kam. Nicht einmal Totengräber. Sie nannten ihn einfach den Gräber.

»Was soll ich jetzt mit euch machen …?«, Lenin knetete gereizt seine Mütze. »Seid ihr Schwestern?«

»Wir sind Schwestern.«

»Seid ihr aus Sofia?«, er betrachtete sie vom Kopf bis zu den Füßen und winkte ab. »Was frage ich da, es ist offensichtlich, dass ihr aus Sofia seid …«

»Medved soll entscheiden!«, meldete sich der Gräber. »Habt ihr Brot dabei?«

»Wir haben Sandwiches«, sagte die eine.

»Wir haben auch Waffen«, ergänzte die andere.

Sie setzten die Rucksäcke ab und zogen zwei schwere, längliche Pakete hervor, eingewickelt in Zeltleinwand. Darin lagen zwei zerlegte Jagdgewehre von »Smith & Wesson« mit übereinanderliegenden Läufen. Die Mahagonikolben waren mit Schnitzereien verziert.

»Schau einer an!«, pfiff Lenin, nahm eines davon und öffnete den Verschluss.

Er war ein leidenschaftlicher Jäger, aber noch nie in seinem Leben hatte er eine ähnlich luxuriöse Waffe in Händen gehalten. Er streichelte den Schaft. Er überprüfte die Kammern – sie waren leer. Er legte an und zielte irgendwo über die Bäume.

»Wo habt ihr die mitgehen lassen?«

»Sie gehören unserem Vater«, lautete die Antwort.

»Eure Eltern haben wohl ein bisschen Geld«, warf der Gräber neidisch ein.

»Wo sind die Patronen?«, fragte Lenin.

»Wir hatten keine Zeit, sie mitzunehmen«, erklärte die eine. »Wir haben 200 Stück im Geschäft von Michelson bestellt. Ein Neunerkaliber, mit dem man Wildschweine schießt. Wir müssen einen Freund hinschicken, der sie abholt und uns nachher schickt.«

»Uff!«, stöhnte Lenin und hatte eine schlechte Vorahnung. »Lasst uns gehen!«

Dann drehte er sich zu dem kleinen Ziegenhirten um, der abseits schuldbewusst vor sich hin schniefte:

»Neunmal!«, erinnerte er ihn. »Kuckuck!«

»Kuckuck!«, wiederholte der Hirte niedergeschlagen.

Jetzt ging Lenin voran, hinter ihm schritt Lozan, danach die Schwestern, und ganz hinten, als Nachhut, der Gräber. Er konnte sich nicht zurückhalten beim Anblick der kleinen, festen Hintern, die vor seiner Nase herumtanzten, und von Zeit zu Zeit gab er leise, zischende Geräusche von sich, wobei er im Takt der Schritte wiederholte: »Büchse eins!«, »Büchse zwei!«. Die Mädchen schienen ihm keine Beachtung zu schenken, bis sie sich zum Rasten hinsetzten.

»Genosse Gräber, wir würden Sie gerne etwas fragen …«

»Gräber werdet ihr mich erst nennen, wenn ihr einen Winter im Balkangebirge durchgestanden habt. Solange bin ich für euch der Totengräber des Kapitalismus.«

»Genosse Totengräber des Kapitalismus …«, begann die eine ernst.

Ihm wurde warm ums Herz. Wie lange schon hatte er seinen Tarnnamen nicht mehr in seinem vollen Glanz gehört!

»Würden Sie uns erklären, Genosse Totengräber des Kapitalismus, welche sozialen und gesellschaftlichen Faktoren dazu geführt haben, dass sich die Verwendung dieses originellen Grußes für Frauen in der Stadt des Arbeitskampfes Pernik durchgesetzt hat?«

»Häää?«, der Gräber machte große Augen.

»Könnten Sie uns die revolutionäre Bedeutung der Metapher Büchse erläutern? Sicherlich gibt es da eine Verbindung zu den Kämpfen des Perniker Proletariats? …«, ergänzte die andere.

Er strengte sich an, das Gesagte zu verstehen, aber sein Gehirn machte »puff« und schaltete ab. Es erfasste ihn eine quälende Hilflosigkeit. Als wäre er plötzlich erblindet. Es gelang ihm gerade noch, ein »Ihr könnt mich doch …« auszuspucken, doch die letzten Wörter zerkaute er wie eine bittere Gurke.

»Da hast du dir dein eigenes Grab geschaufelt, Gräber!«, grinste Lenin. »Ihr Mädchen seid ja richtige Schlaumeier! Hoffentlich geht's nicht uns allen so mit euch wie ihm …«

Brigadekommandeur Bär

Im Spätsommer 1941, während der lodernde Streitwagen der Wehrmacht die große russische Steppe unaufhaltsam niederwalzte, tauchte in den warmen Wassern der Varnaer Bucht das Periskop eines sowjetischen U-Boots auf. Das Ufer war dunkel, die Nacht mondlos. Sein schwarzer Rumpf glitt geräuschlos an die Oberfläche. Man hörte, wie eine Luke sich öffnete, und ein Dutzend geduckter Silhouetten kam im Gänsemarsch an Deck. Kurz darauf legte ein Schlauchboot ab und steuerte auf das Ufer zu. Die Männer legten sich schweigend in die Riemen, wobei sie die Ruder vorsichtig eintauchten, um keinen überflüssigen Lärm zu verursachen. Ebenso unbemerkt, wie es aufgetaucht war, tauchte das U-Boot auch wieder ab und hinterließ nur einen Streifen Meeresschaum.

Im Boot befand sich, zusammen mit zwölf weiteren bewährten Genossen, auch Spartak Galev-Bež, später bekannt als KomBrig Medved, was auf Russisch Brigadekommandeur Bär bedeutet. Sie waren Teil einer größeren Gruppe politischer Emigranten, die von der in Moskau operierenden Führung der Bulgarischen KP geschickt wurden, um in diesem kritischen Augenblick die Reihen der Partei zu verstärken. Die bulgarische Regierung hatte sich geweigert, Truppen an die Ostfront zu entsenden, unterstützte das Dritte Reich aber großzügig im logistischen Bereich. Es stand die Ausweitung des Partisanenkriegs tief im feindlichen Hinterland bevor, und die vorhandenen Kader waren nicht nur zahlenmäßig unterlegen, sondern auch viel zu schlecht ausgebildet. Die Operation wurde vom Offizier der Roten Armee Cvjatko Radojnov geleitet. Ein Teil der Gruppe, die sog. »U-Bootfahrer«, wurde auf dem Seeweg nach Bulgarien gebracht, ein anderer Teil mit Fallschirmen abgeworfen. Sie alle hatten die rohe Schule der sowjetischen militärischen Aufklärung durchlaufen, wo sie sich wertvolle Fähigkeiten angeeignet hatten, die unerlässlich waren für eine umfassende Diversionstätigkeit. Die Partei setzte große Hoffnungen in diese gut ausgebildeten Männer, die den bewaffneten Widerstand anführen sollten. Doch schon in dem Augenblick, als sie einen Fuß auf heimischen Boden setzten, kam ihnen die Polizei auf die Spur und schaffte es, den Großteil von ihnen einzukassieren. Medved gehörte zu den wenigen, die entkommen waren, was ihm zusätzlich Gewicht und Autorität verlieh.

Spartak Galev war vor ganzen 18 Jahren in die UdSSR emigriert. Nach der Niederschlagung des Septemberaufstands im Jahre 1923 war er zwei Jahre lang mit verschiedenen Partisanenscharen durch Wald und Flur gezogen, bevor die BKP offiziell den Kurs des bewaffneten Kampfes aufgab. Dies geschah nach dem Attentat in der Sofioter Kirche »Hl. König«, bei dem 150 Menschen ums Leben kamen. Der linkssektiererische Kurs wurde verurteilt und die Kampfformationen aufgelöst. Galevs Gruppe, in der viele die Todesstrafe erwartete, überschritt die Grenze nach Griechenland und ergab sich den dortigen Behörden. Sie wurden auf der Insel Syros in der Ägäis interniert, wo sie einige Monate lang blieben. Die Genossen von der griechischen KP halfen ihnen, heimlich ein vorbeifahrendes sowjetisches Schiff zu besteigen, das sie ins gelobte Land des Sozialismus brachte.

Wie Spartak Galevs Leben in der UdSSR genau ausgesehen hatte, wusste niemand und konnte sich auch niemand vorstellen, er selbst war jedenfalls sehr sparsam, was Details anging. Universität hatte er keine abgeschlossen, so viel stand fest. Er deutete an, dass er in der Armee gedient und am Winterkrieg in Finnland teilgenommen habe, aber wie und in welchem Rang, blieb unklar. Er verhielt sich so, als wäre er es gewohnt, große Menschenmassen zu befehligen. Während seiner Abwesenheit waren seine Eltern gestorben, ein Teil seiner Genossen war umgebracht worden, andere saßen im Gefängnis. Die wenigen, die übrig geblieben waren, erkannten ihn überhaupt nicht wieder. Aber da allgemein bekannt war, dass die sowjetische Lebensart die Menschen bis zur Unkenntlichkeit verändert, war niemand darüber erstaunt. Früher war er nur Haut und Knochen gewesen, schlank und flink; man sagte damals, er würde vor der Kugel davonlaufen, noch bevor sie abgeschossen worden wäre, woher auch sein Spitzname kam, nämlich Bež, was man wohl mit Flitz übersetzen könnte. Er kam aus einem der Dörfer rund um Sofia und verspottete die Regierung gern mit dem galligen Sinn für Humor, der für die rund um die Hauptstadt lebenden Schopen charakteristisch ist. Aus der UdSSR kam er jedoch als richtiger Brocken zurück – breit und kurz, so als hätte er all die Jahre in einer Kiste zugebracht. Er stand da, als wäre er fest in der Erde verankert, mit einem finsteren, rauen Gesicht und schlammigem Teint, der sich weder durch Sonne noch Wind veränderte. Von seinem Sinn für Humor war nichts übrig. Er drückte sich kurz und vorsichtig aus, wobei er seine Worte mit russischen Begriffen ausschmückte. Nichts konnte ihn erschrecken, außer dem Namen Stalins! »Als Hase ist er aufgebrochen, als Bär kehrt er zurück«, merkte jemand an, woraufhin alle begannen, ihn Medved, den Bären, zu nennen.

Er hatte nichts dagegen.

Die erste und wichtigste Aufgabe war es, ihn zu schützen. Wegen seines starken russischen Akzents erwies sich dies als unerwartet schwierig, da er sich nicht einmal allein Zigaretten kaufen konnte, ohne sich zu verraten. Russisch klang zu jener Zeit in Bulgarien ungewöhnlich und zog sofort Aufmerksamkeit auf sich. Doch auf diesen Akzent zu verzichten, das konnte oder wollte er nicht, schließlich war es für ihn auch eine Frage der Autorität. Den Herbst und Winter über versteckten sie ihn in allerlei Kellerlöchern und auf Dachböden in ganz Sofia unter verschiedenen Namen, bis sie ihn schließlich im Frühjahr 1942 davon überzeugten, das Kommando einer noch nicht formierten Partisaneneinheit zu übernehmen, die am westlichsten Ende des Balkangebirges unter dem Namen »Patarinska Četa« operierte. Das Problem war nur, dass Medved mit ganz anderen Vorstellungen aus der UdSSR gekommen war, darauf eingestellt, mindestens eine Brigade oder einen vergleichbaren Militärverband zu führen, welche es in Bulgarien allerdings noch nicht gab. Ein nicht minder großes Problem war, dass die Abteilungen der Ersten Operationszone bereits Kommandeure hatten, Einheimische, die man nicht einfach so austauschen konnte, ohne ernsthafte Unruhen und Meinungsverschiedenheiten zu provozieren. Andererseits war es mehr als klar, dass ein Kader von Medveds Kaliber wohl kaum einen zweitrangigen Posten wie den eines Politkommissars oder Instrukteurs akzeptieren würde. Sie versuchten nicht einmal, ihm etwas Derartiges vorzuschlagen – so viel Hochachtung empfanden sie in jenen Tagen für ihn! Er war gekommen, um ein Kommando zu führen, und er sollte ein Kommando führen. Aber nicht irgendeines! Da suchten die Genossen vom Stab Zuflucht bei einer kleinen List …

Die betreffende Formation, über deren Mannstärke und Bewaffnung man nur Vermutungen anstellen konnte, wurde auf die Schnelle in den Rang eines »Stabsbataillons« erhoben. Medved wurde erklärt, dies sei der Kern des zukünftigen Partisanenverbandes, der auf den donnernden Namen Erste Balkangardedivision hörte. Sie sollte ein unabhängiges Territorium im westlichen Teil des Landes zurückerobern, die Kontrolle über den Iskärdurchbruch erlangen und in weiterer Folge auch die Hauptstadt einnehmen. Das klang unwiderstehlich! Zwei Wochen später, als er sich unter den Kämpfern der Partisanenschar wiederfand, ausgerüstet mit allem, was für Kampfhandlungen auf breiter Front nötig war, einschließlich einer kurzen Einschulung in die Geschichte der VKP(b), erkannte Medved die Täuschung, doch da war es schon zu spät …

In jenen ersten Jahren des Kampfes zählte die »Patarinska Četa« (es hatte sich nie jemand bemüht herauszufinden, warum sie so hieß!) ungefähr 19 Partisanen. »Ungefähr« bedeutete, dass einige von ihnen in ihre Dörfer zurückgingen, wenn sie in den Regen kamen oder Sehnsucht nach ihren Bräuten verspürten, um am nächsten Tag, nachdem ihnen der Schädel vom Gerede eben jener selben Bräute brummte, wieder in den Wald zurückzukehren – Bewegungen, die ihre Gefährten mit Mitgefühl und freundschaftlichem Verständnis aufnahmen. Ausnahmslos alle trugen Opanken. Die meisten hatten zottige Pelzmützen auf dem Kopf, es waren auch zwei, drei Schirmmützen zu sehen sowie ein Försterhut. Viele trugen Pluderhosen, einer war in seinem Hochzeitsanzug davongelaufen, ein anderer in seiner Soldatenuniform. Ihre Bewaffnung bestand aus vier Karabinern, einer Doppelflinte und einem Steinschlossgewehr mit insgesamt 44 Patronen, davon 13 für das System »Mannlicher«, nur dass das entsprechende Gewehrmodell dazu nicht vorhanden war. Das Steinschlossgewehr hatte vor allem symbolischen Wert; man glaubte, dass es einmal dem legendären Scharführer Văljo gehört hatte, und man sah es als den Talisman der Schar an. Sie verfügten überdies über fünf Revolver und eine Parabellum, die dem Feind bei einer Einzelaktion ihres Gruppenobersten mit dem seltsamen Namen »Totengräber des Kapitalismus« abgenommen worden war. Außerdem besaßen sie sechs Stielhandgranaten aus dem Ersten Weltkrieg; bei zweien von ihnen war die Abreißschnur verlorengegangen, und es war nicht klar, ob und noch viel wichtiger wann sie explodieren würden.

Sonst hatten sie nur Knüppel und Messer.

Vor diesem Hintergrund erschien Medved wie ein wandelndes Arsenal: eine Maschinenpistole von Schpagin mit vier Trommelmagazinen, eine Tokarew TT-33-Pistole und sieben Eierhandgranaten, vier offensive und drei defensive. Und auch sonst verbargen sich noch allerlei Wunderdinge in seinem Rucksack! Bei ihm war alles aus Leder – von der Schirmmütze und der Uniformjacke bis zum Holster und den Stiefeln, und seine Hosen waren aus einem bisher nie dagewesenen Material genäht, das wasserdicht war.

Die Partisanen der »Patarinska Četa« starrten ihn mit stummer Begeisterung und offenen Mündern an, wie eine Gottheit, die vom strahlenden Gipfel des Kommunismus herabgestiegen war, um sie auf unbekannte, aber zweifellos ruhmreiche Wege zu führen. Dasselbe konnte man wohl kaum von Medved behaupten. Skeptisch musterte er die Männer, die ihn umringt hatten, setzte sich auf einen Baumstumpf, zog seine letzte Zigarette der Marke »Belomorkanal« hervor, klopfte das Mundstück am Absatz seines Stiefels ab und raunte nachdenklich:

»Nu, taaak …«

Die Regeln der Geheimhaltung

Der Gräber bückte sich, hob zwei runde Steine vom Boden auf und schlug sie dreimal gegeneinander. Er wartete gut zehn Sekunden ab und schlug sie noch zweimal gegeneinander. Als Antwort ertönten vier identische Klopfgeräusche. Ein paar Meter weiter sprang wie aus dem Nichts ein Wachposten mit Soldatenkäppi und aufgepflanztem Bajonett hervor. Lenin sprach ihn als Valjo an.

Beim Anblick der beiden Mädchen begann sein Gesicht zu strahlen.

»Frischer Nachschub, was?«

»Gabriela und Monika«, die beiden Mädchen streckten ihm bereitwillig die Hand hin.

»Genossinnen!«, fiel ihnen Lenin ins Wort. »Befolgt die Regeln der Geheimhaltung!«

»Das sind unsere Tarnnamen!«, widersprach die eine. »Wir wollten schon immer Gabriela und Monika heißen! Sie ist Monika.«

»Nein, sie ist Monika, ich bin Gabriela! Das hatten wir doch so ausgemacht!«, mischte sich die andere ein.

»Wir hatten ausgemacht, dass eine Woche lang du Gabriela bist, dann eine Woche lang ich. Diese Woche bin ich es!«

Valjo kratzte sich unter dem Käppi:

»Ja, ist es denn so schlimm, Monika zu sein?!«

»Was sind das überhaupt für Namen?!«, ärgerte sich Lenin. »Das ist doch kein Gesellschaftsball hier!«

Die Mädchen zogen die Brauen auf die bereits bekannte Art und Weise hoch, die einen wichtigen Denkprozess signalisierte. Zehn Schritte weiter streute die eine vorgeblich beiläufig ein:

»Ich wüsste nicht, dass es einen Ball gäbe, der ohne Gesellschaft auskäme. Der Genosse hat bestimmt ›Wiener‹ gemeint …«

»Meister Lenin!«, grinste der Gräber. »Ich hab mir vielleicht mein eigenes Grab geschaufelt, aber dich haben sie geradezu ans Kreuz genagelt!«

»Wir werden sehen, wir werden sehen, verfluchte Schlaumeier«, zischte Lenin, ohne anzuhalten.

***

Vom Ende der Wiese war Stimmengewirr zu hören, das sich wie ein Lauffeuer verbreitete und Medveds Zelt erreichte. Da er gerade konzentriert etwas in sein Notizbuch schrieb, hob er den Kopf und machte ein finsteres Gesicht. Die Plane am Eingang wurde ein wenig beiseitegeschoben und im entstandenen Spalt erschien das Gesicht seiner Ordonnanz Stojčo: »Towarischtsch KomBrig, erbitte Erlaubnis, Meldung machen zu dürfen!«

»Was? …«

»Die neuen Partisanen sind eingetroffen.«

»Was!?«, wiederholte Medved und erhob sich mühsam.

Er war über keine neuen Partisanen informiert worden. Er wusste nur, dass ein Mitglied des Arbeiterjugendverbandes kommen sollte, ein Verwandter Lenins, in dessen Gruppe etwas schiefgelaufen war. Das Stimmengewirr auf der Wiese wurde lauter. Das gefiel ihm nicht. Er zog sich die Weste aus grobem Wollstoff über und ging hinaus.

Seit Medveds Auftauchen in voller Kampfausrüstung vor einem Jahr konnte sich die Schar, jetzt bereits ein Stabsbataillon, an keine solche Aufregung wie jetzt erinnern. Inzwischen zählte sie 44 Kämpfer – nicht mehr und nicht weniger.

Das eigenmächtige Verlassen des Lagers wurde als Fahnenflucht angesehen und schwer bestraft. Die einzige Frau in der Truppe war die Politkommissarin Extra Nina, aber aus einer Reihe von Gründen nahmen sie die Genossen eher als einen von ihnen wahr. Es gab auch einen Popen – Tichon, strafversetzt ins Čerepiš-Kloster wegen dogmatischer Vergehen, war in der Folge ins Gebirge geflüchtet. Er war ein Hüne mit einem zerlumpten Priesterrock, unter dem sich nichts befand außer Fell, und bewaffnet mit einem Hirtenstab und einem vorsintflutlichen Nagant-Revolver, aber seine schrecklichste Waffe war sein schallendes Lachen. Und all diese ungewaschenen, behaarten, nach einer Liebkosung oder nur einem Blick dürstenden Kämpfer waren auf die Wiese hinausgegangen und hatten die Zwillingsschwestern umringt. Sie saugten sie durstig mit den Augen aus und berauschten sich an ihnen, schwer und süß. Beim Anblick ihrer blonden Locken begannen viele zu kichern, es klang wie ein unbändiges Babylachen, als kitzelte man sie an den Fersen. Andere murmelten in ihren Bart hinein. Wieder andere kommentierten die Geschehnisse laut, wobei sie versuchten, ihre Verlegenheit zu verbergen. Seit einer Woche schon dominierten auf ihrem Speiseplan Zwiebeln und Knoblauch, was ihren Atem noch tödlicher werden ließ als den eines feuerspeienden dreiköpfigen Drachen.

Die Mädchen rissen erschrocken die Augen auf, während sich der Ring um sie immer enger schloss. Keine Spur mehr von ihrer vorherigen Selbstsicherheit. Lenin und der Gräber standen etwas abseits und grinsten schadenfroh. Lozan versuchte vergeblich, etwas zu erklären, niemand hörte ihm zu.

»Ach, meine Schäfchen!«, posaunte Tichon, während er seinen zerlumpten Priesterrock schüttelte, als wollte er die Flöhe daraus vertreiben.

»Tschto proishodit, was geht hier vor?!«, ertönte eine laute, leicht schrille Stimme.

Die Männer wichen zurück. Medved ging zwischen ihnen hindurch, wobei er ein paar beiseiteschob, die sich noch immer hartnäckig weigerten, aus dem Weg zu gehen. Sein Blick ruhte für einen Augenblick auf dem Studenten, dann wanderte er hinüber zu den Mädchen. Viele bemerkten, wie sein Kiefer herunterklappte und sich sein sonst so glattes Gesicht vor Verlegenheit, die an Panik grenzte, in Falten legte. Aber das bewies ihrer Meinung nach nur, dass auch der Kommandeur ein Mensch wie alle anderen war. Wenngleich nur für kurze Zeit …

Medved hustete und sagte etwas leiser:

»Towarischtschi! Darf ich fragen, wo eure Gewehre sind? …«

Die Partisanen blickten sich erschrocken um. Ihre Blicke richteten sich auf die Feuer, neben denen bis vor Kurzem die Pyramiden mit den Waffen aufgeragt hatten. Doch sie waren nicht mehr da. Jemand begann fröhlich am anderen Ende der Wiese zu singen:

»Ein Partisan macht sich kampfbereit!«

Stojčo saß unter einem Baum auf einem Haufen verschiedenartiger Knallbüchsen.

»Ihr bekommt eure Waffen nach der Liste! Im Laufschritt marsch!«, kommandierte Medved.

Verzagt und beschämt bildeten die Männer eine Schlange. Medved machte dem Studenten ein Zeichen, bei Lenin und dem Gräber zu warten. Die Mädchen kamen langsam wieder zu sich. Er sah sie finster an und fragte grob:

»So! Warum prischli?«

»Wie bitte!?«

»Warum ihr hergekommen seid, will ich wissen!«, wiederholte er gereizt.

»Es ist was schiefgelaufen im Gymnasium«, berichtete die eine. »Unsere Dreiergruppe startete eine Aktion anlässlich des Ersten Mai. Ein Erfolg, es gab breite politische Resonanz unter Schülern und Lehrern. Die Polizei kam, um Nachforschungen anzustellen. Die Genossin Silva – Leticija

Pironkova – jedoch wurde zu einem großen Problem. Wir erfuhren, dass sie zum Direktor gegangen war, um uns zu verraten. Der Genosse Lozan half uns dabei unterzutauchen und brachte uns später zur Truppe.«

»Was für eine Aktion?«, Medved kniff die Augen zusammen.

»Wir haben das Portrait des Zaren, das im zentralen Treppenhaus hängt, ausgemalt«, meldete sich die andere zu Wort und präzisierte: »Mit roter Farbe!«

»Ach du liebe Partei!«, stöhnte Medved und winkte Lenin und den Gräber herbei, die das Gespräch interessiert verfolgt hatten, auch wenn ihnen sein Inhalt entgangen war. »Diese Dewotschki müssen unverzüglich zurückgebracht werden!«, ordnete er an.

»Habe ich es euch nicht gesagt!«, brummte der Gräber.

»Was hast du denn gesagt?! Nichts hast du gesagt!«, explodierte Lenin.

»Genosse Medved! Wenn Sie sie zurückschicken«, rief Lozan, »werden sie die Dreckskerle verhaften und foltern. Wollen Sie das?«

Lenin versetzte ihm einen Stoß.

»Durak, Dummkopf!«, krächzte Medved. »Niemand wird sie für so eine Kleinigkeit verhaften. Allerhöchstens, dass man sie von der Schule ausschließt.«

»Aber wir hatten auch vor, das Innenministerium in die Luft zu sprengen, es befindet sich direkt neben unserer Schule«, meldete sich das eine Mädchen zu Wort. »Es gibt einen alten Kanal, durch den man es erreichen kann. Diese Verräterin hat ihnen bestimmt auch davon erzählt …«

»Zum Teufel!«, der Kommandeur ballte die Fäuste. »Aber ihr habt es nicht gesprengt, nicht wahr? Das geht vielleicht durch als … jugendliche Flausen.«

»Lasst uns diese Angelegenheit doch auf morgen verschieben, was meint ihr, Genossen?«, warf Lenin ein, wobei er den Blick zum Himmel hob. »Es ist schon spät …«

»Du verstehst wohl nicht? Oder machst du nur einen auf begriffsstutzig? Je länger sie hier bleiben, desto schwerer werden wir sie wieder los!«

»Genau!«, mischte sich eine heisere Stimme ein. »Wir müssen jetzt entscheiden.«

Sie gehörte zu einer schmalen, sehnigen Frau mit glattem, schlohweißem Haar im Topfschnitt. Ihr Brustkorb war leicht eingefallen, und in ihrem Mundwinkel qualmte eine selbst gedrehte Zigarette. Sie war als Nina zur Truppe gestoßen, bald begannen aber alle, sie Extra Nina zu rufen – wegen ihrer Treffsicherheit. Sie war nicht nur eine hervorragende Schützin, sondern auch auf politischem Gebiet die Gebildetste. Die Genossen kamen oft zu ihr, um ihr ihre ideologischen Sorgen mitzuteilen. Sie ertastete kundig das Wesen des Problems und zog ihnen ihre kleinbürgerlichen Zweifel wie einen faulen Zahn. Extra Nina sprach nicht gern über ihre Vergangenheit. Sie sah älter aus, als sie in Wirklichkeit war. Es war bekannt, dass sie als Lehrerin in der Gegend von Vraca gearbeitet hatte, bevor sie den Weg der professionellen Revolutionärin einschlug. Man erzählte, dass ihr Haar durch Folterungen bei der Polizei so weiß geworden sei.

»Junge Damen …«, wandte sie sich an die Mädchen.

»Wir sind Genossinnen!«, unterbrachen sie sie im Chor.

»Also gut. Genossinnen. Das ändert nichts an der Tatsache, dass ihr ausgesprochen leichtsinnig gehandelt habt! Das Partisanenleben ist nicht für jeden geeignet. Von der Stadt aus mag es sehr romantisch erscheinen, aber die Wahrheit wird euch wohl kaum gefallen. Weiß sonst noch jemand außer Lozan, dass ihr hier seid?«

»Unsere Eltern …«, senkte jene den Blick, die darauf bestand, Gabriela zu sein.

»Wir haben ihnen eine Notiz hinterlassen, damit sie sich keine Sorgen machen«, ergänzte Monika, die nicht Monika sein wollte. »Wir haben nichts Konkretes geschrieben. Nur, dass wir in die Berge gehen und erst dann wieder zurückkehren werden, wenn wir gesiegt haben. Und falls wir umkommen, sollen sie nicht weinen.«

»Zum Teufel! Sicher suchen sie schon mit der Polizei nach ihnen.«

»Das ist es, was ich befürchtet habe!«, rief Extra Nina aus. »Sie haben die ganze Kette durchlaufen. Wenn man sie unter Druck setzt, werden sie alles ausplaudern. Dann beginnen die Verhaftungen, Blockaden …«

»Wir werden nichts verraten!«, zeigten sich die Mädchen beleidigt.

»Ach so?«, sie zog die Lippen in einem schmerzverzerrten Lächeln auseinander. »Und wenn sie euch foltern? Und sie werden euch foltern, garantiert. Ihr werdet schon beim Anblick der Instrumente singen … Das sind ihre Methoden. Bestens erprobte Methoden, die einwandfrei funktionieren. Was sagst du, wenn …«, sie zog so heftig an ihrer Zigarette, dass diese aufglomm, und wedelte damit vor Monikas Gesicht herum, »…wenn ich die hier auf deinem zarten Hals ausdrücke?«

Die beiden Mädchen machten gleichzeitig einen Satz nach hinten.

»Du bist schuld!«, stürzte sich Medved auf Lenin. »Wie konntest du sie ohne Genehmigung hierher bringen? Hörst auf so einen Naseweis! Wo ist deine revolutionäre Wachsamkeit? Du verdienst es, zur Strafe mit vollem Rucksack neben dem Feuer zu hocken!«

»Na, dann bestraf mich doch!«, sagte Lenin und schob wagemutig seine Mütze aufs Ohr.

»Genossen! Streitet nicht! Wir wollen die Frage bei einer geschlossenen Parteiversammlung erörtern!«, rief sie Extra Nina zur Ordnung.

Medved knirschte nur mit den Zähnen, drehte sich auf dem Absatz um und ging zu seinem Zelt.

Er konnte Lenin aus einem ganz offensichtlichen Grund nicht bestrafen – wegen seines Namens. Die sowjetische Lebensart hatte ihn gelehrt, vorsichtig zu sein. In jeder Handlung verbarg sich eine symbolische Bedeutung mit unerwarteten Folgen. Selbst hier, im Wald, konnte er sich nicht von dem Gefühl freimachen, dass ihn ständig jemand überwachte, alles analysierte und dann Bericht erstattete. *Er straft Lenin ab! Er erniedrigt ihn absichtlich, um auch sein Werk zu erniedrigen. Wenn er heute Lenin abstraft, wird er morgen Stalin abstrafen* usw. Wer war dieser Jemand? Extra Nina? Der Gräber? Es konnte jeder sein … Nur gut, dass es wenigstens keinen Stalin in der Schar gab! Nicht, dass es an Kandidaten gemangelt hätte, die sich gern mit diesem ruhmreichen Namen geschmückt hätten. Er hatte es nicht zugelassen. In dieser Frage war er unnachgiebig. Die Namen der großen Anführer konnten nicht so mir nichts, dir nichts vergeben werden, um dann Beschimpfungen und Spott ausgesetzt zu werden. *Stalin getötet. Stalin brach zusammen und packte aus.* Oder noch schlimmer: *Stalin – ein Provokateur.* Was sollten die Leute denken? Bei Lenin stand er vor vollendeten Tatsachen. Der gehörte zu den Gründungsmitgliedern der »Patarinska Četa«, war der erste Partisan in seiner Gegend, ein Parteimitglied, er hatte Beziehungen und besaß Autorität. »Lenin hat seinen Namen nicht verdient! Er ist hinterhältig, selbstgefällig und nachlässig seinen Pflichten gegenüber. Er hat einen Führerkomplex, ohne dass real etwas dahintersteckt«, hatte Medved in seinem Notizbuch vermerkt, wo er kurze Einschätzungen seiner Genossen abgab. »Ideologisch ahnungslos, mit einem Hang zum Fraktionismus«, ergänzte er, nachdem er in sein Zelt zurückgekehrt war.

Niemand möchte Monika sein

Gegen sieben, kurz nach sieben, spitzten die Partisanen immer die Ohren, um das Geklapper des Holzlöffels zu hören, der sie zum Abendessen rief. Die Küche befand sich nicht weit entfernt vom Lager in einer Bodensenke und war mit Planen umgeben, damit der Rauch des Feuers nicht auffiel. Obwohl dort schon seit Ewigkeiten kein Feuer mehr gelodert hatte. Es gab nur Kaltverpflegung, hauptsächlich Zwiebeln, Speck und Brot mit Schwerpunkt auf Ersterem, weshalb sie das Lager auch Zwiebelbiwak getauft hatten. An diesem Morgen waren jedoch drei Genossen mit vollen Rucksäcken von einer Mission zur Nahrungsbeschaffung zurückgekehrt, und jetzt köchelte der Kessel mit Bohnen fröhlich vor sich hin. Daneben lief ein kleines, buckliges Männlein geschäftig auf und ab (Proško Žekov aus dem Dorf Koren), das auf den poetischen Namen Elin hörte, von den Kameraden aber ohne böse Hintergedanken der Strauch genannt wurde, ohne dass ihnen bewusst gewesen wäre, wie sehr sie ihm damit wehtaten. Lange Jahre hatte er in der Dorfkneipe bedient, wo er Grobheiten und Beleidigungen von seinen Nachbarn erdulden musste, bis sich in seinem kleinen Körper eine so große Entschlossenheit angesammelt hatte, sich dagegen aufzulehnen – so groß wie ein Gebirgskamm. Er hatte insgesamt sieben Brüder und Schwestern, alle jünger, aber auch ausnahmslos größer als er. Seine Familie erfuhr erst, dass er verschwunden war, als sie nicht mehr seinen armseligen Lohn bekam. Zusammen mit ihm war auch der Karabiner des Kneipenwirts verschwunden. Doch bereits nach dem ersten Schuss wurde klar, dass Elin ihn nie würde verwenden können. Der Gewehrkolben versetzte ihm einen Stoß, so abrupt wie der Tritt eines Maultiers, und er überschlug sich mit einem klagenden Schrei zweimal rückwärts. Die Kugel flog um einen Millimeter an Lenins Kahlkopf vorbei. Das Gewehr wurde einem anderen Genossen zugeteilt, und Elin drückte man die Schöpfkelle in die Hand. Hier konnte ihm keiner das Wasser reichen. Später gab ihm Medved eine kleine, zweischüssige Damenpistole unbekannter Herkunft. Er war der Einzige, der ihn nicht Strauch nannte, wodurch er sich seine rückhaltlose Ergebenheit sicherte.

Die Bohnen waren alt und hart wie Schotter; sie wurden nur schwer gar. Beschäftigt mit ihrer Zubereitung, hatte Elin das große Ereignis verpasst – die Ankunft der zwei Mädchen bei der Truppe. Über seinem Kopf, in der improvisierten Küche, trockneten Sträuße von Waldkräutern, mit denen er den kärglichen Speiseplan der Volkskämpfer aufpeppte. Die Versorgungsmission war ziemlich fleischlos ausgefallen: Neben Bohnen schleppten die Genossen auch noch zwei Flaschen Öl und eine große Menge Paprikapulver an. Ohne Paprikapulver, hatte er sie instruiert, braucht ihr gar nicht erst zurückzukommen! Und sie brachten tatsächlich welches mit. Er schöpfte eine volle Kelle des aromatischen roten Pulvers, tauchte sie in den kochenden Kessel und rührte gut um.

Das würden Bohnen werden, wie sie die Welt noch nicht gesehen hatte!

Währenddessen war auf der Wiese, wenngleich immer noch stockend, der Prozess des gegenseitigen Kennenlernens in vollem Gange. Nach den ersten peinlichen Augenblicken des Schocks und der Erschütterung kamen die Partisanen langsam, aber sicher wieder zu sich und fanden zurück zu den natürlichen Formen menschlichen Umgangs, mit Ausnahme des roten Mönchs Tichon, der ein seltsames Gespräch auf Kirchenslawisch führte, allein mit sich und seinen Dämonen.

»Ach, beachtet ihn gar nicht, manchmal packt es ihn«, warf ein stattlicher junger Mann ein, »sonst ist er bis ins Mark einer von uns. Ich bin der Sargnagel des Kapitalismus.«

»Der Nagel, Mensch!«, meldete sich jemand.

»Sie stammen doch nicht etwa aus Pernik, Genosse? …«, die Mädchen zogen die Brauen hoch. Sie hatten ebenfalls bis zu einem gewissen Grad ihre Selbstbeherrschung wiedererlangt, nachdem sie sich davon überzeugt hatten, dass die Gefahr, auf der Stelle zerrissen zu werden, gebannt war.

Alle brachen in Gelächter aus. Ja, der Nagel war aus Pernik und sogar entfernt mit dem Gräber verwandt. Aber im Unterschied zu ihm hatte er ein Gymnasium in Sofia besucht und verzichtete darauf, die Genossinnen »Büchsen« zu nennen. Ende der 30er-Jahre erlangten die Bücher Karl Mays große Popularität unter der progressiven Jugend der Bergbaustadt. Die Heldentaten des Volkskämpfers Winnetou hatten die Fantasie der Mitglieder des Arbeiterjugendverbands beflügelt, und sie hatten sich irgendwie mit dem Kampf der unterdrückten roten Brüder identifiziert. Die langen Tarnnamen kamen in Mode: Der wilde Stier der Revolution, der Pfeil der Komintern, der große rote Bär, der Blitz des proletarischen Zorns usw. Der typische Balkanreduktionismus jedoch verhinderte die weitere Ausbreitung dieser Tendenz.

»Kannst froh sein, dass sie dich nicht den Sarg nennen!«, hatte der Gräber finster gescherzt.

»Schraube«, stellte sich ein anderer vor.

Maksim, Nikola, Vlado, Bojan, Dičo, Botev, Svilen, es regnete Namen.

»Gabriela und Monika«, erwiderten die Mädchen lächelnd. »Monika und Gabriela.«

Bald waren die Partisanen total verwirrt.

»Jetzt wartet mal«, unterbrach sie Schraube. »Wer von euch ist denn Monika?«

Es trat peinliches Schweigen ein.

»Also gut, meinetwegen«, sagte nach kurzer Zeit die eine. »Ich bin Monika. Aber nächste Woche bist du es.«

»Das geht so nicht, Genossinnen!«, widersprach Schraube. »Was soll das, heute so und morgen so?! Macht euch das ein für allemal aus!«

Er war Vorsitzender der Arbeiterjugendorganisation in der Truppe und fühlte sich verpflichtet, Ordnung in die Beziehungen zwischen den Jüngeren hineinzubringen.

»Warum heißt ihr dann Gabriela und Monika«, mischte sich Dičo ein, ein kleingewachsener Genosse mit traurigen, feuchten Augen, die den Mädchen besonders gefielen, »wenn keiner Monika sein möchte?«

Diese vollkommen berechtigte Frage schien ihnen Schwierigkeiten zu bereiten.

»Es klingt gut …«, brachte schließlich die eine mit einer gewissen Verlegenheit über die Lippen.

»Das Los soll entscheiden«, schlug jemand vor.

»Sehr vernünftig«, stimmte Schraube zu.

Er nahm zwei Hölzchen, biss das Ende des einen ab und streckte sie ihnen in der geschlossenen Faust hin.

»Wer das kürzere zieht, ist Monika.«

Nach kurzem Zögern zogen die Mädchen jeweils ein Hölzchen. Die, der das kürzere zugefallen war, bekam sichtlich schlechte Laune.

»Jetzt sei nicht so!«, mischte sich erneut Dičo ein. »Als wir in Spanien kämpften, gab es da eine Monika, vom Thälmann-Bataillon. Sie war so ein tapferes Mädchen! Sie fiel bei Guadalajara, nachdem sie ganz allein drei italienische Panzer zerstört hatte. Monica Geralducci aus Turin. Sie hatte in den Fiat-Werken gearbeitet und kannte die Schwachstellen dieser Dreckspanzer. Später schrieben sie ein Lied über sie … Du solltest stolz sein, ihren Namen zu tragen!«

Das Mädchen lebte ein wenig auf.

»Das löst allerdings nicht das Problem, wie wir sie voneinander unterscheiden sollen«, meldete sich der Nagel. »Sie ähneln einander wie ein Ei dem anderen. Sie sind ja sogar gleich angezogen!«

Jemand schlug sofort vor:

»Gabriela soll sich die Haare schwarz färben.«

»Wo sollen wir in dieser Einöde Farbe hernehmen?! Besser, sie schneidet sich die Haare kurz.«

Während er den Marsch des Thälmann-Bataillons vor sich hin trällerte, ging Dičo zu seinem Rucksack, wühlte ein wenig darin und zog einen roten Seidenschal mit schwarzen Punkten hervor. Er hatte ihn 1938 in Barcelona für seine Verlobte gekauft, kurz bevor sich die Interbrigaden aus Spanien zurückzogen. Bis er wieder zurück in Bulgarien war, vergingen noch einmal zwei Jahre. Während dieser Zeit hatte sich besagte Person schon glücklich mit einem Beamten aus der Finanzbehörde vermählt. Aber jetzt, während er das teure Stück Stoff in Händen hielt, dachte er nicht an seine alte Flamme, die in die stille Bucht des spießbürgerlichen Lebens davongesegelt war. Vor seinen Augen reihten sich die Kolonnen der republikanischen Armee aneinander, die an die französische Grenze zurückwichen, erschöpft und in Staub gehüllt; die Gesichter seiner umgekommenen Gefährten verschiedener Nationalität tauchten auf, und in seinem Herzen machte sich die Bitternis der Niederlage breit.

»Ich denke, das wird helfen«, er reichte dem Mädchen den Schal. »So werden alle wissen, dass du Monika bist.«

»Ich bin Gabriela«, knurrte sie feindselig.

»Dieser Dičo!«, kicherten die Übrigen.

Monika band sich schweigend den Schal um den Hals.

Dičo trällerte weiterhin den Thälmann-Marsch. Alle, wer weiß warum, wurden traurig, obwohl nur wenigen die Symbolik und die Bedeutung des Spanischen Bürgerkriegs im Kontext der Weltrevolution klar war.

»He, Genossen!«, rief Schraube. »Was lasst ihr denn die Köpfe hängen? Wir sind hier nicht in Spanien! Im Osten zerquetscht die Rote Armee das Faschistenpack und wird uns bald zu Hilfe kommen. Kopf hoch!«

»Was ist eigentlich aus diesen Bohnen geworden?«, spuckte der Nagel große Töne.

»Stimmt ja!«, begannen auch die anderen zu rufen. »He, Bohnen! Wo seid ihr, Bohnen? Kommt her, ihr Bohnen!«

»Wenn ihr wüsstet, was für Bohnen der Strauch kocht!«, begann Schraube, wobei er hungrig schluckte. »Ich weiß nicht, wie er sie beschwört oder welche Kräuter er dazugibt, aber bessere Bohnen habe ich in meinem ganzen Leben nicht gegessen! Ihr werdet schon sehen, danach werdet ihr euch die Finger lecken …«

Sie wussten nicht, dass Medved den Strauch schon vor einer Stunde angewiesen hatte, den Kessel vom Feuer zu nehmen.

Sandwiches, Selbstkritik und blaue Bohnen

Die vergangenen zwei Stunden waren die wonnevollsten im sonst an glücklichen Augenblicken armen Leben des Gemeinen Kolev, mit Partisanennamen Valjo. Vor drei Monaten war er als Folge der inhumanen Behandlung durch die alten Soldaten und Unteroffiziere aus seiner Einheit davongelaufen, nachdem er nüchtern abgewogen hatte, dass seine Chancen, im Wald zu überleben, bei Weitem größer waren als bei seiner Einheit. Er war mitsamt seinem Gewehr und der ganzen Ausrüstung zur Schar gestoßen.

Während die Schatten um ihn herum dichter wurden, konnte Valjo nicht aufhören, an die beiden Mädchen zu denken, die Lenin und der Gräber ins Lager geführt hatten. Ihre Gesichter und ihre schlanken Körper zogen dauernd vor seinem geistigen Auge vorbei. Gabriela und Monika – ihre Namen klangen in seinen Ohren. Was für Namen! Gabriela und Monika – wiederholte er halblaut, und in seinem Körper stieg so eine Wonne auf, dass er fast zu Boden gesunken wäre. Valjo lehnte sich an einen Baum und ließ den Blick auf die Lücke zwischen den Ästen schweifen, durch die hindurch ein langsam seine Kreise ziehender Vogel zu sehen war. Ach, Gabriela und Monika! Bis zur Wachablöse waren es noch ganze zwei Stunden, und er fragte sich, wie er so lange aushalten sollte. Er stellte sich vor, wie die Genossen im Lager sich bereits mit ihnen unterhielten, Scherze und scharfsinnige Bemerkungen machten, mit ihren Heldentaten angaben. Das waren vielleicht Heldentaten! Plötzlich beschlich ihn ein ganz blödes Gefühl in seiner Soldatenuniform aus grobem Wollstoff. Womit konnte er ihre Aufmerksamkeit gewinnen? Heldentaten hatte er überhaupt keine vorzuweisen, und mit besonderem Scharfsinn konnte er auch nicht glänzen. Dafür besaß er gewisse praktische Fähigkeiten. Er konnte zum Beispiel eine Erdhütte für sie ausheben. Und Pritschen für sie zusammenzimmern. Er würde sie mit Stroh und Tannenzweigen decken. Wie gut das wohl röche! Er würde ihnen natürlich auch einen Ofen bauen. Ohne Ofen ging es nicht. Aber dafür müsste man ein Ofenrohr auftreiben …

»Keine Bewegung!«

Er spürte eine eiskalte Mündung unter seinem Kinn.

»Keinen Mucks!«, zischte die Stimme unter dem Stahlhelm.

Aus dem Halbdunkel sprangen noch andere uniformierte Gestalten hervor. Sie nahmen ihm das Gewehr ab und legten ihn in Handschellen. Einer von ihnen schleifte den schniefenden Ziegenhirten hinter sich her, dessen Nase blutig war. Hinter ihnen tauchte ein großer Typ mit einem halbmondartig nach innen gewölbten Gesicht in Stiefelhosen, Schirmmütze und einer schwarzen Uniformjacke aus Leder auf. An seinem Hals baumelte eine Taschenlampe von Siemens. Das war Hauptmann Dragiev, Kommandeur der 7. Jägerkompanie, auch bekannt als »Hauptmann Nacht« wegen seiner Angewohnheit, seine Operationen nach Sonnenuntergang durchzuführen.

»Der zweite Zug orientiert sich nach rechts«, ordnete er an. »Der dritte Zug kommt von der anderen Seite der Talschlucht … Niemand schießt, bevor ich das Signal dazu gebe!«

***

»39!«, rief Medved, wobei er mit der Liste herumwedelte, nach der Stojčo den Genossen die Waffen ausgehändigt hatte.

»39 von 44 lassen ihre Waffen wegen zwei Frauenzimmern im Stich! Und wenn uns in dem Moment der Feind angegriffen hätte, was wäre dann passiert, frage ich?!«

Die Mitglieder der Parteiorganisation der Einheit saßen um ihn herum, insgesamt 11 alte Kommunisten, unter ihnen Lenin, der Gräber und Extra Nina. Der Großteil der Partisanen waren Mitglieder der Arbeiterjugend oder parteilose Sympathisanten linker Ideen. Es gab auch einige Mitglieder der Bauernpartei, sogenannte Bauernbündler, sie hatten ebenfalls einen Vertreter zur Versammlung entsandt, die aus gegebenem Anlass stattfand. Dičo war Anarchist und verweigerte die Teilnahme an solchen Foren. Seine prinzipielle Überzeugung war es, dass dort nur leeres Stroh gedroschen wurde. Aber trotzdem hielt er sich an ihre Beschlüsse.

»Onkel Metodi«, wandte sich Medved an einen Mann mit Regenmantel und gezwirbeltem Schnurrbart, »wie konntest du zulassen, dass man dir Penka abnimmt?«

»Na ja, …«, der Mann breitete die Arme aus. »Ich weiß auch nicht, was mich da geritten hat!«

Penka war ein älterer Karabiner mit einem Kolben so orange wie ein Fuchsschwanz, dem er rührende Sorge angedeihen ließ: Er reinigte ihn, schmierte ihn, wickelte ihn in ein Wolltuch, um ihn vor Feuchtigkeit und Regen zu schützen. »Penka müsste man sein!«, scherzten die Genossen. Über die Treffsicherheit dieser Penka kursierten alle möglichen Gerüchte, sie habe im Jahre 1925 einen General erledigt, ihn direkt durchs Monokel getroffen, während er in einer Droschke fuhr, aber seit Onkel Metodi (Golinko Dulev aus dem Dorf Gubeš) in der Einheit war, hatte man nicht gehört, dass er je etwas getroffen hätte – weder einen Feldhüter noch ein Wildschwein! Vielleicht war ja er ein schlechter Schütze? …

»Ich möchte Selbstkritik üben!«, hob ein Genosse mit schütterem, hellem Haar und fettiger Stirn, die von kleinen weißen Pickeln übersät war, die Hand.

In den Gesichtern der Anwesenden war Überdruss zu lesen.

Seit er den Schnellkurs über die Geschichte der VKP(b) ausgelesen hatte, hatte Botev einen leidenschaftlichen Hang zur Selbstkritik entwickelt. Er ließ sich keine Gelegenheit entgehen, diese mächtige Waffe zur Reinigung des revolutionären Geistes einzusetzen, ganz gleich ob es einen Anlass dazu gab oder nicht. Als erfahrener Psychoanalytiker wühlte er in den dunkelsten Winkeln seines Gehirns und brachte erbarmungslos all seine Schwächen ans Tageslicht.

»Ich«, begann er, »habe in einem für die Einheit kritischen Moment unverzeihlichen Kleinmut an den Tag gelegt. Ich habe das Leben meiner Genossen aufs Spiel gesetzt, indem ich zugelassen habe, dass die Biologie die Oberhand über mein Bewusstsein erlangt. Das ist eine typisch dekadente Erscheinung, diktiert vom Streben nach egoistischem Vergnügen. Mit meinem Verhalten habe ich auch die neu angekommenen Genossinnen beleidigt, indem ich sie auf bloße Objekte reduziert habe. Ich denke, mein Verhalten ist nicht nur auf eine momentane Schwärmerei zurückzuführen, sondern wurzelt tiefer in meinem Unterbewusstsein. Mein größter Fehler ist, dass ich die Unruhe, die mich quält, nicht zur Diskussion durch die Partei gestellt, sondern tief in mir drinnen verborgen habe. Auf diese Weise habe ich sowohl mich als auch die Partei getäuscht, was meine Kampfbereitschaft angeht …«

Eine halbe Stunde später schauten alle drein, als hätte man sie vergiftet. Als hätte ein uraltes Reptil sie mit Tonnen prähistorischen Schleims überzogen, klebrig und zäh wie Leim.

Bevor er in der zukünftigen Balkangardedivision landete, hatte dieser Botev (Ilko Pacirev) einige Male die Einheit gewechselt. Zuerst war er in der Schar des Flickschusters, die sich in der Gegend um Lovеč, wo er herkam, betätigte. Danach kam er aus unbekannten Gründen in die Reihen der Čavdar-Brigade, die ihn auf persönlichen Wunsch von Janko (dem späteren Staatsoberhaupt Todor Živkov) zu Slavčo Trănski schickte: »Der Genosse Trănski ist begierig darauf, die anderen zu kritisieren, aber wenn es an der Zeit wäre für eine kritische Selbsteinschätzung seiner eigenen Taten und Worte, ist er völlig unfähig!« Der Kommandeur der ruhmreichen Einheit von Trăn war jedoch nicht im Geringsten gerührt von diesem Wink mit dem Zaunpfahl und schob Botev, ohne viel Aufhebens zu machen, in die Einheit von Kjustendil ab, die oberhalb des Dorfes Gorno Ujno lagerte. Dort überraschte ihn der Winter. Eine hervorragend für Selbstkritik geeignete Jahreszeit! Der Schnee hatte Straßen und Wege blockiert. An den langen Winterabenden vor dem prasselnden Kanonenofen in der Erdhütte gab sich Botev tiefgreifenden Selbstanalysen hin. Er ging sogar so weit, seine Träume zu analysieren, in denen er verurteilungswürdige Elemente erblickte, und bat unter Tränen darum, von der Partei eine Strafe auferlegt zu bekommen. Kaum hatten die ersten Schneeglöckchen die Schneedecke durchbrochen, schon machte er sich, eskortiert von zwei finsteren Partisanen, über die vereisten Pfade auf den Weg. Nach drei Tagen und Nächten anstrengenden Marsches erreichte er den Stadtrand Sofias, wo man ihn ohne überflüssige Erklärungen an den Zonenstab übergab, der ihn unverzüglich zu Medved abkommandierte unter dem Vorwand, die Parteistrukturen in der Einheit bedürften einer Stärkung.

Medved war durch Stalin extrem abgehärtet. Während der Jahre, die er in der UdSSR verbracht hatte, hatte er sich selbst vielfach und kompromisslos der Selbstkritik unterzogen, sodass dies das Letzte war, was ihn schrecken konnte. Aus Erfahrung wusste er, dass es weitaus schlimmere Dinge gab. Botev wurde zu seiner Geheimwaffe. Nach seinen aufreibenden Beichten hatte niemand mehr die Kraft oder den Wunsch zu streiten. Es trat stupide Einmütigkeit ein.

»Spasibo Towarischtsch«, er nickte abrupt. »Hat noch jemand etwas hinzuzufügen?«

Lenin gähnte, Extra Nina rieb sich die Augen.

»Meine persönliche Überzeugung ist es, dass diese Dewotschki uns noch große Probleme bereiten werden«, fuhr er munter fort. »Schon bei ihrer Ankunft haben sie so ein

Durcheinander hervorgerufen, dass alle ihre Waffen im Stich ließen, und ich möchte mir gar nicht vorstellen, was passieren wird, wenn sie länger bleiben … Deshalb schlage ich vor, dass wir sie morgen wohlbehalten zurückschicken. Wenn sie die Polizei befragt, werden sie sagen, sie hätten sich in den Bergen verlaufen und seien niemandem begegnet. Sie stammen aus einer reichen Familie und niemand wird sie foltern.

»Und was heißt das jetzt?«, wachte Extra Nina plötzlich auf. »Die Mädchen sind also schuld daran, dass die Genossen sie angestarrt haben, oder wie?«

Nach der Selbstkritikwalze hätte Medved keine so lebendige Opposition erwartet.

»Ich weiß nicht, ob es euch bekannt ist, Genossen, aber verglichen mit den anderen Einheiten zählt die unsere die wenigsten Genossinnen«, fuhr Extra Nina fort. »In der Praxis nur eine. Während es in der Einheit Anton Ivanov ganze vierzehn gibt!«

»Schon, aber mit denen von Anton Ivanov können wir uns nicht messen«, warf der Gräber ein, »die haben ja sogar ein Maschinengewehr!«

Der Kommandeur warf ihm einen eiskalten Blick zu. Die Einheit »Anton Ivanov« operierte in den Rhodopen unter der Führung des legendären Ded (Georgi Likin). Ded war ebenfalls mit dem U-Boot aus der UdSSR gekommen, aber im Gegensatz zu Medved befehligte er einen ganz realen Zusammenschluss aus vier Scharen mit über 200 Kämpfern, die unvergleichlich besser ausgerüstet und ideologisch ausgebildet waren als die tapferen Erben der »Patarinska Četa«.

»Ich hab gehört, dass sie inzwischen ein zweites MG haben mit 1000 Schuss Munition«, ergänzte Lenin.

»Unsinn!«, Medved konnte sich nicht mehr zurückhalten. »Wo hast du das denn gehört? Hat man es etwa auf Radio Moskau gemeldet?«

»Wenn es schon keine Maschinengewehre gibt, dann lasst uns wenigstens Dings … lasst uns den Frauenanteil erhöhen«, meldete sich Onkel Metodi mit der Intonation eines Liebhabers, die ein ungesundes Kichern hervorrief.

»Kümmer du dich um deine Penka!«, Medved presste verächtlich die Lippen aufeinander.

»Wir, die Mitglieder der Bauernpartei aus Pladne, sind dafür«, meldete sich ein hagerer Mann mit dem sonnengebräunten Gesicht eines Pflügers, der bisher geschwiegen hatte.

»Wofür?«

»Für die Erhöhung des Frauenanteils«, sagte er deutlich und hob die Hand.

Gleichsam wie von selbst, in einem Ausbruch eines tiefen, unbewussten Demokratismus, der von Anfang an der menschlichen Natur zugrunde liegt, hoben alle, mit Ausnahme von Medved und Extra Nina, die Hand und stimmten ab, ohne dass eine Abstimmung anberaumt worden wäre. Medved suchte mit Blicken Botev in der Hoffnung, dieser würde mit einer Selbstkritik vortreten, doch verbittert stellte er fest, dass auch er die Hand gehoben hatte, er handelte, wie man sagt, nach dem Gewissen.

»Ich denke, die Entscheidung entspricht voll und ganz dem Aufruf der Partei zur Einbeziehung der breiten Masse in die Partisanenbewegung und zur Mobilisierung der studierenden Arbeiterjugend«, schloss Extra Nina und hob ebenfalls die Hand.

»Zuerst lassen sie die Gewehre zurück, und jetzt wollen sie auch noch eine Demokratie einrichten!«, wurde Medved unruhig. Der schädliche Einfluss der Dewotschki zeitigte schon spürbare Folgen. Und um wie viel gefährlicher sie noch sein konnten …

»Im Zusammenhang mit dem verantwortungslosen Zurücklassen der Waffen«, verkündete der Kommandeur mit monotoner Stimme, »spreche ich eine Disziplinarstrafe für die gesamte Einheit aus, auch für die, die solch eine leichtsinnige Haltung bei ihren Genossen zugelassen haben. Zum Abendessen soll die gewöhnliche Ration der letzten zwei Wochen serviert werden. Die warme Mahlzeit soll morgen zu Mittag ausgeteilt werden. Die Sitzung ist geschlossen.«

***

Die Neuigkeit, dass die Konzeption des Abendessens eine radikale Veränderung erfahren hatte, wirkte sich negativ auf den Geist der Partisanen aus. Vor der Küche, aus der immer noch der Duft nach gekochten Bohnen drang, bildete sich eine verzagte Schlange. Mit einer Nuance von Verlegenheit händigte der Strauch jedem eine Scheibe klebriges Brot mit einem Stück Speck und einer Zwiebel aus. Gabriela und Monika kamen auch an die Reihe, bekamen ihre Portion und setzten sich in den Kreis mürrischer Männer. Während sie apathisch kauten, ließen die Kämpfer die schäbigen Gewehre nicht aus den Augen, die zu ihren Füßen aufgereiht waren. Die Sonne war hinter den Anhöhen untergegangen, über die Wiese legte sich ein tiefer, finsterer Schatten, als hätte ein gigantischer Dinosaurier sich mit seinem Hintern darauf breitgemacht, der Wald begann zu rauschen, Eule und Uhu meldeten sich zu Wort.

Die Mädchen untersuchten interessiert ihre bescheidene Ration. Monika hatte die Zwiebel sorgfältig geschält und mit ihrem Schweizer Multifunktionstaschenmesser in regelmäßige Scheiben geschnitten. Gabriela biss vom Speck ab, kniff die Augen zusammen und nickte anerkennend.

Das Essen des einfachen Volks war gut.

»Lasst es euch schmecken!«, warf jemand hämisch ein.

Die Mädchen verstanden nicht wirklich, was die Genossen gegen diese appetitliche Kombination haben konnten, aber sie spürten, dass ihre Wut irgendwie auch gegen sie gerichtet war. Die eine schlug sich plötzlich gegen die Stirn:

»Aber wir haben doch Sandwiches!«

Sie öffneten ihre Rucksäcke und holten einige Pakete heraus, eingewickelt in feine rosa Servietten, die mit Osterhasen bedruckt waren. Sie packten sie aus und boten den Genossen an, sich zu bedienen. Die Sandwiches waren klein, dreieckig, sorgfältig nach englischem Vorbild angefertigt. Die obere Scheibe war Weißbrot, die untere Schwarzbrot. Zwischen ihnen lag ein grünes Salatblatt, eine saure Gurke, Schinken oder ungarische Salami, bestrichen mit bayrischem Senf und mit einer Scheibe Hartkäse mit Löchern belegt. Es gab auch welche mit Roastbeef und Meerrettich. Und welche mit Pastete und Paprika. Um nicht auseinanderzufallen, wurde jedes Sandwich durch einen Zahnstocher zusammengehalten.

»Was ist denn das?«, rief der Gräber aus, als er vorsichtig den Zahnstocher entfernte und zwischen die Brotscheiben hineinsah; er nahm den Käse, rollte seine Zunge zu einem Trichter zusammen und steckte ihn hinein. »Leck mich am Arsch, was für ein Käse, was für ein Schnickschnack!«

»Du jetzt wieder!«, der Nagel stieß ihn an.

»Das ist Emmentaler …«, erklärte Monika verlegen.

Die Sandwiches gingen von Hand zu Hand, die Genossen ergötzten sich an ihnen, schnalzten mit der Zunge …

»Jetzt esst schon!«, forderte sie Dičo auf. »Ihr tut gerade so, als hättet ihr noch nie Brot und Salami gesehen?!«

Tichon steckte sich sofort ein ganzes in den Mund, verschluckte sich aber an dem Zahnstocher.

»Ich habe dir doch gesagt, du sollst es nicht übertreiben!«, flüsterte Gabriela ihrer Schwester zu.

Kurz darauf waren nur noch die Servietten übrig.

»Dieser Emmentaler schmeckt zu süßlich …«, merkte der Nagel teilnahmslos an.

Ein dem Äußeren nach einfältiger junger Mann mit pockennarbigem Gesicht begann plötzlich zu schluchzen.

»Warum heulst du?«, stieß ihn Dičo an.

»Ich nie … nie, nie!«, wiederholte Tinko aus dem Dorf Golec, und die Tränen rannen ihm über die flachen Jochbeine; wahrscheinlich hatte der Senf seine Sinne durcheinandergebracht, die nicht an solch einen exotischen Geschmack gewöhnt waren, oder aber es existierte ein anderer, tieferer existenzieller Grund, den er nicht zu äußern in der Lage war.

Medved saß außerhalb des Kreises, versunken in seine eigenen finsteren Gedanken. Als hätte ihn eine schreckliche Erinnerung eingeholt, umschlungen und in eine undurchdringliche Bleirüstung eingeschlossen. In solchen Augenblicken wagte es niemand, ihn zu stören, außer Extra Nina.

»Du, Towarischtsch, was hast du eigentlich gegen die Mädchen?«

Medved streckte den Kopf aus seinem Panzer wie eine Schildkröte:

»Klasseninstinkt.«

»Du täuscht dich! Aus denen werden mal tolle Partisaninnen …«

Plötzlich hörte man ein dumpfes Knallen, und über den Bäumen stieg taumelnd wie ein betrunkener Stern eine grüne Signalrakete auf. Ein Maschinengewehr begann zu rattern. Jemand stöhnte auf. Medved warf sich flach auf den Boden ins Gras.

»Runter! Runter!«

Extra Nina robbte zu einem Stein. Sie brachte ihren dünnen Karabiner in Anschlag und zielte in die Richtung, aus der die Schüsse gekommen waren. Einige Granaten schlugen fast gleichzeitig ein.

Code »Immergrün«

Schon nach den ersten Schüssen lagen die Mädchen flach auf dem Bauch und vergruben ihre Nasen im Gras. Der Nagel war zu ihnen hingehechtet und hatte sie zu Boden gerissen, womit er ihnen höchstwahrscheinlich das Leben gerettet hatte. Tinko aus Golec hatte nicht so viel Glück. Der wunderbare Geschmack des soeben verspeisten Sandwiches hielt ihn noch in seinem Bann. Er wusste nicht, wie ihm geschah, und ehrlich gesagt, interessierte es ihn auch nicht sonderlich. Der Feuerstoß aus dem Maschinengewehr mähte ihn um wie eine Sense.

Eine zweite Rakete stieg am Himmel auf, zerplatzte wie eine verblühte Rose und erleuchtete die ganze Wiese. Am Waldrand tauchten Gestalten mit Helmen auf, sie hatten ihre Bajonette aufgepflanzt. Die Partisanen empfingen sie mit wütendem, wenngleich auch ungestümem Feuer.

»Spart eure Munition! Schießt auf Fleisch!«, rief Extra Nina.

Die Gestalten versteckten sich wieder zwischen dem Geäst. Es schien, als hätten sie keinen so schnellen und organisierten Widerstand erwartet. Hauptmann Nacht hatte absichtlich gewartet, dass sich die Einheit zum Abendessen niederließ, um zum Schlag auszuholen. Er konnte ja nicht wissen, dass die Partisanen wegen der ihnen von Medved auferlegten Strafe nicht wagten, ihre Waffen aus den Augen zu lassen. Und auch die armselige abendliche Ration verleitete nicht gerade zu

Ausgelassenheit und Liedern. Die Männer waren gereizt und schlecht gelaunt.

Die abbrennende Leuchtrakete hinterließ eine Spur aus Rauch am Himmel. Dičo nutzte die kurze Verdunklung, kroch wie eine Eidechse vor und warf seine einzige Granate in Richtung des Maschinengewehrs. Die Chancen, dass sie hochging, standen 50 : 50. Vor einer Woche hatte er sie in den Fluss fallen lassen, danach hatte er sie eifrig an der Sonne getrocknet, aber ob das etwas half? ... Über der Wiese flackerte eine weitere Leuchtrakete auf, und genau in diesem Augenblick ertönte die Explosion.

Das tödliche Bellen des Maschinengewehrs verstummte.

Die Partisanen rührten sich, einige hoben sogar den Kopf, aber sofort folgte Maschinenpistolenfeuer aus verschiedenen Richtungen. Einige Kugeln schlugen in Gabrielas Rucksack ein. Die Mädchen pressten sich noch dichter auf den Boden.

»Wir sind wohl umzingelt ...«, flüsterte Monika.

»Code ›Immergrün‹!!!«, erreichte sie Medveds Stimme.

»Code ›Immergrün‹! Code ›Immergrün‹!«, begannen einzelne Stimmen zu wiederholen.

»Rührt euch nicht!«, ordnete der Nagel an und kroch Dičo hinterher.

Schraube schleppte sich auf Ellenbogen in die entgegengesetzte Richtung.

»Und jetzt? ...«, murmelte Gabriela, als die beiden allein geblieben waren.

***

Medved hatte nicht umsonst mit seinem Hintern die Bänke der Schule für Spezialausbildungen am Zentralamt für Aufklärung II der Roten Armee blankgescheuert, die für die subversiven Operationen im feindlichen Hinterland zuständig war. Während die übrigen Streber der bulgarischen Gruppe bis zum Überschnappen den »Schnellkurs in der Geschichte der VKP(b)« büffelten und versuchten, mit ihren Kenntnissen in wissenschaftlichem Kommunismus zu glänzen, kniete er sich in die praktische Ausbildung. Besonders nützlich schien ihm der Unterricht von Oberstleutnant Minaew – *Taktik des Überlebens unter den Bedingungen einer Umzingelung durch den Feind.* Das Fach genoss kein sonderlich großes Prestige, da das Überleben weder jetzt noch in der Vergangenheit eine Priorität der sowjetischen Truppenführung war, aber Minaew verstand definitiv etwas von seiner Arbeit. Methodisch und gewissenhaft legte er Pläne dar, zeichnete Schemata, entwickelte Konzepte. Die sicherste Art, nicht in einen Hinterhalt zu geraten, war, selbst den Feind in einen Hinterhalt zu locken, lehrte er. Befindet euch immer in einem Hinterhalt! Medved schrieb und saugte jedes Wort auf. Er hatte zwei ganz geheime Ziele, die er noch nicht einmal in Gedanken auszusprechen wagte, aus Angst, man könnte sie ihm ansehen. Aber diese Ziele hatten sich in seine Gehirnwindungen eingewoben und flossen in jeden Gedanken, in jeden Nervenimpuls wie ein roter Faden ein. Und das waren:

1. Für immer aus der UdSSR zu verschwinden.
2. Bis zum Ende des Krieges am Leben zu bleiben und nach Möglichkeit auch danach.

Minaew hatte ein nicht besonders originelles, aber ziemlich effektives System zum Entkommen aus feindlicher Umzingelung (SEFU mit Varianten von 1 bis 5) erarbeitet, welches Medved an die lokalen Gegebenheiten angepasst hatte. Es umfasste einige Basiskomponenten, von denen die wichtigsten drei Petroleumkanister (von jeweils 20 kg!) waren, vollgestopft mit TNT und Nägeln und geschickt im Wald in einem Abstand von 100 Metern voneinander versteckt. Sie waren durch ein Kabel mit einem Fernzünder der Marke »Zvonok« verbunden, den Medved zusammen mit dem anderen Subversionskrimskrams persönlich in seinem Rucksack angeschleppt hatte. Zu den Komponenten von SEFU gehörten ebenfalls ein »explosiver Ablenkungsbogen«, der in einem Winkel von 120° zur Basis lag, sowie eine »Aufgabe mit besonderer Bestimmung«, die zusätzliche Verwirrung beim Feind hervorrufen sollte.

Der Aufbau und das Aufstellen des Systems wurden als große Leistung der Einheit betrachtet, obwohl es bis zu diesem Augenblick noch nicht getestet worden war. Seine Steuerung war in die Hände von vier Genossen gelegt worden, denen Medved einigermaßen vertraute. Er war, seiner eigenen Einschätzung nach, der Einzige, der das Recht hatte, den Code »Immergrün« auszurufen, welcher die Komponenten des Systems in einer streng festgesetzten Reihenfolge in Gang setzte. Die genaue Bedeutung des Wortes selbst war Gegenstand von Diskussionen. Einige meinten, »Immergrün« sei ein Gewächs aus dem Balkangebirge rund um Strandža, andere behaupteten, es sei ein Giftpilz, Dritte wiederum, es sei der Held eines russischen Volksmärchens. Der Kommandeur schwieg geheimnisvoll.

Während die Kugeln über seinen Kopf hinwegpfiffen, rief sich Medved die selbstsichere Intonation des sowjetischen Instrukteurs in Erinnerung. Er war ein zackiger, schöner Mann mit einem weißen, fleischigen Gesicht, sauber und adrett, seine Bewegungen waren ruhig und fließend, sie verrieten eine ausgeglichene Lebensweise. Medved ging ein Verdacht durch den Kopf, den er damals leichtfertig beiseitegeschoben hatte. Dieser Typ war nie in einen Hinterhalt geraten! Er hatte noch nie ein Schlachtfeld aus der Nähe gesehen! Woher konnte er dann wissen, wie das System unter realen Bedingungen funktionierte? … Er konnte es nicht. Aber am schrecklichsten war, dass es ihn offensichtlich überhaupt nicht interessierte. Überleben hatte ohnehin keine Priorität …

»Hol dich der Teufel, Minaew! Dich und das ganze Gesindel!«, fluchte er, während er eine Salve mit seiner Maschinenpistole abfeuerte, um Dičo und dem Nagel Deckung zu geben, die zum Hagebuttenstrauch krochen, wo der Zünder Marke »Zvonok« versteckt war.

Dičo buddelte die schwarze Bakelitkiste aus und begann die Kurbel zu drehen, um Spannung zu erzeugen. Der »Zvonok« erinnerte an ein altes Telefon, doch statt eines Hörers gab es einen T-förmigen Hebel. Von dort verlief ein Draht, der flach unter dem Laub vergraben war.

»Mach schon!«, ermunterte ihn der Nagel, während er die Büsche gegenüber im Visier behielt.

Dičo packte den Hebel mit beiden Händen und drückte ihn hinunter. Die beiden warfen sich flach auf den Boden und bedeckten ihre Köpfe mit den Händen in Erwartung einer Explosion. Aber nichts Wesentliches geschah.

»Kurbel noch mal!«, befahl der Nagel. »Schneller! Schneller!«

Plötzlich verzog Dičo das Gesicht und sah ihn mit seinen traurigen großen Augen an, die jetzt noch trauriger glänzten.

»Was ist los? Bist du verwundet?«

Dičo hielt nur den Hebel hoch, den er jetzt lose in der Hand hatte.

»Verfluchter Hurenscheißdreck!«, der Nagel nahm ihm die Vorrichtung weg, packte den Hebel und legte sich verzweifelt mit seinem gesamten Gewicht darauf.

Die Kanister explodierten gleichzeitig mit einem ohrenbetäubenden Knall. Die Erde erzitterte wie ein verwundeter Wal. Die Druckwelle sandte einen Hagel von todbringenden Bruchstücken in alle Richtungen. Einige Bäume fielen schwer zur Seite um, ihre zerbrochenen Zweige knirschten.

In der eingetretenen Grabesstille strebten die Partisanen zur im Wald klaffenden Schneise – tief geduckt, zickzack laufend, wie Medved es sie gelehrt hatte. Nur Gabriela und Monika blieben dort liegen, wo man es sie geheißen hatte. Ihre Ohren dröhnten noch von der titanischen Explosion; es schien ihnen, als wären sie in irgendeinen Keller gestürzt, voll dichter, klebriger Dunkelheit, als der weiße Kopf neben ihnen auftauchte.

»Los, Bewegung!«

»Was?!«

»Bewegung!«

Am unteren Ende der Wiese meldete sich erneut das Maschinengewehr zu Wort, doch sein Feuer war weniger fokussiert und schwach. Im Dunkeln kam die kleine Gestalt des Strauchs angetrappelt, der sich den Sack mit Paprikapulver über die Schulter geworfen hatte. Hinter ihm kam Stojčo mit Medveds Rucksack angerannt.

Über der Wiese flammte erneut eine Leuchtrakete auf, die nur kreuz und quer herumliegende Leichen beleuchtete. Das Feuer war verstummt. Schraube vernahm hinter seinem Rücken die vorsichtigen Schritte der Soldaten. Heiseres Flüstern war zu hören:

»Dorthin sind sie geflüchtet, verfluchtes Pack …«

Er zog an der Schnur, die um seinen Finger gewickelt war. Die Sicherungsstifte der Handgranaten, die an den Bäumen hingen, sprangen mit einem metallischen Geräusch heraus. *Klick!*

Die Schritte blieben stehen.

»Was war das?«

»Das Weihnachtsfeuerwerk!«, grinste Schraube in sich hinein und verstopfte sich die Ohren. Die Granaten gingen über ihren Köpfen los, wobei sie einen neuen Wirbel von Schrapnellen, Schreien und Ächzen säten. Er nutzte das Durcheinander und rannte seinen Genossen hinterher. Kurz, bevor er in den Wald eintauchen konnte, hallte hinter ihm ein einsamer Schuss wider. Die Kugel streifte die linke Seite seines Schädels, er strauchelte und fiel ins Laub.

***

»Ein hervorragender Schuss, Herr Hauptmann!«, merkte Fähnrich Zanev servil an.

Der großgewachsene, finstere Mann blies nur den Qualm von der Mündung seiner Pistole und steckte sie zurück in den Halfter. Es war die Artillerievariante der legendären Luger Parabellum, auch bekannt als »Lange Pistole 08« oder LP08. Der Lauf dieser Spezialanfertigung war ganze 200 mm lang und hatte eine bis auf 800 m verstellbare Visierung. Die Parabellum wurde am Vorabend des Balkankrieges 1911 als Bewaffnung der bulgarischen Armee eingeführt. Seit damals war viel Blut geflossen, aber die »Luger« war immer noch zuverlässig, auch wenn sie nach einer starken Hand verlangte. Die Offiziere von heute bevorzugten die kompakteren und leichter zu handhabenden Modelle wie die von »Walther« oder »Sauer & Sohn«. Hauptmann Nacht jedoch war ein Klassikliebhaber.

»Edrev!«, befahl er dem kleinen Gefreiten, der ihm auf Schritt und Tritt folgte. »Geh, und sammle ihn ein!«

»Zu Befehl, Herr Hauptmann!«, salutierte Edrev und rannte zu der Stelle, wo Schraube zusammengebrochen war.

Über der Wiese war ein schmaler, bleicher Mond wie ein abgeschnittener Fingernagel aufgegangen. Die Soldaten durchsuchten die Umgebung mit mächtigen Strahlern, sammelten die Toten ein und sortierten sie auf zwei Haufen – *unsere* und *die anderen*. Eine gesonderte Gruppe bildeten die Verwundeten. Unter ihnen war kein einziger Partisane.

»Zusammenfassung?«, wandte sich der Hauptmann an den Fähnrich.

»9 von denen und 11 von uns«, berichtete Zanev. »Verwundete …«

»Lass gut sein!«, unterbrach ihn Hauptmann Nacht.

Für ihn teilten sich die Menschen nur in Lebende und Tote.

Edrev kam zurückgerannt und rapportierte sichtlich peinlich berührt:

»Ich habe nichts gefunden, Herr Hauptmann!«

Ein schmerzhafter Spasmus verzerrte das Gesicht seines Vorgesetzten. Was?! Hatte ihn die alte, treue Luger etwa im Stich gelassen? Oder waren seine Augen nicht mehr so gut? Er rief den Hundeführer zu sich, und die beiden machten sich auf den Weg zum Ende der Wiese. Der Strahl der Taschenlampe glitt über das niedergetrampelte Gras und blieb bei ein paar Büscheln stehen, die mit Blut bespritzt waren. Hier ist er also hingefallen, schloss Nacht, während er der Spur folgte, die sich im Wald verlor.

»Los Rex, such!«

Der Hund senkte gehorsam die Schnauze.

Schraube lag nur zwanzig Meter von ihnen entfernt versteckt im Gebüsch. Die Strahlen des Scheinwerfers streiften auf den Blättern über seinem Kopf hin und her. Die Kugel hatte einen Teil seines Ohrs abgerissen, das Blut floss ihm den Hals hinunter, aber die Wunde war nicht tödlich. Viel tödlicher wäre es, wenn sie ihn entdeckten. Er steckte sich den kalten Lauf des Karabiners in den Mund. Würde er es tun können? Bisher hatte er mit dem Gedanken gelebt, dass dies der einfachste Ausweg wäre. Du betätigst den Abzug und Schluss. Aber jetzt plötzlich begriff er, dass es nicht leicht sein würde. Überhaupt nicht! Ein tiefes Entsetzen ließ ihn erstarren. Alle Qualen der Welt verblassten vor dieser einzigen und endgültigen Entscheidung.

»Was ist denn bloß mit dem Tier los?«, reagierte Hauptmann Nacht gereizt.

Der Hund drehte nur den Kopf und quiekte wie ein Ferkelchen.

»Muss durch die Explosion erschrocken sein, Herr Hauptmann«, schlug der Soldat treuherzig vor. »In ein paar Tagen legt sich das wieder.«

»So ein Scheißdreck …«, fluchte der Offizier.

Er zog die Parabellum und lauschte. Nach der Stille, die auf die Explosion gefolgt war, füllte sich der Wald erneut mit den gewöhnlichen nächtlichen Geräuschen, die alle Spuren menschlicher Anwesenheit verschluckten. Trotzdem spürte Hauptmann Nacht, dass sich der Verwundete irgendwo in der Nähe befand. Er verbarg sich im Dunkeln, aber das Schlagen seines erschrockenen Herzens würde ihn verraten. Ein erschrockenes Herz schlägt wie aus Blech, man braucht nur seine Sinne auf die Wellenlänge der Angst einzustellen. Er fokussierte seinen Blick auf den Lauf und begann, die Vibrationen herauszufiltern, die aus der Dunkelheit zu ihm kamen – eine nach der anderen, so als würde er die Nacht schichtweise zerlegen.

Die kummervolle Stimme Edrevs riss ihn aus der Konzentration:

»Herr Hauptmann, ein Missgeschick ist passiert!«

Die Geräusche des Waldes vermischten sich erneut in einem gemeinsamen Kessel. Er folgte dem Gefreiten, während er sein Schicksal verfluchte.

Die Schraube wartete ab, bis sich ihre Schritte entfernten, und spuckte den Lauf des Gewehrs wieder aus. Der metallische Geschmack in seinem Mund würde allerdings nicht so schnell verschwinden.

Das Blech mit den Bohnen, das auf vier Steinen stand, dampfte noch. Auf dem Boden krümmten sich drei Soldaten wie zertretene Würmer. Aus ihren Mündern kamen gelber Schaum und glucksende Geräusche. Ihre Finger rissen konvulsivisch Grasbüschel aus. Ihre Augen waren verdreht, sodass man nur noch das Weiße sah. Ihre Gefährten liefen auf und ab, wussten aber nicht, wie sie ihnen helfen konnten. Hauptmann Nacht stieß die erschrockenen Männer zur Seite.

»Was ist hier los?«

»Sie haben von den Bohnen gegessen, Herr Hauptmann!«, informierte ihn Edrev.

Er näherte sich dem Blech und schaute hinein. Der Duft von verschiedenen Kräutern, mit denen der Strauch die Suppe großzügig gewürzt hatte, strömte ihm entgegen. Sie dufteten unnatürlich frisch, als wären sie soeben erst gesammelt worden. Ihm lief das Wasser im Mund zusammen. Hungrig, wie er von der Schlacht war, verspürte er den unwiderstehlichen Drang, einen vollen Löffel zu schöpfen. Doch sein Blick fiel erneut auf die sich im Gras wälzenden Soldaten.

»Le-le-le-cker!«, hörte der eine von ihnen nicht auf zu glucksen, während er sich wand.

Bevor er das Weite suchte, hatte der Strauch die »Aufgabe mit besonderer Bestimmung« ausgeführt, indem er den Inhalt einer kleinen Kapsel, die Medved ihm gegeben hatte, ins Essen schüttete. Das schnellwirkende Gift RN337 war vom Zentralamt für Aufklärung schon zu Beginn des Krieges auf der Basis von Rizin in Kombination mit einem reaktiven Agens entwickelt worden, das die natürlichen Aromen von Speisen noch verstärkte. Ziel war es, die Geschmacksrezeptoren des Feindes und seine angeborene Gier anzusprechen. In der Folge sollte die Technologie in der Nahrungsmittelindustrie zur Verbesserung des Geschmacks von Tiefkühlprodukten angewendet werden. Die Kapseln mit RN337 zusammen mit dem »Zvonok« waren Teil des standardisierten Diversionspakets, mit dem die sowjetischen Spezialisten Medved ausgerüstet hatten.

»Dummköpfe!«, zischte Hauptmann Nacht und trat gegen das Blech.

Eine Nacht im Wald

Der einzige helle Fleck in der Dunkelheit war das weiße Haar im Topfschnitt von Extra Nina. Die Mädchen hatten keine Ahnung, wohin sie sie führte, aber sie folgten ihr auf dem Fuße. In der Finsternis hatte sich die Partisanenkolonne in die Länge gezogen und war in kleine Grüppchen zerfallen, die keine Verbindung untereinander hatten. Sie wagten es nicht, einander Signale zu geben, aus Angst, sich zu verraten. Der Feind war noch in der Nähe, wenngleich verwirrt von der unerwarteten Wendung der Kampfhandlungen.

Plötzlich wurde der Wald lichter und die drei standen am Rand einer steilen Schlucht. Der Mond erleuchtete die Sägezähne der Felsen, zwischen denen sporadisch krumme, kleine Kiefern wuchsen. Extra Nina ertastete mit dem Fuß den Geröllhang und versuchte hinunterzurutschen. Einige Steinchen bröckelten in den Abgrund, zogen unterwegs andere nach sich, und der Lärm war über den ganzen Hang zu hören. Sie machte schleunigst kehrt.

»Hier wird das nichts«, schloss sie. »Wir müssen obenherum gehen.«

Sie stiegen weiter am Rand der Schlucht hinauf, während die Bäume allmählich kleiner wurden und in Wacholderbüsche übergingen. Das kahle Gebirge baute sich über ihnen auf wie eine riesige Welle, die jeden Augenblick aus ihrer Lethargie gerissen werden und sie erdrücken konnte. Endlich kamen sie auf dem Hang über dem Abgrund an und eilten erneut in Richtung Wald. Extra Nina ließ sich auf der ersten kleinen Wiese fallen und streckte sich auf dem Rücken aus. Ihre beiden Begleiterinnen legten sich neben sie.

Sie waren beinahe sechs Stunden gegangen, ohne haltzumachen.

»Gratulation zur Kampftaufe!«, beglückwünschte sie sie, nachdem sie ein wenig zu sich gekommen waren.

»Möchte jemand Schokolade?«, fragte Monika.

»Her damit!«, sagte ihre Schwester und streckte die Hand aus.

»Schokolade? Ihr macht wohl Witze?«, kicherte Extra Nina.

Monika langte in ihren Rucksack und zog eine eindrucksvolle, in Stanniol gewickelte Tafel hervor. Sie brach sie in zwei Teile, steckte die eine Hälfte wieder in den Rucksack, die andere teilte sie durch drei und gab jedem ein Stück.

»Mmmh, fein …«, raunte Extra Nina.

»Lindt«, präzisierte Monika bescheiden.

»Gib mir noch ein Stück!«, sagte Gabriela und streckte erneut die Hand aus.

»Nein!«, ihre Schwester schüttelte den Kopf. »Damit wir auch für später noch etwas haben.«

»Wann später? Wenn sie uns umgebracht haben?!«

»Und warum hast du keine mitgenommen?«

»Weil ich mich um die Waffen gekümmert habe.«

»Und deshalb hast du auch die Patronen vergessen …«

»Streitet nicht!«, unterbrach sie Extra Nina und fügte hinzu: »Gabriela hat recht. Man weiß nie … Manche Dinge darf man nicht aufschieben. Und Schokolade ist eines davon.«

Monika seufzte, holte die zweite Hälfte aus dem Rucksack, teilte sie auf und merkte vorwurfsvoll an:

»Jetzt sind nur noch die Karamellbonbons übrig.«

Sie lagen da und ließen in wonnevoller Verzückung die letzten Stückchen Schokolade im Mund zergehen. Nur einige Minuten später jedoch begannen sie, mit den Zähnen zu klappern. Die Kälte war unmerklich durch ihre Kleidung geschlüpft.

»Habt ihr eine Plane dabei?«, fragte Extra Nina und stützte sich auf die Ellenbogen.

»Davon hat uns keiner was gesagt«, antwortete Monika.

»Das kommt davon, wenn es keine einheitlichen Instruktionen gibt!«, schüttelte Extra Nina den Kopf, holte aus ihrem Rucksack ein Stück Zeltleinwand und breitete es aus. »Kommt her!«

Die drei kuschelten sich unter der Plane dicht aneinander. Die Wärme ihrer Körper floss zusammen und umgab sie mit einem unsichtbaren Kokon.

»Ihr dürft nie ohne Plane und Patronen im Gebirge unterwegs sein«, flüsterte Extra Nina. »Auf Schokolade kann man verzichten, aber ohne Plane und Patronen seid ihr verloren. Mindestens zwei Patronen. Eine für jede von euch. Sie dürfen euch nicht lebend fassen. Sonst werden sie euch schänden!«

»Sie werden euch schänden …«, wiederholte sie eher für sich selbst.

Der Geschmack der Schokolade vermischte sich mit der Bitternis einer quälenden Erinnerung. Etwas begann oberhalb ihres Magens zu brennen, als hätte sie einen glühenden Löffel verschluckt. Der Schweiß trat ihr auf die Stirn, aber ihre Augen blieben trocken.

»Und haben sie dich geschändet?«, fragte Gabriela leise.

Ihre dünnen, kalten Finger verschränkten sich mit denen Extra Ninas.

»Das, was mir passiert ist«, begann Extra Nina, »ist eigentlich nicht mir passiert …«

Sie drückte Gabrielas Hand und fuhr mit dumpfer, leerer Stimme fort, als gehe es um jemand anderen. Und tatsächlich waren das ihre ersten Worte:

»Jenes Mädchen existiert nicht mehr. Sie ist fort. Ich bin nicht sie, das ist die einzige Art weiterzuleben. Selbst wenn ich mich räche, tue ich es nicht um meiner selbst willen, sondern für sie. So fällt es mir leichter … Die Gute, sie hatte großes Glück. Sie verhafteten sie auf dem Rückweg von der Schule mit einer ganzen Tasche voller Hefte. Hausaufgaben, die sie nie korrigieren würde. Ihre Pistole lag unter der Matratze, sie fanden sie bei der Hausdurchsuchung, eine lächerliche, kleine Pistole, doch sie würde ihren Zweck erfüllen …

Die Handschellen klickten und es ging nach Vraca, in den Keller der Kreisverwaltung. Es waren drei: Oberinspektor Bazov, irgendein Ivanoolu und ein Dicker, Rosiger namens Kuzov. Bazov kam ihr riesig vor. Schon als sie hereingebracht wurde, fing es an: ›Du rotes Gör gibst den Schülern also Geo Milev zu lesen!? Und diesen sowjetischen Lumpen Majakowski?‹ Die Unglückliche dachte, man würde sie wegen ideologischer Diversion verfolgen. ›Das ist kein Verbrechen‹, sagte sie mutig, ›Geo Milev hat von Marinetti gelernt. Wissen Sie, wer Marinetti ist? Der Lieblingsdichter Mussolinis!‹ ›Weder kennen wir diesen Arsch Marinetti, noch wollen wir ihn kennen‹, Bazov verpasste ihr eine Ohrfeige, ›und auf Mussolini geben wir einen Scheißdreck. Hier zählt nur Adolf Hitler! Bulgarien über alles!!! Und wenn du es genau wissen willst, diese Prügel beziehst du nicht wegen irgendwelchen verfluchten Scheißdichtern, sondern wegen etwas ganz anderem. Kommst du drauf? Jetzt sag mir, mit wem aus der Einheit triffst du dich?‹ Mit wem, mit niemandem … Was soll sie sagen? Also zogen sie sie aus, banden sie auf einen Bock, so einen zum Sägen, und holten ein Bündel dünner Zweige von einer Kornelkirsche, eingetaucht in Essig. ›Wie schön und weiß dein Fleisch doch ist!‹, lachte Bazov. ›Ein Jammer.‹ Und die Schläge begannen, Schläge, dass Blut floss!«

»Die Arme!«, rief Gabriela und küsste sie zärtlich auf die Stirn.

»Die Arme …«, wiederholte Monika und berührte ihre Schläfe mit den Lippen.

»Und die Arme wiederholte nur: ›Ich kenne niemanden, ich habe mich mit niemandem getroffen.‹ Sie würde die Genossen nicht verraten! Dann kamen noch zwei herein, in Uniformen. Die Fähnriche Savov und Gărmenov aus dem Vracaer Infanterieregiment. ›Das ist sie‹, sagten sie, ›sie kam, um auf den Tanzveranstaltungen der Lesestube Agitation zu betreiben. Wir haben ihr gesagt, wir seien Mitglieder der Arbeiterjugend, weil wir sie flachlegen wollten. Aber sie hat uns nicht rangelassen! Wir haben sie angelogen und behauptet, wir hätten eine Organisation gegründet und würden Waffen ins Gebirge liefern: zwei Maschinengewehre, Granaten, Karabiner, was das Herz begehrt.‹ ›Sie lässt keinen ran, was?‹, grinste Bazov. ›Lässt keinen ran, das Miststück! Sie wird einen ranlassen, aber nicht euch, ihr Trottel‹, rief er, ›los, Abmarsch!‹ Und die beiden gingen hinaus. Aber vorher drückte dieses Ekel Gărmenov noch seine Zigarette auf mir aus …«

»Wo?!«, Gabriela erschauerte, als hätte die Zigarette sie selbst verbrannt.

»Hier!«, Extra Nina zog ihre Windjacke hoch.

»Die Arme!«, die Lippen des Mädchens berührten die Stelle.

»›Sag dich los! Sag dich los, und wir lassen dich gehen!‹, schrie Bazov. ›Wir wissen sowieso alles! Sowohl, wer dir die Aufträge erteilt, als auch, wem du Rechenschaft schuldig bist!‹ ›Warum quält ihr mich dann?‹, stöhnte sie. ›Wir quälen dich noch nicht, wir werden gerade erst richtig warm.‹«

»Du Arme!«, Monika umarmte sie. »Was haben sie dir sonst noch angetan?«

»Nicht mir! Ihr …«, flüsterte Extra Nina, die ihren Kopf in Monikas Haar vergraben hatte, das immer noch nach teurem Eiershampoo duftete. »Sie holten sie vom Bock herunter und hängten sie kopfüber an einen Haken an der Decke. ›So, jetzt wollen wir doch mal sehen, wie du Majakowski rezitierst, du Miststück! Lauter, ich kann nichts hören …‹ Und dazu Schläge mit einem Gummischlauch auf die Fußsohlen.«

»Auf die Fußsohlen!«, Monika machte eine schmerzverzerrte Grimasse.

»*Mit Wolfszähnen wollt ich / den Amtsschimmel / fassen, / ich spotte / jedes gestempelten Scheins. / Jedes Schriftstück / möcht ich / allen Teufeln überlassen, / jedes Amtsformular. / Bis auf eins …* ›Pfui‹, spuckte Bazov aus. ›Das soll Poesie sein?! Ich geb dir jetzt die Sowjetmacht mitsamt Elektrifizierung! He, Kuzov, nimm mal die Drähte, du bist der Techniker von uns beiden …‹«

»Diese Schufte!!!«

»Kuzov rannte los und schloss die Drähte an …«

»Wo?!«

»Hier … und hier.«

Nina krümmte sich, als würde erneut Strom durch ihren Körper fließen. Die Warzen ihrer kleinen Brüste waren spitz und hart. Die Mädchen stürzten sich auf sie und küssten sie.

»Sie schalteten den Strom ein, dann wieder aus. Ein, aus. Bis sie das Bewusstsein verlor. Sie kam in einer Lache von Exkrementen wieder zu sich. Sie spürte etwas. Hinten … im Anus.«

»Was?!«

»Sie wusste es nicht. Sie sah nur eine Schnur, die aus ihr herausragte wie ein Schweineschwanz. Bazov beugte sich hinunter, sah ihr in die Augen und zündete das Ende der Schnur an. Der Docht begann zu zischen. ›Du hast genau drei Minuten, um uns alles zu sagen …‹«

»Nein!«, riefen die Mädchen entsetzt.

»Ja! Sie hatten ihr eine Stange Dynamit hineingesteckt, die Ungeheuer! ›Das war's‹, sagte sie sich, mein Leiden hat ein Ende! Ich bin mir bis zum Schluss treu geblieben. Sie hätte gerne geschrien, etwas Revolutionäres gesungen, aber sie hatte keine Kraft mehr, die Arme. Sie hatte keine Kraft mehr, um sich an etwas aus dem Leben, das nun vorbei war, zu erinnern! Sie konnte nur zählen, während die Zündschnur immer kürzer wurde. ›Da wird es ganz schön was zu putzen geben‹, schüttelte Bazov den Kopf und ging zusammen mit den anderen hinaus. Sie blieb ganz allein. Und die kleine

Flamme: sssssssssssss … Und hopp, sie verschwand! Es verging eine Sekunde, zwei – nichts. Es vergingen weitere fünf – immer noch nichts. Es war kein Dynamit, sondern eine dicke Kerze … Aber das wusste sie nicht. Sie lag da und atmete. Die ganze Nacht!«

Gabriela zog die Plane über ihre Köpfe, und alles versank in Dunkelheit. Der Wind rauschte hoch oben in den Zweigen der Bäume und erfüllte den Wald mit Seufzern und Stöhnen. Zwei gelbliche Punkte leuchteten im Gebüsch auf. Die Falten der Plane glichen Wellen bei bewegter See. Der Wolf näherte sich geräuschlos. Er senkte den Kopf und schnupperte an der nackten Fußsohle, die unter der Zeltbahn hervorschaute. Plötzlich war er auf der Hut.

Extra Nina schlug abrupt die Plane zurück.

»Was ist los?«, flüsterte eines der Mädchen.

»Pssst!«

Sie griff nach dem Karabiner und schlüpfte geschmeidig wie eine Katze hinaus. Sie kniete sich im hohen Farn hin, das bis zum Ende der Wiese wucherte, und sah sich um. Die Nacht wurde heller, knapp über dem Boden waberte ein leichter Nebel. Sie sah niemanden, aber sie hätte schwören können, dass sie vor Kurzem das Knacken von dürren Zweigen gehört hatte. Tiere traten nicht so auf. Ihre nackten Schultern zitterten bei der Berührung der kühlen Farnblätter. Sie vernahm erneut eine Bewegung und hielt die Waffe in Richtung des Geräusches. Zwischen den Bäumen zeichnete sich eine menschliche Gestalt ab. Sie bewegte sich unsicher und scheinbar ziellos. Sie schien allein zu sein. Extra Nina fasste das Gewehr von der anderen Seite, wartete darauf, dass die Gestalt näher kam, und versetzte ihr mit aller Kraft einen Schlag mit dem Gewehrkolben. Der Mann brach lautlos im Laub zusammen. Extra Nina drehte ihn mit dem Fuß um und starrte ihm ins Gesicht. Es war Schraube.

Turteltaube oder Zwergohreule

Insgesamt 19 Mann unter dem Kommando Medveds erreichten Bjala Vapa am frühen Nachmittag des darauffolgenden Tages. Sie waren die ganze Nacht marschiert, dann zeigte sich allerdings, dass sie zu weit gegangen waren, nämlich bis nach Černa Vapa, und umkehren mussten, wobei sie die offenen Weideflächen am Fuße von Denčovite Kuli zu umgehen versuchten. Geführt wurden sie von einem Partisanen aus dem Dorf Gubeš, Gălăbinko Lesičkov (Courage), den sie auch den Waldhüter nannten. Der Waldhüter, versteht sich, hatte lange Jahre in der Forstwirtschaft gearbeitet, und man nahm an, dass er sich in diesem Teil des Balkangebirges auskannte wie in seiner Westentasche. Die letzten zwei Jahre jedoch hatte Gălăbinko im Vollrausch verbracht, und er war die ganze Zeit über so besoffen gewesen, dass seine Frau, Tante Donka, sich dazu gezwungen sah, ihn fast mit Gewalt rauszuwerfen und zu den Partisanen zu schicken. Ihr Bruder, Onkel Metodi, war eines der Gründungsmitglieder der Patarinska Četa und setzte sich dafür ein, dass er aufgenommen wurde. Dort draußen im Wald gab es keine Wirtshäuser, es herrschte eiserne Disziplin, das würde ihn kurieren. Oder er würde getötet werden. Und siehe da, ob durch die frische Luft, aus Angst vor Medved oder weil er sich vor den Genossen schämte, der Mann kam wieder auf die Beine, nur dass die Pfade durchs Gebirge in seinem Kopf so verworren wie ein Wollknäuel waren. Hier entlang, nein, da lang und wieder zurück. Dann dort entlang. Aber auch das stimmte nicht, man musste dort hinüber. *Zum Teufel!* Aber wie sehr Medved sich auch ärgerte, er konnte nicht leugnen, dass es Courage im Endeffekt immer gelang, sie zum vorgesehenen Ort zu führen. Auf dem einen oder anderen Weg …

Bjala Vapa war der Sammelpunkt der Partisanen für den Fall, dass Code »Immergrün« ausgerufen und die Einheit zerstreut werden sollte. Schon vor zwei Monaten waren der Strauch und ein Genosse, den sie den Kanister nannten, hierher gekommen, um eine Nahrungsbasis zu organisieren. Sie hatten zwei Säcke Mehl, hundert Kilo Kartoffeln und einen Kanister Öl versteckt. Das war nicht viel, aber fürs Erste würde es reichen. Hier trafen sie auf eine weitere Gruppe von 8 Mann, angeführt von Lenin. Sie waren zwei Stunden früher angekommen. Lenin war ein erfahrener Bergsteiger und verabsäumte es nie, seine Überlegenheit in Orientierungsfragen hervorzuheben. Bei ihm waren der an der Schulter verwundete Lozan sowie Tichon. Unterwegs hatte Tichon irgendeinen Pilz gegessen, und jetzt hielt er sich den Bauch. Der Strauch fragte ihn, um was für einen Pilz es sich handelte, konnte aber nur in Erfahrung bringen, dass er gelb war.

»Wenn du Glück hast, Genosse Pope, dann kommst du mit Dünnschiss davon«, schloss er.

»Solang es nur was zu scheißen gibt, ho-ho!«, posaunte Tichon.

Die offenkundige Barbarei des Genossen Pope stieß einige delikatere Naturen ab, doch Medved konnte sie nicht schrecken. Er war der Meinung, dass seine Energie und sein primitiver Humor aufmunternd auf die Einheit wirkten, besonders in schweren Momenten wie diesem. Und trotzdem konnte nichts das Fehlen solcher Kampfgefährten wie Extra Nina und Schraube wettmachen. Die Zwillinge waren ebenfalls nicht da. Wenn man in Betracht zog, dass mit ihrem Kommen die Unannehmlichkeiten erst begonnen hatten, gab es zwar keine besondere Veranlassung, um sie zu trauern. Sie waren ohnehin der sicherste Weg, Kopfschmerzen zu bekommen. Aber der Gedanke daran, sie nie wieder zu sehen, ließ Medved aus unerfindlichen Gründen einen ständigen stumpfen Schmerz verspüren. Ein Schmerz, den zu analysieren er keine Zeit hatte, weil wichtige Entscheidungen zu treffen waren.

Aus Sicherheitserwägungen befahl er der Hauptgruppe, sich ungefähr 400 m den Berg hinauf zurückzuziehen. Der Sammelpunkt war nur einem eingeschränkten Kreis von Genossen bekannt, aber ein Teil dieses Kreises, einschließlich des sogenannten Kanisters, fehlte. Niemand konnte mit Gewissheit sagen, ob sie getötet oder gefangen genommen waren, es war möglich, dass jemand den konspirativen Treffpunkt unter Folter verraten hatte. Sie durften nicht übermäßig lang hier bleiben. Er schickte den Strauch und den Nagel, um die versteckten Nahrungsmittel zu holen. Unten blieben der Gräber und Onkel Metodi als Wachen zurück – für den Fall, dass neue Genossen kämen, um diese in Empfang zu nehmen und ihnen den Weg zu weisen, und um ein Signal zu geben, falls ein Feind auftauchte. Sie begannen sich abzusprechen, was für ein Signal das sein sollte, was immer von langen Diskussionen begleitet wurde. Der Kommandeur hatte eine Schwäche für das Gurren der Turteltaube – vielleicht, weil es der einzige Laut war, der ihm lag. Aber Onkel Metodi widersetzte sich.

»Die Turteltaube«, sagte er wissend, »lebt in den Niederungen. In Gärten, am Fluss, auf dem Feld, dort ist sie zu finden. Wenn du in mehr als 1200 Metern eine Turteltaube hörst, dann ist es ein Partisan. Besser, du singst gleich die Internationale! Sie werden uns auslachen, Towarischtsch KomBrig!«

Seit er in die Einheit gekommen war, bemühte sich Medved, eine einheitliche Klassifikation für Warntöne auszuarbeiten und durchzusetzen, wie man es ihn gelehrt hatte. Zum Beispiel: für einen Feind – Turteltaube, für einen zufälligen Wanderer – Grasmücke, für einen Freund – Lerche usw. Aber die Einheimischen wollten diesen ganzheitlichen Ansatz partout nicht akzeptieren. Eine Grasmücke im Buchenwald im

Oktober? Da braucht nur ein zufälliger Wanderer vorbeizukommen, der wird dich hören, schmunzeln und schnurstracks zur Polizei laufen. Denn selbst die Kinder in dieser Gegend wissen, dass die Grasmücke in Birken und Linden nistet, und im September fliegt sie in den Süden davon! Besser, du zwitscherst wie ein Zaunkönig. Wenn du wiederum in der Nähe einer Lichtung bist, kannst du wie ein Wachtelkönig rufen … Ein Wachtelkönig! Wo suchst du denn den Wachtelkönig, und schon geht die Diskussion los. Bei Lichtungen nistet der Baumpieper. Tin-tin-tidoi! So macht der Waldbaumläufer, Mann! Man trifft ihn auch im Kiefernwald. Schon, aber nur auf der anderen Seite des Gebirges. Auf dieser Seite kannst du den Tannenhäher hören oder die Tannenmeise – tsip-tsip-tsip!

Medved hörte eine Weile zu und winkte dann ab. Mit diesen Bauern kam man auf keinen grünen Zweig! Sie gurrten, riefen Kuckuck, zwitscherten, trällerten und pfiffen wie Kinder. Er war ebenfalls auf dem Land aufgewachsen, aber mit den Jahren war der fröhliche Chor von Vogelstimmen, der seine Kindheit erfüllt hatte, verblasst und verhallt. Dort, wo er herkam, waren Singvögel selten und blieben auch nie lang. In den endlosen Winternächten heulten Schneestürme, weinten Trinker, und der Schnee knirschte unter den Stiefeln der Tschekisten. Alles andere war Stille – tief und schwer, wie sie hier überhaupt nicht existierte. Selbst in den kältesten Monaten fand sich noch ein Sperling, eine Elster oder ein Wendehals, der auf einen Zweig sprang und den schweigsamen Wintertag mit Zwitschern erfüllte. Für Medved waren all diese Geräusche so gut wie identisch, aber für die Einheimischen hatten sie offensichtlich große Bedeutung. Und er verzichtete darauf, mit ihnen zu streiten, ließ sie ihr eigenes kompliziertes Kommunikationssystem entwickeln und an die konkreten Umstände anpassen.

»Also gut, was schlägst du vor? Einen Auerhahn?«

»Einen Auerhahn«, Onkel Metodi schüttelte den Kopf. »Das ist nicht die richtige Jahreszeit für den Auerhahn. Der

Auerhahn singt, wenn er beginnt, sich fortzupflanzen. In zwei Wochen geht ihm die Kehle auf, jetzt ist er stumm wie ein Grab. Jetzt wie ein Auerhahn zu rufen, ist, als würdest du ›Tod dem Faschismus!‹ rufen.«

»Jetzt leck mich doch am Arsch!«, schüttelte der Gräber den Kopf.

»Was dann?«, wiederholte Medved mit einer gewissen Ungeduld.

»Eine Zwergohreule«, sagte Onkel Metodi nachdenklich.

»Du meinst einen Uhu?«

»Eine Zwergohreule«, wiederholte Onkel Metodi. »Der Uhu macht uhu. Aber nur in der Nacht. Und die Zwergohreule ruft huhu. Sowohl nachts als auch am Tag.«

Er machte mit den Händen einen Trichter vor seinem Mund und gab ein dumpfes, aber kräftiges Geräusch von sich:

»Huhuuu! Huhuuu!«

»Mann, das ist ja ein Ding! Das habe ich nicht gewusst«, meldete sich der Gräber.

Unerwartet kam ein metallischer Schrei aus dem Wald. Medved erstarrte. Auf dem Gesicht Onkel Metodis erschien ein breites Lächeln.

»Das ist Schraube!«, verkündete er freudig. »Er bemüht sich, wie eine Lerche zu klingen, aber es kommt immer eine Dampfpfeife dabei heraus.«

»Eine Dampfpfeife mit Loch«, präzisierte der Gräber und erzeugte ein ähnliches Geräusch.

Das Dickicht geriet in Bewegung, und Schraube, Extra Nina und die zwei Mädchen traten heraus. Der Kopf Schraubes war unbeholfen mit einem rosa Lappen verbunden, auf der rechten Seite war ein dunkler Blutfleck durchgesickert.

»Na endlich, wir warten schon eine Ewigkeit!«, der Gräber umarmte sie. »Merhaba, Büchse!«

(Letzteres ging irgendwie unter.)

Das Auftauchen dieser kleinen Gruppe machte Hoffnung, dass es noch weitere Überlebende geben könnte. Der Gräber und Onkel Metodi blieben, um auf die anderen zu warten, während Medved die Neuankömmlinge ins provisorische Lager führte. Schraube hörte nicht auf, von seinen Heldentaten zu erzählen, während Extra Nina merkwürdig verschlossen schien. Die Mädchen gingen mit gesenkten Köpfen hinter ihr. Der Schmerz, der Medved bei dem Gedanken quälte, er würde sie nie mehr wiedersehen, war plötzlich verschwunden. An seine Stelle trat eine unerklärliche Gereiztheit, die mit jedem Schritt anwuchs.

Hier ist es, nein doch nicht

Der Strauch und der Nagel streiften verzagt durch den Kiefernwald.

»Verflixt und zugenäht!«, moserte der Kleine. »Hier ist es auch nicht!«

»Habt ihr die Stelle denn nicht markiert?!«, ärgerte sich der Nagel, der schon ordentlich Hunger hatte. »Ich pfeif auf eure Scheißgeheimhaltung!«

Unter anderen Umständen wäre der Strauch vielleicht beleidigt gewesen, aber jetzt war er nur beschämt und verwirrt.

»Lass uns wieder zu dem moosbewachsenen Felsen zurückgehen. An den kann ich mich noch gut erinnern …«

»Wie oft sind wir jetzt schon zurückgegangen!«, begehrte sein Gefährte auf, aber trotzdem machten sie sich auf den Rückweg.

»Also, von hier aus 30 Schritte nach links«, murmelte der Strauch vor sich hin und begann zu zählen.

»Warte!«, unterbrach ihn der Nagel. »Hast du die Schritte damals abgezählt?«

»Der Kanister!«, der kleine Mann schlug sich mit der flachen Hand gegen die Stirn. »Mann, was bin ich aber auch daneben! Seine Schritte sind ja viel größer als meine … Los, komm her, miss du die Strecke ab!«

Nach genau dreißig Schritten trat der Nagel in dichte Brennnesseln, die ihm bis zur Brust reichten. Er sah sich hilflos um.

»Vorher waren die nicht da, die sind jetzt erst gewachsen …«, rechtfertigte sich der Strauch. »Dort muss ein Stöckchen sein. Wie ein Y, abgerundet und weiß … Das ist das Zeichen.«

Der Nagel begann, sich durch die Brennnesseln zu schlagen, wobei er fluchte.

»Wohin zeigt das untere Ende?«

»Wohin, wohin, weiß ich doch nicht! Dorthin …«

»Dann miss noch mal 60 Schritte ab!«

Der Nagel trat aus dem Brennnesseldickicht heraus und rieb sich die geröteten, brennenden Hände. Der Strauch lief freudig hinter ihm her.

»Hier ist es! Wir haben es gefunden!«

Er hob den Blick zur mächtigen Tanne, deren Äste sich über ihren Köpfen schlossen wie ein Dach. Die revolutionäre Idee, ihre Vorräte auf Bäumen zu lagern, stammte vom Kanister. So würden die Wildschweine sie nicht ausgraben.

»Und wenn sie herunterfallen?«, zeigte sich der Strauch besorgt.

»Sie werden nicht herunterfallen!«

Gesagt, getan. Der Kanister schaffte sogar den Kanister mit Öl hinauf, wobei er ihn in etwas einwickelte, damit er nicht durch Lichtreflexe Aufmerksamkeit auf sich zog.

Der Nagel sah zum Baum, dann zum Genossen Strauch und seufzte.

Er lehnte sein Gewehr an den Stamm, spuckte sich in die Hände und begann zu klettern. Die kleinen grünen Nadeln umgaben ihn, und er arbeitete sich weiter hinauf, bis er überhaupt nicht mehr zu sehen war. Man konnte nur hören, wie er auf die Äste trat. »Das hat sich der Kanister schon schlau ausgedacht«, sagte sich der Strauch. Wo jetzt wohl sein armer Kopf herumkugelte? Er ging vernünftigerweise ein wenig zur Seite, damit nicht zufällig einer der Säcke auf ihm landete. Es vergingen einige Minuten. Der Nagel war so weit hinaufgestiegen, dass man nichts mehr hörte. Würde der Grünschnabel zurechtkommen? Der Kanister war kräftiger … Kurz darauf begannen die Zweige über seinem Kopf erneut zu rascheln.

Der Nagel sprang vom Baum herunter, ganz zerkratzt und knallrot vor Wut.

»Nichts.«

»Was?«, der Strauch wich einen Schritt zurück.

»Dort oben ist nichts!«, wiederholte der Nagel und ballte die Fäuste.

»Das Stöckchen …«, stammelte der Strauch. »Bist du sicher, dass das Stöckchen in diese Richtung gezeigt hat?«

»Ach, du Unkraut! Klette, Wurzel, Flechte … Schimmelpilz!«

Extra Nina saß im Gras und reinigte den Lauf ihres Karabiners. Ihre Hände waren vom Waffenöl verschmiert, und in ihrem Gesicht war finsterer Eifer zu lesen. Monika und Gabriela näherten sich leise und ließen sich schweigsam zu beiden Seiten von ihr nieder. Der Reinigungsstab fuhr mit einem fettigen Zischen im Lauf auf und ab. Am Ende fasste sich Monika ein Herz und fragte scheu:

»Und wie ist es dir gelungen, jenen Monstern zu entkommen? …«

Ohne etwas zu sagen, stand Extra Nina auf und ließ sich zehn Meter weiter nieder. Sie fuhr fort, ihre Waffe zu reinigen. Die Mädchen sahen sich unglücklich an. »Was ist da los, zum Teufel?«, dachte sich Medved, der die ganze Szene interessiert mitverfolgt hatte.

In diesem Augenblick rührte sich etwas hinter seinem Rücken.

»Bitte um Erlaubnis, Meldung machen zu dürfen, Towarischtsch KomBrig!«

»Ein großer Kommandeur«, wiederholte Oberst Dowlatow gern, der Lehrer für allgemeine Taktikausbildung, »versteht es, mit der selben Gelassenheit sowohl die kleinen als auch die großen Verluste hinzunehmen.« Medved rief sich seine Worte deutlich ins Gedächtnis, als der Strauch und der Nagel vor ihm Aufstellung nahmen, um zu berichten, dass sie die Nahrungsmittel nicht gefunden hatten. »Ein großer Kommandeur verrät nicht, was in seinem Herzen vor sich geht. Seine Gesichtszüge bleiben ebenso unbeweglich wie die des im Mausoleum liegenden Lenin, erhellt vom inneren Strahlen der Revolution.«

»Tak, also«, Medved kniff die Augen zusammen. »Ne naschli, ihr habt es nicht gefunden.«

»Stimmt, Towarischtsch KomBrig! Ne naschli«, wiederholte der Nagel. »Diese Klette hier ist schuld. Er hat vergessen, wo sie die Nahrungsmittel versteckt haben. So ein Idiot! Er verdient es, am Spieß gebraten zu werden wie eine Wachtel …«

Der Nagel sprach mit seinem Herzen. Aber der Nagel war kein Kommandeur. Den Strauch zu braten, würde die taktische Lage nicht wesentlich verändern. Abgesehen vielleicht von der kurzzeitigen moralischen Befriedigung … »Ein großer Kommandeur hat keine Zeit, private offene Rechnungen zu begleichen«, lehrte sie Dowlatow. »Ein großer Kommandeur hat einzig offene Rechnungen mit der Geschichte zu begleichen.«

»Towarischtsch *Elin*«, sagte Medved kalt, »Sie enttäuschen mich.«

Der Einzige, der ihn Elin nannte! Und er missbrauchte sein Vertrauen. Der Schmerz war unerträglich. Vielleicht hatten die Genossen recht damit, dass er nicht würdig war, sich mit solch einem schönen Namen zu schmücken? Er verdiente es, bis zum Ende seiner Tage »der Strauch« zu bleiben!

»Mir, mir wird es schon wieder einfallen …«, stammelte der Kleine, »es fällt mir auf jeden Fall wieder ein!«

Aber Medved hörte ihm schon nicht mehr zu. Er wandte sich an die Einheit und befahl:

»Öffnet die E-Portionen!«

Die Eiserne Portion (kurz E-Portion) bestand aus zwei Stücken Zwieback und einer Prise Zucker, eingewickelt in ein Paket, das jeder Partisan in seinem Rucksack aufzubewahren verpflichtet war und nur auf ausdrücklichen Befehl des Kommandeurs öffnen durfte. Vor zwei Wochen hatte er die Päckchen inspiziert und zufrieden festgestellt, dass sie vorhanden waren. Medved selbst verfügte über eine gesonderte Eiserne Portion für Kommandeure, die ihm eine ganze Woche »autonomes Überleben« erlaubte. Darin befanden sich 14 kleine Würfel einer hochenergetischen Nahrungssubstanz (HENS), die übrigens im selben Labor wie auch das avantgardistische Gift RN337 hergestellt wurde. Diese fade, fettige Substanz, die an gefrorenes Schmierfett erinnerte, würde eines Tages den Grundstein für die zukünftige Astronautennahrung legen. Medved missbilligte, dass er diesen wertvollen Vorrat in solch einer dummen Situation aufbrauchen musste, aber er hatte praktisch keine andere Wahl.

»Ein großer Kommandeur«, leitete sie Dowlatow an, »akzeptiert die menschliche Dummheit als eine natürliche Erscheinung. Oder wärst du auf den Wind wütend, weil er deinen Schornstein umgeworfen hat?«

Er drehte sich um und steckte sich unbemerkt ein dunkelbraunes Würfelchen in den Mund. Er ließ es aufweichen, drückte es mit der Zunge platt und legte es dann darunter. Je langsamer er es zergehen ließ, desto vollständiger wurden die Kalorien aufgenommen.

»Warum isst du nichts?«, wandte sich Medved an einen Partisanen namens Svilen, der nur stumpfsinnig seine E-Portion anstarrte.

»Na ja, ich … ich habe schon gegessen«, stammelte er.

»Wann hast du gegessen?«, fragte der Kommandeur mit einer bösen Vorahnung.

Svilen senkte den Kopf. Medved riss ihm das Päckchen aus der Hand und öffnete es.

»Tschto?!«, flüsterte er ungläubig.

Darin lagen zwei Baumrinden und eine Buchecker.

Der Kommandeur hob den Blick und sah, dass so gut wie niemand aß. Die Partisanen wichen schuldbewusst seinem

Blick aus, einige taten sogar so, als schliefen sie. Extra Nina stopfte weiterhin den Reinigungsstab in die Mündung ihres Gewehrs. Medved fühlte sich auf tragische Weise allein gelassen mit dem Würfel HENS, der unter seiner Zunge zerging.

»Towarischtsch KomBrig!«

Eine Hand zeigte unsicher auf.

»Bitte um Erlaubnis, Selbstkritik üben zu dürfen.«

»Dawai!«, nickte Medved.

»Wenn es kein Brot gibt, werde ich euch eben mit Selbstkritik füttern«, dachte er sich boshaft.

»Ich«, begann Botev nasal, »habe es zugelassen, mich in eine Manifestation kollektiver Verantwortungslosigkeit hineinziehen zu lassen. Statt die Verantwortlichen über diese gefährlichen Prozesse zu informieren, die sich vor meinen Augen abspielten, zog ich es vor, mich ihnen unter dem Einfluss elementarer natürlicher Faktoren wie Gier und Hunger anzuschließen. Ich habe keinen Halt bei der Theorie und Praxis der großen Lehre von Marx, Lenin und Stalin gesucht, habe keine Diskussion über die Probleme angestoßen …«

Die Mädchen rückten wieder zu Extra Nina und setzten sich zu ihren beiden Seiten hin.

»Wir haben Bonbons«, flüsterte Monika.

»Ich habe keinen Hunger!«, sie warf ihr Haar zurück.

Aber sie rührten sich nicht.

»Das war ein politischer Fehler!«, sagte sie schnell. »Es darf sich nicht wiederholen! Hört ihr? Nie mehr!«

»Was denn?«, fragte Gabriela.

»Dass wir uns geküsst haben … Wir dürfen das nicht!«

»Willst du nicht trotzdem ein Bonbon?«, Monika streckte die Hand aus.

»Ich mach euch kalt!«, zischte Extra Nina.

»Alle sollen zuhören!«, erhob Medved gedehnt die Stimme.

»… schuldig, dass ich meine persönliche Eiserne Portion sinnlos verschwendet und die Führung der Einheit bezüglich ihres Vorhandenseins getäuscht habe. In einem Anfall falsch verstandener Solidarität ließ ich es zu, dass meine Genossen denselben Fehler begehen, was ich zutiefst und ehrlich bereue. Mir ist bewusst, dass ich diesen Vorrat jetzt gebraucht hätte, um zu überleben, ohne den anderen zur Last zu fallen. Ich habe die komplizierte taktische Situation unterschätzt und bin der Meinung, dass ich eine absolut rigide Bestrafung verdiene.«

In diesem Augenblick kam ein tiefes, finsteres Geräusch aus dem Wald:

»Huhuuu! Huhuuu! Huhuuu!«

***

Hauptmann Nacht erreichte Bjala Vapa um Punkt fünf am Nachmittag. Er tauchte gleichsam aus dem Nichts auf, zusammen mit den Schatten, die allmählich länger wurden. Valjo hatte gehört, dass dort irgendwo ein Nahrungsmittelvorrat für den Fall eines plötzlichen Rückzugs angelegt worden war. Eine Information, die er mit Freude teilte, noch bevor sie ihn überhaupt angerührt hatten. Der Ziegenhirt kannte jedoch nur die Hügel oberhalb seines Heimatdorfs. Sie waren gezwungen, einen anderen Führer zu suchen. Sie schnappten sich einen Förster aus dem Forstgebiet »Romanovo«, wohin sie die Gefallenen und Verletzten gebracht hatten. All das kostete Zeit.

In Bjala Vapa war bereits niemand mehr. Es empfing sie nur der dumpfe Ruf eines unsichtbaren Vogels: »Huhuu! Huhuuu! Huhuuuu!« Der Hauptmann sah sich unruhig um und rief einen Soldaten zu sich, der als Vogelkenner galt.

»Was ist das, Andreev?«

»Eine Zwergohreule, Herr Hauptmann«, antwortete der Soldat, ohne nachdenken zu müssen.

»Eine Zwergohreule«, bestätigte der Förster.

»Eine Zwergohreule!«, Hauptmann Nacht drehte sich zu dem gefangen genommenen Partisanen um, den sie gefesselt und mitgenommen hatten: »Wohin hast du uns geführt, Mann?! Nach Zwergohreulenhausen!«

Valjo blinzelte erschrocken:

»Ich habe Ihnen alles gesagt, was ich weiß, Herr Hauptmann …«

»Wir haben ihn nicht verprügelt, deshalb …«, Zanev schüttelte den Kopf.

»Dafür werden wir ihn jetzt aufhängen«, sagte der Hauptmann knochentrocken, wobei er sich umsah: »Dort, an dem Baum da. An die Arbeit!«

»Nein! Nein!«, Valjo wurde bleich.

Drei Soldaten packten ihn und schleppten ihn zum angegebenen Baum.

»Sich vor dem Militärdienst drücken, was? Verfluchter Deserteur!«

»Ich habe mich nicht gedrückt! Sie haben mich dazu gezwungen!«, wand er sich in ihren Händen.

Einer der Soldaten stieg flink auf die riesige Tanne und ließ einen Strick mit Schlinge von oben herunter. Die anderen beiden brachten unter den zustimmenden Rufen ihrer Kameraden das Opfer in Position. Plötzlich war ein Ruf aus dem Baum zu hören.

»Herr Hauptmann, hier oben ist etwas!«

»Vorsicht!«, rief Zanev, »Vielleicht sind es Sprengsätze!«

»Hinlegen!«, befahl Hauptmann Nacht und wandte sich an Valjo: »Du, marsch auf den Baum!«

Die Soldaten banden ihn los. Der Gefangene wartete nicht darauf, erneut aufgefordert zu werden, sondern stieg schnell in die Zweige hinauf, froh, dass er dem schrecklichen Schicksal zumindest fürs Erste entkommen war. Kurz darauf schlugen einige Mehlsäcke auf der Erde auf, die kleine weiße Staubwolken aufwirbelten. Dann wurde auch der Kanister mit dem Öl heruntergelassen, der unsicher an einem Seil baumelte. Valjo sprang auf die Erde und rieb nervös seine vom Harz verklebten Hände.

»Was hab ich gesagt! Was hab ich gesagt! Es ist hier! Stimmt's? …«

Der Hauptmann gab ein Zeichen, man solle ihn abführen.

»Wir sind ihnen wohl zuvorgekommen«, merkte Zanev zufrieden an.

»So sieht es aus …«, stimmte Hauptmann Nacht vorsichtig zu.

»Herr Hauptmann«, Edrev kam angerannt. »Schauen Sie, was ich gefunden habe!«

Er reichte ihm eine durchsichtige Verpackung aus Zellophan. Nacht nahm sie mit zwei Fingern, hielt sie gegen das Licht und betrachtete den eleganten Aufdruck: »Serge«. Er schnupperte ungläubig. Sie gehörte zu einem teuren Karamellbonbon. Was hatte es in dieser Einöde verloren?

»Wo hast du es gefunden?«

»Dort drüben, ungefähr hundert Meter von hier, während wir die Gegend abgesucht haben.«

Jetzt nahm der Fähnrich die Verpackung und betrachtete sie.

»Unmöglich!«, rief er aus. »Meine Lieblingsbonbons! Sie kosten 10 Leva das Stück und werden nur in einem einzigen Geschäft in Sofia verkauft. In der Konditorei von Serge Minasjan, an der Ecke von ›Rakovski‹ und ›Moskovska‹. Sicherlich haben Touristen es zurückgelassen …«

»Touristen, hier?«, sagte der Hauptmann nachdenklich.

Mit großen, entschlossenen Schritten ging er zu der Stelle, wo das Indiz gefunden worden war. Er rief den Soldaten mit dem Hund und hielt dem Tier das Bonbonpapier unter die feuchte Schnauze. Es schnupperte daran und sah ihn mit seinen großen, klugen Augen an.

»Los, Rex, such!«, forderte der Hauptmann den Hund auf.

Dieser sah ihn weiterhin klug an.

»Er hat sich noch nicht von dem Schrecken erholt, Herr Hauptmann«, meldete der Soldat verlegen.

»Ach so? Und hat er vielleicht auch seinen Appetit verloren? …«

»Überhaupt nicht, Herr Hauptmann!«

»So eine empfindliche Natur!«, warf Nacht hämisch ein, zog seine Parabellum und richtete sie auf das Tier. »Wenn du mir noch einmal so einen Streich spielst, werde ich dich persönlich erschießen, du Pudel!«, brüllte er.

Der Hund knurrte mit Bassstimme. Der Soldat zog erschrocken an der Leine und brachte ihn in eine sichere Entfernung, wobei er leise auf ihn einredete:

»Wie kannst du dich nur so blamieren, Rex?!«

Nacht legte die Verpackung vorsichtig zwischen die Seiten des kleinen Notizbuchs mit dem silbernen Stift, das er aus der Tasche seiner Uniformjacke gezogen hatte. Er notierte etwas und steckte es wieder weg. Die Sonne verschwand hinter den Anhöhen, der Himmel versank in einer rostroten Dämmerung. Mit dem Schwinden des Lichts wurden die Geräusche des Waldes lauter und auch immer deutlicher. Er lauschte, als bemühte er sich, etwas Spezielles im Äther zu empfangen.

»Andreev«, flüsterte er, »deine Zwergohreule ist ja ganz verschwunden. Ruf sie mal!«

Der Vogelkennersoldat formte mit seinen Händen einen Trichter:

»Huhu-huhuuu! Huhu-huhuuuu!«

Es vergingen einige Minuten, aber es folgte keine Antwort.

»Huhu-huhuuu! Huhu …«

»Das reicht!«, unterbrach ihn der Hauptmann. »Es wird niemand mehr kommen. Es hat keinen Sinn, hier herumzuhängen. Packt die Nahrungsmittel ein und dann ziehen wir ab! Aber wir sehen uns wieder …«, trällerte er halblaut vor sich hin.

Ideologische Zweifel

Sie gingen schon seit Stunden, ohne ein Wort zu sprechen. Courage führte sie an, doch wohin genau, wussten nur er und der Kommandeur. Medved hatte sofort den Befehl zum Aufbruch erteilt, als das Alarmsignal ertönte. Lenin blieb zurück, um auf Onkel Metodi und den Nagel zu warten. Die drei holten die anderen ein, kurz bevor sie den Gebirgskamm überquerten. Die Kolonne blieb erst nach Mitternacht zum Rasten unter einem Gesteinsmassiv stehen, das wie ein Schnabel über dem Tal hing. Der verwundete Lozan ließ sich ins Gras sinken und rührte sich nicht mehr. Seine Kräfte waren vollständig erschöpft. Die Übrigen waren auch nicht sehr viel besser in Form. Aus dem Bauch des Popen waren unvorstellbare Geräusche zu hören, stündlich rannte er hinter irgendeinen Stein, kam aber jedes Mal entmutigt zurück. Sein Darm produzierte nur Gase. Alle starrten voller Respekt die beiden Schwestern an, die mit ihnen marschiert waren, ohne zurückzubleiben und ohne sich zu beklagen.

»Und wohin jetzt?«, fragte Lenin finster.

Medved blickte zu den schwarzen Anhöhen, bewachsen mit jahrhundertealtem Wald, der bis in die Niederungen reichte.

»Wo ist das Dorf?«, wandte er sich an Courage.

»Weiß ich doch nicht …«, der ehemalige Förster kratzte sich am Hinterkopf und fügte rechtzeitig hinzu: »… Towarischtsch KomBrig.«

Medveds Plan sah vor, dass die Einheit ihr Lager oberhalb des progressiven Dorfs Gubeš aufschlagen sollte, aus dem Onkel Metodi und Courage selbst stammten. Dort gab es einen kleinen, aber soliden Parteikern und ein Netz von Verbindungsleuten, auf die sie sich verlassen konnten. Ihre Verfolger abzuhängen und Proviant aufzunehmen, waren in diesem Moment die wichtigsten Aufgaben. Erstere schien erfolgreich erledigt worden zu sein. Doch letztere stellte sie noch vor große Probleme.

»Ich glaube, wir sind beim Großen Kljunder rausgekommen. Unser Dorf liegt weiter dort drüben, hinter dem Kleinen Kljunder«, erklärte Onkel Metodi, wobei er irgendwohin in Richtung Osten zeigte.

»Na ja, bei dieser Dunkelheit …«, begann Courage sich zu rechtfertigen.

»Du bist mir auch so ein Führer!«, brummte Lenin.

»Ist das Dorf weit weg?«, fragte Medved.

»Aber nein!«, wurde Courage lebhaft. »Wenn's hochkommt, sind es 30 Kilometer.«

»30 Kilometer …«, wiederholte der Kommandeur nachdenklich, ließ seinen Blick über die auf der Erde herumliegenden Kämpfer wandern und schüttelte den Kopf. »Sie werden nicht durchhalten. Wir gehen in den Wald hinunter. Dort überlegen wir weiter.«

»Überlegen schön und gut, aber was sollen wir essen?«, war die räsonierende Stimme Lenins zu vernehmen.

»Das ist der Dadan-Wald«, hüstelte Onkel Metodi.

»Ich meine, wir sollten ins Wäldchen oberhalb vom Dorf gehen«, beharrte Courage scheu. »Schaut, dort ist es … Und was Tante Mika uns für Böreks machen wird!«

»Ich hab gehört, dass der Dadan-Wald voller Wild ist …«, meldete sich der Gräber.

»Er ist voll davon, weil niemand dorthin geht!«, entgegnete Onkel Metodi barsch.

»Warum?!«, fragte Medved ungeduldig.

»Na ja, dort … dort ist Hölle am Werk.«

»*Kto?!* Wer?«

»Hölle«, wiederholte Onkel Metodi und fügte mit einer gewissen Verlegenheit hinzu: »Eine unreine Kraft ...«

»Was redest du da für einen Unsinn, Onkel Metodi!?«, explodierte Medved. »Du bist doch ein alter Parteigenosse! Ich dachte, du hättest ein wissenschaftlich marxistisches Weltbild.«

»So ist es ...«, senkte der alte Genosse den Blick. »Aber dort ist etwas.«

»Das stimmt, das stimmt«, bekräftigte Courage. »Es war schon immer bekannt, dass da was ist. Vorletztes Jahr gingen ein paar Zigeuner in den Dadan-Wald, um Holzkohle zu machen, und wurden nicht mehr gesehen. Und wenn dir ein Tier in den Wald läuft – ein Schwein, eine Ziege, ein Kalb, eine Kuh oder ein Esel –, brauchst du gar nicht erst danach zu suchen. Wenn die Holzfäller Bäume im Dadan-Wald schlagen wollen, müssen sie in jedem Fall etwas dort lassen – ein Lamm oder ein Zicklein –, sonst steht es schlecht um sie.

Medved hörte ungläubig zu.

»Altweibergewäsch!«, lachte Lenin.

»Dann frag doch Mico Iliev aus unserem Dorf, wie er sein Bein verloren hat!«, blieb ihm Courage nichts schuldig. »Irgendetwas erwischte ihn von hinten, und als er wieder zu sich kam, sah er sein Bein zwei Meter entfernt von sich liegen. Abgehackt mit seiner eigenen Axt!«

»Und trotzdem ist er noch gut davongekommen!«, merkte Onkel Metodi an. »Im Jahr 1928 gehen ein paar Soldaten in den Dadan-Wald, zusammen mit ihrem Unteroffizier, insgesamt 14 Mann, und eine Woche später werden sie gefunden, an ihren eigenen Därmen aufgehängt. Man versuchte, es der Bewegung zuzuschreiben, aber zu jener Zeit waren die Partisanenscharen aufgelöst worden, sodass die ganze Geschichte verheimlicht wurde ...«

»Von den Soldaten hab ich auch gehört ...«, mischte sich der Vorsitzende des Bauernbundes »Pladne« ein, bekannt unter seinem Tarnnamen Wurzel (Vičo Dulev aus dem Dorf

Grozen). »Sie waren irgendwo hinter Zanožene im Manöver und verirrten sich. Der Schwager meiner Schwester arbeitete damals in der Veterinärstation bei Dolna Kriva und sah, wie man sie in zugedeckten Fuhrwerken wegbrachte. Die vom Militär behaupteten, es seien Wildschweine, die angeblich an der Pest erkrankt waren. Die ganze Gegend wurde sogar unter Quarantäne gestellt! Aber als er hinschaute, lugte aus dem einen Fuhrwerk ein Stiefel hervor …«

»Ts-ts-ts, die vom Militär lügen immer!«, schüttelte Onkel Metodi den Kopf.

»Dieser Wald ist sehr alt«, begann Courage. »In der Türkenzeit gehörte er irgendeinem Karahasan Bey, den die Dorfbewohner Hölle nannten. Jedes Jahr gaben sie ihm eine Jungfrau, damit er sie nicht heimsuchte. Er entführte sie an einen geheimen Ort, schändete sie und schnitt sie danach in Stücke. Einem Mädchen jedoch, einer gewissen Ilijana, gelang es, ihn mit einer List zu töten und zu fliehen. Aber in der Eile ließ sie die Tür offenstehen, es schlüpfte ein Eichhörnchen herein oder ein Luchs und sprang über ihn hinweg. Und so wurde er zum Vampir.«

»Sie hätte ihm einen Pflock ins Herz treiben sollen«, mischte sich Wurzel ein.

»Towarischtschi! Towarischtschi!«, unterbrach sie Medved. »Dass ihr euch nicht schämt?! Dass ihr einem solch schändlichen Aberglauben auf den Leim geht! Das ist eine schwerwiegende Abweichung von den Prinzipien unserer revolutionären Ideologie! Bin ich Kommandeur von Volkskämpfern oder von Großmüttern?! Hört meinen Befehl! Nehmt Aufstellung! Auf in den Dadan-Wald, zum Teufel, im Laufschritt, marsch!«

Und er schritt munter voran. Erst nach gut hundert Metern merkte er, dass hinter ihm keine Schritte zu hören waren, er blieb stehen und drehte sich um. Die Kämpfer aus dem Volk standen unentschlossen am Fuße des riesigen steinernen Schnabels. Medved ging mit bleischweren Schritten zurück.

Sein Blick wanderte über ihre erschöpften, bleichen Gesichter, in denen die Schatten der jahrhundertealten Vorurteile zum Leben erwacht waren. »Wie wenig doch nötig ist, damit das wissenschaftliche Weltbild in sich zusammenbricht!«, dachte er verbittert, dann lachte er über sich selbst. Diese Wilden hatten nie ein wirklich wissenschaftliches Weltbild gehabt!

»Auch du, Lenin?«, fragte er höhnisch.

»Wer, ich? Nein! An solchen Unsinn glaube ich nicht«, winkte Lenin ab, aber trotzdem rührte er sich nicht vom Fleck.

»Nina!«, wandte er sich an die Politkommissarin, die ihren Blick über den Himmel streifen ließ, angelehnt an den Felsen. »Du hast ganz wesentliche Schwächen in der ideologischen Ausbildung der Einheit zugelassen.«

Sie blieb teilnahmslos wie ein ausgeschaltetes Radio.

Plötzlich fühlte sich Medved vollkommen allein. Sogar seine Ordonnanz Stojčo, die ihm mit dem Rucksack auf Schritt und Tritt folgte, verbarg sich jetzt in irgendeiner Nische wie ein erschrockener Fuchs.

»Komm, Pope, sprich ein Gebet gegen böse Geister, und dann gehen wir«, versuchte er, es wie einen Scherz aussehen zu lassen.

Der Pope verdrehte nur wie ein Wahnsinniger die Augen und murmelte etwas in seinen Bart.

»Los, Genossen!«, erklang eine klare Mädchenstimme. »Lasst uns gehen!«

Gabriela und Monika traten vor, wobei sie den verwundeten Lozan von beiden Seiten stützten. Schraube stellte sich dicht neben sie. Ihm folgten Dičo und der Nagel. Nach kurzem Zögern gesellte sich auch der Gräber dazu.

»Wenn ihr Probleme mit der Hölle habt, gebt ihr ihr eine von uns«, erklärte Monika. »Wir sind noch Jungfrauen ...«

Die Nachricht fuhr wie ein Stromstoß durch den verzagten Haufen, in den sich die Einheit verwandelt hatte. Die Blicke wurden klarer, hie und da tauchte ein scheues, schelmisches

Lächeln auf. Als hätte ein frischer Windhauch den Schleier des Aberglaubens gelüftet, der sich über diese sonst praktisch veranlagten und vernünftig denkenden Schafsköpfe vom Lande gesenkt hatte.

»Seht ihr jetzt! Wir haben uns blamiert«, grinste Lenin und reihte sich schnell hinter dem Kommandeur ein.

Extra Nina riss ihren Blick von den Wolken los und starrte die Zwillinge mit einer Mischung aus Furcht und Begeisterung an.

»Towarischtschi, Towarischtschi«, schüttelte Medved den Kopf und machte sich auf den Weg.

Die Partisanenkolonne zog sich hinter ihm in die Länge.

»Sind die denn wirklich noch Jungfrauen? …«, murmelte ein Genosse nicht sonderlich überzeugt unter seiner Schirmmütze.

»Das wird sich noch zeigen«, warf der vor ihm ein.

Reste des linkssektiererischen Kurses

Monika wachte ganz steif vor Kälte auf. Die Sonne leuchtete durch das dünne Spinnennetz, das über ihrem Kopf gespannt war und in dem Tautröpfchen funkelten. Die Partisanen waren die ganze Nacht lang gegangen, wobei sie immer tiefer in den Dadan-Wald gerieten, als Medved schließlich den Befehl zum Rasten gab. Zwei Mann hielten Wache, die anderen fielen vor Müdigkeit um, jeder wo er gerade war, und schliefen fast augenblicklich ein. Die Müdigkeit war stärker als der Hunger.

Sie unternahm einen Versuch, sich zu bewegen, und stellte erst da fest, dass etwas nicht in Ordnung war. Sie war gefesselt. Die Schnur schnitt in ihre Handgelenke, ging zwischen den Knien hindurch und hielt ihre Beine oberhalb der Knöchel zusammen. Ihre Schwester lag in derselben hilflosen Lage neben ihr.

»Was ist los?!«, flüsterte Monika.

»Ich weiß es nicht …«, stöhnte Gabriela schläfrig.

Monika hob den Kopf. Das Erste, was sie sah, waren drei seltsame Gestalten mit riesigen behaarten Köpfen. Die eine war von riesenhaftem Wuchs. Aus ihrem Kopf wanden sich zwei dicke Hörner. Sie hatten keine Gesichter, nur eine Öffnung für den Mund, in der man kleine, spitze Zähne sehen konnte. Ihre Körper waren bedeckt mit schweren Fellen, die ihnen bis ganz zu den Fersen reichten.

»Ho-ho-ho …«, posaunten sie, während sie schweren Schrittes über die Wiese gingen.

Die gefesselten Genossen lagen im Gras und wanden sich wie Würmer.

»Verschwinde! Im Namen des heiligen Kreuzes befehle ich dir zu verschwinden!«, klagte Tichon. »Vater unser, der du bist im Himmel, vertreibe diese Teufel! Geheiligt werde dein Name, dein Reich komme …«

»Amen!«, trompetete eine der Gestalten spöttisch und zog den behaarten Kopf ab, der sich einfach als Maske herausstellte.

Darunter kam ein kahler Schädel zum Vorschein.

Die anderen Ungeheuer folgten seinem Beispiel. Der Riese hatte einen kleinen, runden Kopf mit eingefallenen Augen, in denen bösartige kleine Flammen loderten. Der Kleinere hatte seinen Kiefer mit einem schmutzigen Lumpen festgebunden. Seine Jochbeine waren platt, sein Bart – schütter. Er sah aus wie ein Mongole.

Der Kahlkopf zog aus den Falten seines Pelzes einen langen, dünnen Tschibuk hervor, steckte ihn sich in den Mundwinkel und zündete ihn mit einem großen, silbernen Feuerzeug an, das seinem Vorbesitzer höchstwahrscheinlich gewaltsam abgenommen worden war.

»Habt ihr sie gezählt?«

»27 Köpfe«, der Riese rieb sich die gigantischen Hände.

»28!«, korrigierte ihn der Kleinere mit dem schütteren, zerrupften Bart.

»Hey, schlafende Schönheiten!«, meldete sich der Kahlköpfige lachend, während er munter an seinem Tschibuk zog. »Wer von euch hat das Sagen?«

Er ging zwischen den gefesselten Körpern umher, wobei er ihnen aufs Geratewohl Tritte versetzte. Sein Kopf glänzte wie eine Billardkugel. Unter seinem Pelz war eine Maschinenpistole zu sehen.

»Der muss es sein. Er ist am meisten herausgeputzt …«, der Kleine mit dem zerrupften Bart beugte sich über Medved. »Er hat auch eine Maschinenpistole. Eine russische.«

»Das wird er sein …«, nickte der Kahlkopf. »Durchsuch ihn, Ipolit!«

Kurz darauf befanden sich das Notizbuch, die Uhr und Medveds Kugelschreiber in seinen Händen. Die Uhr war massiv, mit einem silbrigen Armband aus Metallplättchen, einem Chronometer und einem zusätzlichen Zifferblatt. Es fehlte die Marke oder ein Zeichen, das den Hersteller angab. Die Zeiger des zweiten Zifferblatts zeigten zwei Stunden später an.

»Moskauer Zeit, was?«, schmunzelte der Mann.

Er blätterte das Notizbuch durch und begann, in den dicht beschriebenen Seiten zu lesen.

»Dičo – Sava Marinov aus dem Dorf Negoden. Ein fähiger, ausdauernder Kämpfer, aber schädlichen westlichen Einflüssen ausgesetzt und mit anarchistischem Einschlag als Folge seiner Teilnahme an den Interbrigaden während des Spanischen Bürgerkriegs. Er hebt diese Teilnahme gern heraus, ob es nun einen Anlass dafür gibt oder nicht. Kritisch eingestellt gegenüber der Hilfe der UdSSR in der letzten Phase des Krieges …«

»Schau an!«, er ließ einen Pfiff los und rief: »Wer ist Dičo?«

Es folgte Schweigen.

»Wer von euch ist Dičo, verflucht?!«, der Mann zog Medveds Pistole und richtete sie auf dessen Kopf. »Ich zähle bis drei, dann mache ich ihn kalt.«

»Ich bin das«, meldete sich eine leise, aber feste Stimme. »Und wer bist du?«

»Die Hölle. So kennt man mich in dieser Gegend … als Hölle!«, der Kahlkopf näherte sich dem gefesselten Dičo und sah ihn mitleidig an. »Du warst also Anarchist, was? Und was suchst du bei diesem bolschewistischen Abschaum? Hast du in Spanien nicht gesehen, was sie taugen? Dummkopf!«

»Wir führen einen gemeinsamen Kampf gegen den Faschismus!«

»Einen gemeinsamen Kampf …«, Hölle spuckte verächtlich aus. »Dann geh mit ihnen gemeinsam zum Teufel!«

Er blätterte erneut in dem Notizbuch und schüttelte den Kopf.

»Der Liste nach müssten es mehr sein … Wo sind die anderen?«

Medved presste seine weiß gewordenen Lippen aufeinander.

»Sie warten beim Kljunder auf die Čavdar-Brigade«, meldete sich Extra Nina wagemutig. »Sie kommen jeden Augenblick.«

Der Riese und der Mann, der vor Kurzem Ipolit genannt worden war, sahen sich an. Die Hölle schnitt eine Grimasse:

»Herrjemine, jetzt hab ich aber Angst! Jetzt wird es brenzlig …«

Er blätterte einige Seiten weiter und las:

»Eine gestählte Genossin, ausgezeichnete Schützin und Kennerin der Theorie, aber mit einem Hang zu impulsiven Handlungen. Nina – Politkommissarin.«

»Es sind ja auch Frauen mit an Bord«, er betrachtete sie kritisch. »Ich würde hinzufügen, dass sie eine schlechte Lügnerin ist, eine ganz schlechte! Für das andere taugt sie übrigens auch nicht …«

»Primitivling!«, zischte Extra Nina.

»Da sind noch zwei Weibsbilder«, meldete der Riese.

»Ach ja?!«, die Hölle zuckte.

Sein kahler Schädel zeigte sich über den Zwillingen.

»Ohooo!«, seine bläulichen Lippen verzogen sich zu einem breiten Lächeln. »Das ist etwas anderes. Etwas ganz anderes …«

Er streckte sich, seine Gelenke knackten trocken.

»Wer seid denn ihr? Wollen doch mal sehen … Hm. Hier steht offenbar nichts über euch drin«, er klappte das Notizbuch zu und hockte sich neben sie. »Wie heißt ihr, meine Schönen?«

Sein harter, rauer Finger fuhr über die Bluse der einen. Das Mädchen drehte abrupt den Kopf und schnappte nach ihm.

Aber Hölle war schneller. Das Leben in der wilden Natur hatte seine Reaktionsfähigkeit geschärft.

»Oh Mann, die ist ja gefährlich! Ein echtes Mitglied der Arbeiterjugend!«, er zwinkerte dem Riesen zu und stand auf. »Kolčo, bring sie in die Höhle!«

»Wer-werden wir sie uns vornehmen?«, Kolčos Gesicht begann zu leuchten.

Hölle richtete die Pistole auf seinen Kopf.

»Ich werde sie mir vornehmen! Dann Ipolit. Und am Ende du. Das ist die Reihenfolge. Klar?«

»Verstanden, Herr Hauptmann …«

»Keine Eigeninitiative!«

Kolčo beugte sich hinunter, packte erst das eine, dann das andere Mädchen und warf sie sich wie Niederwild über die Schulter.

»Lass uns runter, du degeneriertes Riesenbaby!«, riefen sie und strampelten, während er sie mit trägen, großen Schritten irgendwohin schleppte.

»Und was machen wir mit denen?«, meldete sich Ipolit, wobei er mit dem Kinn auf die Partisanen zeigte, die auf der Wiese herumlagen.

»Der Staat zahlt 50 000 Leva Kopfgeld …«, Hölle schlug das Notizbuch auf und zog Medveds Kugelschreiber heraus. »Lass mich mal nachrechnen …«

In diesem Augenblick ertönte ein Schuss. Die Kugel flog einen Millimeter am Kahlköpfigen vorbei und hinterließ eine heiße, rote Spur. Am hinteren Ende des Kugelschreibers klaffte ein Loch, ein dünner Rauchfaden stieg auf. Hölle hatte unbeabsichtigt den Abzug des SCHAS betätigt – des Schreibgeräts zur automatischen Selbstverteidigung, welches Teil von Medveds Arsenal war. Dieses funktionierte mit einer speziellen 0,75-mm-Patrone mit verstärkter Ladung, die durch eine einfache Drehbewegung gezündet wurde.

»Jetzt leck mich doch am Arsch, was ist denn das für ein Teil?!«, Hölle betastete die Stelle, wo ihn die Kugel gestreift hatte, sah den Kugelschreiber an, dann Medved: »Der da ist wohl ein hohes Tier. Denk an meine Worte, Ipolit, der bringt vielleicht sogar 200 000!«

»Dann schneiden wir ihnen die Köpfe ab und bringen sie hin«, Ipolit wurde lebhaft, schlug seinen Pelz zurück und legte die Hand auf den krummen Griff des Messers, das in seinem Gürtel steckte.

»Lebendig sind sie vielleicht mehr wert ...«, merkte Hölle nachdenklich an.

»Ja, aber wie sollen wir so viele Leute bis nach Vraca schleifen!«

»Hundesohn! Renegat!«, rief da jemand.

Hölle wandte langsam den Blick in Richtung der Stimme. Onkel Metodi war aus dem Gras aufgestanden, soweit es ihm der Strick erlaubte. Sein Gesicht war gerötet, und aus seinem Mund flogen beim Sprechen zornige Spritzer:

»Ich habe dich erkannt! Ich habe dich erkannt! Du bist der Held! Im 25er-Jahr warst du bei der Einheit von Kiskinov. Ihr habt in meiner Scheune übernachtet. Meine Bohnen habt ihr gegessen! Du hast dich als Anarchokommunist ausgegeben, aber schon damals warst du ein Räuber. Man hat dich nicht ohne Grund aus der Partei geworfen. Das ist der Held, Leute! Der die Landwirtschaftsbank in Loveč 1927 ausgeraubt hat. Die Zeitungen schrieben, er habe sich angeblich erschossen ...«

»Jetzt reicht's aber!«, unterbrach ihn Lenin. »Der Held war ein Idealist.«

»Ein Idealist ...«, Onkel Metodi spuckte aus.

»Halt dein Schandmaul!«, wies ihn Hölle in einem Anfall von Zorn zurecht. »Der Held war ein Idealist. Der Held wollte den Kampf fortsetzen. Aber sie haben den Helden betrogen. Ihr habt den Helden fallen lassen, als ihr ihn nicht mehr brauchtet. Ihr gabt die Waffen ab und gingt heim zu euren Frauen und Nachttöpfen ...«

»Die Partei trug der Tatsache Rechnung, dass die revolutionäre Situation vorbei war«, entgegnete Onkel Metodi mit fester Stimme. »Aber du hast dich geweigert, die Entscheidung anzuerkennen.«

»Das fehlte gerade noch, dass sie vorbei ist! Ja klar, mit solchen zaudernden Revolutionären! Gib ihnen nur Versammlungen, Konferenzen, Plenarsitzungen, Resolutionen … Und später heißt es, die Massen seien müde, der Kapitalismus habe sich stabilisiert …«

Medved verfolgte die Diskussion mit wachsendem Interesse. Trotz der unbequemen und nicht sehr repräsentativen Pose, in der zu verweilen er gezwungen war, hustete er laut und begann mit beeindruckender Intonation:

»Towarischtsch Held … oder Hölle, wie es Ihnen beliebt. Ich habe von Ihren Heldentaten gehört, auch wenn wir einander nicht persönlich kennen. Zu jener Zeit war ich auf einem anderen Sektor tätig, bei der Einheit von Georgi Popov, später war ich gezwungen zu emigrieren. Ich verstehe Ihre Verbitterung über die Vorgehensweise der damaligen Führung auf Kommando- und Verwaltungsebene. Ich kann Ihnen versichern, dass ich alles unternehmen werde, damit Sie Ihre Parteimitgliedschaft wiedererlangen. Aber nur unter der Bedingung, dass Sie uns jetzt losbinden. *Un-ver-züg-lich!*«

Einige Sekunden lang verharrte der kahle Kopf in stummer Unschlüssigkeit. Dann schüttelte er sich vor Lachen – heiser, hässlich, finster wie das Krächzen eines Friedhofsraben.

»Also nein, wirklich, der macht mich fertig! Was hat man mir nicht schon als Lösegeld angeboten, aber ein Parteibüchlein war nicht dabei! Wo lebst du denn, Mann? … Schau mich doch mal an, was soll ich denn mit einer Parteimitgliedschaft?!«

»Wenn wir an die Macht kommen, wirst du ein anderes Liedchen anstimmen …«, sagte Medved kaltblütig. »Und wir kommen unausweichlich an die Macht.«

»Euch interessiert doch sowieso nichts anderes!«, warf Hölle bissig ein. »Nur, dass ich dann schon weit weg sein werde. Soll ich dir sagen, was passieren wird? Der Zar wird mir persönlich eine Amnestie erteilen. Nein, ich werde kein Geld für euch verlangen! In diesen Jahren habe ich genügend zusammengespart. Ich brauche nur einen Pass und ein sauberes Leumundszeugnis … Mit dem Zug nach Istanbul und dann ab aufs Schiff.«

»Und wo willst du hin?«

»Irgendwohin, wo es schön ist …«, der Mann aus dem Wald zog verträumt an seinem Tschibuk. »Mir wachsen schon Dornen am Arsch in diesem Balkangebirge! Sagen wir … Buenos Aires? Dort gibt es den breitesten Boulevard der Welt. Und sie essen die dicksten Schnitzel der Welt. Wie klingt das für dich? In der Zwischenzeit, nehme ich an, werden sie Denkmäler von euch aufstellen. Sie werden euch Blumen bringen … Und ich tanze Tango.«

»Auch Trotzki hat sich in Amerika versteckt!«, zischte Extra Nina. »Aber der Partei konnte er nicht entkommen …«

»Trotzki! Da hat sie den Richtigen gefunden, um mir Angst zu machen …«, schnaubte Hölle verächtlich und drehte sich zu Ipolit um. »Bewach sie! Und keine Enthauptungen, bevor ich nicht zurück bin. Dieser Kolčo lässt sich ja ganz schön Zeit …«

In der Höhle des Löwen

Die Zwillinge schienen begriffen zu haben, dass es sich nicht lohnte, ihre ohnehin spärliche Energie für sinnlosen Widerstand zu vergeuden, und hingen wie tote Füchse über den Schultern des Riesen. Oder genauer, wie Füchse, die sich totstellten … Von Zeit zu Zeit haute er ihnen auf den Hintern, wobei er zufrieden knurrte, und schnupperte gierig an ihrer Kleidung, die durchdrungen war vom Duft jungen Fleisches. Die Mädchen kniffen die Augen zusammen und bissen sich auf die Lippen. Kolčo ging stur geradeaus: Er trampelte Farne, Zweige und Büsche nieder, sprang über Wurzelwerk und trat gegen Steine, als seien sie Konservendosen. Die Höhle befand sich am Ende einer flachen Mulde, die zwischen den Bäumen eingezwängt war. Er entfernte das Geröll vor dem Eingang und ging eine steile Rinne aus Ton hinunter, in die grobe Treppenstufen gehauen waren.

Es wehte ihnen ein schwerer, stickiger Geruch entgegen. Die Höhle stank wie der Löwenkäfig im Zoo. An der Wand tanzte der rostrote Widerschein einiger glühender Holzscheite. Aus dem dunklen Inneren drang ein Plätschern. Kolčo warf seine Ladung auf einen Haufen Felle, ging zum Feuer, stocherte in der Glut und legte neue Holzscheite nach. Die Flammen loderten auf und erleuchteten die steinernen Zapfen an der Decke – wie die Zähne eines riesigen prähistorischen Kiefers. Kisten, Säcke, Einschlagtücher, Decken, alle auf einem Haufen, füllten den Raum aus. Zwischen ihnen lugten der Lauf eines Maschinengewehrs und Gewehrkolben hervor. Über der Feuerstelle klaffte ein natürlicher Kamin, der den Rauch an die Oberfläche führte. Daneben stand ein Holzklotz, in dem eine Axt steckte. Rundherum lagen angenagte Knochen, wie auch ein Schädel mit herrlichem Geweih.

»Wir müssen etwas unternehmen ...«, Gabriela rührte sich.

Monika versuchte, ihre Handgelenke zu bewegen, danach auch ihre Beine.

»Das wird nicht leicht«, schüttelte sie den Kopf.

»Ich werde ihnen nicht erlauben, uns zu schänden! Am Ende werden sie uns ohnehin umbringen ...«

»Nein, das werden wir ihnen nicht erlauben«, stimmte Monika zu, wobei ihr Blick auf die Axt fiel. »Du musst ihn ablenken. Bevor der andere kommt!«

»Warum ausgerechnet ich?«

»Weil ich ... einen Plan habe«, wobei Letzteres etwas unsicher klang.

Kolčos Schatten baute sich über ihnen auf. Seine Augen tanzten unruhig in ihren Höhlen. Sein Blick sprang zwischen den beiden Mädchen hin und her. Sie sahen sich ähnlich. Es fiel ihm schwer zu entscheiden, welche von beiden ihm besser gefiel. Die oder die andere?

Du darfst sie nicht anrühren!!!

Schon als Dreizehnjähriger gab Kolčo vor seinen Freunden im Dorf an, dass er am liebsten »Hühna in Ofn tut«. In menschliche Sprache übersetzt, bedeutete das, dass er die Hühner, die sorglos im Hof seiner Großmutter herumliefen, packte und lebendig in den Ofen warf. Dieser von herzzerreißenden Schreien und Wolken beißenden Qualms begleitete Vorgang brachte ihn zur Ekstase. Seine Großmutter, eine recht taube und blinde Alte, fand nie heraus, wohin ihre Hühner verschwanden, und fluchte nur auf Füchse und Iltisse. Sieben Jahre später verließ Kolčo, eskortiert von vier Polizisten, das heimatliche Dorf nach einer brutalen Serie von Vergewaltigungen, die mit Ziegen und anderen Tieren begonnen und mit der Witwe Sevdalina und ihren drei Töchtern geendet hatte. Sie brachten ihn in Ketten auf einem Fuhrwerk weg wie ein wildes Tier. Der Weg führte durch die östlichen Ausläufer des Dadan-Waldes, wo sich zufälligerweise Hölle und Ipolit herumtrieben. Weder das Fuhrwerk noch die Polizisten wurden je wieder gesehen. Kolčo wurde zum treuen Diener seines Retters, der die Vorzüge des antisozialen Potenzials seines neuen Gefährten erkannt und es sich zur Aufgabe gemacht hatte, dieses weiterzuentwickeln.

Auf einmal kam es ihm vor, als lächelte eines der Mädchen. Wohl die linke … Kolčo hatte in seinem Leben nur sehr wenige lächelnde und viel mehr vor Entsetzen verzerrte Gesichter gesehen. Er blickte in die blaugrünen Augen, die sich unterhalb von ihm befanden, als suchte er in ihnen eine Spur von Spott. Aber er konnte nichts entdecken. Sie lächelte ihn wirklich an!

Du darfst nicht …

Seine Finger berührten den weißen Hals. Das Lächeln verschwand augenblicklich von den Lippen des Mädchens. Ihr Gesicht spannte sich. Er zog die Hand weg, und ihr Lächeln kehrte scheu zurück. Aber nicht sehr lang … Seine Hand legte sich erneut auf ihren Hals und blieb dort. Die andere fuhr entschlossen unter ihre Kleider, wo sie die warmen, feuchten Halbkugeln erreichte.

Die Adern an ihrem Hals pulsierten.

»Nein!«, röchelte Gabriela.

Kolčo grinste breit und drückte ihre Brüste.

»Schö-schö-schöööön …«

Monika rollte sich vorsichtig ans Ende des Fells. Der Riese bemerkte nichts. Er hatte sich über Gabriela gebeugt und starrte sie mit offenem Mund an. Monika rollte weiter, bis sie gegen irgendeine Kiste stieß und erstarrte. Aber er reagierte wieder nicht. Im Halbdunkel war ein Flüstern zu hören: »Nein! Nein!« Monika zog die Beine an, drehte sich auf den

Rücken, änderte die Richtung und rollte in Richtung der Feuerstelle. Die Axt steckte tief in dem Holzklotz. Sie machte ein Hohlkreuz und steckte den Strick an ihren Beinen zwischen die Schneide und das Holz. Sie rieb auf und ab wie verrückt, ohne den Riesen aus den Augen zu lassen, der ihre Schwester bedrängte. Endlich riss der Strick. Sie stand flink auf, nahm die Schneide zwischen ihre Handgelenke und rieb weiter. Ihre Hände waren wegen der mangelhaften Durchblutung gefühllos. Sie versuchte, die Axt aus dem Klotz zu ziehen, doch es gelang ihr nicht.

Nachdem er seinem Opfer die Knickerbockerhosen mehr schlecht als recht zur Hälfte heruntergezogen hatte, stand Kolčo vor einem existenziellen Rätsel, das all seine bisherigen Vorstellungen sprengte. Er sah es und konnte es doch nicht glauben. Anstelle jenes geheimnisvollen Dickichts, das die Weibsbilder so eifrig schützten, war da nichts. Nur glatte Haut, bedeckt von goldglänzendem Flaum. Seinen flüchtigen anatomischen Kenntnissen nach, die er der Natur verdankte, existierte dafür nur eine einzige logische Erklärung.

»He, du hast ja gar keine Fotze!!!«, stammelte er, während er sich bekreuzigte.

»Und du hast keinen Verstand!«, ertönte es hinter ihm.

Monika holte aus und schlug ihm mit aller Kraft mit dem Kolben des verrosteten Berdangewehrs, das so lang war wie ein Ochsenstachel und das sie unter dem Gerümpel gefunden hatte, auf den Hinterkopf. Durch den Aufprall löste sich der Schlagbolzen und zündete eine seit Ewigkeiten im Lauf vergessene Patrone. Der Schuss hallte in der Höhle mächtig wider. Bumm! Kolčo wankte. Der Knall beeindruckte ihn viel mehr als der Schlag selbst. Einen Augenblick lang dachte er sogar, er sei getroffen. Er betastete seinen Kopf: Seine Ohren pfiffen, aber Blut war da keines. Er drehte sich um, als Monika gerade zum zweiten Mal ausholte. Er packte das Gewehr in der Luft, zog es ihr aus der Hand und stieß sie beiseite.

»Und was jetzt? …«, posaunte der Riese.

Hinter seinem Rücken nahm Gabriela die Hacken zusammen und trat ihm in die Kniekehlen. Kolčo flog nach vorn. Monika packte den Schädel mit dem Geweih und drehte ihn in Richtung seiner Brust. Er spießte sich mit seinem ganzen Gewicht auf den verzweigten Hörnern auf. Sie beugte sich vor und zog den Dolch, der in seinem Gürtel steckte, schnell heraus. Dann sprang sie nach hinten weg. Kolčo fiel unter dem Krachen von Knochen und Hörnern flach auf den Boden. Sie rannte zu ihrer Schwester und schnitt ihre Fesseln durch.

»Abartiger!«, zischte Gabriela, während sie ihre Hosen hochzog.

»Hat er dir etwas angetan?«, fragte ihre Schwester besorgt.

»Er hat mir die Knöpfe abgerissen …«

»So ist das in der Schlacht«, fasste Monika philosophisch zusammen.

***

Hölle, ehemals der Held, ging zur Höhle hinunter, wobei er vor sich hin trällerte: »Oh Kolčo, du Holzkopf, wenn du die Kirschen nur angerührt hast, spalt ich dir den Schädel, oh Kolčo …« Er freute sich schon auf das bevorstehende Amüsement und leckte sich wollüstig die Lippen. Heute hatte er etwas Wichtiges begriffen. Etwas, was ihm schon seit Ewigkeiten im Kopf herumging. Er musste weg aus dieser Einöde! Es war uninteressant geworden, das Nachtgespenst zu spielen, und die Dummheit seiner Kampfgefährten ging ihm mehr denn je auf die Nerven. Es war an der Zeit, in eine andere Rolle zu schlüpfen. Aber davor würde er noch von den Kirschen kosten. Das stand ihm zu!

»He, Kolčo!«, rief er. »Wo bist du denn, Kolčo?«

Die hohen Flammen streuten flackerndes Licht ringsumher. Der Rumpf Kolčos lag in einer Blutlache. Sein Bein zuckte krampfartig. Hölle kniete sich über ihn, wobei er sich in alle Richtungen umsah.

»Was ist hier los?«

»S-s-sie haben keine Fotzen …«

»Dummkopf!!!«, wies ihn sein Herr zurecht.

Das Wort erreichte mit leichter Verzögerung das Bewusstsein des Riesen, wie ein einsamer Tropfen, der aus großer Höhe fiel. »Dummkopf!«, hallte es in seinem leeren Kopf wider, dann herrschte absolute Stille.

Die Hölle nahm die Maschinenpistole von der Schulter und richtete sich auf.

»Kirschen, wo seid ihr?!«, warf er neckisch ein.

»Hier sind wir! Komm und pflück uns!«, war ein schalkhaftes Lachen zu hören.

Hölle legte einen Finger auf den Abzug und drehte sich um.

»Keine Bewegung! Waffe fallen lassen!«

Die Mündung des Maschinengewehrs hatte ihn im Visier. Es war eine Trophäe, die sie vor drei Jahren bei einem kurzen Gefecht mit der Polizei erbeutet hatten, ein »Madsen« von 1928.

»Da schau an …«, ein schiefes Lächeln verzog seine Lippen.

»Waffe weg! Wir wollen niemanden mehr umbringen.«

Das Gesicht des Mädchens zeichnete sich hinter dem Visier ab, bleich und, wie ihm schien, nicht sehr entschlossen. Er bückte sich, legte die Maschinenpistole auf den Boden und breitete die Arme aus. Er machte einen Schritt nach vorn, dann noch einen …

»Stopp!«

»Keine Angst. Ich will dich nur ablecken.«

Man hörte ein metallisches Klicken. Monika hatte den Abzug betätigt.

»Ladehemmung!«, lachte Hölle, packte seine Waffe und änderte abrupt den Tonfall. »Los, kommt raus, ihr frühreifen Kirschen, bevor ich euch entsteine!«

Hinter ihm glitt ein leichter Schatten heran. Gabriela stieß das Messer mit beiden Händen in seinen Rücken, aber der

Pelz war dick und hart wie ein Panzer. Die Spitze ritzte nur sein Schulterblatt. Hölle fuhr herum und verpasste ihr einen Schlag mit dem Handrücken. Sie flog zurück, stieß gegen eine Kiste und sank zu Boden. Aus ihrer Nase sprudelte Blut. Er packte sie an den Haaren und zog ihren Kopf hoch.

»Sag nie zu jemandem, dass du ihn nicht töten willst, wenn du ihn töten musst. Töte ihn einfach!«

Plötzlich erreichte ein scharfes Klingeln sein Ohr. Er verzog das Gesicht, als hätte das Geräusch sein Trommelfell zum Platzen gebracht. Das Geräusch einer ausgeworfenen Patrone! Aus dem Lauf des Maschinengewehrs brach eine gezackte Flamme hervor. Ra-ta-ta-ta! Diesmal konnte der Pelz ihn nicht retten. Die Kugeln schleuderten ihn einige Meter weit fort. Sein Kopf fiel in die Feuerstelle und wirbelte Schwärme von Funken auf. Es begann, nach verbranntem Fleisch zu riechen.

Gabriela drehte den Kopf zu ihrer Schwester und stöhnte:

»Wie hast du das gemacht?«

»Ich weiß es auch nicht …«

***

Ipolit stand auf der Wiese herum, das Gewehr unter die Achsel geklemmt, und rauchte, ohne seinen Überdruss zu verbergen. Hölle und Kolčo ließen auf sich warten, was ihn auf den Gedanken brachte, dass sie es sich vermutlich mit den erbeuteten Weibern gutgehen ließen. Während er hier diese Holzköpfe wie der letzte Feldhüter bewachte … Das war nicht fair! Erst die Arbeit, dann das Vergnügen – das war seine Auffassung.

»Und du, Genosse, denk lieber noch einmal nach«, hörte Onkel Metodi nicht auf zu agitieren. »Wem dienst du? Warum? Wo ist hier dein Klasseninteresse?«

»Ich bin nicht dein Genosse …«, entgegnete Ipolit träge, als würde er eine lästige Fliege verjagen.

»Du bist ein Genosse!«, beharrte der alte Parteisoldat. »Wenn du ein armer Sohn des Volkes bist, dann bist du unser

Genosse. Nur dass du einen falschen Weg eingeschlagen hast. Du hast dich der sozialen Verzweiflung hingegeben und bist zum Räuber geworden.«

»Maul halten …«

»Es war sicher niemand da, um dir die passende Literatur zu geben«, ein Unterton von Mitgefühl schwang in Onkel Metodis Stimme mit. »Kannst du überhaupt lesen?«

»Kann ich«, zeigte sich Ipolit beleidigt. »Aber ich will nicht.«

In diesem Augenblick erblickte er Kolčo, der etwas ungelenk auf ihn zu schlurfte, wie nach einem Liter Schnaps. Auf seinem Kopf schaukelte die große, zottige Maske hin und her.

»Wird aber auch Zeit, du Pfosten, wie lang soll ich noch auf dich warten!?«

Jener legte noch ein paar Meter zurück, ohne etwas zu sagen.

»Du hast dich doch nicht etwa volllaufen lassen?«, Ipolit kniff die Augen zusammen. »Wen willst du erschrecken, los, runter mit der Maske!«

Der untere Teil des riesigen Pelzes öffnete sich plötzlich. Darunter zeigte sich Hölles Maschinenpistole, die ohne überflüssige Vorwarnung einen kurzen, aber gehaltvollen Feuerstoß in seine Brust schickte. Ipolit breitete die Arme aus und fiel nach hinten.

Gabriela lüftete mit beiden Händen die Maske und warf sie auf die Erde. Sie knöpfte den schweren Pelz auf, streifte ihn ab und sprang vom Rücken ihrer Schwester herunter. Etwa zwanzig Köpfe erhoben sich aus dem Gras und starrten die Mädchen ungläubig an.

»Maladtzi, Prachtmädchen!«, rief der sonst so zurückhaltende Medved.

»Wunderbar! Bravo!«, stimmten die Übrigen mit ein.

Nur Onkel Metodi seufzte enttäuscht:

»Ach, gerade hatte ich ihn für die Bewegung gewonnen …«

Gabriela machte sich daran, die Genossen loszubinden. Monika betrachtete die rauchende Mündung, dann den auf der Wiese liegenden Mann, dessen Blut ins Erdreich sickerte. Seine Augen waren weit aufgerissen wie die eines staunenden Kindes. Es ging so einfach, dass sie Angst bekam, es könnte ihr gefallen.

Auf den Spuren eines Karamellbonbons

»Denken Sie an meine Worte, Zanev, dieses Bonbon wird uns noch weit bringen!«, hatte Hauptmann Nacht gesagt, während er die Verpackung des Karamellbonbons in seinen pinzettendünnen Fingern hielt. »Ich spüre die Vibrationen des Zorns. Der existenziellen Auflehnung gegen den Status quo. Aber ich vernehme auch eine subversive Wollust, die nichts gemein hat mit dem sozialen Protest … Seien Sie auf Überraschungen vorbereitet!«

Die beiden betraten die Konditorei von Serge Minasjan und gingen zur langen Vitrine mit den Torten und Kuchen. Zanev trug einen Anzug aus teurem, englischem Stoff, den er sich noch vor Kriegsbeginn hatte schneidern lassen, sowie eine blaue Krawatte, der Hauptmann eine eng anliegende Paradeuniform (mit einigen individuellen Verbesserungen) und auf Hochglanz polierte Lackstiefel. Hauptmann Nacht hatte dem Fähnrich aus Effizienzerwägungen erlaubt, in Zivil zu gehen. Einer von ihnen sollte ein gewinnendes Wesen haben, der andere Respekt einflößen.

Die im Jugendstil gehaltene Konditorei galt als eines der erlesensten Lokale des damaligen Sofia. Zwischen den Tischen standen gelblich matte Globen, die von Messingstützen in Nymphenform getragen wurden. Die Bar mit geometrischen Perlmuttintarsien trug die Handschrift der berühmten Wiener Werkstätte. An den Wänden hingen Reproduktionen von Gustav Klimt und Koloman Moser sowie ein Originalgemälde ihres bulgarischen Schülers Ivan Milev, das sich in einer speziellen Nische mit floralen Gipsornamenten befand.

»Da sind sie!«, flüsterte Zanev, wobei er auf eine goldene, von der Glaswerkstatt »Loetz« hergestellte Schüssel zeigte: Sie war voll mit Karamellbonbons.

»Was wünschen die Herren?«, fragte die Verkäuferin hinter der Theke und lächelte.

Wie alle Mädchen, die in Minasjans Konditorei arbeiteten, trug auch sie ein einfaches schwarzes Kleid mit Punkten, das von einem leuchtendroten Gürtel um die Taille zusammengehalten wurde. Auf ihrer Wange prangte ein aufgemalter Schönheitsfleck. Ihr Lippenstift war Ton in Ton mit dem Gürtel gehalten.

»Wir wünschen zehn von Ihren unglaublichen Karamellbonbons, Fräulein«, Zanev lehnte sich lässig auf den marmornen Ladentisch, während er ihr zusah, wie sie die Bonbons in eine kleine Schachtel mit den Initialen S. M. legte.

»Ist das unbedingt nötig?«, brummte sein Kommandeur ungeduldig.

»Wir verbinden das Angenehme mit dem Nützlichen, Herr Hauptmann«, entgegnete der Fähnrich, während er dem Mädchen das Geld gab. »Behalten Sie den Rest.«

Sie senkte den Blick als Zeichen ihrer Dankbarkeit. Über ihren Brüsten war ein Schildchen angebracht, auf dem mit Sezessionsschrift geschrieben stand: MAGDA.

»Teure Magda«, begann Zanev unbekümmert, woraufhin sie zusammenzuckte. »Ich wäre dir sehr verbunden, wenn du uns Informationen über zwei deiner Stammkundinnen geben könntest. Es handelt sich um Zwillinge, ungefähr 17 Jahre alt, blond und unter anderem große Verehrerinnen von Karamell. Du musst dich an sie erinnern …«

»Zwillinge«, wiederholte Hauptmann Nacht finster.

Zanev griff in seine Innentasche mit der Absicht, ein Dokument vorzulegen, das sein Recht, solche Fragen zu stellen, beglaubigte. Aber es war gar nicht nötig, das Auftreten seines Begleiters reichte vollauf. Magda zeigte mit dem Blick auf einen Tisch, um den herum eine Gruppe von Gymnasiastinnen saß, die Torte aßen und sorglos plauderten.

»Ich habe sie mit ihnen zusammen gesehen …«, brachte sie leise über die Lippen.

»Merci! Das Vaterland wird Ihnen auf ewig dankbar sein!«, erklärte Zanev pompös und fügte ganz leise hinzu: »Ich werde mich darum kümmern, Herr Hauptmann, wenn Sie nichts dagegen haben …«

»Geh«, Nacht nickte und ließ sich an einem Tischchen abseits nieder.

Obwohl die Herkunft der Verpackung bereits als geklärt gelten durfte, blieb es ein Rätsel, warum und wie sie bei Bjala Vapa gelandet war. Die Informationen, die sie aus Valjo und dem Ziegenhirten herausgepresst hatten, waren bei Weitem nicht ausreichend. Ihre Angaben stimmten allerdings in einem Punkt überein: Am Nachmittag vor dem Angriff waren zwei Mädchen in die Einheit gekommen, die – wenn man nach den verworrenen Aussagen der armen Augenzeugen urteilte – zu einer recht anderen Art von Menschen gehörten als die, die man gewöhnlich im Balkangebirge antraf.

Zanev näherte sich dem Tisch der Mädchen, verbeugte sich leicht und sagte offenbar etwas Komisches. Ihr klingendes Lachen erfüllte den Salon und brachte sogar zwei ältere Damen dazu, ihnen missbilligende, scharfe Blicke zuzuwerfen. Das störte den Fähnrich überhaupt nicht, er zog ohne großes Brimborium einen Stuhl heran und setzte sich zu den Mädchen. Der Hauptmann verfolgte mit saurem Gesichtsausdruck, wie sich die Situation entwickelte. Er, der Meister der mitternächtlichen Belagerungen, der geschickten Umgehungsmanöver, der Jäger bewaffneter Banden, fühlte sich in solch einer Umgebung vollkommen hilflos. Seine ganze Umsicht verflüchtigte sich augenblicklich. Sein Rückgrat gefror zu einem Eiszapfen, und in den noch lebendigen Teilen seines

Hirns erklang nur eine einzige Phrase, obendrein auf Latein: *Est modus in rebus …*

Es gibt ein Maß in den Dingen.

Der Hauptmann hatte einen maßvollen, methodischen Verstand. Aber mit Wesen des anderen Geschlechts zu kommunizieren, war eine Kunst. Dafür brauchte man Talent. Zanev hatte davon im Überfluss. Sosehr der Hauptmann auch glotzte, er konnte das komplizierte System von Mimik, Gestik, Zeichen und Worten, das sein Untergebener in Gang setzte, um den armen Mädchen die Köpfe zu verdrehen, einfach nicht enträtseln. Wäre es ein Maschinengewehr, könnte er es zerlegen. Wäre es eine topografische Karte, könnte er sie lesen. Wäre es eine Anleitung, könnte er sie Schritt für Schritt erlernen: erstens, zweitens, drittens usw. Die Schritte dieses teuflischen Tanzes jedoch folgten einer unbekannten Logik. Mädchen, oh weh, waren keine Maschinengewehre und auch keine Propeller …

»Fertig!«, sagte Zanev, als er an den Tisch zurückkam und ein Bein über das andere schlug. »Ich war gezwungen, die Bonbons zu opfern, aber dafür habe ich alles erfahren … Diese Schätzchen sind vom Ersten Mädchengymnasium. Sie haben zwei Mitschülerinnen, die Zwillinge sind und regelmäßig die Konditorei besuchen. Kara und Jara Palaveeva. Seit einigen Tagen sind sie nicht mehr in der Schule gewesen.«

»Hoooppla!«, schmunzelte Nacht.

Die Gymnasiastinnen sahen verstohlen zu ihnen herüber.

»Sehen Sie die ganz rechts, die Blonde mit dem Pferdegesicht …«, begann Zanev. »Sie steht definitiv auf Sie. Sie hat gesagt, Sie würden sie an Rommel erinnern.«

»An Feldmarschall Rommel?!«

»Sie heißt Marinella. Ich habe mir erlaubt, mir ihre Telefonnummer geben zu lassen. Wir könnten sie morgen Abend ins Kino einladen, zusammen mit der Rothaarigen. Sie nennen sie Kiki. Sie haben noch nicht die Fortsetzung von ›Der gute Hitlerjunge Hans‹ …«

»Es reicht!«, Hauptmann Nacht stand auf. »Keine Abweichungen vom Plan!«

Er drehte sich zum Tisch der Mädchen um, salutierte ein wenig steif, wobei eine heiße Welle über die Maske seines rohen Gesichts lief. Zanev winkte ihnen neckisch mit den Fingerspitzen zu. Ein Gruppenkichern verabschiedete sie.

***

Der Direktor des Ersten Mädchengymnasiums Stanimirov ließ seinen Blick über die neuen Bildungsstandards schweifen, die vom Ministerium erlassen worden waren. Etwas anderes jedoch nagte innerlich an ihm und störte ihn in seiner Konzentration. Von Zeit zu Zeit blieben seine runden, unruhigen Äuglein an einem großen Gemälde hängen, das in ein Bettlaken gehüllt an der Wand lehnte. Dann sprangen sie hinauf zur Ikone der Slawenapostel Kyrill und Method, die über dem Kamin hing, als suchten sie Schutz.

»Herr Direktor …«

Die gepolsterte Tür des Büros quietschte weich, und in der Öffnung erschien das fleischige Gesicht des Schulportiers.

»Zwei Herren von der Sicherheitspolizei möchten zu Ihnen.«

»Sollen hereinkommen«, nickte Stanimirov, als hätte er diesen Besuch schon den ganzen Morgen erwartet.

Ein Paar auf Hochglanz polierte Stiefel ging über den dicken Teppich, gefolgt von dandyhaften schwarzweißen Halbschuhen, wie sie die Leute im Showbusiness auf der anderen Seite des Großen Teichs trugen. Der Direktor hatte seinen Schülern verboten, solche Schuhe auf dem Gelände des Gymnasiums zu tragen. Die beiden Männer stellten sich zackig vor. Er bot ihnen einen Platz auf dem Lederkanapee an und setzte sich ihnen gegenüber auf einen gewöhnlichen Stuhl.

»Was kann ich für Sie tun, meine Herren?«

»Wir wollen zu den Schülerinnen Palaveev«, sagte Hauptmann Nacht bedächtig.

»Palaveev ...«, wiederholte der Direktor nachdenklich. »Ja, natürlich ... Ihr Vater handelt mit Pelzen. Eine sehr wohlhabende Familie. Ich glaube, ich habe sie in den letzten Tagen nicht gesehen. Wir müssen ihre Klassenlehrerin fragen.«

»Rufen Sie sie her«, nickte Nacht.

Stanimirov erhob sich mit sichtlicher Unlust. Kurz bevor er den Raum verließ, ließ er seinen Blick zu dem an der Wand lehnenden Bild gleiten.

»Ich möchte wetten, die jungen Damen fehlen wegen Krankheit ...«, merkte der Fähnrich an, als sie allein geblieben waren.

Aber die Gedanken seines Vorgesetzten hatten bereits einen anderen Weg eingeschlagen.

»Haben Sie vorhin den großen hellen Fleck an der Wand im zentralen Treppenhaus bemerkt, Zanev?«

»Ich fürchte, ich habe nicht darauf geachtet, Herr Hauptmann.«

»Etwas sagt mir, dass dort genau dieses Bild gehangen hat.«

Nacht stand vom Kanapee auf, durchquerte das Zimmer und zog das Laken weg, das das Bild verdeckte. Er machte einen Schritt zurück, neigte den Kopf und kniff die Augen zusammen.

»Interessant.«

Dem Fähnrich blieb vor Überraschung der Mund offen stehen.

Der Hauptmann kehrte an seinen Platz zurück, zog den Kristallaschenbecher zu sich heran und zündete eine seiner langen, braunen Zigaretten mit goldenem Filter an.

»Was denken Sie, Zanev, wer könnte das getan haben?«, sagte er leise, wobei er eine Wolke dichten, aromatischen Rauchs ausstieß.

Das Gemälde lag auf der Seite. Es stellte den bulgarischen Monarchen Zar Boris III. in Paradeuniform dar, wie er einer jungen Frau über die Schulter schaut – offensichtlich seiner

Sekretärin, die etwas auf der Maschine schreibt. In seiner Haltung liegt etwas Feierliches. Am unteren Ende des vergoldeten Rahmens war ein Schildchen angebracht:

»SKH Boris III. diktiert ein Dankesschreiben an A. Hitler anlässlich der Unterzeichnung des Vertrags von Craiova 1940.«

»Hopplaaa!«, rief Zanev aus, als er wieder zu sich gekommen war.

Das Gemälde, in einer gedämpften Farbpalette gehalten, trug die Signatur eines gewissen Mokričev – eines typischen Anhängers der staatlich-realistischen Schule. Eine unbekannte Hand hatte Mokričevs Werk eine neue Bedeutungsebene verliehen, indem sie einen riesigen leuchtendroten Penis hingeklatscht hatte, der aus dem Monarchen austrat und den Kopf der nichts ahnenden Sekretärin berührte, als Symbol einer dämonischen, unbewussten Libido.

»Das riecht für mich nach Surrealismus«, merkte Zanev an.

Er war ein kultivierter Bursche, hatte das Zweite Jungengymnasium absolviert, wo oft berühmte Schriftsteller, Künstler und Professoren zu Gast waren. Die hervorragenden Lektoren machten die wache Sofioter Jugend mit den neuesten europäischen Tendenzen in Kunst, Wissenschaft und gesellschaftlichem Leben bekannt.

»Wenn du mich fragst, ist das der reinste Saurealismus!«, warf Hauptmann Nacht in einem Anfall von grobem Soldatenhumor ein.

Durch die angelehnte Tür waren Stimmen zu hören. Stanimirov betrat das Büro in Begleitung einer vollbusigen Frau um die 35, die eine Seidenbluse anhatte und ein Klassenbuch unter der Achsel trug. Ihr dichtes, dunkelbraunes Haar fiel in Wellen auf ihre Schultern.

»Frau Viktorija Lagadinova«, stellte sie der Direktor vor. »Oberlehrerin für Bulgarisch und Literatur. Klassenlehrerin der 10A.«

Zanev und Nacht küssten artig die flaumige weiße Hand. Stanimirov bemerkte, dass das Bild aufgedeckt war, und ihm wurde kalt.

»Das ist ...«, flüsterte er verlegen. »Das ist ein Akt von Vandalismus.«

Und er hatte es eilig, das Bild wieder mit dem Laken abzudecken.

»Haben Sie die Polizei informiert?«, fragte Hauptmann Nacht streng.

»Wir führen eine interne Untersuchung durch«, berichtete der Direktor. »Ich habe Herrn Trajanov, den Lateinlehrer, damit beauftragt. Er hat eine militärische Ausbildung.«

»Aha ... Und wie weit ist die Untersuchung gediehen?«

»Höchstwahrscheinlich handelt es sich um Eindringlinge von außen. Wir haben ein zerbrochenes Fenster in den Toiletten im ersten Stock entdeckt. Auf dem Sims war ein Schuhabdruck ... Anarchisten aus der Vorstadt, vermute ich. Unsere Schülerinnen würden niemals solch eine widerliche Schändung begehen. Sie sind anders erzogen. Sie haben ein anderes Wertesystem. Sie sind keine Nihilistinnen.«

»Ich verstehe«, nickte Nacht trocken und wandte sich an die Klassenlehrerin. »Sicher wissen Sie schon, dass wir auf der Suche nach zwei Schülerinnen aus Ihrer Klasse sind. Die Schwestern Palaveev ...«

»Sie fehlen wegen Krankheit. Ihre Mutter hat angerufen. Eine akute Form der viralen Meningitis. Ich hoffe, es gibt keine Komplikationen. Sie gehören zu meinen fähigsten Schülerinnen.«

»Ach so? Seit wann genau fehlen sie?«

»Seit Donnerstag.«

»Und wann hat der betreffende Vorfall stattgefunden?« Nacht warf einen scharfen Blick in Richtung des Bildes.

»Am Donnerstag«, antwortete der Direktor mechanisch.

Zanev und der Hauptmann wechselten vielsagende Blicke.

»Ich denke nicht, dass sie etwas damit zu tun haben!«, mischte sich Lagadinova ein. »Sie entstammen einer sehr guten Familie. Sie haben bis zur siebten Klasse private Erzieher gehabt. Vielleicht sind sie ein wenig eigensinnig, aber sie sind ausgesprochen intelligent und vornehm. Sie erlernen mit Leichtigkeit alle möglichen Sprachen. Wollen Sie ihre Noten sehen?«

»Nein, danke«, lächelte Nacht säuerlich. »Aber wir würden gerne etwas mehr über ihre außerschulischen Aktivitäten und Interessen erfahren. Was für Ansichten vertreten sie? Mit wem treffen sie sich?«

»Nun, sie … sind hervorragende Turnerinnen«, sagte sie nach kurzem Zögern und mit sichtlichem Missvergnügen darüber, dass sie Informationen privater Natur mit Vertretern des repressiven Apparats zu teilen gezwungen war. »Sie nehmen an unserem Zirkel für Bewegungskultur teil und gehören sogar zu seinen Gründerinnen. Sie schließen nicht leicht Freundschaften. Von Zeit zu Zeit kann es vorkommen, dass sie einer ihrer Mitschülerinnen näherkommen, aber das hält für gewöhnlich nicht lange an …«

Nacht zog sein Notizbuch heraus und notierte mit dem silbernen Stift: »Turnerinnen«. Dann fügte er noch ein Wort hinzu – »ungesellig« und setzte aus unerfindlichen Gründen ein Fragezeichen.

»Und haben Sie etwas von ideologischen Voreingenommenheiten mitbekommen?«, machte schließlich auch Zanev den Mund auf.

Lagadinova verzog die Lippen mit einem Gefühl von Überlegenheit.

»Die meisten unserer Schülerinnen bekennen sich zum Ideal der Befreiung der Frau auf dem Wege der Bildung. Das lehren wir sie hier. Alles andere interessiert uns nicht, solange es der Disziplin nicht abträglich ist.«

»Feminismus ist etwas für die Hässlichen!«, warf der informierte Zanev kühn ein. »So wie Clara Zetkin und Rosa Luxemburg.«

Sie sah ihn spöttisch an:

»Ich werde es Ihnen überlassen, das zu entscheiden, junger Mann …«

»Lagadinova!«, wies sie der Direktor zurecht.

»Wir würden gern die Akten der Palaveevs durchsehen«, fuhr Nacht unerschütterlich fort, nachdem er wieder etwas in sein Notizbuch geschrieben hatte. »Bringen Sie auch ein Klassenfoto mit, falls Sie eines haben.«

»Natürlich«, beeilte sich Stanimirov.

Eine halbe Stunde später verließen Zanev und der Hauptmann das Gebäude des Ersten Mädchengymnasiums und gingen auf dem linken Bürgersteig in Richtung des kleinen Parks der Kirche der »Hl. Sieben«. Eine weiche Nachmittagssonne schien. Damen führten ihre Schoßhündchen spazieren. Mütter schoben breite weiße Kinderwagen vor sich her, die wie Muschelschalen aussahen. Der diensthabende Säufer schlummerte auf einer Parkbank. Der diensthabende Bettler stand vor den Toren der Kirche auf seinem Posten. Über den Linden schimmerte weiß die Fassade des Innenministeriums.

»Schauen Sie, was für ein Bild sich ergibt, Zanev«, sagte der Hauptmann und las seine Aufzeichnungen laut vor: »Turnerinnen, ungesellig, feministisch … hübsch.«

»Und wer weiß, was nicht sonst noch alles!«, fügte der Fähnrich hinzu.

»Vielleicht ist es an der Zeit, diese bemerkenswerten Persönlichkeiten zu Hause zu besuchen, was? Auch wenn ich so meine Zweifel habe, dass wir sie in ihren Betten antreffen werden …«

Inventarisierung und Hygienisierung

Blopp, blopp, blopp … Große, träge Blasen stiegen in dem gelblichen Brei auf und verspritzten heiße Flüssigkeit, wenn sie zerplatzten. Neben dem Kessel stand ein verbittert scheinender Partisan und rührte mit einem langen Stock den Maisbrei um, wobei er darauf achtete, dass die Spritzer ihm nicht die Hände verbrannten.

»Rühr um, rühr fester um!«, rief ihm der Strauch jedes Mal zu, wenn er vorbeikam. »Lass ihn bloß nicht anbrennen!«

Ihm selbst war eine weitaus verantwortungsvollere Aufgabe übertragen worden. Nachdem sie ihren Hunger mit den ersten paar Stücken Brot und Speck, die ihnen untergekommen waren, gestillt hatten, machten sich die Partisanen daran, das Innere der Höhle zu erforschen. Der Strauch führte die Gruppe an, die sich um die Inventarisierung der Vorräte kümmerte. Leider war ein Großteil der Lebensmittel wegen nicht fachgerechter Lagerung und einem akuten Mangel an Hygiene unwiederbringlich verdorben.

»Schau sich das einer an, was für Schweine!«, empörte sich der Nagel, während er mit Herzschmerzen einige verschimmelte Laibe Hartkäse begutachtete. »Da sieht man, wohin die Anarchie führt!«

Unabhängig von diesen Verlusten waren die zum Genuss geeigneten Lebensmittel alles andere als wenige, und bei richtiger Einteilung konnten sie die Ernährung der Einheit auf Wochen hinaus sicherstellen. In einem Seitenstollen entdeckten sie gut zehn Kanister mit Honig und Öl, zusammen mit einem beeindruckenden Vorrat an Konserven – Rindfleisch, Bohnen, Erbsen und saure Gurken. Sie fanden noch zwei Fässchen erstklassigen Speck, konserviert unter einer dicken Salzschicht, sowie zwanzig Säcke Maismehl. In einem anderen Stollen waren getrocknete Pilze und Waldfrüchte gelagert, und im Kamin hingen drei geräucherte Rehkeulen. Bei jedem Fund klatschten die Genossen in die Hände und freuten sich wie Kinder. Der Strauch katalogisierte alles aufs eifrigste und achtete darauf, dass es nicht zu Willkür und Vergeudung kam.

»Da schau einer an, wo sie sich versteckt haben!«, rief der Gräber aus, als er in eine Nische spähte. »Na, ich wusste doch, dass ihr hier irgendwo seid …«

Darin lagen zwei Eichenholzfässchen zu je 50 Liter. Er hob das eine hoch und schwenkte es zärtlich hin und her wie eine Wiege – es war voll. Er drehte den Spund heraus und hielt die Lippen an den Strahl. Einige Sekunden lang hörte man nur »gluck-gluck-gluck«, bevor jemand rief:

»He, lass mir auch was!«

»Der kann schon was …«, der Gräber wischte sich das Kinn ab und gab das Fässchen weiter.

»Genossen, seid nicht so!«, begann der Strauch zu schreien, aber niemand schenkte ihm Beachtung.

Das Aroma von lang abgelagertem Zwetschgenschnaps lag in der Luft.

Zwischenzeitlich schaffte eine andere Gruppe unter der Führung Extra Ninas und Schraubes die Waffen hinaus. Über die Jahre hatte die Bande ziemlich viele Eisenwaren zusammengetragen: angefangen bei antiken Exemplaren, die im Russisch-Türkischen Krieg von 1878 Dienst getan hatten, wie Berdan-, Krnka- und Martini-Henry-Gewehre bis zu abgesägten doppelläufigen Flinten, deren Aufgabe es war, Streitereien auf dem Land einer Lösung zuzuführen, sowie neue Repetiergewehre von Mannlicher, die Ende der Dreißiger für die

Streitkräfte importiert worden waren. Die Gewehre standen wahllos in den Ecken herum, die meisten waren verrostet. Dafür gruben sie ein ganzes Dutzend Revolver und Pistolen verschiedener Systeme aus, die vergleichsweise gut konserviert waren, da man sie in Lappen eingewickelt hatte. Abgesehen von dem leichten »Madsen« fanden sie auch ein schweres Maxim-Maschinengewehr mit Wasserkühlung, dessen Schloss jedoch fehlte. Sie entdeckten auch zwei geflochtene Körbe voller Sprengmittel – Stielhandgranaten, Eierhandgranaten, Dynamitstangen, Sprengkapseln … Die Patronen waren, warum auch immer, in einfache Eimer wie dem, der neben der Feuerstelle stand, gefüllt.

»Dummköpfe!«, schüttelte Schraube den Kopf.

Extra Nina ordnete an, dass eine Plane vor der Höhle ausgebreitet werden sollte, sie schütteten die Patronen darauf und wiesen Botev an, sie nach Art und Größe zu sortieren.

Gabriela und Monika kamen in die dritte Gruppe, die von Lenin angeführt wurde. Sie sollte die übrige Habe inventarisieren, was sich als die vielleicht schmutzigste und undankbarste Arbeit erwies. Die Höhle war wie das Nest einer Elster. Einmal angeschleppt, wurden die Gegenstände sofort wieder vergessen und von neuen Erwerbungen überlagert. Kleidungsstücke, Schuhe, Decken, Matten, Felle, Geschirr, Schreibmaschinen, ein Radioempfänger, ein liturgisches Gefäß, einige Kaffeehausstühle, deren Polsterung bereits vergammelt war …

»Wozu haben sie das alles gebraucht?!«, wunderten sich die Mädchen.

»Jeder, der in Ideenlosigkeit verfällt«, erhob Lenin streng den Finger, »wird zu einem Opfer der Urgewalt des Privateigentums. Sie lauert nur darauf, dass jemand in Ideenlosigkeit verfällt.«

Kolčos Leiche lag immer noch vor der Feuerstelle. Sie war so schwer, dass die Genossen ihn nicht hinausschaffen konnten. Lenin schlug vor, ihn in Stücke zu schneiden. Der Nagel brachte eine Säge.

Gabriela zog ihre Schwester weg:
»Das werden wir uns nicht anschauen!«
»Warum? Besser, wir gewöhnen uns daran …«
»Es gibt Dinge, an die man sich nicht gewöhnen darf!«
Sie zeigte auf den dunklen Schlund des Korridors.
»Lass uns lieber überprüfen, was es dort gibt …«

Gabriela wickelte einen Lappen um einen Stock und tauchte ihn in den Kanister mit Petroleum, den sie vor Kurzem entdeckt hatten. Die Fackel brannte mit einer schmutziggelben Flamme. Die Mädchen zwängten sich in den engen Gang. Der Boden war leicht abschüssig, und die Wände waren mit schleimiger Feuchtigkeit bedeckt wie Badezimmerfliesen. Der Schwefelgeruch verstärkte sich mit jedem Schritt. Der Gang verengte sich, bis sie einen schiefen Spalt erreichten. Auf der anderen Seite begann ein steiler Geröllhang, den sie bis zum Ufer eines kleinen Sees hinunterstiegen. Über der Oberfläche waberte grünlicher Dampf. Hie und da blubberten Bläschen, die den Geruch von verfaulten Eiern ausströmten.

»Es ist warm«, stellte Monika fest, als sie ihre Hand ins Wasser tauchte.

Gabriela hockte sich neben sie.
»Richtig heiß! Lass uns baden!«
»Was?«, ihre Schwester sah sie an. »Meinst du das ernst?«
»Warum nicht? Wir haben schon drei Tage lang nicht mehr gebadet. Meine Klamotten kleben an mir. Wir stinken! Merkst du das denn nicht?«

»Ich weiß nicht …«, Monika steckte ihre Nase in ihre Bluse, um das Niveau ihrer eigenen Hygiene zu überprüfen. »Es wäre mal wieder nötig! Aber ob es auch vernünftig ist …?«

»Es wird schon keiner kommen und dich sehen! Sie haben jetzt anderes zu tun.«

Gabriela rammte die Fackel in das sandige Ufer und begann sich auszuziehen. Ihre Schwester folgte dem Beispiel zögerlich. Die Mädchen legten ihre gefalteten Kleider auf einen flachen Stein, banden sich die Haare zum Zopf und wateten in den See hinein. Das warme Wasser umschmeichelte sie allmählich; es hatte wohl um die 40 Grad. Nach einigen Schritten endete der Sand und sie versanken in klebrigem, dünnflüssigem Schlamm. Monika stieß sich leicht vom Grund ab und schwamm zu der kleinen Insel in der Mitte des Sees. Gabriela glitt ihr hinterher, ohne den Kopf unterzutauchen.

»Ach, ist das schön!«, sie holte ihre Schwester ein und drehte sich auf den Rücken.

Die Bläschen um sie herum blubberten sanft.

Monika tastete mit dem Fuß nach dem Grund, berührte aber erneut den Schlamm und zog den Fuß schnell wieder zurück.

»Dieser Dreck da unten ist ganz schön eklig …«

»Du hast aber auch immer was zu meckern!«, lachte ihre Schwester; sie schlug mit der flachen Hand auf die Oberfläche und spritzte Monika an.

»Na warte, du wirst schon sehen!«, Spritzer kamen in die Gegenrichtung angeflogen.

Die kleinen Wellen durchfurchten die glatte Oberfläche. Auf einmal hörte Monika auf zu plantschen. Etwas Dünnes und Langes schwamm zwischen ihren Beinen hindurch, wobei es den oberen Teil ihres Oberschenkels berührte. Sie starrte ins Wasser, aber das Licht war zu weit weg, und so konnte sie nichts sehen. Im nächsten Augenblick spürte sie eine glitschige Berührung auf ihrem Rücken … Ihr Gesichtsausdruck veränderte sich abrupt.

»Was ist los?«, fragte Gabriela, als sie zu ihr hinschwamm.

Plötzlich streckte sie die Hand aus dem Wasser und wedelte panisch herum. Um ihr Handgelenk wand sich ein dünner, schwarzer Körper, der irgendwohin davonflog und sich in der Luft krümmte.

»Eine Schlange!«, kreischte Gabriela.

»Es ist voll mit Schlangen …«, ergänzte Monika mit vor Entsetzen versagender Stimme.

Auch wenn sie sie nicht sehen konnte, spürte sie ihre Anwesenheit mit jeder Faser ihres Körpers; sie rieben sich an Brüsten und Bauch, schlängelten sich um die Waden, glitten über die Taille … Das Wasser war gleichsam zum Leben erwacht!

»Sind die giftig?!«

»Keine Ahnung … Rühr dich nicht!«

Während sie dies sagte, tat Monika eigentlich genau das Gegenteil. Sie strampelte heftig, und mit einigen mächtigen Stößen erreichte sie die kleine Insel. Sie kletterte auf den glitschigen Felsen und streckte ihrer Schwester die Hand hin, die fast gleichzeitig neben ihr aus dem Wasser sprang. Die beiden drängten sich aneinander, atmeten schwer und starrten auf das gegenüberliegende Ufer, wo ihre Kleidung lag.

Das Wasser beruhigte sich allmählich wieder.

»Haben sie dich gebissen?«, fragte Monika.

»Ich glaube nicht …«, das Mädchen betrachtete seine Arme und Beine. »Oder zumindest spüre ich nichts. Und du?«

»Ich weiß nicht. Wird sich noch zeigen.«

»Vielleicht beißen diese Schlangen nicht.«

»Vielleicht.«

»Wie kommen wir zurück? …«

An der Wasseroberfläche tauchte ein kleiner, schwarzer Kopf auf und verschwand im nächsten Augenblick wieder. Die Fackel, die im Sand steckte, war fast heruntergebrannt. Ihr krampfhaftes Flackern schien immer weiter entfernt und wurde immer schwächer, bis in der Dunkelheit nur noch ein wenig rote Glut leuchtete. Auch sie verlosch nach nicht allzu langer Zeit.

Die Schatzinsel

Onkel Metodi spitzte drei kleine, ungefähr einen halben Meter lange Pflöcke an und legte sie neben die Körper von Ipolit und Hölle. Die Überreste Kolčos stellten einen beeindruckenden Haufen dar, der mit einer Zeltplane bedeckt war. Sein Kopf war einige Meter weitergerollt und sah mit starrem Blick zum Himmel.

»Was schnitzt du da?«, fragte Medved misstrauisch.

»Na ja, nur für den Fall …«, murmelte Onkel Metodi unbestimmt.

Er wählte einen schwereren Stein mit quadratischer Unterseite als Hammer und setzte sich auf Hölles Brust. Er öffnete dessen von Kugeln durchlöchertes Hemd, setzte den Pflock an und machte sich bereit, ihn ihm ins Herz zu stoßen.

Die Genossen nickten zustimmend.

»Bist du jetzt ganz verrückt geworden!?«, rief Medved.

»So macht man das, damit keine Vampire aus ihnen werden …«, erklärte Onkel Metodi geduldig. »Es könnte ja sein, dass irgendein Tier über sie hinweggesprungen ist …«

Und er holte erneut mit dem Stein aus.

»Wage es ja nicht! Oder ich werde dich aus der Partei ausschließen!«

»Towarischtsch KomBrig«, meldete sich Lenin. »Was ist denn schon dabei? Das sind Volksbräuche … die muss man respektieren.«

»So ein ausgemachter Unsinn!«, unterbrach ihn Extra Nina. »Was für Vampire? Was für Nachtgespenster? Ihr macht euch ja lächerlich. Zwei Mädchen haben diesen Abschaum hier liquidiert! Zwei Mädchen, die noch nie zuvor ein Gewehr in der Hand hatten!«

Medved nickte zustimmend.

»Es lebe der wissenschaftliche Kommunismus!«, rief Schraube ein wenig fehl am Platz.

»Und die Genossenschaftsbewegung …«, fügten die Bauernbündler hinzu, jetzt ganz fehl am Platz.

»Der Maisbrei ist fertig!«, verkündete der Strauch feierlich.

Vor dem Kessel bildete sich eine lange Schlange. Der Kleine wedelte stolz mit einem dunkel gewordenen silbernen Schöpflöffel herum, den er zusammen mit dem übrigen Geschirr in der Höhle gefunden hatte. Statt in verbeulte Metallbecher und Konservendosen, verteilte er den Maisbrei in tiefe Teller aus feinstem Porzellan mit vergoldetem Rand und dem Monogramm irgendeiner namhaften Familie. Das Service war sechzigteilig und lag noch verpackt unter einem Stapel vergammelter Decken. Wenn man nach den Überresten von Schleifchen und teurem Papier ging, war es höchstwahrscheinlich als Hochzeitsgeschenk vorgesehen gewesen. Dazu gehörte auch ein großes Set an Silberbesteck, das ebenfalls an die Genossen ausgegeben wurde.

»Was glotzt ihr so!? Los, greift zu!«, kicherte der Strauch und bestreute jede Portion großzügig mit Speckgrieben und Paprikapulver.

Nach einem gewissen Zögern erlaubte Medved auch, dass einhundert Milliliter Schnaps pro Kopf ausgeschenkt werden durften. Extra Nina überzeugte ihn davon, dass es die Genossen verdienten, sich nach all dem Erlebten ein wenig zu entspannen, auch wenn sie selbst nichts trank.

»Und wo sind unsere Heldinnen?«

Ihr Blick wanderte über die im Halbkreis sitzenden Partisanen, die mit Appetit die luxuriösen Teller auskratzten und mit der Zunge schnalzten:

»Ts-ts-ts, schau sich einer an, aus was für Schüsseln die Scheißbourgeoisie isst. Das ist schon was ganz anderes! Irgendwie schmeckt es auch besser …«

»Genossen, wo sind Gabriela und Monika?«, wiederholte Nina laut.

Die Männer blickten sich um.

»Na ja, sie waren mit uns in der Höhle …«, stammelte Lenin.

Medved schob den Teller beiseite und zog die Augenbrauen zusammen:

»*Und wo sind sie jetzt?*«

***

Die kleine Insel stellte einen unregelmäßigen Felsen von ungefähr drei auf vier Metern dar. Die Mädchen erforschten ihn auf allen vieren kriechend, aus Angst auszurutschen und ins von Schlangen wimmelnde Wasser zu fallen. Die Luft war stickig, von Zeit zu Zeit fielen Tropfen von der Decke und landeten mit einem dumpfen Geräusch auf ihren nackten Körpern. In der Dunkelheit war nur das Blubbern der Bläschen zu hören.

»Da haben wir uns ja schön was eingebrockt!«, schluchzte Gabriela. »Wie die letzten Trottel …«

»Mach dir keine Sorgen!«, Monika berührte ihre Schulter. »Sie suchen bestimmt schon nach uns.«

»Aber ob sie uns auch finden werden?«

»Sie finden uns … irgendwann bestimmt.«

»Na hoffentlich!«

Das obere Ende des Felsens war gespalten wie ein Huf. Monika steckte eine Hand in die Öffnung, die sich als unerwartet tief erwies. Der Kanal hatte zwei Verzweigungen. Die erste verlor sich irgendwo in einem engen Spalt, die zweite führte zu etwas wie einer Ausbuchtung – geräumig und trocken. Ihre Finger ertasteten das Ende eines Lederriemens.

»Hier ist etwas …«

»Eine Schlange!«, rief ihre Schwester.

»Das ist keine Schlange.«

Monika hielt sich am Rand der Öffnung fest und steckte ihren Arm bis zur Schulter hinein. Schnaufend zog sie die Tasche heraus. Sie war schwer und groß. Danach griff sie wieder in die Öffnung und zog eine weitere Tasche an die Oberfläche.

»Da schau an, Taschen …«, pfiff Gabriela, während sie sie in der Dunkelheit betastete. »Was da wohl drin ist?«

»He, Genossinnen! Wo seid ihr? Genossinnen!«, erreichten sie weit entfernte Stimmen.

Am Ende des Sees waren Lichter zu sehen.

»Hier sind wir! Hier!«, Monika sprang auf und winkte. »Ich habe dir doch gesagt, dass sie uns finden werden«, wandte sie sich an ihre Schwester.

»Da sind sie! Dort drüben!«, der Nagel zeigte auf die kleine Insel.

»Mehr Licht, bringt noch mehr Licht!«, ordnete Dičo an. »Hierher!«

Die gelblichen Flammen der Fackeln erleuchteten allmählich den ganzen Raum. Auf dem Felsen inmitten des Sees schimmerten zwei helle, schlanke, großgewachsene Gestalten. Sie sprangen auf und ab und winkten:

»Hallo! Hier sind wir!«

»Aber die sind ja nackt!«, Schraube riss die Augen auf.

Die Fackeln am Ufer gerieten in Bewegung.

»Wir sehen, dass ihr dort seid«, kam Dičos Stimme angeflogen. »Aber warum seid ihr nackt?«

»Was?«, rief die eine.

»Wir sind nackt!«, begriff die andere.

»Stimmt ja!«, Gabriela bedeckte instinktiv ihre Brüste. »Schaut nicht her! Schaut bloß nicht her!«

Ein kollektives Lachen war die Antwort.

Medved stieg schwerfällig den Geröllhang hinunter, wobei er eine Steinlawine auslöste.

»Tschto proishodit sdjes? Was ist hier los?«

»Wir haben sie gefunden!«, erklärte Dičo.

Der Kommandeur kniff die Augen zusammen: Die beiden Mädchen standen mit dem Rücken zum Ufer und schauten unruhig über ihre Schultern zurück. Der Widerschein der Fackeln tanzte auf ihren glatten Hintern.

»Wo sind ihre Kleider?«

»Hier«, Dičo zeigte auf einen Stein.

»Sicher wollten sie baden«, mischte sich Extra Nina ein. »Genossen, hört auf, die Genossinnen anzustarren, das gehört sich nicht!«

»Alle sofort umdrehen!«, befahl Medved.

Die Männer beugten sich nur ungern.

»Los, Mädchen, kommt zurück! Keiner wird euch sehen!«

»Wir können nicht!«, rief Gabriela.

»Der See ist voller Schlangen!«, fügte Monika hinzu.

»Tschto?«

»Sie hat Schlangen gesagt, und was jetzt …«, Extra Nina hielt die Fackel ans Wasser und starrte auf den sandigen Grund. »Ich kann nichts sehen!«

»Heldinnen!«, warf Dičo spöttisch ein. »Sollen wir rübergehen und sie holen, was meint ihr, Genossen?«

Er öffnete flink seine Schnürsenkel, streifte die Schuhe ab und begann sich auszuziehen. Die anderen folgten freudig seinem Beispiel.

»Nicht alle! Nicht alle!«, rief Medved. »Nur vier!«

Dičo, Schraube und der Nagel waren die Schnellsten. Zu ihnen gesellte sich noch ein Partisan, der vor lauter Begeisterung ganz vergessen hatte, sich zu entkleiden, und in voller Montur in den See sprang. In der Folge stellte sich heraus, dass er nicht schwimmen konnte, und als ihm das Wasser bis zum Hals stand, musste er wieder umdrehen. An seiner Stelle sprang sofort ein anderer ins Wasser.

»Puh, wie das stinkt! Was ist denn das für Scheiße da am Grund?«, rümpfte der Nagel die Nase, als er bis zu den Knöcheln im weichen Schlamm versank.

Etwas Elastisches und Kühles wickelte sich um seine Wade.

»Verflucht, Schlangen!!!«, rief er, wobei er in alle Richtungen spritzte.

»Schlangen! Schlangen!«, schrien die anderen fast gleichzeitig.

Keine Minute später waren sie wieder am Ufer.

»Es ist alles voller Schlangen!«, sagte Dičo außer Atem.

»Sie haben mich gebissen, verflucht!«, stöhnte Schraube, während er seinen Bauch besah. »Genau hier. Es wird schon rot ...«

»Du hättest keine plötzlichen Bewegungen machen dürfen«, meldete sich der Partisan Svilen und versuchte sofort, ihn zu beruhigen: »Wasserschlangen sind nicht giftig.«

»Wer weiß das schon?«, mischte sich ein anderer ein. »Diese Schlangen könnten aus prähistorischen Zeiten übrig geblieben sein ... Ich habe gehört, dass in Höhlen bis zu zehn Meter lange Exemplare leben. Echte Drachen!«

»Und was machen wir jetzt?«, fragte Lenin.

»Ich sage, wir werfen ein bisschen Sprengstoff in den See und machen dem Getier den Garaus«, schlug der Gräber mutig vor.

»Danke für deine Meinung!«, machte Extra Nina ein finsteres Gesicht. »Die Mädchen können nirgends in Deckung gehen. Sie könnten verletzt werden ...«

»Bauen wir ein Floß«, schlug ein anderer vor.

»Ein Floß?«, wiederholte Medved und nickte. »An die Arbeit!«

***

»Was machen die da?«, fragte Gabriela, als sie zum Ufer sah.

»Sie bauen irgendetwas ...«, entgegnete Monika.

»Wir haben uns blamiert!«, seufzte ihre Schwester.

»Zumindest sind wir schön sauber.«

Ihre Aufmerksamkeit richtete sich wieder auf die zwei alten Posttaschen. Sie mussten jahrelang in dem Versteck gelegen haben. Das Leder war brüchig und hart wie Blech. Die Verschlüsse waren voller Rost und Grünspan. Gabriela versuchte, zuerst die eine, dann die andere zu öffnen, aber es klappte nicht. Entweder waren die Mechanismen kaputt, oder sie waren einfach abgeschlossen.

»So wird das nichts«, konstatierte Monika.

Eine windschiefe Konstruktion, die bloß von in Streifen geschnittenen Lappen zusammengehalten wurde und aus Ästen, Brettern, Kanistern und anderem Material bestand, das gerade zur Hand war, näherte sich der kleinen Insel. Dičo lenkte sie, indem er mit einer alten Schaufel ruderte.

»Los, springt an Bord!«, winkte er ihnen zu.

Vorsichtig stiegen die Mädchen auf das Floß und schleppten auch die Taschen mit. Ihre Nähe erwies sich als so aufregend, dass der Kapitän beinahe das Gleichgewicht verloren hätte.

»Nicht glotzen, rudern!«, riet ihm Gabriela.

»Was ist in diesen Säcken?«

»Wissen wir nicht, wir haben sie hier gefunden …«

Am Ufer nahm sie Extra Nina in Empfang und händigte ihnen schweigend ihre Kleidung aus. Medved kniete sich über die Taschen und betrachtete sie von allen Seiten. Dann zog er aus seinem Gürtel eine dünne, schwarze Klinge mit gekrümmtem Ende hervor, die in der Nomenklatur der Spionageeinheiten als »Universaldietrich 8 G« geführt wurde, und begann, konzentriert an einem der Verschlüsse zu hantieren. Etwas schnappte um, und die Tasche ging auf.

»Da schau an«, flüsterte er zufrieden.

Medved griff hinein und holte ein dickes Bündel Geldscheine heraus. Er bog es in beide Richtungen, so als wollte er überprüfen, ob es echt war, und legte es zurück. Die Tasche war voller Geldbündel. Nach einem kurzen Kampf mit dem

Verschluss öffnete er auch die zweite Tasche, die ebenfalls randvoll mit Geldscheinen war. Keiner der Genossen hatte jemals so viel Geld auf einem Haufen gesehen.

»Das muss mindestens eine Million sein!«, pfiff Extra Nina.

»*Harascho, gut* …«, nickte Medved den Mädchen zu. »Wir werden es später zählen!«

Er nahm die beiden Taschen und kletterte den Geröllhang hinauf.

Die Neuigkeit über die Entdeckung verbreitete sich wie ein Lauffeuer. Die Partisanen versammelten sich vor dem Höhleneingang.

»Dieses Geld muss vom Überfall auf die Landwirtschaftsbank im Jahre 1927 stammen …«, erklärte Onkel Metodi wissend.

Plötzlich veränderte sich der Ausdruck in Medveds Gesicht und es wurde rot wie eine Tomate. Er stellte die Taschen auf die Erde und zeigte auf die Leichen der drei Räuber, wobei er vor Zorn stotterte:

»W-w-wer hat das gemacht?!«

Alle drehten den Kopf in Richtung der leblosen Körper. In ihrer Brust steckte jeweils ein kleiner Pflock. »W-w-wer? … W-w-wer? …«, schäumte der Kommandeur, während die anderen nur mit den Schultern zuckten.

»Ich war in der Höhle …«, sicherte sich Onkel Metodi eilends ab.

Die fatale Schwäche der Bourgeoisie

Hauptmann Nacht rammte seinen Finger gegen den Klingelknopf und hielt ihn einige Sekunden lang gedrückt. Im Inneren der Wohnung erklang eine Reihe melodischer Geräusche, die an einen Gong erinnerten. Es ging auf sechs Uhr nachmittags zu. Auf der dunklen, massiven Tür leuchtete weiß ein emailliertes Schild: »Familie Hr. Stojaddin Palaveev«. Zanev lauschte am Türspion, konnte aber nichts hören. Auf dem Stockwerk gab es nur zwei Wohnungen mit jeweils zwei Eingängen, einem Haupteingang und einem für das Personal. Das Treppenhaus war weitläufig, mit grafitfarbenem Terrazzoboden und breiten, hölzernen Geländern, die auf Hochglanz gewienert waren. Die Wände waren mit gelblichem Kalkstein verkleidet. Das luxuriöse Mietshaus befand sich an der Ecke der Straßen »Gladstone« und »Khan Krum«. Am Eingang gab es einen Portier, der die Hausherren über die unerwartete Visite informieren wollte, doch Zanev zeigte ihm seinen Ausweis, und er ließ sie ohne weitere Erklärungen hinein.

Nachts schwarz behandschuhter Finger bewegte sich erneut auf den Klingelknopf zu, als die Tür sich unerwartet einen Spalt weit öffnete. In dem durch die Kette begrenzten Spalt erschien ein rundes, einfältiges Gesicht mit dicken Lippen.

»Was wünschen Sie?«

»Sind die Palaveevs zu Hause?«, fragte der Fähnrich.

»Wer will das wissen?«

»Los, aufmachen!«, er steckte seinen Ausweis durch den Spalt. »Sicherheitspolizei.«

Die Bedienstete nahm die Kette ab und ließ sie in das geräumige Vorzimmer eintreten. Es war ein ganz junges, adrettes Mädchen mit einem Tuch auf dem Kopf, dessen Füße in weichen Filzpantoffeln steckten. Sie sah erschrocken und verwirrt aus. Hauptmann Nacht warf einen Blick auf den Kristallspiegel, der fast die ganze Wand einnahm, und zog seine Uniformjacke zurecht. Die Tür am Ende des Flurs öffnete sich, auf der Schwelle stand eine groß gewachsene Frau, um die 50, in einem eleganten beigen Kostüm, ihr Gesicht wirkte müde und unruhig. Ihre Frisur war auf der einen Seite plattgedrückt, so als hätte sie bis eben auf der Armlehne des Sofas geschlafen. In ihrem Mundwinkel hing eine nicht angezündete Zigarette. Ihr Blick ruhte erst fragend auf dem Offizier, dann auf seinem Begleiter in Zivil.

»Gnädige Frau«, der Hauptmann nahm respektvoll seine Uniformmütze ab, klemmte sie unter die Achsel und schlug die Hacken zusammen. »Es tut mir leid, dass wir Sie so überfallen, aber die Angelegenheit duldet keinen Aufschub. Ist Ihr Gatte zu Hause?«

Sie machte einen Schritt zur Seite und bat sie ins Wohnzimmer. Als er an ihr vorbeiging, bemerkte der Hauptmann, dass sie die Zigarette falsch herum im Mund hatte. Er dachte daran, es ihr zu sagen, entschied aber, dass sie es früher oder später selbst merken würde.

Die Vorhänge waren halb zugezogen. In der einen Ecke brannte eine Stehlampe, deren weiches Licht sich in den Bögen der schweren Holzmöbel verlor. Auf der Anrichte blitzte eine silberne Uhr auf. In der dunkelsten Ecke des Wohnzimmers saß ein älterer Mann, um die 60, mit kurzem Hals und rötlichem Scheitel, eingesäumt von grauen Borsten, und einem stacheligen Schnauzbart. Er hatte nur Hemd und Hose an, keine Schuhe, und starrte die große Ledertasche auf dem Tisch an.

»Stojaddin Palaveev?«, Hauptmann Nacht machte einen entschlossenen Schritt nach vorn.

Der Mann zuckte und drehte den Kopf. So als hätte er tief in seinem Inneren diesen Besuch erwartet und sogar heimlich herbeigewünscht …

»Man hat uns informiert, dass Ihre Töchter aus gesundheitlichen Gründen in der Schule fehlen«, begann Nacht, nachdem er sich kurz vorgestellt hatte. »Ich fürchte, die Umstände verlangen es, dass ich sie unverzüglich sehe …«

Die Eheleute wechselten kurze Blicke.

»Unverzüglich!«, wiederholte er.

»Was wollen Sie von ihnen?«, meldete sich die Frau zu Wort. »Sie haben nichts Böses getan.«

»Wir wollen ihnen nur ein paar Fragen stellen …«, mischte sich Zanev ein.

Stojaddin blies die Backen auf und starrte auf seine schwarzen Seidensocken.

»Hüten sie denn nicht das Bett?«, tat der Hauptmann erstaunt.

Der Vater blies die Luft aus und schüttelte nur den Kopf.

»Stojaddin!«, wurde seine Frau laut.

»Was?«, wandte er sich grob an sie. »Sie sind nicht hier, nicht wahr?«

»Wir haben sie für einige Tage in unser Ferienhaus in Čamkurija geschickt, damit sie ein wenig frische Luft atmen können«, sagte sie, wobei sie versuchte, ihre Aufregung zu unterdrücken.

Stojaddin konzentrierte sich erneut auf seine Socken.

»Aha, nach Čamkurija …«, nickte Nacht. »Und wann kommen sie wieder?«

»Morgen.«

Sie hob das schwere Tischfeuerzeug hoch, das auf dem Tischchen unter der Stehlampe stand, und führte es an die Zigarette. Nacht verfolgte mit einer gewissen Schadenfreude, wie die kleine Flamme am Filter leckte. Es entstand ein unangenehmer Geruch nach verkohlter Zellulose. Die Frau drehte die Zigarette um und zündete sie erneut an, diesmal von der richtigen Seite.

»Alisija ...«, begann der Mann, doch das Telefon unterbrach ihn.

Die Bakelitkiste rasselte einige Male, bevor die Frau, die soeben »Alisija« genannt worden war, darauf zustürzte.

»Hallo, ja!?«, ihr Gesicht blieb eine ganze Minute lang angespannt. »Ja, ja ...«, wiederholte sie und fügte leise hinzu: »Verstanden, wir sind unterwegs ...« Stojaddin stand auf und zog sich das Sakko an, das über der Lehne eines der Stühle hing. Er nahm die Tasche und bewegte sich wie ein Roboter auf die Tür zu.

»Wohin?«, der Hauptmann verstellte ihm den Weg.

»Das geht Sie nichts an!«, erwiderte Alisija schroff.

Nacht packte ohne ein Wort die Tasche und versuchte, sie dem Mann aus der Hand zu reißen, aber jener ließ nicht locker.

»Dazu haben Sie kein Recht!«, war die Stimme der Frau zu hören.

»Was ist da drin?«

Die beiden zogen verbissen an der Tasche. Plötzlich öffnete sie sich, und aus ihrem Inneren purzelten dicke Geldbündel mit 500-Leva-Scheinen heraus. Stojaddin kniete sich hin und begann fiebrig, sie einzusammeln.

»Interessant ...«, merkte Zanev an.

Der Hauptmann stellte den Fuß auf eines der Geldbündel.

»Sie gehen nirgendwohin. Ihre Töchter stehen unter dem Verdacht, in illegale Aktivitäten verwickelt zu sein. Ich habe das Recht, Sie bis zur Klärung des Sachverhalts festzuhalten.«

Stojaddin brüllte und versuchte vergeblich, das Geldbündel unter Hauptmann Nachts poliertem Stiefel hervorzuziehen. Alisija stürzte sich auf den Offizier und trommelte mit den Fäusten gegen seine Brust.

»Sie verstehen das nicht! Man hat sie entführt!!!«

Er packte sie an den Handgelenken und drückte ihre Arme langsam hinunter.

»Ganz ruhig. Wer hat sie entführt?«

»Woher soll ich das wissen?! Irgendwelche … Elemente.«

»Wann?«

»Am Montag. Sie sind nicht von der Schule heimgekommen. Wir haben alle ihre Freundinnen angerufen. Keiner weiß etwas … Wir haben die ganze Nacht kein Auge zugetan!«

»Vielleicht sind sie weggelaufen.«

»Nein, man hat sie entführt!«, wiederholte sie. »Wenn wir das Lösegeld nicht bezahlen, wird man sie liquidieren! Alle beide! Vor zwei Tagen haben wir das hier bekommen … Jetzt lass mich schon los!«

Alisija befreite sich aus dem Griff des Hauptmanns und holte aus ihrer Westentasche ein zerknittertes Blatt Papier heraus, das mit aus Zeitungen ausgeschnittenen Druckbuchstaben beklebt war:

BUrSCHOAsE HOLKöPFE! BEsCHafT 1000000 LeVa SONsT SeHT IHR EuRE TÖChTA NIeH WIdeR. WArTET AUF dEN TeLIFoNANRUf. wENN ihR DER PULIzAi wAS sAgt, wERDen WiR SIE sofoRT LIKwidIrEN!!!

Es LEBE diE ReVOLuTIoN!!!

Zanev schaute neugierig über die Schulter seines Vorgesetzten.

»Mit der Rechtschreibung haben sie es ja nicht so!«

»Das kann auch Tarnung sein …«

Der Hauptmann sah Stojaddin an, der immer noch zu seinen Füßen saß, dann wandte er sich an die Frau:

»Warum haben Sie nicht die Polizei informiert?«

»Können Sie nicht lesen?«, sie kniff die Lippen zusammen. »Man wird sie umbringen!«

»Das sagen sie immer«, sagte der Hauptmann, obwohl er bisher noch nie eine Entführung untersucht hatte und es korrekter gewesen wäre zu sagen: »Ich habe gehört, dass sie das immer sagen …«

»Wir können das Leben unserer Kinder nicht aufs Spiel setzen!«, schluchzte sie. »Ich bitte Sie! Wir müssen das Geld abliefern, dann wird man sie freilassen.«

»Wohin?«

»Ich bitte Sie!«, wiederholte sie. »Wir müssen allein gehen. Sonst …«

»Wir werden eine geheime Überwachung für den ganzen Bezirk einrichten. Sie haben keine andere Wahl, als mit uns zu kooperieren. Ich kann nicht zulassen, dass eine solche Summe in die Hände subversiver Elemente fällt. Wo soll der Austausch stattfinden?«

Nacht entfernte seinen Fuß von dem Geldbündel, Stojaddin packte es eilends wieder in die Tasche und erhob sich. Er zog ein zerknittertes Taschentuch aus der Hosentasche, wischte sich die Schweißtropfen von der Stirn und ächzte:

»Besser, wir kooperieren …«

»Du willst das Geld nicht hergeben, was?«, warf Alisija gehässig ein.

»Unsinn!«, sein Gesicht wurde rot. »Du weißt ganz genau, dass Geld nie ein Problem war!«

»Streiten Sie nicht!«, unterbrach sie Nacht. »Sie haben nicht viel Zeit. Wohin, hat man Ihnen gesagt, sollen Sie das Geld bringen? Wann? Wie wird der Austausch stattfinden?«

Alisija zögerte einige Sekunden lang.

»Auf dem Makedonija-Platz«, seufzte sie. »In einer Stunde. Sie haben gesagt, wir sollen an dem runden Kiosk an der Ecke zur Fürstenchaussee warten. Dort werden wir Instruktionen erhalten, was wir weiterhin tun sollen.«

»Zanev, melden Sie das der Zentrale!«, wandte sich Hauptmann Nacht an seinen Untergebenen. »In zwanzig Minuten sollen zehn Agenten in Zivil bereitstehen!«

Plötzlich machte Stojaddin einen Schritt nach vorn und stieß ihm den Finger gegen die Brust.

»Herr Offizier! Wenn etwas schiefgeht, wenn meinen Mädchen auch nur ein Haar gekrümmt wird, werde ich Ihnen persönlich die Haut abziehen. Ich handle mit Häuten und Leder, und ich stehe zu meinem Wort!«

Das Telefon klingelte erneut. Alisija schob Zanev zur Seite, der im Begriff war, die Polizei anzurufen, und hob den Hörer ab.

»Hallo, ja, ja … Wir sind bereit. Jetzt!«, sagte sie schnell, legte auf und sah Nacht mit verzweifelter Entschlossenheit an. »Eine Planänderung. Wir müssen sofort aufbrechen!«

»Wir begleiten Sie!«, sagte Nacht scharf. »Wir werden Ihnen in sicherer Entfernung folgen. Wir sehen noch nicht einmal wie Polizisten aus. Sie holen Ihre Töchter, alles andere überlassen Sie uns. Zanev, überprüfen Sie Ihre Waffe!«

Der Fähnrich schob sein Sakko hoch, darunter zeigte sich eine kompakte Walther PP. Er tätschelte sie freundlich wie ein kleines Kätzchen.

»Immer bereit, dem Vaterland zu dienen!«

»Ich nehme das«, Alisija packte den Griff der Tasche, aber da Stojaddin ihn weiterhin stur festhielt, sagte sie nachdrücklich: »Ich habe gesagt, ICH nehme das Geld! Lass uns gehen …«

Sie waren schon im Flur, als sie stehen blieb und sagte:

»Ich habe meinen Hut vergessen. Geht schon mal voraus, ich komme gleich nach.«

Sie drehte sich um und verschwand wieder in der Wohnung. Zanev und Nacht folgten Stojaddin. Plötzlich waren aus den unteren Stockwerken aufgeregte Stimmen und Schritte zu hören. Der Hauptmann blieb wie angewurzelt stehen. Ein nervöses Zucken ging über sein Gesicht.

»Zum Teufel!«, fluchte er und rannte wieder zurück.

Mit einem Ruck zog Alisija den Vorhang auf, öffnete das Fenster und beugte sich hinaus. Vor dem Eingang stand eine

Kutsche; in ihr saß ein Mann mit einer grünen Schirmmütze und schaute hinauf. Als er sie bemerkte, stieß er den Kutscher an, ein paar Meter weiter vor zu fahren, und machte ihr mit der Hand ein Zeichen. Sie wuchtete die Tasche über den Sims, schaukelte sie vor und zurück und ließ sie dann los. Hauptmann Nacht erschien hinter Alisijas Schulter, konnte aber nur noch den Flug der Tasche mitverfolgen. Die Tasche fiel genau in die Arme des Mannes. Jener pfiff durchdringend auf zwei Fingern: Aus dem Eingang kam ein anderer Typ mit Schirmmütze und sprang in die Kutsche. Der Kutscher holte mit der Peitsche aus, und das Fuhrwerk rumpelte die Straße hinunter.

»Du Närrin!«, zischte der Hauptmann.

Er stieß Alisija weg, zog die Parabellum, kniff ein Auge zusammen und schoss einige Male auf die sich entfernende Kutsche. Die wenigen Passanten sahen sich um, einige pressten sich sogar gegen die Hausmauern. Das Fuhrwerk bog in die erste Querstraße ein und verschwand.

»Warum hast du mich belogen?!«, drehte er sich wütend zu der Frau um.

»Ich durfte nichts riskieren!«, entgegnete sie mit unerwartet fester Stimme. »Die haben gesagt, ich soll das Geld aus dem Fenster werfen, sobald der Portier anruft und bestätigt, dass die Kinder hier sind … Wenn etwas schiefgeht, würden sie sie vor dem Eingang erschießen.«

»Dafür werden Sie sich verantworten!«

Aber Alisija hörte ihm schon nicht mehr zu. Sie rannte ins Treppenhaus und rief:

»Kara, Jara!!! Geht es euch gut, meine Süßen?!«

Hauptmann Nacht folgte ihr, eine unklare Vorahnung hatte ihn überkommen.

»Nein! Nein! Neeeein!!!«, im Treppenhaus hallte ein verzweifelter Schrei wider.

Auf dem Treppenabsatz zwischen dem zweiten und dritten Stock krümmten sich zwei dunkelhäutige Gestalten mit Kopftüchern. Stojaddin saß auf einer Stufe und sah sie mit dümmlichem Gesichtsausdruck an. Es waren Zigeunermädchen, nicht älter als 15, und sie sahen sich ängstlich und gleichzeitig dreist um, bereit zu kratzen und zu beißen, wenn es sein müsste. Alisija zeigte mit dem Finger auf sie und wiederholte immer kraftloser:

»Das sind sie nicht! Sie sind es nicht, sie sind es nicht …«

Nacht ging ohne eine Spur von Mitgefühl um sie herum und packte das eine Mädchen am Ellenbogen.

»Wo kommt ihr her?«

»Wir wissen gar nichts, Onkel!«, klagte es, in seinem Mund erstrahlte ein Goldzahn. »Wir verkaufen Blumen am Frauenmarkt. Sie haben uns direkt auf der Straße einkassiert. Sie haben gefragt, ob wir uns zwanzig Leva verdienen wollen. Und wir wollten, warum auch nicht … Aber wenn ihr uns ficken wollt, dann vergesst es, haben wir gesagt. Wir wollen euch nicht ficken, haben sie gesagt und gelacht. Los, kommt mit! Sie haben uns in die Kutsche geladen und sind direkt hierher gefahren.«

Zanev erschien auf der Treppe und schob den Portier vor sich her.

»Sie haben mir aufgetragen, anzurufen und zu sagen, dass die Mädchen bereitstehen. Ich habe mir die Mädchen angeschaut. Woher soll ich denn wissen, um welche Mädchen es geht … Sie haben mich mit einer Pistole bedroht«, rechtfertigte er sich weinerlich.

»Klar!«, verzog Nacht sauer das Gesicht. »Wir hätten wissen müssen, dass sie nicht so schnell aus den Bergen hierher kommen können …«

Die kleine Zigeunerin zog einen zerknitterten rosa Briefumschlag aus ihrer Tasche:

»Sie haben gesagt, das soll ich dem Herrn geben …«

Darin war eine Seite aus einem Notizbuch, vollgeschrieben mit gleichmäßigen, geneigten Buchstaben, die eine eifrige Mädchenhandschrift verrieten.

Liebe Mutti und Vati,

wenn Ihr diese Zeilen lest, werden wir schon weit weg von hier sein. Wir können es nicht länger ertragen, abseits des Kampfes zu stehen als unbeteiligte Zeugen des titanischen Zusammenstoßes zwischen den Kräften des Fortschritts und den Kräften der Finsternis! Lange haben wir nach einem tieferen Sinn im Leben gesucht, und wir denken, dass wir ihn endlich gefunden haben. Wir sind der Meinung, dass Ihr zu diesem Zeitpunkt nicht in der Lage sein werdet, unsere Motive zu verstehen, deshalb haben wir uns entschlossen, Euch vor vollendete Tatsachen zu stellen, auch auf die Gefahr hin, Euch bis zu einem gewissen Grad Sorgen und Leid zu bereiten. Aber wie man so schön sagt, der Kampf erfordert Opfer, und dieses ist noch das geringste. Uns ist bewusst, dass Ihr immer nur das Beste für uns gewollt und dafür gesorgt habt, dass es uns an nichts fehlt, aber dies allein ist nicht genug für eine Existenz in Würde. Trotzdem glauben wir, dass der Tag nicht fern ist, an dem Ihr den tieferen Sinn unseres Schrittes erkennen werdet. Und dann werdet Ihr verstehen, dass er von einer historischen Notwendigkeit diktiert wurde und nicht von einer Laune, Leichtsinn oder einfach nur Undankbarkeit. Wir werden unsere Ausbildung nach dem Sieg fortsetzen. Sollten wir im Kampf fallen, dann glaubt nicht, wir wären umsonst gestorben. Es ist unser Wunsch, dass Ihr mit dem Geld aus unserem Erbe zwei Stipendien für arme Mädchen im Bereich der Sozialwissenschaften stiftet. Das ist unser politisches Vermächtnis.

Mit sozialistischem Gruß,
Kara und Jara

Nacht starrte einige Minuten lang auf den Text, kratzte sich an der Nase und brach dann in nervöses Gelächter aus. Er zerknüllte das Blatt Papier und warf es Stojaddin in den Schoß.

»Bist du jetzt zufrieden? Das Geld ist weg und deine Töchter auch!«

Die Elstern lauern

Ein runder, metallischer Mond beleuchtete die Gesichter der Partisanen, die unter der langen Zeltbahn lagen: Dičo, Schraube, der Nagel, Botev, Svilen und noch gut zehn jüngere Genossen. Die Reihe endete mit Lozan. Seine Wunde war gesäubert, frisch verbunden, und er schlief wie ein Baby. Von den anderen konnte man das nur schwerlich behaupten. Der raue Alltag, die Gefahren und das Bewusstsein, dass sie einem höheren Ideal dienten, hatten bis jetzt erfolgreich alle romantischen Regungen und Fantasien unterdrückt. Mit der Ankunft der Zwillinge jedoch hatte dieser Schutzwall Risse bekommen, und nach der heutigen Vorstellung war er endgültig eingestürzt. Ihre Gedanken wurden von aufwühlenden Wunschträumen überschwemmt. Die jungen Männer fanden keine Ruhe: Sie wälzten sich, ächzten, schmatzten. Ihre Augen bewegten sich unruhig hin und her, als würden die nackten Gestalten der Mädchen immer noch unter ihren Augenlidern herumspringen.

Botev erwachte von einem seltsamen, schmerzlich süßen Krampf und begann sofort zu blinzeln. Der helle Mond blendete ihn wie eine Straßenlaterne. Seine Nase war ganz steifgefroren von der kalten Luft. Er ließ eine Hand in seine Hose gleiten. Vorne war alles nass. Er war im Schlaf gekommen. Von dem feuchten Traum selbst war jedoch so gut wie nichts mehr übrig – nur Fragmente, die schnell verloschen. Er bemühte sich vergeblich, sie festzuhalten. Er hob den Kopf: Am unteren Ende der kleinen Wiese erhoben sich drei Erdhügel, unter denen die sterblichen Überreste von Hölle und seinen Gefährten ruhten. Botev nahm seine Hand aus der Hose, roch daran und machte ein finsteres Gesicht. Sein Nachbar zur Rechten seufzte tief, drehte sich um und legte ihm den Arm über die Brust.

»Schläfst du, Botev?«, hörte man das Flüstern des Nagels von der anderen Seite.

»Ich schlafe, ich schlafe …«, bekräftigte er.

Der Arm störte ihn beim Atmen, und er versuchte, ihn zu entfernen, aber nur einige Sekunden später lag er schon wieder auf ihm.

»Botev«, meldete sich der Nagel erneut. »Ist es dir schon mal passiert, dass du dich im Schlaf entleert hast?«

»Was?«, flüsterte jener erschrocken. »Das ist kein parteikonformes Verhalten. Du musst Selbstkritik an dir üben!«

»Blödmann!!!«

Der Nagel zog sich die Decke über den Kopf, aber es gelang ihm nicht, erneut einzuschlafen. Botev lag da und starrte die Mondscheibe an, über die im Zickzack ein Fledermauspärchen hinwegflog. Im Wald hallte eine Reihe von metallischen Geräuschen wider – abgehackt und unregelmäßig, als würde ein Betrunkener in der Dunkelheit Nägel einschlagen.

»Ziegenmelker …«, raunte jemand in der Reihe.

»Deine Oma ist ein Ziegenmelker«, entgegnete ein anderer schläfrig.

Im Stabszelt war es stickig und eng. Die Petroleumlampe brannte mit beißendem, schwerem Qualm, der sich an den Stoffwänden niederschlug. Medved diktierte. Über die erbeutete Schreibmaschine gebeugt, suchte Extra Nina eifrig die Buchstaben, um dann die entsprechenden Tasten zu drücken. Sie verwendete nur zwei Finger, weshalb Medved gezwungen war, seine Sätze mehrere Male zu wiederholen. Das machte ihn natürlich gereizt, aber nichts konnte seinem Enthusiasmus über die neuen Errungenschaften Abbruch tun.

Eine seiner ersten Sorgen war es, einen gesonderten Raum für den Stab zu schaffen. »Es gibt den Stab, und es gibt die Einheit!«, hatte man sie in der Schule gelehrt. Das letzte Zelt war dem Durcheinander beim Rückzug zum Opfer gefallen, aber mit den vorliegenden neuen Materialien gelang es Stojčo, ein ziemlich anständiges Wigwam für seinen Kommandeur zusammenzubauen. Dort wurde sofort die Schreibmaschine installiert, und Medved machte sich daran, Dokumente zu produzieren. Zuerst wurden Verzeichnisse des erbeuteten Besitzes angelegt: Nahrungsmittel, Gegenstände, Waffen, Munitionsvorräte. Diesen wurden auch gleich die entsprechenden Weisungen beigefügt, wer wofür verantwortlich war. Daraufhin wurde auch die Geldsumme in den Taschen, die sich auf 1 585 000 Leva belief, verzeichnet. Sie wurde Medved selbst zugeteilt. Dazu ist zu bemerken, dass er sich angesichts dieses beeindruckenden Haufens der phönizischen Erfindung vollkommen gleichgültig verhielt, wie ein echter Sowjetmensch, der die illusorische Sicherheit des materiellen Wohlstands durchschaut hatte. Hätte er das Geld in Moskau auf der Straße gefunden, hätte er es höchstwahrscheinlich zur Polizei gebracht, damit es ihm keine überflüssigen Kopfschmerzen bereitete. Dafür investierte er viel Energie und Leidenschaft in das nächste Dokument. Weisung Nr. 07 über die Verhängung einer Parteistrafe über Onkel Metodi:

»… für die Abweichung von den Normen des wissenschaftlichen marxistisch-leninistischen Weltbilds und die Verbreitung alltäglichen Aberglaubens und veralteter Denkmuster unter den Mitgliedern der Einheit.«

»Ver-al-te-tes Den-ken …«, wiederholte Extra Nina, während sie mit zwei Fingern auf die Buchstaben einhackte.

»Veraltete Denkmuster!«, korrigierte sie Medved verärgert.

Klack-klack-klack, klapperten die Tasten.

»Ist das alles?«, fragte sie und sah ihn schief an, nachdem sie den Bogen aus der Maschine gezogen und ihn Medved gegeben hatte.

Er zeichnete ihn schwungvoll ab und raunte verträumt: »Ach, wenn wir jetzt auch noch einen Stempel hätten!«

»Vergiss nicht, was Lenin über den Papierkram gesagt hat!«, sagte sie finster.

»*Tschto skasal?* Was hat er gesagt?«, wechselte Medved sofort ins Russische, so wie er es immer tat, wenn seine Autorität in Gefahr war.

»Sag schon! *Tschto?* Komm mir nicht so!«, drohte er ihr mit dem Finger, beeilte sich aber trotzdem, das Thema zu wechseln. »Ich schlage vor, dass wir deine Dewotschki mit persönlichen Waffen auszeichnen. Du hattest recht. Aus ihnen werden hervorragende Kämpferinnen.«

»Sie sind nicht *meine* Dewotschki!«, erwiderte sie schroff. »Und die Waffen haben sie sich schon selbst genommen.«

***

Gabriela öffnete die Augen um Punkt sechs Uhr, ohne sich daran zu erinnern, was sie geträumt hatte. Der herrlichen Leichtigkeit in ihrem Kopf nach zu schließen, hatte sie höchstwahrscheinlich nichts geträumt. Neben ihr schlief Monika noch mit halb offenem Mund. Die frische Gebirgsluft hatte ihre Lungen die ganze Nacht über durchgelüftet und die Müdigkeit und die Anspannung fortgeweht, die sich in den letzten drei Tagen angesammelt hatten. Sie hatten die Nacht am bemoosten Fuß einer alten Eiche unter dem breiten Stück Zeltleinwand verbracht, das man ihnen großzügig aus den neuen Warenbeständen zugeteilt hatte. Nicht weit entfernt schnarchten Lenin, der Gräber und Onkel Metodi vor sich hin, Letzterer ahnte noch nichts von der über ihn verhängten Parteistrafe. Weiter hinten schimmerte grau Medveds Wigwam mit dem vor dem Eingang schlafenden Stojčo. Die Schreibmaschine war verstummt. Einer der Bauernbündler hielt Wache, versteckt im Farn, mit dem Gewehr unter der Achsel, zum Schuss bereit. Er hatte seine Schicht vor drei Stunden angetreten und ließ bereits ziemlich den Kopf hängen, aber die Erinnerung an Hölle hielt seine Sinne wach. Die Partisanen hatten die Entscheidung, die Nacht unter freiem Himmel zu verbringen, statt sich in die stinkenden Höhlen zu zwängen, die von der Bande Renegaten bewohnt worden waren, einstimmig angenommen.

Gabriela stützte sich auf die Ellenbogen und streckte ihre Hand nach dem rosa Baumwollstrumpf aus, der auf einem Stöckchen, das neben der Plane in der Erde steckte, zum Trocknen aufgehängt war. Bevor sie sich schlafen legten, hatte ihre Schwester darauf bestanden, Strümpfe und Unterhosen in der warmen Quelle zu waschen, die im benachbarten Tal entsprang und höchstwahrscheinlich mit dem unterirdischen See verbunden war. Dem Schlangensee! Schon bei der Erinnerung an die glitschigen Berührungen bekam sie Gänsehaut. Monika hatte einen seltsamen Sinn für Ordnung, der sich unabhängig von und oft auch den Umständen zum Trotz manifestierte. Die Strümpfe waren noch feucht. Sie suchte nach ihrer Unterhose, konnte sie aber nicht finden. Vielleicht hatte der Wind sie fortgeweht? Nur gut, dass sie noch drei Paar in Reserve hatte … »Strümpfe und Unterhosen, das ist das Wichtigste im Gebirge!«, hatten sie die erfahreneren Genossen gewarnt, bevor sie aufbrachen. Sie drehte sich auf die andere Seite: Monikas Strümpfe flatterten auf den Stöckchen, aber auch ihre Unterhosen waren weg. Was zum Teufel hatte das zu bedeuten?

»He!«, sie weckte ihre Schwester und flüsterte. »Man hat unsere Unterhosen gestohlen!«

Monika rieb sich die Augen.

»Was, was?«

»Die Strümpfe sind noch da, die Unterhosen aber nicht.«

»Unsinn!«, ihre Schwester gähnte.

Sie langte unter den Rucksack, der ihr als Kopfkissen diente, und wedelte mit einem Paar weißer Spitzenunterhöschen herum.

»Warum hast du deine versteckt?«, war Gabriela überrascht.

»Ich habe sie nicht versteckt. So trocknen sie schneller.«

»Ich werde herausfinden, wer es war!«

»Vielleicht hat sie eine Elster geklaut. Elstern klauen gern Dinge …«

»Warum hat sie dann die Strümpfe nicht geklaut?«

»Woher soll ich den Geschmack der Elstern kennen? …«

Gabriela hob instinktiv den Blick zur Krone der Eiche, als erwartete sie, ihr Höschen auf irgendeinem Zweig zu entdecken. Bündel von rosa schimmernden Lichtstrahlen durchstießen das Blattwerk. Ein Schwarm geschwätziger Vögelchen zwitscherte in der kühlen Morgenluft.

»Jara!«, vernahm sie die Stimme ihrer Schwester.

Sie drehte sich abrupt um:

»Gabriela! Ich heiße jetzt Gabriela.«

»Egal …«, sagte Monika und fügte leiser hinzu: »Lass uns abhauen!«

»Was?!«

»Wir verschwinden. Gehen wieder nach Hause.«

»Du bist verrückt! Nach allem, was passiert ist …«, zischte Gabriela. »Unsere Eltern werden uns das nie verzeihen.«

»Ob sie den Brief schon bekommen haben?«

»Ich hoffe es …«

»Denkst du, sie werden die Polizei einschalten?«

»Ich weiß nicht«, zuckte Gabriela die Achseln. »Ist das wichtig?«

»Vielleicht hätten wir es ihnen persönlich sagen sollen?«

»Hast du vergessen, mit wem du es zu tun hast? Sie sind total bourgeois! Vaters Traum ist es, dass wir sofort heiraten, wenn wir mit dem Gymnasium fertig sind!«

»Mutter will, dass wir studieren.«

»Wir werden studieren. Nach dem Sieg.«

»Wenn wir dann noch am Leben sind …«

»Weißt du, ich denke, dir fehlt es an Beständigkeit. Du betrachtest die Dinge viel zu skeptisch. Deshalb bringen wir nie etwas zu Ende!«

»Muss man denn bis zum bitteren Ende gehen, um festzustellen, dass es das nicht wert war?«

»Und wie willst du feststellen, ob es das wert war, wenn du es nicht bis zum Ende durchziehst? Schau, ich weiß, dass du ganze drei Stunden älter bist als ich. Bis jetzt habe ich immer auf dich gehört … Aber diesmal ist es anders.«

»Diese Sache wird nicht gut ausgehen. Ich habe so ein Gefühl …«

»Es ist zu spät! Sie werden uns nicht einfach so gehen lassen.«

»Wir fragen sie erst gar nicht …«

»Ich bleibe!«, erklärte Gabriela. »Wenn du willst, dann geh. Ich werde sagen, ich hätte geschlafen und nichts mitbekommen. Aber nur dass du es weißt, wenn sie dich später erwischen, werden sie dich als Deserteurin verurteilen. Und wenn dich die Polizei erwischt, werden sie dich so lange foltern, bis du uns verrätst. Wirst du widerstehen können, so wie Extra Nina? Denn sonst kommen sie hierher und bringen uns alle um. Willst du das?«

»Wir werden uns nicht trennen!«, sagte Monika nach kurzem Zögern scharf.

Gabriela drehte sich um, und ohne ein weiteres Wort umarmte sie sie. Die beiden blieben einige Minuten aneinandergeschmiegt liegen, bis sich ihr Herzschlag synchronisiert hatte. Monika löste sich aus der Umarmung ihrer Schwester, blinzelte gegen die Lichtstrahlen, die die Blätter durchstießen, und sagte:

»Lass uns ein wenig turnen, ich bin ganz verspannt.«

***

Medved schlug die Plane vor dem Eingang zurück und streckte seinen Kopf aus dem Zelt. Die Matte, auf der seine Ordonnanz geschlafen hatte, war leer. Die Sonne schien über den Bäumen. Der Tau trocknete langsam. Der Kommandeur ging barfuß hinaus, nur mit einer Weste und einem langärmeligen gelblichen Baumwollhemd bekleidet, das er sich in die Stiefelhosen gestopft hatte; er warf sich die Maschinenpistole über die Schulter und sah sich um. Wo waren alle? Etwas unterhalb der Magengrube zog sich zusammen, obwohl der Morgen wolkenlos und ruhig zu werden versprach. Er folgte den Spuren, die zu einer Erhebung mit sanft ansteigenden Hängen führten. Auf der Anhöhe war eine kleine Wiese. Zwischen den Bäumen am Rand der Erhebung versteckt, beobachteten die Genossen etwas mit offenstehendem Mund. Jeder hatte seine Waffe dabei, wie Medved zufrieden feststellte.

Die Mädchen führten irgendwelche merkwürdigen Übungen auf dem Gras aus. Sie trugen schwarze, eng anliegende Trikots, die teilweise an die Kostüme der sowjetischen Turnerinnen erinnerten. Aber die Bewegungen, die sie machten, ähnelten nichts Bekanntem. Präzise, elastisch und fließend verlangten sie nicht nur nach beachtlicher Körperkraft, sondern auch nach vollkommener Körperbeherrschung. Als er sie so betrachtete, begann Medved zu erkennen, dass das, was Hölle und seine unglückliche Schar ereilt hatte, wohl kaum nur reiner Zufall gewesen war. Die Mädchen verbogen sich, streckten sich und falteten sich in rhythmischer Folge zusammen, wobei sie die unwahrscheinlichsten Posen einnahmen, die allen Gesetzen der Physik und Anatomie zu spotten schienen.

»Bravo! Wunderbar!«, waren Ausrufe zu hören.

Aber sie zuckten nicht einmal. Ihre ganze Aufmerksamkeit galt den Übungen. Ihre Gelenke knackten, und ihre wohlgeformten Muskeln schwammen gleichsam unter dem dünnen, gespannten Stoff. Die Männer starrten sie wie hypnotisiert an. An eine Kante gelehnt, biss sich Extra Nina nervös auf die Lippen. Ihre Augenwinkel waren feucht, aber sie schien sich dafür zu schämen und wischte sie nicht trocken.

Medved erahnte instinktiv eine Bedrohung für seine Autorität. Unter Aufbringung einiger Willenskraft zerriss er das magische Spinnennetz, das die Mädchen mit ihren Bewegungen gesponnen hatten, und trat mit großen, entschlossenen Schritten auf die Wiese hinaus.

»Alle auf die Wiese!«, befahl er. »In drei Reihen aufstellen!«

Die Partisanen kamen verlegen hinter den Bäumen hervor. Medved schob sich die Maschinenpistole auf den Rücken, hob die Arme auf Brusthöhe und streckte die Handflächen vor. Gabriela und Monika sahen ihn an, als komme er vom Mond.

»Bereit zum Frühsport! Ihr beiden auch«, wandte er sich an die Mädchen. »Richtet euch aus! So. Eins, zwei, eins, zwei … Mehr Begeisterung! Jetzt die Arme nach vorn und Kniebeugen. So. Eins, zwei, eins, zwei …«

Theorie und Praxis

Wie sollte das neue Feldlager heißen? Bis vor Kurzem löste man dieses Problem noch spontan. Jemand machte einen Vorschlag, der zu der jeweiligen Örtlichkeit passte, und alle begannen, das Lager so zu nennen. Jetzt aber schwirrten so viele Vorschläge durch die Luft, dass es unweigerlich zu Streitigkeiten kam. Dičo meinte, am nächstliegenden sei es, es den »Speicher« zu nennen. Der Strauch schlug »Tausendundeine Ware« vor, aber Medved entschied, dass beide Namen kleinbürgerliche Züge hätten. Dann schmiedete der Gräber das bombastische »Sieg des wissenschaftlichen Kommunismus«, in der Folge gekürzt zu »Sieg«. Feldlager Sieg klang nicht übel, auch wenn der Sieg selbst noch weit weg war. »Lasst uns den Karren nicht vor das Pferd spannen«, mischten sich die nüchtern denkenden Bauernbündler ein. »Schlangenloch«, »Warme Quelle«, »Die drei Räuber«, es regnete Vorschläge, aber keiner davon konnte in der »Volksseele Wurzeln schlagen«. »Ali Baba«, warf Schraube scherzhaft ein. Extra Nina unterstützte diese Idee unerwartet hitzig. Sie erzählte auf die Schnelle die Geschichte von Ali Baba, dem ein Unrecht zugefügt worden war, und den 40 Räubern nach, wobei sie die tiefgreifende soziale Botschaft hervorhob. Ali Baba war, ihren Worten nach, der Vorläufer der antikolonialen arabischen Revolution. Aber der Kommandeur verwarf auch diesen Vorschlag. Es reichte ihm schon, sich die verschlüsselte Version von »Basis Ali Baba« vorzustellen und das Grinsen, das ein solches Toponym hervorrufen würde. Am Ende setzte er auf das Bewährte: »Basis Stalingrad«. Niemand wagte zu widersprechen. Dies war sowohl für das Selbstbewusstsein der Einheit als auch vom geschichtlichen Standpunkt aus gesehen gut. Eines Tages würde er erzählen können, ohne rot zu werden: *»In der Basis Stalingrad wurde diese und jene wichtige Entscheidung getroffen …«* … Aber die natürliche Ordnung der Dinge gewann bald die Oberhand über die historische Eitelkeit. Aus dem Schoß des lebendigen Volksbewusstseins entsprang eine andere Bezeichnung, die das offizielle »Stalingrad« vollkommen ablöste: »Feldlager Nachtgespenst«. Im Feldlager Nachtgespenst kehrte die Einheit zu organisierten Formen des Lebens zurück. Medved führte einen strengen Tagesablauf ein: Aufstehen um 6:30 Uhr, persönliche Toilette, Frühsport von 7:00 bis 8:00 Uhr, Frühstück, militärisch-technische Ausbildung von 9:00 bis 11:30 Uhr. Letztere beinhaltete das Kennenlernen der vorhandenen Waffensysteme, das Zerlegen und wieder Zusammenbauen, Reinigen und Ölen derselben sowie Schießübungen. Wegen Munitionsmangels war das Schießtraining bisher meist auf Zielübungen hinausgelaufen, aber da sie jetzt über mehr als genug Patronen verfügten, konnten es sich die Partisanen erlauben, nach Lust und Laune zu schießen. Zu diesem Zweck verwendeten sie die Munitionsvorräte für die alten Berdan-, Krnka- und anderen historischen Gewehre. Obwohl sich diese im Stadium fortgeschrittenen Zerfalls befanden, waren mit jeder zehnten Patrone immerhin noch Schüsse möglich, die eine Konservendose auf 100 Schritte Distanz durchbohrten. Die Berdangewehre hatten einen so starken Rückstoß, dass alle blaue Flecken an den Schultern bekamen. Speziell für die Mädchen wurde eine Ausnahme gemacht. Sie übten mit einem schlanken Mehrladerkarabiner Modell Mauser 98k mit einem 6,5-mm-Kaliber, einer Spezialanfertigung für die Kavallerie, die Monika als Anerkennung für ihre Tapferkeit zugeteilt wurde. Gabriela hingegen bekam eine elegante Pistole, eine Beretta

M1935 im Kaliber 7,65 mm mit 90 Patronen, von denen ihr gestattet war, 20 Stück zu Übungszwecken zu verschießen. Sie hoffte heimlich, man würde ihnen auch Hölles Maschinenpistole überlassen, aber Medved konnte ihren unerfahrenen Händen keine strategisch so wertvolle Waffe anvertrauen, für die es ohnehin nur noch knapp dreißig Patronen gab, nachdem Monika ein ganzes Magazin auf Ipolit verwendet hatte.

Der Schießunterricht wurde vom Kommandeur persönlich geleitet. Extra Nina blieb unübertroffen, aber bald fand sie in Monika eine ernsthafte Konkurrentin. Das Mädchen besaß eine sichere Hand und ein gut eingestelltes Visier. Sie konnte sich konzentrieren. Ganz ruhig, ohne überflüssige Emotionen, hielt sie das Gewehr im Anschlag, steckte die Patrone in die Kammer und legte den Finger mit abgemessenen, sparsamen Bewegungen an den Abzug. »Lasst das Ziel von allein auf dem Korn landen, jagt ihm nicht hinterher!«, leitete Medved sie an. In diesem Augenblick blieb ihr Atem wie von selbst stehen. Nichts war in der Lage, ihre Aufmerksamkeit zu stören: Sie hörte auf, die Welt um sich herum wahrzunehmen, und ihr Blickfeld verengte sich auf den unsichtbaren Korridor der Geschossbahn. Sie sah nur das Ziel! Sie betätigte den Abzug: Die Dosen flogen durch die Luft, die Flaschen zerbarsten, so wie auch alles andere, was ihr vor das Visier kam, nachher nicht mehr aus einem Stück oder durchlöchert war. Sie enträtselte gleichsam intuitiv die verschiedenen Waffensysteme. Sie drang mühelos in ihre einfache, aber effektive Mechanik ein. Das hatte ihr geholfen, schnell das Funktionsprinzip des »Madsen« zu erfassen und es in der Höhle zweckmäßig zu verwenden, obwohl sie bis dahin nie eine automatische Waffe in der Hand gehalten hatte. »Talent hat man oder nicht!«, schnalzten die Genossen neidisch mit der Zunge. Aber die Wahrheit war, dass ihr das Schießen gar nicht so viel Vergnügen bereitete.

Im Gegensatz zu ihr freute sich ihre Schwester wie ein Kind auf jeden Schuss. In dieser Hinsicht waren die beiden Mädchen so verschieden, wie sie sich dem Aussehen nach ähnelten. Gabriela konnte es kaum erwarten, den Abzug zu betätigen. In dem kurzen Zeitraum, in dem die Waffe in ihren Händen lebendig wurde, Tritte austeilte und Sprünge vollführte, blühte ihr Gesicht auf. Vor ihren Augen fiel ein Vorhang aus violetten Flecken herab, der das Ziel vollständig verdeckte. Nichts anderes interessierte sie in diesem Moment, außer den Abzug zu betätigen – wieder und wieder und wieder … Aber sobald der Knall und der Rauch verflogen waren, entdeckte sie meist, dass das Ziel unversehrt war. Vom Rand der Wiese war gutmütiges Lachen zu hören. Der Rausch ging schnell in Scham über. »Du darfst nicht so aufgeregt sein, das ist alles«, riet ihr Monika. »Kümmere dich um dein eigenes Gewehr!«, schnauzte Gabriela sie an, ging zum nächstgelegenen Baumstamm und begann, wütend das glatte, scharfe Bajonett hineinzustechen, das ihre Waffe vervollständigte. Das Messerwerfen lag ihr viel mehr. Sie begann allmählich, die Entfernung zu vergrößern, und mit Freude stellte sie fest, dass die Klinge immer ins Schwarze traf. Es war nicht so angenehm und prestigeträchtig wie das Schießen, aber es reichte aus, um die Scham wegzuwaschen. Eines Tages rief sie ihre Schwester zu sich und schlug ihr vor, das Werfen aus 10 Schritten Entfernung zu versuchen. Das Bajonett drehte sich träge in der Luft, traf mit dem Griff auf den Stamm und prallte ab.

»Das beweist gar nichts«, seufzte Monika reif.

***

Die militärische Ausbildung machte richtig hungrig. Um Punkt 13:00 Uhr war das Schlagen des Holzlöffels auf den Boden eines leeren Fässchens zu hören. Innerhalb nur weniger Tage hatte die ausgemergelte, abgemagerte Schar sichtlich zugenommen. Der Strauch kochte fette Suppen, rührte dicken Brei an und buk dünne, knusprige Fladenbrote, die er großzügig mit Öl bestrich und mit Gewürzkräutern bestreute. Das war mit einigem Zusatzaufwand verbunden, weshalb ihm Hilfskräfte zugeteilt wurden: Wasserträger, Holzfäller, Bäcker,

Essensverteiler, Tellerwäscher. Die Wasserträger, wie der Name schon sagte, holten Wasser, die Holzfäller sammelten Brennholz, die Bäcker buken das Brot, die Essensverteiler verteilten die Suppe in die Metallbecher, und die Tellerwäscher wuschen das Geschirr. Die Genossen wechselten sich in diesen Funktionen ab, die keinerlei spezielle Fähigkeiten erforderten, abgesehen vom Brotbacken. Frisches Brot wurde alle zwei bis drei Tage gebacken, das alte, das nicht aufgegessen worden war, machten sie zu Zwieback. Die Technik war nicht übermäßig kompliziert: Der Strauch schüttete einen halben Eimer Mehl auf ein Stück Zeltplane und machte in der Mitte eine Kuhle. Die Genossen schütteten Wasser hinein, und der Kleine machte sich ans Kneten. Der Teig wurde groß, fast so groß wie er! Er teilte ihn auf und gab ihn seinen Helfern, damit sie ihn fertigkneteten. Für diese Arbeit brauchte man definitiv Herz und Talent, wie sie nur wenige besaßen. Extra Nina zum Beispiel, bekannt für ihre extreme Abneigung gegen Hausarbeit, wurde noch nicht einmal erlaubt, sich in der Nähe des Teigs blicken zu lassen. Bald darauf fand sich auch Gabriela in Extra Ninas Gruppe wieder. Weder hatte sie die Geduld noch Lust dazu, mit der dichten, klebrigen Masse zu kämpfen, die zwischen ihren Fingern hervorquoll. Ihr Teig klumpte immer, und die Fladen, die aus ihm gemacht wurden, waren klebrig und schwer wie Lehm. Hingegen eignete sich Monika mit Leichtigkeit die Kunst des Brotbackens an. Den Teig zu kneten, war ihr fast so angenehm wie das Schießen. Sie versenkte sich darin, ging in sich und folgte dem Strom ihrer Gedanken. »Das reicht, es ist genug!«, der Strauch war gezwungen, sie in die Realität zurückzuholen. Der Teig wurde glatt und leicht, man musste ihn nur mit der Hand flach drücken und auf die heiße Platte legen. Anfangs machte sie ein M in die Mitte ihrer Fladen, um sie wiederzuerkennen, aber nachdem alle begannen, sich um ihr Brot zu schlagen, verbot Medved ihr es. Es schien ihm das Gleichheitsprinzip zu verletzen. Der Strauch erkannte sofort die guten Anlagen des Mädchens und machte sich daran, sie in die Feinheiten des Handwerks einzuweihen. Jetzt, wo es Zutaten im Überfluss gab, versuchte er sich an der Herstellung allerlei Backwerks: Weizenfladen, Honigkekse, Hefekringel, Böreks, Reiskuchen, sogar etwas, was entfernt an Strudel erinnerte. »Du verwöhnst sie zu sehr, Elin! Du verwöhnst sie zu sehr …«, murmelte der Kommandeur. Aber es ging ihm nicht darum, sie zu verwöhnen. Er wollte nur Monika so lang wie möglich in seiner Nähe behalten. Das waren einfache Gerichte vom Land, weit entfernt von der komplexen Dialektik der städtischen Küche, mit der sie aufgewachsen war. Das Salzige war salzig, das Süße süß, das Fette fett, das Saure sauer und das Scharfe scharf. Durch sie erfuhr das Mädchen mehr über die Weltsicht der breiten Massen als durch alle Vorträge, die in den Stunden politischer Aufklärung gehalten wurden.

***

Schon am ersten Tag im Feldlager Nachtgespenst trug Medved Extra Nina auf, die Bildungsarbeit unter den Genossen zu verstärken. Die unerwartete ideologische Abweichung Onkel Metodis bewies, dass niemand gegen die Rückfälle in das alte Denken gefeit war, unabhängig davon, wie viel Parteierfahrung er hatte. Es lauerte in den Gehirnwindungen wie eine Jagdkompanie im Hinterhalt und wartete nur darauf, dass jemand unvorbereitet daran vorbeiging, um ihn anzuspringen. Der Unterricht wurde am Spätnachmittag abgehalten. Ein dünner, blonder Genosse, Mončo (Zaprjan Zlatev aus dem Dorf Čeren), öffnete mit zittrigen Fingern die kleine Tasche aus Zeltleinwand, von der er sich nie trennte. Darin wurde der Schnellkurs in der Geschichte der VKP(b) aufbewahrt – eine Spezialausgabe der Komintern für Bulgarien, gedruckt auf Glanzpapier mit 120 g/m^2, auf dem auch die *Bolschaja sowetskaja enziklopedija*, die »Große sowjetische Enzyklopädie« gedruckt wurde. Lang, bevor die Mädchen zur Einheit stießen, wurde Mončo zum Hüter dieses seltenen Exemplars erkoren.

Das Buch war, zusammen mit Medved, auf dem Wasser über das Schwarze Meer gekommen und stellte einen nicht wegzudenkenden Teil seiner Kampfausrüstung dar.

In der Schule hatte man Medved gelehrt, dass man Waffen in blanke, Feuer-, chemische, Brand- und theoretische Waffen einteilt. Der Schnellkurs gehörte zu den sog. »Theoretischen Waffen mit Langzeitwirkung«, kurz TWL. Dem Instrukteur für die ideologisch-politische Ausbildung Schurawljow zufolge konnten alle übrigen Waffen nur eine teilweise taktische Übermacht herstellen, während TWL allein jene strategische Überlegenheit herstellte, welche im Endeffekt über den Ausgang des Kriegs bestimmte. Denn TWL wirkte im Gehirn der Menschen, das wiederum die anderen Arten von Waffen kontrollierte, und erwies sich so als effektivste Massenvernichtungswaffe – obendrein verstieß sie gegen keinen einzigen Artikel der Genfer Konvention.

Solche Ausgaben besaßen in Bulgarien nur wenige. Der größere Teil der Auflage war während des illegalen Transports über die Donau verlorengegangen. Eine gewisse Anzahl wurde von der sowjetischen Gesandtschaft im Rahmen der Sobolew-Aktion 1940 an Aktivisten ausgegeben, die mehr als 10 000 Unterschriften zur Unterstützung des Vertrags zur wehrtechnischen Zusammenarbeit mit der UdSSR gesammelt hatten. Es gab auch zwei bulgarische Ausgaben, die in allerlei versteckten illegalen Druckereien mit winziger Schrift auf billigem Papier gedruckt worden waren, doch sie strotzten nur so vor Druckfehlern und methodischen Ungenauigkeiten. Die Ausgabe der Komintern diente als Vorlage. Sie war mit einem reichhaltigen Sachregister ausgestattet, das es erlaubte, auf einfache Weise Verbindungen herzustellen und die entsprechenden Zitate zu finden. Die Erfahrung der Bolschewiken war allumfassend und hatte für praktisch jede Lebenssituation eine Antwort parat. In das Buch waren auch einige sehr nützliche Tabellen aufgenommen worden (das Werk, so behauptete man, sei von Andrei Schdanow selbst), die es erlaubten, den Index ideologischer Reife (IIR) eines jeden Genossen mittels eines komplexen Systems von Indikatoren zu bewerten. Medved lernte nie, mit ihnen zu arbeiten, weil er kurz vor Ende des Kurses gezwungen war, nach Bulgarien abzureisen. Später trug er Extra Nina auf, sie durchzuarbeiten, doch auch sie, abgelenkt durch den schweren Alltag, machte keine sonderlichen Fortschritte. Aber auch ohne Tabellen war klar, dass der IIR der Einheit nicht übermäßig hoch war. Es konnte auch gar nicht anders sein – die Genossen hatten keine systematische marxistische Ausbildung genossen. Sie kamen halbgebildet an, hatten hie und da ein bisschen was gelesen, dies und jenes aufgeschnappt, selten jedoch etwas von Wert ... Sogar Medved hatte Zweifel, was seinen eigenen IIR anging, und war froh, dass er nicht gezwungen war, ihn überprüfen zu lassen. Aber die Tabellen waren da, am Ende des roten Bändchens, streng und kompromisslos wie das Kristallgitter des Rubinsterns am Kreml, und er wusste, dass der Tag näherkam, an dem jeder nach ihnen beurteilt werden würde.

Minčo hütete auch einige andere Bücher, die durch Zufall in die Einheit gekommen waren, weshalb man ihn den »Bibliothekar« nannte. Darunter waren Gorkis »Meine Kindheit«, Émile Zolas »Der Bauch von Paris«, eine sowjetische Lesefibel mit Illustrationen für die vierte Klasse, ein Bändchen mit den Gedichten Smirnenskis sowie um die zehn Broschüren aus der Reihe »Amboss oder Hammer« des Plovdiver Verlags »Zarja«. Er selbst war kein großer Leser, aber dem ihm anvertrauten Bestand gegenüber verhielt er sich verantwortungsvoll. Er verfolgte wachsam, wer sich welche Bücher auslieh, und bestand darauf, dass man sie ihm innerhalb von drei Tagen wieder zurückgab. Diese lockere Handhabung, versteht sich, galt nicht für den »Schnellkurs«. Er wurde nach einer streng geregelten Ordnung gelesen, da es sich nicht um ein gewöhnliches Buch handelte, sondern um eines, das nach Erläuterungen und methodischer Anleitung verlangte. Zwei Genossen erhielten für gewöhnlich die Aufgabe, ein bestimmtes Kapitel zu studieren und es am nächsten Tag öffentlich zu referieren. Extra Nina achtete darauf, dass das Material korrekt interpretiert wurde. Manchmal las sie auch selbst einzelne Passagen daraus laut vor, die im Zusammenhang mit den Problemen der Einheit standen. Es reichte, das Schlagwortregister durchzublättern. Wenn es also Diskussionen gab, welche Abweichung gefährlicher sei, die »nach rechts« oder die »nach links«, dann schlug sie die entsprechende Seite auf und zitierte tapfer Stalin: »Am gefährlichsten ist die Abweichung, gegen die wir zu kämpfen aufgehört haben und der wir es so erlaubt haben, sich auszuwachsen und zu einer Gefahr für den Staat zu werden.«

Gabriela und Monika äußerten ebenfalls den Wunsch, an diesen zutiefst gehaltvollen Unterweisungen teilzunehmen, doch Medved zeigte sich ihrer Bitte gegenüber unerwartet kühl. Vielleicht war er der Meinung, dass es noch zu früh für sie war, vielleicht hatte er auch seine eigenen Gründe, die er nicht preisgeben wollte.

»Besser zu früh als zu spät!«, widersprach Extra Nina. »Unser Leben hängt ohnehin am seidenen Faden. Es wäre schade, wenn sie umkämen, ohne aus der Quelle unserer großen Lehre gekostet zu haben.«

Und eigenmächtig ließ sie sie das Kapitel »Dialektischer und historischer Materialismus« lesen. In diesem Kapitel wurde die ideologische Grundlage der Bewegung dargelegt, und man war der Meinung, dass jeder, der sie sich aneignete, auch die unausweichliche Logik der Ereignisse verstehen würde, die zum Sieg der Revolution, zur Entstehung der UdSSR und zur Herausbildung der sowjetischen Gesellschaftsordnung, der progressivsten Gesellschaftsordnung in der Menschheitsgeschichte, geführt hatten.

Gerührt vom Vertrauen, das man ihnen entgegenbrachte, machten sich die Mädchen begierig an die Lektüre. Ganze zwei Tage lang büffelten sie absolut gewissenhaft Zeile für Zeile, schrieben einzelne Schlüsselpassagen ab, prüften sich gegenseitig und mühten sich, zum Wesen der Lehre vorzudringen. Während dieser Zeit waren sie von allen anderen Verpflichtungen befreit, weil man der Meinung war, dass diejenigen, die das Buch studierten, ohnehin genügend Last auf ihre Schultern luden. Am dritten Tag stellten sich die Zwillinge vor die im Halbkreis sitzenden Genossen, rot und atemlos vor Aufregung, und machten sich daran, die Grundlagen des dialektischen Materialismus darzulegen.

»Das Ideal, nach Marx, ist nichts anderes als das Materielle, verpflanzt in den Kopf eines Menschen und dort umgestaltet …«, begann Gabriela und verstummte, von einer seltsamen Verlegenheit überkommen.

»Sehr gut«, sprach ihr Extra Nina Mut zu.

»Das Wort ›Dialektik‹ hat seinen Ursprung im griechischen Wort ›dialego‹, was ein Gespräch führen, polemisieren bedeutet«, fuhr Monika etwas sicherer fort. »In der Antike waren einige Philosophen der Meinung, dass das Aufdecken der Widersprüche im Denken und der Zusammenstoß gegensätzlicher Meinungen der beste Weg seien, zur Wahrheit zu gelangen.«

»Richtig«, nickte die Politkommissarin.

Von da an schienen die Palaveev-Schwestern lockerer zu werden, und die Nacherzählung des Stoffs ging leichter. Sie erklärten den prinzipiellen Unterschied zwischen Metaphysik und Materialismus, definierten die dialektische Entwicklung als Übergang von quantitativen zu qualitativen Veränderungen, kritisierten Dühring und Kant und deckten den revolutionären Charakter der Transformationen auf, die sich nicht fließend und harmonisch entfalteten, wie es die Menschewiki gern hätten, sondern im »Kampf« zwischen den gegensätzlichen Tendenzen, die den Dingen und Phänomenen zu eigen waren …

Alle hörten mit offen stehenden Mündern zu: So übersichtliche, konzise und klare Ausführungen hatten sie schon lang nicht mehr gehört. Selbst die Bauernbündler, die im Prinzip ihre Ohren nur dann spitzten, wenn es um die Kollektivierung der Landwirtschaft ging, sahen plötzlich nachdenklich aus. Einen Finger gegen die Stirn gepresst, schnaufte Tichon unter dem Druck der Wahrheit über die materielle Natur des Daseins.

Extra Nina warf Medved einen triumphierenden Blick zu.

»Hat jemand etwas nicht verstanden?«

»Ich habe nur eine Frage …«, meldete sich unerwartet Gabriela.

»Nicht jetzt!«, versuchte Monika sie aufzuhalten.

»Wann dann?«, sagte ihre Schwester laut. »Lenin behauptet, die Dialektik sei eine Wissenschaft zur Erforschung der Widersprüche im Wesen der Dinge selbst. Was ist dann der grundlegende Widerspruch des dialektischen Materialismus selbst?«

Über die Wiese legte sich Grabesstille. Die Frage hing in der Luft wie der Schatten eines riesigen Vogels, der das Licht mit seinen Flügeln verdeckte. Ein kalter Wind wehte durch die Zweige. Extra Nina öffnete einige Male den Mund, versuchte etwas zu sagen, aber ihre Kehle blieb stumm. Medved seufzte tief und bohrte seinen Blick in die Erde.

»Siehst du …«, flüsterte Monika.

Gabriela antwortete nicht. Ihr Blick wanderte von Genosse zu Genosse, beharrlich und fragend.

In diesem Moment ertönte das rettende Klappern des Holzlöffels und verscheuchte den großen, finsteren Vogel des Zweifels. Beim Abendessen verwendete der Strauch einen anderen Löffel, flacher und breiter, der ein etwas anderes, nicht weniger lebensfrohes Geräusch erzeugte. Die Partisanen standen auf, und mit unverhohlener Erleichterung machten sie sich auf den Weg zu den Kesseln, in denen ein dicker Erbseneintopf vor sich hin köchelte. Medved näherte sich den Mädchen, sah sie mit einem Hauch von Mitleid an und sagte in reinstem Bulgarisch ohne jeden Akzent:

»Es gibt Fragen, auf die nur die Zeit eine Antwort geben kann.«

Über den Schaden durch moderne Poesie

Am Ende eines als Sackgasse angelegten, L-förmigen Korridors im Souterrain der Polizeidirektion befand sich ein kleines Fensterchen mit einem dicken Gitter, das an die Essensausgabe im Speisesaal eines Gefängnisses erinnerte. Auf der anderen Seite saß ein düster dreinblickendes, hageres Fräulein mit Himmelfahrtsnase und einer strengen, hochgeschlossenen Bluse. Hinter ihr stand ein dunkelgrüner Kasten. Ihr gegenüber hing ein großes Plakat, von dem in Reihen angeordnete Fotos herabschauten. Ähnliche Plakate wurden für gewöhnlich von den Schulen anlässlich des Abschlusses eines Jahrgangs aufgehängt. Aber dies war keine Ehrentafel. Auf dem Plakat war folgende Überschrift zu lesen:

LISTE DER MEISTGESUCHTEN TERRORISTEN DES KÖNIGREICHS BULGARIEN

Die meisten Fotos waren von nicht allzu hoher Qualität, wahrscheinlich hatte man sie direkt aus den polizeilichen Akten herauskopiert. Darunter standen in kleiner Schrift die Namen der gesuchten Personen und in größerer Schrift die Belohnungen, die auf ihren Kopf ausgesetzt waren. Ein Teil der Anzeigen war offensichtlich nicht mehr aktuell, weil sie mit einem X aus Kajalstift durchgestrichen waren.

Bis zum Ende des Arbeitstages blieb noch fast eine Stunde. Elvira Smokova, unter ihren Kollegen besser bekannt als

Fräulein Natter, schob ziellos die Kugeln eines alten, hölzernen Abakus hin und her – eine Beschäftigung, in der für sie eine undeutliche Erotik verborgen lag. Sie war Kassenwartin der Abteilung für zusätzliche finanzielle Anreize in der Polizeidirektion. Hier wurden die Belohnungen für die Gefangennahme oder Tötung staatsfeindlicher Elemente ausgezahlt.

Ein diskretes Klopfen brachte sie dazu, den Kopf zu drehen. In dem Fensterchen des Schalters zeigte sich ein bekanntes Gesicht.

»Ah, Hauptmann Dragiev!«, sie blühte auf, sofern man das vom Stiel einer Hacke sagen kann, und griff sich instinktiv ins Haar. »Ich freue mich, Sie zu sehen. Alle sprechen über Ihre neuen Heldentaten ...«

Ohne sich zu überflüssigen Freundlichkeiten hinreißen zu lassen, die ihm wie abgeschmackte Vertraulichkeiten vorgekommen wären, reichte er ihr ein Zettelchen mit einer Eingangsnummer.

»Einen Moment«, nickte die Kassenwartin ein wenig enttäuscht, drehte sich um und durchsuchte die Kartei. Kurz darauf zog sie einen Ausgabebeleg heraus und reichte ihm diesen: »Unterschreiben Sie hier.«

Hauptmann Nacht schaute auf die Zahl und zog die Augenbrauen zusammen:

»Da muss ein Irrtum vorliegen.«

»Bitte? Die Summe wurde auf Grundlage Ihres Berichts freigegeben ...«

»Eben«, sagte er finster. »Zehn getötet und einer gefangen genommen. Das macht 550 000 Leva, und hier stehen nur 250 000!«

»Sieh da!«, sagte die Angestellte verlegen. »Ich werde das gleich nachprüfen. Entschuldigen Sie mich ...«

Das Fensterchen fiele ohne weitere Förmlichkeiten direkt vor Hauptmann Nachts Nase zu. Er blieb im menschenleeren, schwach beleuchteten Korridor ganz allein zurück. Der Geruch nach der Desinfektionslösung, mit der der Boden gewischt wurde, verstärkte sich mit jeder Minute. Mit eben jener Lösung wurde auch das Blut in den Verhörräumen weggewischt. Einen Augenblick lang schien ihm, als würde ihn jemand von hinter der Ecke beobachten, aber er hatte keine Möglichkeit, das zu überprüfen, weil der Schalter wieder geöffnet wurde.

»Folgendes, das Problem liegt in den Verlusten«, begann Frl. Natter wissend. »Bei der Operation sind elf Ihrer Leute ums Leben gekommen. Das reduziert den Kosten-Nutzen-Koeffizienten automatisch um die Hälfte. Ich bedaure …«

»Unsinn!«

»Die neue Verordnung sieht das so vor. Ich kann sie Ihnen geben, damit Sie sich damit vertraut machen …«

»Dieser Krieg wird nicht mit Verordnungen gewonnen werden!!!«

Ohnmächtige Wut kroch hinauf bis in seine Haarwurzeln.

»Ich bin nur Kassenwartin.«

»Kann ich einen Widerspruch einreichen?«

»Das können Sie. Die Frist beträgt sieben Tage.«

»Ich werde keinen Widerspruch einlegen! Das ist unter meiner Würde als Offizier. Behalten Sie Ihr Geld! Nein, besser, verteilen Sie es an die Familien der gefallenen Soldaten … Die sind ohnehin Opfer Ihrer Inkompetenz.«

»Ich bin nur Kassenwartin!«, wiederholte sie gekränkt.

»Ich spreche von der Qualität der operativen Informationen, die uns Ihr Amt zur Verfügung stellt. Wir hätten nicht so viele Opfer zu beklagen, wenn wir gewusst hätten, dass der Wald vermint ist. Das sind keine Informationen, das ist Mist! Sogar schlimmer als das …«

»Vielleicht wissen Sie ja auch einfach nicht, wie man sie nutzt?«, kam eine Bassstimme von hinten.

»Und wer sind Sie?«, drehte sich Hauptmann Nacht um wie eine getretene Schlange.

Vor ihm stand ein riesiger, dunkler Mann mit einem dicken, buschigen Schnurrbart. Der beeindruckende Bauch füllte sein Hemd aus, und unter seinem Sakko lugte der Griff eines Revolvers hervor. Der Knoten seiner Krawatte war gelockert, so als hätte er bis vor Kurzem noch jemanden mit seinen schweren Fäusten bearbeitet. In seinen Augen tanzten tückische kleine Flammen.

»Oberinspektor Bazov«, stellte sich der Mann vor. »Und Sie müssen der nicht unbekannte Hauptmann ... Nacht sein? Nacht«, wiederholte er nachdenklich. »Wie poetisch eigentlich!«

Die beiden sahen sich an, ohne einander die Hand zu geben.

»Ich habe viel Gutes über Sie und Ihre Taktik gehört«, fuhr Bazov mit trügerischer Milde in der Stimme fort, »deshalb frage ich mich, wie Sie es geschafft haben, so viele Dummheiten innerhalb von so wenigen Tagen zu begehen ... Schade!«

Dann drehte er sich um und steckte den Kopf durch die Luke des Schalters. Er sagte etwas mit donnernder Stimme, und seine Schultern bebten vor Lachen. Das zwitschernde Falsett der Kassenwartin antwortete ihm. Sein Oberkörper drängte sich noch weiter hinein. Nacht konnte es sich gerade noch verkneifen, ihm in den flachen Hintern zu treten. Als Bazov endlich vom Schalter wegging, hielt er ein Bündel frisch gedruckter Geldscheine in den Pfoten. Er führte es mit einer ausladenden, selbstzufriedenen Geste an seinem Schnurrbart vorbei und stopfte es dann in die Innentasche seines Sakkos.

Fräulein Natter zog ihren Kajalstift. Sie ging um den Schreibtisch herum zu dem Plakat mit den gefährlichsten Terroristen im Königreich Bulgarien und strich eines der Fotos mit einem zackigen X durch.

Bazov sah den Hauptmann mit gespielter Überraschung an.

»Kann ich Ihnen irgendwie behilflich sein?«

»Ich verlange nach einer Erklärung!!!«

»Kommen Sie doch auf einen Kaffee zu mir.«

Bazovs Büro befand sich im dritten Stock und blickte auf den Innenhof der Polizeidirektion, wo eine Reihe grüner Opel-Kleinlaster geparkt war. Aus einem stiegen Verhaftete aus. Der

Inspektor öffnete die Kiste hinter seinem Schreibtisch, nahm eine bauchige Flasche und zwei kleine Gläser heraus.

»Für mich Kaffee«, erklärte Nacht trocken.

»Wir haben nur welchen aus Zwetschgen zu bieten, bei Zimmertemperatur«, kicherte Bazov, während er die gelbe Flüssigkeit in die Gläser goss. »Ist besser für die Nerven, nur dass Sie es wissen …«

Jenseits des Innenhofs sah man die Rückseite des Ersten Mädchengymnasiums. Es war von der Polizeidirektion durch eine hohe Mauer getrennt, auf der ein zusätzliches Drahtnetz angebracht war. Im Hof des Gymnasiums rannten Mädchen in Shorts herum. Das war der Zirkel für Bewegungskultur, der sich auf das Jahrestreffen der Sportclubs der Mädchenschulen in Bulgarien und den angegliederten Territorien vorbereitete. Die Mädchen schüttelten rhythmisch wie Reiher ihre langen, weißen Beine. Auf Bazovs Fenstersims stand ein Fernglas.

»Prost!«, Bazov reichte ihm das Glas. »Wollen Sie einen Blick riskieren?«

Der Hauptmann schüttelte verneinend den Kopf und nahm einen Schluck Schnaps. Er war scharf.

»Ich sehe, dass Sie ein Auge auf die Jugend haben«, warf er gehässig ein. »Ich bin mir sicher, dass das bei Weitem angenehmer ist, als bis an die Zähne bewaffnete Typen auf dem Kamm des Balkangebirges zu jagen.«

»Warum müssen Sie sie jagen, nachdem Sie sie auf dem Silbertablett serviert bekommen haben?«, merkte der Inspektor ruhig an. »Ich hatte die Gelegenheit, mich mit Ihrem Bericht vertraut zu machen. Hätten Sie abgewartet, bis die Partisanen eingeschlafen waren, wäre Ihre Bilanz jetzt eine andere. Aber Sie haben es wohl unbedingt darauf anlegen müssen, in Kampfhandlungen verwickelt zu werden. Sie haben sogar ein Feuerwerk organisiert! Das ist doch keine Zigeunerhochzeit!«

»Ich bin Soldat!«

»Dann melden Sie sich freiwillig für die Ostfront. Die Deutschen brauchen motivierte Leute. Dort werden die echten Schlachten geschlagen. Hier …«, und Bazov schmunzelte, »wird nur geknallt.«

»Deshalb werden wir mit diesen Banditen auch seit zwei Jahren nicht fertig!«

»Schauen Sie, mein Lieber, es geht nicht darum, mit ihnen fertig zu werden, was wir jederzeit tun könnten, sondern darum, sie unter Kontrolle zu halten. Der Ausgang des Krieges hängt nicht von uns ab. Er zeichnet sich bereits am Horizont ab und verheißt nichts Gutes.«

»Ja und? Sollen wir uns hinsetzen und auf die Rote Armee warten?!«

»Alle warten auf die Rote Armee … Sowohl die als auch wir. Aber zwischenzeitlich kann man noch ziemlich viel erledigen. Mein Chef Gešev hat seine eigene Meinung zu dieser Frage. Man muss durchdacht und kaltschnäuzig handeln. Jetzt wird das Fundament der neuen Weltordnung nach dem Krieg gelegt. Ob wir ein Teil davon sein werden oder in irgendeiner namenlosen Grube vor uns hin faulen, hängt nur von uns ab …«

»Wen meinen Sie mit ›uns‹?«

»Einige von uns …«, Bazov sah ihn starr an. »Sie sind ein tapferer Offizier. Und was ich so erfahren habe, fehlt es Ihnen auch nicht an detektivischen Fähigkeiten. Aber ich befürchte, Sie haben einen gewissen Hang zur Eigeninitiative. Das Fehlen von Koordination kann fatal sein … Was wollen Sie eigentlich erreichen?«

»Ich will es herausfinden. Was genau passiert ist! Wie sind zwei hübsche, gebildete und wohlhabende Mädchen im Gebirge gelandet, zusammen mit einer Bande von Räubern …«

»Haben Sie es herausgefunden?«

»Nein«, schüttelte Nacht traurig den Kopf.

»Lassen Sie sich nicht von Äußerlichkeiten täuschen!«, hob Bazov scherzhaft den Finger. »Sie haben doch den Brief gelesen?«

»Man kann sie auch dazu gezwungen haben, ihn zu schreiben …«

»Wenn Sie mich fragen, ist an allem die moderne Poesie schuld«, seufzte Bazov. »Nicht Marx, nicht Lenin, sondern diese zerzausten, schmutzigen, versoffenen Subjekte, die sich unverschämterweise Poeten nennen – Zerstörer des klassischen Verses! Dort beginnt der Sittenverfall. Die Harmonie, der Rhythmus, der Reim formen die Seele. Sie machen sie empfänglich für Recht und Ordnung, öffnen sie für das Gute und Schöne. Aber was lehrt die sogenannte moderne Poesie die Seele? Was lehrt sie sie?! Haben Sie mal einen dieser überschätzten Taugenichtse gelesen?«

Verblüfft von der Wendung, die das Gespräch genommen hatte, bekannte der Hauptmann kleinlaut, dass er mit den zeitgenössischen Tendenzen in der Poesie nicht vertraut war.

»Sie haben nichts verpasst!«, rief Bazov aus. »Bums-krach-peng-rums-dings-bums … Mehr ist da nicht. Vom Inhalt ganz zu schweigen, der eine unverhohlene Beleidigung für den Verstand und den guten Geschmack darstellt. Besonders empfänglich dafür sind Mädchen. Weil sie auf diese platten Lügen hereinfallen. Sie empfinden Bedauern für diesen Abschaum. Manchmal schlafen sie sogar mit diesen Typen! Und unmerklich saugen sie die Krankheitserreger ihrer verkorksten Gehirne auf. Bis sie in der Irrenanstalt landen. Oder Bomben in Kaffeehäuser werfen. Ich gehe jede Wette ein, dass auf den Nachttischen dieser zwei Schönheiten Stapel von moderner Poesie liegen. Ist es nicht so? Ich weiß nicht, wie Sie es halten, aber ich überprüfe immer, was auf den Nachttischen liegt. Und wenn ich eines jener dünnen, schmuddeligen Büchlein mit asymmetrischen Strophen und fehlender Interpunktion entdecke, gehe ich in die Toilette, greife in den Spülkasten und hoppla – ein Revolver. Nicht wahr?«

»Nein«, sagte Nacht kurz.

»Was heißt ›nein‹? Sind Sie anderer Meinung?«

»Wir haben keine Poesie auf ihren Nachttischen gefunden. Weder klassische noch moderne. Nur gezeichnete Bücher …«

»Was für Bücher?«

»Geschichten mit Bildern. Man nennt sie ›Comics‹. Aus den Köpfen der Figuren kommen Blasen mit Wörtern. Der Bruder des Vaters, der in Detroit lebt, schickte sie ihnen kistenweise vor dem Krieg, damit sie Englisch üben. Es gibt Reihen mit verschiedenen Helden. Irgendein Typ mit einem komischen Kostüm, der mit ausgestreckter Hand durch die Luft fliegt, er wird Superman genannt. Flash, der menschliche Blitz. Sheena, die Königin des Dschungels. Der Zauberer Zatara. Und noch ein Typ mit einem Umhang, der sich wie eine Fledermaus von Dach zu Dach schwingt. Amerikanischer Blödsinn! Wenn Sie mich fragen, ist das was für Zurückgebliebene.«

Bazov hörte ihm mit angespannter Aufmerksamkeit zu.

»Dragiev«, brachte er finster hervor. »Das will ich sehen. Es könnte sich als etwas weitaus Gefährlicheres als die moderne Poesie erweisen.«

Der Tag endet mit Geschichten

Nach dem Abendessen wurde die Stimmung von selbst besser. Der Nagel nahm seine Harmonika und begann fröhlich zu singen:

»Spiel, Harmonika, spiel uns ein munteres Lied,
die Jugendbrigade, ins Morgengrauen sie zieht …«

Einer nach dem anderen stimmte in den nicht sonderlich harmonisch, jedoch hingebungsvoll und aus tiefstem Herzen schmetternden Chor ein. Ein wenig abseits von ihnen vibrierte auch Extra Ninas Stimmchen – schrill und einsam wie eine schlecht gespannte Saite. Sie war sich über ihre fehlende Musikalität im Klaren, aber das konnte sie nicht aufhalten. Kaum war die letzte Strophe verklungen, da begann Lenin mit männlich zurückhaltendem Lyrismus:

»Heimat Botevs, Heimat Levskis,
erneut geknechtet durch Tyrannenhand,
doch schon erklingen Freischarlieder,
erklingen bald im ganzen Land …«

Der Nagel und der Gräber stimmten ein, dann auch die anderen:

»Wer sein geknechtet Volk liebt und Levskis revolutionäres Vermächtnis bewahrt,
der komme zu uns als Soldat!«

Das Kulturprogramm ging mit einer Solodarbietung Lozans weiter. Er besaß einen tiefen, gefühlvollen Bariton und war bis vor nicht allzu langer Zeit als Solist im Musikensemble des Dritten Jungengymnasiums aufgetreten. Der junge Mann neigte den Kopf, schloss die Augen halb und streckte die Hand mit gekrümmten Fingern aus, als versuchte er, ein unsichtbares Herz herauszureißen.

»Leuchtend roter Mohn, einsam und traurig blüht er inmitten des üppigen Ackers, untröstlich den feurigen Blick an eine goldene Ähre geheftet ...«

Einige der älteren Partisanen hatten Tränen in den Augen. Das war die Hymne der bulgarischen Sozialisten, von Dimităr Blagoev persönlich ausgewählt – dem Großvater, wie ihn die Veteranen der Bewegung zärtlich nannten. Lozans Stimme war so rein und schön, dass es keiner wagte mitzusingen. Sie lauschten nur, überwältigt von Erinnerungen an Streiks und Demonstrationen, an epische ideologische Zusammenstöße, an die erste Spaltung in Ruse 1903 und die darauf folgenden Spaltungen von 1905 und 1908, an den Kampf gegen Progressisten und Anarchosyndikalisten, und es war, als liefe die ganze stürmische Geschichte der Partei vor ihrem inneren Auge rückwärts ab, bis zu jener Mainacht im Weinberg Nikola Gabrovskis im weit zurückliegenden Jahr 1891, als unter dem Sternenzelt acht klassenbewusste Männer, mit dem Großvater an der Spitze, den Samen des Sozialismus in die bulgarische Schwarzerde säten.

»Feurige Blumen, aus deinem Samen werden sie wachsen, werden blühen, und roter Mohn wird den Frühlingsstrauß auf ewig schmücken!«

Gabriela und Monika kannten den Text dieses Klassikers noch nicht und sangen schuldbewusst ein langgezogenes »na-na-na«. Sie hätten sich auch sehr gern als Sängerinnen betätigt, aber ihnen fielen nur allerlei Kinderlieder ein, die sie mit ihrer Gouvernante einstudiert hatten, so etwas wie »Six Little Ducks«, »Ten Green Bottles« oder aber »Yankee Doodle«. Etwas sagte ihnen, dass ihr jetziges soziales Umfeld diese nicht gut aufnehmen würde. Was das reichhaltige Repertoire der Folklore des Arbeitskampfes anging, hatten sie sich einzig die Mühe gemacht, die Internationale auswendig zu lernen. Sie wurde allerdings seltener gesungen, nur zu feierlichen Anlässen wie dem Geburtstag Rosa Luxemburgs, dem Ersten Mai, dem Todestag Lenins usw. Um die Internationale anzustimmen, brauchte es Courage und eine Autorität, die sie noch nicht besaßen, und deshalb wagten sie es nicht, als Erste den Mund aufzumachen. Viel populärer war die »Warszawianka«. Sie wurde hauptsächlich von Dičo gesungen. Er wartete ab, bis die letzten Sonnenstrahlen verloschen, und begann gedämpft, so als komme es von unter der Erde: Ta-ta-dada-ta, dada-ta-dada-ta. Alle verstummten, und es lief ihnen kalt den Rücken hinunter. Ein Teil der Genossen begann, sich mit der Faust im Takt auf die Wange zu schlagen, womit sie ein dumpfes, wummerndes Geräusch erzeugten. Die Mädchen eigneten sich diese Technik mit Leichtigkeit an und ließen ihre Stimmen in das gemeinsame bedrohliche Dröhnen einfließen. So als würden Millionen Sklaven mit den Stielen ihrer Kreuzhacken gegen die verriegelten Türen der Geschichte schlagen! Dann stimmte Dičo auf Russisch an:

»Feindliche Stürme durchtoben die Lüfte,
drohende Wolken verdunkeln das Licht.
Mag uns auch Schmerz und Tod nun erwarten,
gegen die Feinde ruft auf uns die Pflicht …«

Selbst Medved, dessen Verschlossenheit und Ehrgefühl ihm gewöhnlich die Rolle des passiven Zuhörers zuwiesen, ließ sich hinreißen und begann wie von selbst, Schulter an Schulter mit den anderen den Refrain zu singen:

»Auf, auf nun zum blutigen Kampfe.
Bezwinge die Feinde, du Arbeitervolk.«

»Zum BLUTIGEN, HEILIGEN Kampfe!«, unterbrach sie Extra Nina. »Ihr lasst da was aus!«

»Was? Was?«

Es trat Verwirrung ein, die soeben noch herrschende Einheit zerfiel und das Lied verstummte.

»Zum BLUTIGEN, HEILIGEN Kampfe!«, wiederholte sie mit Nachdruck.

»Jetzt leck mich doch …«

Aber sie brachten die Kraft nicht mehr auf, um weiterzusingen. Extra Nina rezitierte den ganzen Text des Liedes von Anfang bis Ende, um es ihnen wieder ins Gedächtnis zu rufen. Obwohl sie kein Talent zum Singen hatte, kannte sie alle Liedtexte auswendig. So wie auch eine große Menge an Gedichten, nicht nur von Majakowski, sondern auch von Vapcarov, Geo Milev, Smirnenski, Furnadžiev …

Der Gräber stocherte im nur noch zaghaft glimmenden Feuer herum und warf ein paar Zweige auf die Kohlen. Ein Schwarm Funken flog zum Himmel. Das Feldlager befand sich tief im Wald, und die Wahrscheinlichkeit, dass jemand die Lichter bemerken würde, war so gut wie null.

Das Knistern der dürren Zweige ließ Medved einschlummern. Sein Kopf fiel auf seine Brust.

»Towarischtsch KomBrig!«, eine beharrliche Stimme schreckte ihn auf. »Erzählen Sie uns noch einmal vom großen sowjetischen Land. Bitte!«

Medved sah die im Halbkreis versammelten, größtenteils jungen Leute ohne jegliche Spur von Sympathie an. Er war gezwungen, jeden zweiten Tag über die Sowjetunion zu erzählen. Meist vor dem Schlafengehen. Die Genossen interessierten sich für alle Aspekte der sowjetischen Lebensart und wollten ständig mehr wissen. Für sie war die UdSSR das Gelobte Land der Revolution, wo der soziale und technische Fortschritt sich ein Stelldichein gaben und Wunder bewirkten. Medved hatte kein Recht, sie zu enttäuschen. Oder genauer gesagt, er wagte es nicht.

»Worüber genau sollen wir sprechen?«

»Über die Metro! Über die Stachanow-Bewegung! Über das Speiseeis!«, hagelte es Vorschläge.

Medved seufzte mit unverhohlenem Überdruss.

»Von der Stachanow-Bewegung habe ich euch bestimmt schon tausendmal erzählt!«

»Noch mal!«, rief die Schraube.

»Und was ist die Stachanow-Bewegung?«, meldete sich Gabriela.

»Ihr habt nie von Alexei Stachanow gehört?!«

»Nein, haben wir nicht.«

»Am 31. August 1935«, begann Schraube feierlich, »förderte in einer Kohlengrube im Donezbecken der Hauer Alexei Stachanow in einer Schicht 102 Tonnen Kohle. 14 Mal mehr als die gültige Arbeitsnorm! Und nur zwei Wochen später förderte er ganze 300 Tonnen Kohle!!!«

»Wow!«, riefen die Mädchen aus.

»227!«, korrigierte ihn Medved. »Aber das ist auch nicht wenig. Das Beispiel Stachanows inspiriert die Werktätigen aller Sektoren der sowjetischen Wirtschaft. In der Industrie: Busygin, Smetanin, Kriwonos … Die Weberin Winogradowa. Den Geflügelzüchter Gnatenko, die Traktorfahrer Kolesow, Kowardjuk …«, deklamierte er in Gedanken versunken, wie man ihn in der Schule instruiert hatte. »Das sind die ersten der Stachanow-Arbeiter. Sie stehen am Anfang einer mächtigen Bewegung zur Steigerung der Arbeitsproduktivität in der UdSSR.«

»Und wie sind sie so stark geworden?«, fragte Monika kritisch. »Halten sie irgendeine spezielle Diät ein?«

»Das wollte ich auch gerade fragen?«, wandte sich Schraube an Medved.

»Njet«, schüttelte der Kommandeur steif den Kopf. »Sie essen wie alle anderen auch. In einer Arbeitermensa. Dort sind die Portionen groß genug. Ich habe gehört, Stachanow habe die Angewohnheit gehabt, sich ein Stück Butter unter die Zunge zu legen, während er in den Schacht hinabstieg. Das ist alles.«

»Warum sind dann nicht alle wie sie?«

»Das ist eine Frage der ideellen Überzeugung«, entgegnete er trocken und fügte hinzu: »Die Idee ist wie ein Dynamo, der in dir drinnen arbeitet und dich mit Energie versorgt. Das ist bei der kapitalistischen Produktion vollkommen unmöglich.«

»Und welche ist die schönste Haltestelle der Moskauer Metro?«, beeilte sich der Nagel, die nächste Frage zu stellen.

»Ploschtschad Rewoljuzii, selbstverständlich«, antwortete Medved, ohne darüber nachdenken zu müssen. »Ebenfalls sehr interessant sind die Haltestellen Komsomolskaja und Majakowskaja. Dort gibt es wundervolle Mosaiken aus Edel- und Halbedelsteinen. Auf ihre Art schön ist auch Dserschinskaja. Eine strenge, klare Schönheit. Verkleidet mit weißem Marmor wie die verschneite Tundra. Aber die prunkvollste ist und bleibt Ploschtschad Rewoljuzii! Dort gibt es eine ganze Galerie von Skulpturen, und an der Decke leuchten herrliche Lüster wie in der Oper. Die Statuen stehen in Nischen aus rotem Marmor, immer zwei beieinander: Soldat – Fabrikarbeiter, Matrose – Bauer, Stachanow-Arbeiter – Ingenieur etc. Bis man alles gesehen hat, hat man schon den Zug verpasst!«

Er schwieg, um den Zuhörern die Möglichkeit zu geben, sich gedanklich an dieser wunderschönen Reihe zu ergötzen. Aber die Ungeduld überwog:

»Und welche Haltestelle ist am tiefsten unter der Erde?«

»Hm ...«, Medved dachte nach. »Ich denke, Kominternowskaja. 45 Meter unter der Erde. Die tiefste Metro-Station der Welt!«, fügte er schnell hinzu.

»Wahnsinn!«, rief Courage einfältig aus. »Das sind ja mindestens 300 Stufen! Da kommt man aber ganz schön ins Schwitzen, wenn man die hinaufgehen muss ...«

»Du jetzt wieder!«, spottete der Gräber. »Dafür gibt es doch einen Aufzug, Mann! Nicht wahr, Towarischtsch KomBrig?«

»So ist es«, nickte Medved. »Aber die meisten Fahrgäste nutzen die fahrenden Treppen, man nennt sie Rolltreppen. So ähnlich wie ein Fließband. Du stehst auf deiner Stufe und fährst hinauf oder hinunter.«

»Das nenne ich ein Leben!«, klatschte der Nagel in die Hände.

»Und kann man auch etwas zu essen in der Metro kaufen?«, meldete sich der Strauch scheu.

»Njet!«, schüttelte Medved abrupt den Kopf. »Damit es keinen Müll gibt. Aber es gibt Kioske für Sodawasser und Eis.«

»Was für Eis?«, wurden die beiden Mädchen lebhaft.

»Man nennt es *Moroschenoe*. Es gibt Dutzende Sorten, aber am populärsten sind Sahne, Schokolade und Himbeere. Sie werden im Zucker und Eis-Kombinat ›G. K. Swerdlowa‹ auf der Halbinsel Kola produziert. Die größte Speiseeisfabrik der Welt! Der ganze Prozess ist vollkommen automatisiert. Man wird kaum eine Menschenseele dort antreffen, abgesehen von den Technikern in ihren weißen Kitteln und Hauben. Die industriellen Methoden garantieren höchste Qualität. Dort arbeitet auch Smetanin selbst. In einer Schicht hat er 320 Tonnen Eis produziert! Das fertige Produkt wird in flüssigem Zustand durch Kupferrohre direkt bis nach Moskau gepumpt, dort wird es erneut eingefroren und an die Kioske verteilt …«

»Das ist was ganz anderes als Onkel Evlampi, der mit seinem Wägelchen am Güterbahnhof rumhängt«, bemerkte der Nagel voller Schwermut und Sehnsucht.

»Gibt es auch Minze?«, interessierte sich Gabriela.

»Natürlich, natürlich«, seufzte Medved gequält. »Sowohl Minze als auch Erdbeere, aber auch Eis mit Veilchenduft, mit Heidelbeeren, Pistazien, Kokos, Karamell, wonach immer dir ist! Alles fließt durch die Rohre. Es gibt einen Plan: Von fünf bis sechs Uhr morgens fließt Sahneeis, danach zwei Stunden Schokolade, danach lassen sie eine Stunde lang Himbeere laufen und danach für eine halbe Stunde Erdbeere und so weiter, je nach Bestellung. Bei der Belagerung von Moskau kappten die Deutschen die Speiseeispipeline und zapften sie an, aber Smetanin wurde rechtzeitig benachrichtigt und schüttete Zyankali in die Rohrleitung. Eine ganze deutsche Division ging dabei drauf!«

»Geschieht ihnen recht, den Dreckschweinen!«, folgten begeisterte Ausrufe.

»Inzwischen hat sich die Speiseeissituation in Moskau normalisiert.«

Medved war sich bewusst, dass er übertrieben hatte, aber das störte ihn nicht. Er hoffte, endlich ihre unersättliche Neugier gestillt zu haben und in Ruhe gelassen zu werden. Da traf ihn die letzte Frage:

»Und reden wir hier von Eis am Stiel oder in der Tüte?«

Medved fixierte Monika mit einem bösen Blick.

»Sowohl am Stiel als auch in der Tüte. Manchmal sogar im Becher.«

Jetzt wagte keiner mehr, etwas zu fragen. Es ging auf Mitternacht zu, es war Zeit schlafen zu gehen. Die Partisanen zogen sich stillschweigend zurück, einige gingen zum Fluss, um sich die Zähne zu putzen, andere schlüpften sofort unter die Planen.

»Diese Speiseeispipeline ...«, erklang eine schwärmerische Stimme. »Könnte man die nicht auch durch Vraca führen?«

»Eines Tages vielleicht. Eines Tages ...«, antwortete eine andere.

Keine Verbindung zur Zentrale

Medved verfügte über einen kleinen, aber leistungsstarken Radioempfänger, der ab Werk nur auf zwei Frequenzen eingestellt war – auf das offizielle Radio »Moskwa« und Radio »Christo Botev«, welches ebenfalls aus Moskau sendete, jedoch auf Bulgarisch. Das Radio funktionierte mit 1,5-Volt-Standardbatterien, welche allerdings im Gebirge nicht leicht aufzutreiben waren. Der letzte Satz Batterien hatte schon im Zwiebelbiwak endgültig keinen Saft mehr, und seitdem hatte die Einheit keine Verbindung zur Zentrale. Die beiden Radioapparate, die sie in der Höhle gefunden hatten, erwiesen sich ebenfalls als völlig nutzlos. Der eine von ihnen war an einen großen, alten Akku angeschlossen, der schon seit Jahren tot war, man konnte ihn sich höchstens an den Hals binden und damit in einen Tümpel springen. Hölle und seine Leute interessierten sich offensichtlich nicht im Geringsten für die internationale Lage. Diese Ungewissheit jedoch bedrückte die Kämpfer aus dem Volk und besonders ihre Führung. Auf Radio »Christo Botev« wurden wertvolle operativ-taktische Instruktionen ausgestrahlt, und Radio »Moskwa« informierte unaufhörlich über den siegreichen Vormarsch der Roten Armee, was ihnen Mut machte und sie mit der Hoffnung auf ein baldiges Ende des Kampfes erfüllte. Auf Radio »Christo Botev« war regelmäßig Dimitrov zu hören, der Löwe von Leipzig, der Anführer der Komintern, und auf Radio »Moskwa« konnte man sogar Stalin selbst hören! Aber jetzt schwieg der

Äther. Was ging an der Ostfront vor sich? Wie viele deutsche Divisionen waren zerschlagen, wie viele Panzer vernichtet, wie viele Flugzeuge abgeschossen worden? Wo genau befand sich die Rote Armee? Weder der Schnellkurs in Geschichte der VKP(b) noch die Vorträge Medveds vor dem Schlafengehen konnten die lebendigen Nachrichten aus der Zentrale ersetzen. Statt der tiefen, männlichen Stimme Lewitans um 21:00 Uhr Moskauer Zeit erklang über dem Feldlager nur der dumpfe Ruf der Zwergohreule:

»Huhuuu-huhuuu, huhuuu-huhuuu, huhuuu-huhuuu …«

»Was hast du denn jetzt schon wieder gehört, du Drecksvogel!?«, beschimpfte sie Lenin, legte das Gewehr an und zielte zwischen die Zweige. »Sag mir sofort, was du gehört hast!«

»Lass das!«, sprang Onkel Metodi auf, packte den Lauf des Gewehrs und drückte ihn hinunter, wobei er riskierte, eine Kugel in den Bauch zu bekommen. »Wer eine Zwergohreule tötet, wird taub. Weißt du das denn nicht?«

»Und wer eine Lerche erschießt?«, zogen ihn die anderen auf.

Etwas geschah mit Onkel Metodi. Und es war nichts Gutes … Trotz der ihm auferlegten Parteistrafe fuhr er fort, immer tiefer im Sumpf des Aberglaubens zu versinken. Er zählte seine Schritte, spuckte bei jeder Gelegenheit über seine Schulter, blieb unvermittelt stehen, hob den Blick zu den Zweigen, ging zurück und nahm einen anderen Weg. Er band sich einen roten Wollfaden ans Handgelenk, bastelte sich ein Amulett mit Knoblauch. Er schichtete Steine auf Hölles Grab. Er schrieb seine Träume auf und ging Tichon auf die Nerven, der sie für ihn deuten sollte. Der ehemalige Mönch galt als Kenner dieser Materie. Es hieß, dass er Geister austreiben und böse Zauber, Flüche und Verwünschungen lösen konnte – Tätigkeiten, die seinerzeit dem Kloster solide Einkünfte eingebracht hatten. Aber seit er zu marxistisch-leninistischen Positionen übergegangen war, vermied es Tichon, solche »Tricks« zu vollführen, wie er sie nannte; er hielt sie für ein peinliches Überbleibsel der Fesseln der Religion und verjagte Onkel Metodi mit einem groben Grinsen:

»Jetzt reicht es aber, du mit deiner *bucharinistisch-trotzkistischen* Reaktion …«

Unter diesem Begriff verstand er all jene finsteren Kräfte, die wie ein verflochtenes Knäuel von Vipern im Rachen der Geschichte steckten und deren einziges Ziel es war, den Fortgang der Revolution zu ersticken und zu behindern.

Erneut eine Strafe gegen einen Parteiveteranen zu verhängen, das fand Medved nicht wirklich sinnvoll. Es ging nicht darum, den Mann zu bestrafen, sondern ihm zu helfen. Aber wie?

»Er müsste nur einmal die Stimme von Radio ›Moskwa‹ hören, dann würde er schon wieder zu sich kommen«, erklärte Extra Nina. »Sein Bewusstsein würde wieder an den richtigen Platz rücken. Denn jetzt hat es sich verschoben.«

»Wie soll es sich verschoben haben? Es ist doch kein Brett!«

»Bei Schreck, bei Stress und bei Orientierungsverlust kann es vorkommen, dass es sich verschiebt«, erklärte sie wie eine erfahrene Psychologin. »Jemand muss ihn wieder daran erinnern, wo sein wahres Ich ist. Ihn wieder zu sich selbst führen. Du bist Kommunist, Onkel Metodi! Du bist nicht irgendeine Hohlbirne, sondern Kommunist! Ein organisierter, vernunftbegabter Agent des Fortschritts!«

»Das kann ich ihm auch sagen!«, wandte Medved ein.

»Towarischtsch KomBrig, bei aller Hochachtung vor ihrer Erfahrung und Autorität, ich fürchte, dass in diesem Fall eine noch größere Autorität vonnöten ist. Sogar eine Überautorität! Sie sind nicht Radio ›Moskwa‹, tut mir leid.«

»Nein, bin ich nicht«, seufzte er.

»Wir müssen Batterien auftreiben!«, beharrte Extra Nina. »Die Stimme Moskaus darf nicht verstummen! Das ist ein lebensnotwendiger Imperativ. Sonst werden wir in Barbarei versinken – einer nach dem anderen. Sie wollen doch nicht, dass wir so enden wie Hölle und seine Bande? Ehe man sich's versieht, ist die Rote Armee da und schon wieder weg, ohne dass wir etwas davon mitbekommen …«

»Wenn die Rote Armee da ist, werden wir es alle mitbekommen. Mach dir keine Sorgen!«, warf Medved finster ein.

Sie sah ihn mit einem merkwürdigen Blick an und fügte stur hinzu:

»Wir können uns nicht bis in alle Ewigkeit verstecken. Es ist an der Zeit, eine Verbindung zu den Genossen in den Ortschaften herzustellen. Sie sind unsere Basis. Früher oder später werden uns die Vorräte ausgehen. Es ist unausweichlich …«

»Ich weiß«, nickte er.

Aber Medved wusste auch etwas anderes: Sobald sie mit der Basis in Verbindung traten, wäre es nur noch eine Frage der Zeit, bis der Feind sie aufspürte. So wie es im Zwiebelbiwak geschehen war. Wie es auch früher schon in Tričavoto passiert war. Damals war das System »Immergrün« noch nicht montiert. Marin, der Gusseiserne, und der Maurer kamen ums Leben, und der Strunk von den Bauernbündlern wurde an der Hand verletzt. Der große Kessel und die bereits fertige Ausgabe der Wandzeitung gingen verloren. Wer war der Verräter gewesen? In der Schule hatte man ihn gelehrt, dass die Breite der Basis direkt proportional ist zum Risiko, verraten zu werden. Andererseits hob man hervor, dass eine Verkleinerung der Basis umgekehrt proportional zur Überlebenswahrscheinlichkeit sei. Das war eine einfache Dialektik!

»Wir werden vorsichtig sein«, versicherte sie ihm, als hätte sie seine Gedanken gelesen.

»Es ist unausweichlich …«, flüsterte er.

***

Spät am Nachmittag wurde eine Versorgungstruppe gebildet. Ihr gehörten anfänglich Courage, Extra Nina, der Gräber und Dičo an. Aufgabe der Gruppe war es, nach Etropole zu gelangen. Dort gab es einen großen Genossenschaftsladen, und die Wahrscheinlichkeit, Batterien zu finden, war größer als in den Dörfern, die rund um den Dadan-Wald verstreut lagen. Dičo hatte eine Tante in Etropole, die er schon viele Male besucht hatte, und deshalb kannte er das Terrain wie seine Westentasche. Er und Extra Nina sollten ein ziviles Paar spielen, das im Sanatorium oberhalb der Stadt abgestiegen war, Batterien, Zeitungen und anderen Kleinkram kaufen, um dann unbemerkt wieder zu verschwinden. In der Höhle gab es einen Haufen ziviler Kleidung, die sich als Verkleidung eignete, sogar einen kleinen Damenschirm. Dann schlug Dičo vor, auch einen der Zwillinge in die Gruppe zu nehmen. Ein Mann, eine Frau und ein hübsches junges Mädchen würden seiner Meinung nach nur schwerlich Verdacht erregen. Medved gefiel diese Idee nicht, aber Extra Nina und die anderen unterstützten sie.

Gabriela und Monika ahnten bis zum letzten Augenblick nichts davon. Als sie von der bevorstehenden Expedition erfuhren, funkelten ihre Augen übermütig, und die Mädchen äußerten sofort den Wunsch, daran teilzunehmen. Als sie jedoch begriffen, dass nur eine von ihnen mitgehen konnte, drückte das sichtlich ihre Stimmung. Bisher waren sie nie getrennt gewesen. Es mochte sein, dass sie sich stritten, zankten oder schlugen, aber sie blieben doch immer zusammen, selbst wenn sie tagelang nicht miteinander sprachen. Ihre Wege verliefen wie Schienen – durch Tunnels und über Brücken, bergauf und bergab, doch immer parallel zueinander.

»Wir müssen beide mitkommen«, beharrte Monika. »Wir trennen uns nicht!«

»Das geht nicht. Ihr fallt viel zu sehr auf«, erklärte Dičo.

»Dann gehen wir nirgends hin!«, erklärte sie barsch.

»*Kak vi hotite*, wie ihr wollt«, sagte Medved erleichtert. »Die Teilnahme an dieser Aktion ist vollkommen freiwillig.«

»Ich werde mitgehen!«, meldete sich Gabriela plötzlich.

»Was?«, Monika kniff die Augen zusammen, als hätte man sie mit einer Peitsche geschlagen.

»Ich gehe«, wiederholte ihre Schwester. »Ich habe es satt, in dieser Einöde herumzuhängen! Ich will bei einer richtigen militärischen Aktion dabei sein.«

»Tut mir leid«, mischte sich Extra Nina ein. »Monika wird mit uns gehen.«

»Warum?!«, verzog das Mädchen die Lippen.

»Weil sie kaltblütiger ist und besser schießt. Mach nicht so ein Gesicht! So sieht die Wirklichkeit aus. Ein Marxist ärgert sich nie über die objektiven Gegebenheiten. Er akzeptiert die Dinge so, wie sie sind, statt überflüssigerweise darunter zu leiden. Du hast dafür offenkundig größere kreative Fähigkeiten. Deshalb wirst du hierbleiben und die Wandzeitung fertigstellen …« Nina griff unerwartet nach ihrer Hand: »Ich glaube an dich!«

Halva, Eau de Cologne und Batterien

Die Gruppe machte sich um vier Uhr morgens auf den Weg. Es war noch dunkel, die anderen schliefen, nur Medved verabschiedete sie. Er gab Extra Nina 10 000 Leva für die Einkäufe mit und warnte noch einmal:

»Keine Heldentaten!«

Bis Etropole waren es ungefähr 45 Kilometer Luftlinie. Sie gingen den ganzen Morgen und machten erst nach Mittag in einem kleinen Tal halt. Sie öffneten ihre Pakete mit Kaltverpflegung. Der Strauch hatte für jeden einige mit Bohnenpaste gefüllte Fladenbrote, ein Stück mit Kreuzkümmel bestreuten Speck und gut zehn Honigkekse zur Stärkung vorbereitet. Der Proviant war für vier Tage berechnet. Später begann der Wald sich zu lichten, durch die Zweige waren Wiesen zu sehen, Heuhaufen und Maisfelder. Das war die Gemeindeflur von Četino, zumindest behauptete das Courage. Sie schliefen abwechselnd im dichten Farn, und als es dunkel wurde, schulterten sie erneut die Rucksäcke. Sie machten einen Bogen um das Dorf, wateten durch ein namenloses Rinnsal und kamen auf den Weg nach Loveč. Als sie jedoch an die Abzweigung nach Gniljane kamen, stellten sie fest, dass sie eigentlich den Weg nach Lešovo genommen hatten. Um nicht umdrehen zu müssen, gingen sie querfeldein durch Weinberge und Äcker. Dičo trat in eine alte, vergessene Fuchsfalle, die ihm einige Löcher in den Schuh bohrte. Als es Morgen wurde, befanden sie sich in einem nicht sonderlich dichten Wäldchen oberhalb eines großen, verstreut daliegenden Dorfes. Welches Dorf das war, konnte niemand mit Sicherheit sagen. Der Gräber holte ein kleines Opernglas hervor, stellte es scharf, betrachtete schweigend das Panorama und reichte das Glas an Dičo weiter. Dieser schaute hinein, zuckte die Achseln und reichte es Courage.

»Sieht aus wie Urdovo …«

Extra Nina riss ihm das Fernglas aus der Hand.

»Von wegen Urdovo! Siehst du nicht das schiefe Kreuz auf dem Glockenturm? Das ist Goljama Kriva. Ich bin hier vor drei Jahren durchgekommen. Die lokalen Anhänger der Arbeiterjugend sind davon überzeugt, dass es sich beim Anti-Dühring um eine historische Persönlichkeit handelt!«

»Etropole ist ein bisschen weiter dort drüben, im Nordosten …«, deutete Courage unerschütterlich.

»Dort drüben ist Südwesten«, korrigierte ihn Monika.

In ihrer Hand lag ein kleiner Kompass. Sie hatte ihn zu ihrem elften Geburtstag bekommen. Ihre Hauslehrerin, Miss Croft, hatte jedem der beiden Mädchen einen Taschenkompass geschenkt, und, was noch wichtiger war, sie hatte sie gelehrt, damit umzugehen. »Man weiß nie, wann man ihn brauchen kann …«, wie sie gern sagte.

Spät in der Nacht erreichten sie endlich eine hügelige Gegend, genannt Progon, in der Umgebung von Etropole. Sie wuschen sich die Füße am Brunnen, der zum Andenken an die Schlachten während des Russisch-Türkischen Kriegs erbaut worden war. Dičos Fuß war geschwollen, wo ihn das Tellereisen erwischt hatte, und nur mit Mühe gelang es ihm, seinen Schuh auszuziehen. Sie aßen schnell etwas. Die Nacht verbrachten sie in den Sträuchern, am Morgen kehrten sie zum Brunnen zurück, wo Dičo, Extra Nina und Monika sich umzogen, die Zivilkleidung hatten sie im Rucksack dabei. Monika schminkte erst sich selbst, dann befasste sie sich mit der Politkommissarin. Nina machte die ganze Zeit über ein finsteres Gesicht und wollte sich nicht einmal im Spiegel sehen, weil sie davon überzeugt war, wie eine Schlampe auszusehen.

»Du bist schön …«, versicherte ihr das Mädchen, als es noch ein wenig Puder auf ihre Nase auftrug, um den Kratzer, den sie sich an einem Schwarzdorn geholt hatte, zu verdecken. »Sind wir nicht schön?«

Sie öffnete das Schirmchen, drehte sich auf dem Absatz um und warf dem Gräber einen Blick über die Schulter zu.

»Büchschen!«, schnaubte er nachsichtig.

***

Gegen halb elf tauchten auf der zentralen Straße Osvoboždenie, was nichts anderes als »Befreiung« heißt – jede bulgarische Stadt hat eine Straße dieses Namens, auch Etropole –, gleichsam aus dem Nichts drei merkwürdige Gestalten auf. Sie schienen direkt von der Bühne einer fahrenden Theatertruppe heruntergestiegen zu sein, die »Onkel Wanja« im örtlichen Lesesaal zum Besten gab. Die Frauen trugen lange, cremefarbene Kleider, deren Saum durch den Staub schleifte, und an ihren Ärmeln hing welke Spitze wie Schimmel. Die jüngere, noch ein Mädchen, hatte ein beeindruckendes Dekolletée und spielte mit einem nicht sonderlich sauberen Schirmchen herum. Die andere trug einen absurden Hut mit künstlichen Früchten auf dem Kopf. Die Gesichter beider waren grell geschminkt, fast schon provokant. Hinter ihnen schlich mit einem Korb in der Hand ein junger Mann, der auf dem rechten Bein hinkte. Er trug ein weißes, gestreiftes Sakko, eine dunkle Sonnenbrille und einen beigen Panamahut. Er sah aus wie ein Tierarzt, der in seiner Freizeit Gedichte schreibt. Als Ganzes erregte die Gruppe definitiv Aufmerksamkeit. Ein Fleischer, der gerade das Zicklein häutete, das auf dem Haken vor seinem Laden hing, legte das Messer weg und schüttelte den Kopf. Aus den Nachbarläden zeigten sich weitere Köpfe. Die wenigen Passanten blieben stehen und sahen den dreien lang und missbilligend nach. Die Gruppe begab sich zum Genossenschaftsladen an der Ecke zur Vălčitrănska-Straße.

Extra Nina bemerkte das ungesunde Interesse, das sie geweckt hatten, und biss sich nervös auf die Lippen, um den verfluchten Lippenstift wegzubekommen. Ihr kam es vor, als würde gerade er die Blicke auf sich ziehen. Ohne es zu merken, beschleunigte sie ihre Schritte und stürmte fast im Laufschritt in den Laden. Das Glöckchen über der Tür begann ohrenbetäubend zu läuten.

»Renn doch nicht so!«, ächzte Dičo.

Im Laden waren nur zwei Kunden – Schäfer aus dem Nachbardorf Lăga, die Streichhölzer und Meersalz kauften. Ein weiterer Mann saß auf der Bank an der Wand, er las Zeitung und trank Limonade. Der Ladenbesitzer Onkel Spiro notierte etwas auf einem Stück Packpapier. Das heftige Läuten des Glöckchens ließ sie alle zur Tür sehen.

»Guten Tag!«, grüßte Extra Nina unnatürlich laut.

Die Dorfbewohner machten große Augen. Der Mann legte die Zeitung weg, und auf seinem Schoß kam eine Uniformmütze zum Vorschein. Onkel Spiro steckte sich den Bleistift hinters Ohr, aus dem spitze, graue Haare quollen. Sein geschultes Kaufmannsauge erkannte sofort, dass hier etwas nicht stimmte, aber seine Intuition riet ihm, diese Zweifel für sich zu behalten.

»Hoffentlich wird er gut …«, nickte er. »Was wünschen Sie?«

Die Regale hinter ihm waren halb leer. Es waren Kriegsjahre, und vom einstigen Überfluss waren nur Erinnerungen übrig geblieben. Neben der Kasse stand ein Blech mit verschrumpelten Oliven, Halva in Blöcken und Zwetschgenmarmelade, die man mit der Säge hätte schneiden müssen. Weiter hinten waren Fabrikwaren und Bedarfsartikel gestapelt: Linon, Hanfseil, Draht, Petroleumkanister, Ofenrohre …

»Haben Sie Tee?«, fragte Monika mit glockenheller Stimme.

»Was für Tee?«

»Schwarzen, englischen …«

Sie hatten ausgemacht, auch andere Waren zu kaufen, nicht nur Batterien, wie ganz normale Kunden, um keinen Verdacht aufkommen zu lassen, aber sie hatten vergessen, sich eine Liste zu machen. Und jetzt zermarterte sich jeder das Hirn, um sich etwas Passendes auszudenken.

Onkel Spiro nahm eine Blechdose vom Regal, schraubte den Deckel ab und drehte sie zu dem Mädchen. Am Boden befand sich nur ein wenig schwarzer Staub.

»Das ist alles …«

»Dann zwei Kilogramm Halva«, brachte Extra Nina steif heraus.

Die Schäfer sahen einander an, packten ihre Einkäufe in die Taschen und hatten es plötzlich eilig, sich an der merkwürdigen Gruppe vorbei davonzustehlen, sogar ohne »Auf Wiedersehen« zu sagen. Mit den Borsten auf ihrem Rücken hatten auch sie eine unklare Gefahr wahrgenommen. Der Mann hatte die Zeitung beiseitegelegt und ließ sie jetzt nicht mehr aus den Augen. Dičo erkannte mit Entsetzen den Postboten, der seinerzeit nicht aufgehört hatte, seiner Tante auf die Nerven zu gehen. Er sah etwas älter aus, aber immer noch genauso bereit, seine Nase in fremde Angelegenheiten zu stecken. Ob er ihn erkennen würde?

»Sie, dings …«, begann der Mann, »Sie sind doch nicht etwa im Sanatorium abgestiegen?«

»Dort ist unser Bruder, und wir sind nur zu Besuch hier«, antwortete Extra Nina trocken und der Legende entsprechend.

Onkel Spiro wog die Halva ab, wickelte sie in Papier ein und sah die Gruppe fragend an.

»Und zehn Meter Hanfseil«, murmelte Dičo.

»Vom dicken oder vom dünnen?«

»Vom mittleren.«

»Es gibt kein mittleres!«

»Dann eben vom dünnen …«, winkte er ab.

»Und haben Sie Eau de Cologne?«, meldete sich Monika.

Onkel Spiro ging mit langsamen Schritten zurück zum Regal und holte einen großen Flakon herunter. »Eine Bulgarische Rose«, stand auf dem Etikett. Das Mädchen drehte den Verschluss auf, roch daran und machte ein leicht ärgerliches Gesicht.

»Wir nehmen drei.«

»Es ist nur dieser eine übrig«, informierte sie der Ladenbesitzer. »Die Deutschen haben die anderen gekauft.«

»Was für Deutsche?«, Extra Nina zuckte zusammen.

»Soldaten. Sie sind im Sanatorium abgestiegen. Sie erholen sich von der Ostfront.«

»Sie sind doch auch im Sanatorium abgestiegen?«, warf der Postbote ein.

Onkel Spiro tat so, als hätte er es nicht gehört. Er schnitt zehn Meter vom dünnen Hanfseil ab, wickelte es um seinen Ellenbogen und legte es neben die Halva und das Eau de Cologne.

»Und zwanzig Batterien«, sagte Extra Nina endlich.

Es war Zeit, von hier zu verschwinden.

»Es gibt keine«, breitete der Besitzer die Arme aus.

»Was?! Haben die auch die Deutschen gekauft?«

»Sie waren kurz vor Ihnen da. Sie haben alle Batterien aufgekauft. Sicherlich um *Lili Marleen* zu hören, was weiß ich. Wie auch das Bier …«

»Scheiß auf das Bier!«, explodierte Nina.

In diesem Moment war das charakteristische Nageln eines Dieselmotors zu hören. Auf der Straße hielt ein Kübelwagen in Tarnfarben, die deutsche Entsprechung zum Jeep. Auf der Motorhaube war ein Reserverad angebracht. Aus dem Auto sprangen zwei athletische Deutsche mit bläulichen Uniformen und stürmten in den Laden, ohne den Motor abzustellen. Der eine hielt eine Flasche Eau de Cologne vor sich hin und wiederholte mit schmerzverzerrter Stimme pathetisch:

»Ne Obstler!!! Ne Obstler!!!«

»Was soll es denn sonst sein?«, Onkel Spiro verschränkte unerschütterlich die Arme vor der Brust.

»Das ist Eau de Cologne!«

»Ja, sag ich doch …«

»Obstler ist ein deutsches Wort für einen Schnaps«, mischte sich Monika ein.

»Ja, ja, Schnaps«, nickte der andere.

»Dann sagt das doch gleich!«, lachte der Ladenbesitzer. »Was ist denn dieser Obstler …«

Kurz darauf standen einige Einliterflaschen Zwetschgenschnaps aus Teteven auf dem Tresen. Onkel Spiro nahm gekränkt sein Eau de Cologne zurück und versuchte sofort, es Monika anzudrehen. Sie hatte allerdings jegliches Interesse an der Ware verloren.

»Danke, Fräulein! Danke!«, wiederholte der Größere der beiden Deutschen, den Arm voller Flaschen.

»Bitte …«, das Mädchen senkte den Blick und fuhr auf Deutsch fort, wobei sie vorsichtig die Worte wählte und sich bemühte, die komplizierte Wortstellung einzuhalten: »Liebe Soldaten, wären Sie so freundlich, uns zum Sanatorium mitzunehmen? Mein Bruder hat sich den Fuß verrenkt und kann nicht so weit gehen. Das ist meine ältere Schwester Nina. Unser Vater hat ein eigenes Haus …«, reihte sie die Worte wie im Lehrbuch aneinander. »Wir wohnen ebenfalls im Sanatorium. Und wir wären Ihnen sehr verbunden, wenn Sie uns mitnehmen würden.«

Dičo und Extra Nina warfen ihr erstaunte Blicke zu. Der Soldat versenkte seinen Blick in ihrem breiten Dekolletée. Der goldene Flaum zwischen den prallen Halbkugeln schimmerte zart.

»Ja, ja, natürlich!«, kam ihm der andere zuvor.

Onkel Spiro schnalzte nur mit der Zunge. Der Postbote hob seine Limonade hoch, als wollte er ihnen zuprosten, und verabschiedete sie mit neidischen Blicken.

»Was tust du da?!«, zischte Nina.

»Sie haben die Batterien …«, flüsterte das Mädchen.

Die drei nahmen auf dem Rücksitz inmitten der Einkäufe Platz. Die Soldaten hießen Dietrich und Otto und hatten keine anderen Waffen als die Pistolen, die sie im Gürtelholster trugen. Dietrich fuhr, und Otto drehte sich von Zeit zu Zeit um, um Monika anzustarren. Sie brachte sie dazu, beim Zeitungskiosk anzuhalten, sprang aus dem Auto und kam mit einem dicken Stapel Zeitungen zurück. Am Ortsausgang wurden sie von zwei Polizisten auf Fahrrädern mit »Heil Hitler!« gegrüßt. Der Kübelwagen holperte über die grob gepflasterte Piste. Die Flaschen im Kofferraum klirrten.

Dietrich stimmte fröhlich an:

»Wenn die SS und die SA aufmarschiert …«

»Tra-la-la-la, tra-la-la-la!«, sang Otto mit.

Monika griff in den engen Schlitz, den sie an diesem Morgen in ihr Kleid geschnitten hatte. Sie erreichte den Griff der Pistole, die auf der Innenseite ihres Oberschenkels befestigt war, zog sie heraus und versteckte sie unter den Zeitungen. Extra Nina tat es ihr unbemerkt gleich. Als sie ihre Hand wieder aus dem Kleid zog, hielt sie eine Walther. Dičo suchte nach dem Sicherungsstift der Handgranate in seiner Tasche.

»Denn die schwarze SS und die braune SA hat, was jedem heut' gefällt …«, trällerte Dietrich vor sich hin, als er die Mündung einer Pistole hinter seinem Ohr spürte.

»Halt!«, ertönte eine schrille Stimme.

Der Kübelwagen fuhr bei ein paar Haselnusssträuchern an den Straßenrand. Die beiden Deutschen stiegen mit erhobenen Händen aus. Nina und Monika gingen hinter ihnen und drückten ihnen die Pistolen zwischen die Schulterblätter. Dičo nahm ihnen eilig die Waffen ab.

»Und jetzt nimm die Batterien!«, kommandierte Monika.

Er rannte zum Auto und kam mit zwei schweren Schachteln zurück – darin mussten mindestens dreißig 1,5-Volt-Batterien sein. Sie würden Moskau hören! Erst dann wurde ihm bewusst, was passiert war: Er hatte sich den Befehlen eines

17-jährigen Mädchens untergeordnet. Einer Göre … Und obendrein einer bourgeoisen Göre! Er, der Veteran der Interbrigaden, hatte es zugelassen, dass eine bourgeoise Göre ihn herumkommandierte! Dičo hatte keine Zeit, dieses Faktum zu analysieren, und er sah auch keinen besonderen Sinn darin. Die Deutschen knieten im Laub und atmeten schwer. Extra Nina und Monika hatten sie weiterhin im Visier.

»Was machen wir mit ihnen?!«, fragte die Politkommissarin, bevor sie ihrerseits erkannte, dass sie sich gerade Rat suchend an das Mädchen gewandt hatte.

»Lasst sie uns erschießen«, schlug Dičo brutal vor und versuchte so, seine Autorität wiederherzustellen.

»Unsinn!«, rief Monika. »Zunächst einmal wird man das hören, und dann wird man uns unerbittlich jagen. Und außerdem …«, sie zögerte einen Augenblick lang, »denke ich nicht, dass man Unbewaffnete töten sollte. Ich habe eine bessere Idee.«

»Was?!«, rissen die Deutschen die Augen auf, als Dičo jedem von ihnen eine Flasche Schnaps und ein paar Flaschen Bier in die Hand drückte.

»Trinken!«, befahl Monika. »Schneller, schneller!«

Dietrich und Otto sahen einander schweigend an und setzten an wie Babys, die das Fläschchen bekommen. Ihre Gesichter verzogen sich zu Grimassen, aber sie wagten es nicht, aufzuhören. Gluck-gluck-gluck, machte die Flüssigkeit. Aus ihren Mundwinkeln tropfte Schnaps.

»Stopp!«, rief das Mädchen. »Jetzt Bier.«

Die Männer machten schnell ein Bier auf und leerten es erleichtert in ihre brennenden Rachen.

»Jetzt Schnaps!«

Die Operation wiederholte sich einige Male.

»Woher kannst du Deutsch?«, fragte Extra Nina.

»Wir haben ein wenig Deutsch im Gymnasium gelernt«, antwortete Monika beiläufig. »Ich kann nicht behaupten, dass ich es wirklich beherrsche. Nur ein paar grundlegende Dinge … Ich hätte nie vermutet, dass ich es so schnell brauchen würde.«

Die Deutschen krochen schon auf allen vieren und lallten unverständliches Zeug. Neben ihnen lagen leere Flaschen herum. Otto kroch unter einen Busch und schlief ein, oder vielleicht wurde er auch ohnmächtig. Dietrich krabbelte im Kreis. Es würden Stunden vergehen, bis sie wieder nüchtern waren, und mindestens noch einmal so viel Zeit, bis sie ihre Vorgesetzten davon überzeugt hatten, dass sie mit Gewalt von zwei Frauen dazu gezwungen worden waren, sich zu betrinken.

»Schlau!«, schmunzelte Dičo. »Die Dreckschweine haben noch mal Glück gehabt …«

Er schnappte sich fünf, sechs Flaschen Bier »für unterwegs«, wie man so schön sagt, aber Extra Nina wies ihn an, sie zurückzulegen.

»Nur die Batterien!«

***

Die Gruppe sammelte sich erneut am alten Ort, ein wenig oberhalb des Brunnens. Courage und der Gräber schnalzten ungläubig mit der Zunge, während Dičo ihnen von der Aktion erzählte. Aus den zwei Deutschen waren vier geworden, und der Kübelwagen wurde zu einem Panzerwagen befördert. Dičo erzählte so spannend, dass Monika sich dabei ertappte, wie sie ihm zuhörte, als handle es sich um die Heldentaten von jemand anderem. »Jetzt mach mal halblang!«, wollte Extra Nina ihn unterbrechen, brachte es aber nicht übers Herz. Aus Erfahrung wusste sie: Wenn der Schneeball erst einmal ins Rollen gekommen war, würde er immer größer werden. Und schließlich hatten die Genossen auch etwas Selbstbewusstsein nötig.

Bevor sie aufbrachen, stopften Nina und Monika die Stadtkleidung in ein Loch unter dem Wurzelwerk und bedeckten es mit Blättern.

»He, Monika«, die Politkommissarin berührte ihre Hand. »Du bist verdammt unverantwortlich vorgegangen, du dumme Ziege, aber dieses Mal werde ich es dir noch verzeihen …«

Das Mädchen spürte, wie ihre Ohren ganz heiß wurden.

»Alles ist gut, wenn es gut ausgeht«, erwiderte sie flüsternd.

In diesem Augenblick war das Brummen eines Lastwagens zu hören. Er fuhr den Abhang hinauf und hielt mit quietschenden Bremsen an. Die hintere Klappe ging auf. Man hörte Stimmen und das Geräusch von Stiefeln. Dičo gab ihnen ein Zeichen, sich hinzulegen.

»Soldaten! Sie haben am Brunnen gehalten.«

Durch die Äste, ungefähr 30 Meter von ihnen entfernt, waren Uniformen zu sehen.

»Deutsche?«, meldete sich Monika kleinlaut.

»Was für Deutsche denn …«, zischte der Gräber.

Die Soldaten tranken Wasser und füllten ihre Feldflaschen. Es waren an die zwanzig Mann – ein Teil von ihnen mit Maschinenpistolen bewaffnet. Sie hatten auch zwei leichte Maschinengewehre. Wohin sie wohl unterwegs waren? Die Partisanen beobachteten sie, versteckt hinter den Baumstämmen. Die Herzen schlugen ihnen bis zum Hals. Monika lag auf einem Ameisenhügel, und die Ameisen krochen unter ihre Kleidung. Aber sie ertrug es schweigend.

»Los, schneller!«, war die Stimme des Anführers zu hören.

»Cekov, ist das deine Feldflasche?«, rief einer der Soldaten. »Wem gehört diese Feldflasche? Schaut mal, was da geschrieben steht: *Freiheit oder Tod.* Und sogar ein fünfzackiger Stern ist drauf, Mannohmann!«

»Das ist nicht meine! Das ist nicht meine!«, verneinten die Soldaten im Chor.

»Verflucht!«, ächzte Courage. »Ich habe sie dort vergessen …«

Stachanowismus und Populärkultur

Die zweite Ausgabe der Wandzeitung »Moskauer Echo« bestand aus drei großen Tafeln aus Karton – jede von ihnen zwischen zwei Holzleisten aufgespannt wie eine Landkarte. Die Genossen scherzten, es müsse »Waldzeitung« statt »Wandzeitung« heißen, weil sie an den Stämmen der verzweigten alten Buche mitten auf der Waldlichtung aufgehängt war. Die erste Ausgabe des »Echos« war bei dem Hinterhalt in Tričavoto unwiederbringlich verloren gegangen, bevor sie überhaupt veröffentlicht worden war. Sie war um einiges bescheidener gewesen: drei Spalten, grob von Hand geschrieben, und fast gar keine Illustrationen, wenn man von dem krummen Hammer und der schiefen Sichel in der Kopfzeile absah. Aber damals funktionierte Medveds Radio noch: Die Neuigkeiten kamen aus der Zentrale, und so konnte man inhaltliche Analysen der internationalen Lage anfertigen. Medved hoffte insgeheim sogar, der Feind würde dieses Material lesen und ernsthaft über sein Schicksal nachdenken. Doch jetzt war die Situation eine andere. Es gab keine Nachrichten, dafür verfügten sie über einen Haufen Bleistifte, Farben, Pinsel und andere Schreibutensilien, in deren Besitz Hölle höchstwahrscheinlich gelangt war, als er einen reisenden Papierwarenhändler enteignete. Deshalb wurde auch der Beschluss gefasst, den Akzent auf die künstlerische Laienarbeit zu legen.

In der Einheit gab es ziemlich viele Naturtalente, die endlich die Möglichkeit bekamen, sich auszuleben. Medved trat für die Zwecke der Wandzeitung eine der zwei Schreibmaschinen ab – die schlechtere. Auf ihr schrieb Lozan seine Gedichte »Kleiner Köhler« und »Hurtiger Holzfäller« ins Reine, die ganz in der Tradition der Lyrik des Arbeitskampfes gehalten waren. Gedichte schrieb auch Svilen. Er hatte vor Jahren sogar etwas im »Schülerblatt« veröffentlicht und hütete den Zeitungsausschnitt in seinem Rucksack wie seinen Augapfel. Das Werk hieß »Die Tochter und der Weichensteller«. Seit damals hatte er zumindest noch zehn weitere Gedichte geschrieben, einschließlich eines Texts mit der Überschrift »Die rauen Hände Onkel Damjans«, der nur schwer einem Genre zuzuordnen war. Unter dem Eindruck des allgemeinen Enthusiasmus stürzte sich auch der Nagel in die Aufgabe, eine »Ode an den Stachanow-Arbeiter Smetanin« zu verfassen, aber nach der dritten Strophe gingen ihm die Reime aus, und er gab auf. An ihre Stelle traten zwei Gedichte Vapcarovs, die Extra Nina auswendig kannte und Gabriela diktiert hatte, bevor sie sich auf den Weg machte. Der Strunk, der Gebildetste unter den Bauernbündlern, wollte den Artikel »Wie es Tolstoi nicht gelungen ist, die Herzen der armen Bauern zu gewinnen« beitragen – er selbst war ein ehemaliger Tolstojaner, der von der Passivität der Bewegung enttäuscht war. Der Artikel wurde aber viel zu lang – ganze 17 Seiten! Man schlug ihm vor, ihn zu kürzen oder durch einen anderen, kürzeren und konziseren Beitrag zu ersetzen, der für eine Wandzeitung geeignet war. Das kränkte ihn.

Aber an Beiträgen fehlte es ohnehin nicht …

Botev beteiligte sich mit dem Text »Was habe ich falsch gemacht – zehn schädliche Gedanken, die unser Bewusstsein vom Weg der Revolution abbringen können«. Schraube malte ein Flugzeug und einen Panzer mit der Aufschrift »Für Stalin!«, die den siegreichen Vormarsch der Roten Armee symbolisierten. Maksim (Ceko Raev aus dem Dorf Zlokučene), der bisher im Schatten seiner extrovertierteren Genossen gestanden hatte, kam überraschenderweise mit einem Zyklus Karikaturen an, die sich gegen den Aberglauben richteten. Lenin pauste Lenins Konterfei ab, das er wie eine wundertätige Ikone an seinem Herzen trug. Eine spezielle Rubrik war für die gefallenen Genossen in der sogenannten »Ecke des ewigen Ruhms« reserviert. Medved diktierte einige Zeilen über jeden von ihnen, wobei er sich auf seine Aufzeichnungen stützte, diesmal aber ohne negative Eigenschaften zu erwähnen.

Gabriela koordinierte die Wandzeitung mit einer pedantischen Konsequenz, die ihrem Charakter eigentlich fremd war und viele in Erstaunen versetzte. Sie organisierte die Beiträge, dachte sich Rubriken und Schlagzeilen aus, kolorierte, schnitt aus, klebte ein, zeichnete. Sie hatte keinen sonderlichen Hang zur Poesie, aber das Zeichnen bereitete ihr entschiedenes Vergnügen. Die Heldentaten der Stachanow-Arbeiter hatten sie schwer beeindruckt, und sie beschloss, die Idee des Nagels weiterzuentwickeln, nur eben in Bildern. Das half ihr dabei, nicht an ihre Schwester zu denken. Diese Verräterin! Sie hatten einander geschworen, sich nicht zu trennen, aber Monika hatte auf alles gepfiffen und rannte Extra Nina hinterher wie das letzte Schaf. Verräterin, sagte sie immer wieder mit Tränen in den Augen. Wenn du unbedingt willst, dann geh doch! Das große Abenteuer, na klar. Irgendwelche Batterien … Ich werde dir zeigen, was ein echtes Abenteuer ist! Sie setzte die Segel ihrer Fantasie und stach voll Tatendrang in See mit Kurs auf die wundervolle neue Welt des Stachanowismus – die Gesichter der Unbesiegbaren Kriwonos, Smetanin, Winogradowa und natürlich Alexei Stachanows selbst, wie er einen riesigen Presslufthammer schulterte!

Auch wenn ihre Technik verbesserungswürdig war, lag etwas Pulsierendes in Gabrielas Zeichnungen, ein seltsamer, fast magischer Charme. Die Stachanow-Arbeiter trugen eng anliegende Kostüme, und auf ihrer Brust prangte ein dreieckiges Emblem mit dem Buchstaben »S«. Smetanin trug zwei Flaschen flüssigen Stickstoff auf dem Rücken, mit denen er seine Gegner einfror. Kriwonos fuhr ein dampfbetriebenes Amphibienfahrzeug, das sich im Bedarfsfall in ein Flugzeug verwandeln ließ. Die bedeutende Weberin Winogradowa fing ihre Feinde in stahlharten Netzen und übergab sie den Organen des NKWD. Stachanow selbst trennte sich nie von seinem furchteinflößenden Presslufthammer, mit dem er nicht nur Schädel zertrümmern, sondern seine Ziele auch aus weiter Entfernung treffen konnte. Der größte Feind der Stachanow-Arbeiter war der böse Trotzki – ein missgestalteter, grüner Zwerg, der durch die Tunnelröhren der Moskauer Metro schlich und die sowjetische Industrie sabotierte. Nach jeder Missetat entsprangen seinem Kopf Bläschen mit einem unheilvollen Kichern: »Ho-ho-ho!« Die Stachanow-Arbeiter schüttelten die Fäuste und entließen zornige Wolken: »Wenn ich dich nur in die Finger kriege!« Im letzten Bild zerquetschte der Presslufthammer Trotzki wie einen Frosch – »PLATSCH!«.

Die Geschichte über die Stachanow-Arbeiter rief ein bisher nie da gewesenes Interesse hervor. Sie nahm die ganze dritte Seite der Wandzeitung ein, und alle versammelten sich sofort vor ihr. Nur Lozan und Svilen blieben allein vor ihren eigenen Gedichten stehen. Keiner gab auch nur einen Pfifferling auf Botevs Gedanken, auch nicht auf Maksims gehaltvolle Karikaturen gegen den Aberglauben. Selbst die Erinnerung an die gefallenen Genossen schien in den Hintergrund zu treten. Alle erörterten die Helden von den Bildchen.

Medved, der offiziell als Chefredakteur fungierte, platzte fast vor Stolz. Mit tiefer, wenngleich zurückhaltender Dramatik erklärte er in dem reinsten Bulgarisch, zu dem er fähig war:

»Im tiefsten Walddickicht des Balkans, inmitten der Kriegswirren, wird heute eine neue Kunst geboren. Eine Kunst, die die reinsten, geheimsten Wunschträume des Volkes nach Freiheit und Gerechtigkeit verkörpert. Die vorliegende sozialistische Kunst ist den breiten Massen verständlich und vertraut, besonders der Jugend. Eine Kunst für eine strahlende Zukunft und für die zukünftigen Generationen von Arbeitern!«

***

Gabriela selbst hatte eine wesentlich bescheidenere Sicht auf die Dinge, was ihr Werk und den Enthusiasmus anging, mit dem es begrüßt wurde; einerseits war sie geschmeichelt, andererseits verwirrt. Schade, dass Monika nicht hier war, um diesen Triumph mitzuerleben. Der Ärger auf ihre Schwester war längst verflogen und sie sah immer öfter in jene Richtung des Waldes, aus der die Versorgungstruppe kommen sollte.

Doch die Gruppe kam nicht.

In den Fußstapfen Morosows

Über die Einheit legte sich der Schatten der Ungewissheit. Die Genossen hielten sich an den festgelegten Tagesablauf: Sie hielten Unterricht, reinigten ihre Waffen, holten Wasser, sammelten Reisig, kneteten Brotteig, aber es war offensichtlich, dass sie etwas in ihrem Inneren quälte. Die Späße und Lieder hatten aufgehört. Die Gruppe hätte nach vier Tagen zurückkommen sollen, und jetzt waren schon sechs vergangen. Jede weitere Stunde vergrößerte ihre Unruhe nur noch. Medved zog sich ins Stabszelt zurück, er dachte ernsthaft darüber nach, das Lager zu verlegen. Wenn dem Feind jemand von der Gruppe lebend in die Hände fiel, war die Wahrscheinlichkeit groß, dass er der Folter nicht standhalten und sie verraten würde. Er entschied trotzdem, dass er noch einen Tag lang zuwarten konnte, aber für jeden Fall stellte er zusätzliche Wachen in 500 Metern Entfernung vom Lager auf.

Gabriela blieb oft vor der Wandzeitung stehen (der Waldzeitung, wie sie sie bereits nannten), las die Liste der Gefallenen in der Ecke des ewigen Ruhms und fragte sich mit klammem Herzen, ob sie nicht bald gezwungen wären, neue Namen hinzuzufügen. Ein Gefühl von Schuld überkam sie. Während sie sich Heldentaten ausdachte und kindische Bildchen zeichnete, war Monika wahrscheinlich in richtige Kämpfe verwickelt: Schulter an Schulter mit Extra Nina und den Männern. Die Munition ist fast aufgebraucht. Der Feind umzingelt sie. Courage fällt. Dičo wird von einer Granate zerrissen. Der

Gräber erleidet einen Bauchschuss und bettelt darum, erlöst zu werden. Zwei letzte Patronen – eine für jede von ihnen. Zwei Schüsse. Stille. Der Kopf ihrer Schwester rollt einen kahlen Abhang hinunter. Er fällt in einen Fluss und wird mit glasigem Blick, der zwischen Himmel und Erde schwankt, von der Strömung davongetragen.

***

»Hey, warum hast du Stachanow als Superman gezeichnet?«, erreichte sie eine Stimme von hinten. »Ist das nicht ein Plagiat?«

»Kara!«, sie drehte sich um.

»Monika«, korrigierte ihre Schwester sie. Das rote Tuch an ihrem Hals flatterte leicht im Wind. Die zwei umarmten sich.

»Wo seid ihr denn so lang gewesen?«

»Wenn Courage dich führt, musst du froh sein, wenn du überhaupt ankommst …«, entgegnete Monika mit schiefem Lächeln. »Komm, ich muss dir etwas zeigen.«

Die beiden Mädchen setzten sich auf die kleine Bank unter der alten Hainbuche, die der Nagel und Schraube vor nicht allzu langer Zeit gezimmert hatten. Hier saßen die Partisanen meist, um im Schnellkurs zu lesen, deshalb nannten sie diesen Ort auch die »Ideologieecke«. Es war bereits jemandem gelungen »Scheiß auf den Faschismus!« in die Lehne einzuritzen. Monika nahm die Hand ihrer Schwester.

»Was ist denn los?«

Sie holte aus ihrer Tasche eine doppelt gefaltete Zeitung hervor und breitete sie aus.

»Lies, lies!«

IN DIE FALLE GEGANGEN, WIE NAIV KANN MAN SEIN?
Zwillinge von Terroristen entführt.
Ihr Vater um 1 000 000 Leva erleichtert!

»Sie sind zurück! Sie sind zurück!«, erklangen freudige Ausrufe im Lager. Medved kam aus seinem Zelt, um die Helden persönlich zu begrüßen. Sie sahen erschöpft aus. Das Erste, was sie taten, war, ihre Schuhe auszuziehen. Dičo stützte sich auf eine grob zusammengezimmerte Krücke. In den letzten Tagen hatten sie nur Buchenlaub und einige Handvoll Mais gegessen, die sie in einer verlassenen Hütte gefunden hatten. Courage hatte sich dreimal in der Richtung geirrt, und Monika war gezwungen, ihren Weg mit dem Kompass zu finden. Der Strauch kredenzte jedem von ihnen sofort einen Schöpflöffel dicken Reheintopf. Aber sie rührten ihn fast nicht an. Extra Nina und der Gräber holten die Schachteln mit den Batterien aus ihren Rucksäcken und übergaben sie dem Kommandeur. Sie lächelte gequält:

»Towarischtsch KomBrig, bitte um Erlaubnis, Meldung machen zu dürfen. Auftrag ausgeführt.«

Er klopfte ihr väterlich auf die Schulter.

»Und der Feldwebel lässt sie vor dem Brunnen in Reih und Glied antreten und beginnt mit der Überprüfung«, erzählte Courage. »Hast du eine Feldflasche? Du hast eine. Der Nächste. Wo ist deine Feldflasche? Hier ist sie. Und wir liegen im Laub, umklammern unsere Gewehre und warten nur darauf, dass ihm ein Licht aufgeht, was für eine Feldflasche das ist und wo sie herkommt … Aber wir haben Glück: Einer der Soldaten hat keine Feldflasche. Er sagt, na ja, also ich, ich habe sie verloren … ›Ach so, Gemeiner Kalev? Der Staat hat dir eine Feldflasche gegeben, um deinen Durst zu stillen, und du verwendest sie, um Agitation gegen den Staat zu betreiben?‹ Und dann hat er angefangen, ihm mit der Feldflasche auf den Kopf zu hauen. Kalev heult: ›Das ist nicht meine, das ist nicht meine!‹ Aber der andere schreit: ›Ich werf dich in den Kerker, du rote Zecke, ich stell dich vor Gericht, an diese Feldflasche wirst du denken, solang du lebst!‹ Dann sind sie auf den Lastwagen gestiegen und haben sich irgendwohin verdünnisiert. Ha, diese Trantüte Kalev hat uns gerettet! Nur dass meine Feldflasche futsch ist …«

Alle brachen in Gelächter aus, mit Ausnahme der Teilnehmer dieses Abenteuers, das einem den Atem stocken ließ. Dičo und der Gräber sahen ihn wütend an.

»Und wo ist die Genossin Monika?«, fragte Medved.

Nina nahm ihn mit einem besorgten Gesichtsausdruck beiseite.

»Da ist etwas, das du wissen solltest …«

… vor dem zerstörerischen Einfluss der kommunistischen Ideologie sind nicht einmal die Sprösslinge der besten Familien gefeit. Der angesehene Pelzhändler S. Palaveev hat 1 000 000 Leva Lösegeld für seine Zwillingstöchter Kara und Jara bezahlt, die von Terroristen entführt worden sind. Die Polizei hat festgestellt, dass die Zwillinge, Schülerinnen des elitären Ersten Mädchengymnasiums, Kontakte zum illegalen kommunistischen Netzwerk unterhalten haben, das auf dem Gebiet der Hauptstadt aktiv ist. Auch nach der Lösegeldübergabe bleibt der Aufenthaltsort der Mädchen unklar.

Eine unmenschliche, grausame Tat, die zum wiederholten Male die Verzweiflung dieser kriminellen Elemente unter Beweis stellt! In ihrem Fanatismus zögern sie nicht, minderjährige, psychisch labile Geschöpfe auszunützen, die sie einer erbarmungslosen Gehirnwäsche unterziehen. Der arme Vater ist am Boden zerstört. In der Folge informieren seine Töchter ihn eiskalt über ihre Entscheidung, sich einer terroristischen Bewegung anzuschließen. Es besteht kein Zweifel daran, dass das Lösegeld in zukünftige subversive Aktionen »investiert« werden wird, die auf die Zerstörung der bestehenden Ordnung abzielen. Möge das Vorgefallene eine unzweideutige Warnung für alle Eltern sein, über die psychische Gesundheit ihrer Kinder zu wachen, sie im Geiste der traditionellen Werte und des Patriotismus zu erziehen und eifrig den Acker ihres Geistes vom Unkraut schädlicher Lehren zu säubern, die zweifelhafte Utopien predigen.

In Ausgabe 176 des »Amtsblatts« sagt sich Herr Palaveev öffentlich von seinen Töchtern los. Viel zu spät, finden wir. Hätten

Sie zumindest ab und zu ihren Blick von den Auftragsbüchern losreißen können, Herr Palaveev, wäre das vielleicht alles nie passiert!

Nachdem sie den Artikel zum dritten Mal gelesen hatte, hob Gabriela den Blick und sah ihre Schwester an. In ihren Augenwinkeln blitzten Tränen auf. Sie nahm all ihre Härte zusammen, schluckte die Tränen hinunter und sagte:

»Wir haben es getan.«

»Ja, wir haben es getan. Warum weinst du? Du solltest stolz sein.«

»*Alea iacta est*«, seufzte Gabriela und legte den Kopf auf Monikas Schulter. »Es gibt kein Zurück.«

In den Ästen der Hainbuche zwitscherten Meisen. Die gezackten Blätter warfen bunte Schatten. Einige rötliche, kleine Früchte fielen ihnen aufs Haar. Gabrielas Tränen liefen weiterhin wie aus einer Gießkanne mit Loch, gleichmäßig und untröstlich. Die Gestalt des Kommandeurs baute sich über ihnen auf. Er schüttelte den Kopf mit einer Mischung aus Mitleid und Vorwurf.

»Dewotschki, Dewotschki … Was habt ihr da nur angestellt, Dewotschki!«

»Wir haben unsere heilige revolutionäre Pflicht erfüllt!«, sprang Monika auf. »Unser Vater treibt Handel mit den Faschisten. Er schickt Felle an die Ostfront, aus denen sie Pelze für Hitlers Armee nähen. Sie denken doch nicht, dass er freiwillig eine Million auf das Konto der Partei überweisen würde? Das hat er davon, wenn er so gierig ist! Wie man in den Wald hineinruft, so schallt es heraus.«

»Tak, tak, so ist es«, nickte Medved. »Habt ihr euch diesen genialen Plan ausgedacht?«

»Wir wollten den Genossen beweisen«, fuhr das Mädchen keuchend fort, »dass wir keine bourgeoisen Gören sind. Der Kampf fordert Opfer. Mit diesem Geld werden Sprengmittel für die Kampfgruppe des Genossen Brand gekauft werden.

Mit ihnen wird die Polizeidirektion in die Luft gesprengt. Das wird ein vernichtender Schlag für die Regierung sein.«

»Vater hat sich von uns losgesagt …«, schluchzte Gabriela plötzlich.

»Was hast du denn erwartet?«, wies sie ihre Schwester zurecht. »Dieser Mensch ist total besessen von Privateigentum! Und nenn ihn, ich bitte dich, nicht mehr ›Vater‹. Er ist nicht würdig, unser Vater zu sein!«

»Zumindest hat sich Mutter nicht losgesagt.«

»Da steht nichts davon, dass sie sich losgesagt hätte«, stimmte Medved kühl zu. »Aber was zählen Frauen schon in der bourgeoisen Gesellschaft …«

Medved ließ prüfend den Blick von einer zur anderen wandern. Sein Gesicht blieb undurchdringlich, obwohl hinter der steinernen Fassade offensichtlich irgendwelche Gedankengänge abliefen … Dann erklärte er ausdruckslos:

»Euer Vorgehen, Dewotschki, kann man nur mit der Heldentat Pawlik Morosows vergleichen!«

»Wer ist Pawlik Morosow?«

»Ein ganz gewöhnlicher sowjetischer Maltschik, ein Junge. Insofern ein sowjetischer Junge gewöhnlich sein kann …«, murmelte er. »Gründer der Pionierbewegung im Dorf Gerasimowka. Er übergibt seinen Vater den Organen der Sowjetmacht wegen des Versteckens von Getreide und der Unterstützung großbäuerlicher Elemente. Er führte die Durchsuchung ihres eigenen Hofs an. Später zeigt er den Mann seiner Tante wegen des Diebstahls von staatlichem Weizen an. Als Resultat seiner Wachsamkeit und seiner mutigen und entschlossenen Taten wurde noch eine große Zahl anderer Übeltäter entdeckt. Pawlik und sein kleiner Bruder wurden im nahe gelegenen Wald vom Cousin ihres Großvaters erschlagen, einem ehemaligen Kulaken. Heute tragen eine Reihe von Kolchosen und Pioniereinheiten im ganzen Land den Namen Pawlik Morosows. Gorki nennt ihn *eines der kleinen Wunder unserer Epoche …*«

»Und was wurde aus seinem Vater?«, fragte Gabriela.

»Verurteilt und umerzogen«, erwiderte Medved kurz.

»Ich bin sicher, dass eines Tages auch unser Vater seinen Irrtum erkennen wird«, seufzte Monika. »Er wird begreifen, dass wir so richtig wie möglich vorgegangen sind, und vielleicht wird er uns um Verzeihung bitten …«

»Ich bin überzeugt, dass es genau so sein wird«, sagte Medved trocken.

Die Rote Armee rückt vor

Am selben Abend wurde endlich die lang ersehnte Verbindung zur Zentrale hergestellt. Es tauchte ein neues technisches Problem auf, das um ein Haar das feierliche Ereignis überschattet hätte. Es zeigte sich, dass die mit so viel Mühen und Risiko beschafften Batterien nicht in das sowjetische Radio passten! Sie waren flach, das Radio funktionierte mit runden. Aber Medved war dafür ausgebildet, sich in allen möglichen und unmöglichen Situationen zurechtzufinden. Er öffnete das Radio, zog die Stromkabel heraus und verband sie direkt mit den Batterieklemmen.

Um fünf vor sieben stellte sich der Kommandeur in der Mitte der Wiese auf und zog die Teleskopantenne aus. Der silbrige Aluminiumstab ragte in den dämmernden Himmel. Sie war ungefähr zwei Meter lang. Das Kügelchen an ihrer Spitze berührte fast den Abendstern, der bereits am Horizont aufgegangen war. Die Partisanen sammelten sich im Halbkreis, schweigsam und ernst. Die Blicke waren starr auf die kleine schwarze Schachtel in Medveds Händen gerichtet. Er erkannte gleichsam die Dramatik des Augenblicks und wartete einige Sekunden ab, um sie noch zu verstärken. Danach drehte er am Knöpfchen. Das grüne Äuglein des Radios leuchtete auf. Es war ein Knacken und Rauschen zu hören …

Zwei Partisanen schoben Onkel Metodi nach vorn. Extra Nina nahm ihn wie ein kleines Kind bei der Hand und hieß ihn, sich Medved zu Füßen zu setzen. Der Kommandeur sah sie verblüfft an.

»Stellt das Radio auf seinen Kopf«, rief jemand.

»Ja, ja, auf den Kopf!«, unterstützten ihn die anderen.

»Was!?«, riss Medved die Augen auf.

»Es wird mehr Wirkung zeigen, Towarischtsch Kom-Brig …«

»Unsinn!«

Genau in diesem Augenblick kam ein klares Läuten aus dem Radio: Ding-dong-ding-dong-ding-dong-ding-dong-ding-dong … Das Läuten der Kreml-Uhr! Alle erstarrten. Das Signal ertönte noch einmal, dann folgte das bekannte:

»Goworit Moskwa, goworit Moskwa, hier spricht Moskau.«

Medved drehte die Lautstärke voll auf. Über die von der Armee umgepflügten Steppen, durch die feurige Linie der Front erreichte sie die angespannte, kräftige Stimme Juri Lewitans. Über diese Stimme hatte Goebbels gesagt, sie sei so viel wert wie eine ganze Division, und er hatte eine Belohnung in Höhe von 100 000 Reichsmark auf den Kopf Juri Borissowitschs ausgesetzt. Doch nur wenige hatten den legendären sowjetischen Sprecher je zu Gesicht bekommen, über sein Äußeres machten widersprüchliche Gerüchte die Runde, und um seinen Aufenthaltsort wurde ein großes Geheimnis gemacht wie auch um alle Details aus seinem Privatleben. Von ihm war nur eine Stimme geblieben – die Stimme der Vergeltung, die Tag für Tag die Berichte des Sowinformbjuro, des Sowjetischen Informationsbüros, vorlas und mit in den Wahnsinn treibender Beharrlichkeit wiederholte: »Der Sieg wird unser sein!«

»Heute, am 23. August, haben unsere Truppen nach erbitterten Kämpfen den Widerstand des Feindes gebrochen und die Stadt Charkow im Sturm genommen«, informierte Lewitan. Medved übersetzte, weil so gut wie niemand in der Einheit gut genug Russisch konnte. »Die sowjetischen Divisionen stießen von Westen, Norden und Osten nach Charkow vor. Es kam zu erbitterten Straßenkämpfen. Unsere Sturmtruppen verjagten die Deutschen aus den befestigten Häusern und den Verteidigungsanlagen. Die deutsche Garnison, die Charkow verteidigte, ist zerstört, die Stadt ist vollständig unter unserer Kontrolle. Der Feind hat enorme Verluste hinnehmen müssen und zieht sich unter dem Feuer unserer Truppen zurück. Eine Vielzahl von Trophäen wurde erbeutet …«

»Hurra!«, konnte sich Schraube nicht zurückhalten.

»Hurraaa! Hurrraaa!« brüllten auch die anderen.

Schirmmützen, Uniformmützen, Kappen und Fellmützen flogen in den abendlichen Himmel. Medved machte ihnen ein Zeichen, still zu sein. Onkel Metodi sah sich verstohlen um und spuckte sich in die Hemdbrust: »Puh, dass sie bloß nicht der böse Blick trifft!«

»Und wo befindet sich Charkow?«, wandte sich Monika an den Nagel.

»Nicht weit von hier, nicht weit …«, zeigte er hoffnungsvoll in Richtung hinter den Hügeln.

***

Die Ereignisse an der Ostfront entwickelten sich rasant. Am 25. August eroberte die Rote Armee die Städte Senkow und Achtyrka zusammen mit noch 60 kleineren bewohnten Ortschaften. Am 28. August wurde die Stadt Sewsk eingenommen. Es wurden 21 deutsche Panzer, 105 Geschütze verschiedener Kaliber, darunter acht Panzerhaubitzen, zwanzig Minenwerfer, 420 Lastwagen, zwei Zugladungen mit Munitionsvorräten und Kraftstoff zerstört. Erbeutet wurden elf Panzer, 74 Geschütze, 46 Minenwerferbatterien, 263 Maschinengewehre, 1000 Gewehre und Maschinenpistolen und sieben Rundfunkstationen. Am 30. August zerschlugen die Truppen an der Südfront die Taganrog-Gruppierung und eroberten Taganrog zusammen mit noch anderen 150 bewohnten Ortschaften, einschließlich des Eisenbahnknotens Kutejkowo. Am 1. September rückte die Südfront noch einmal um zehn Kilometer vor. Es wurden über dreißig bewohnte Ortschaften befreit, darunter auch die Städte Krasnyj Lutsch, Sneschnoje und der Bahnhof Schterowka. In Richtung Smolensk eroberte die Rote Armee weitere 200 bewohnte Ortschaften, einschließlich der Stadt Dorogobusch. Einige Tage später fielen Artjomowsk, Dserschinsk, Komsomolsk, Charzysk, Mospino zusammen mit noch 120 anderen Siedlungen, einschließlich bedeutender Zentren wie Krasnoje, Karlowka, Kirowo, Schelesnoje, Nowojasintowataja, Pantelejmonowka, Korsun, Gorna und Dolna Krinka … In den Kämpfen um Gorlowka hatte allein der Panzergrenadier Aleksander Negorizin eine Panzer- und fünf Feldhaubitzen, zwei Minenwerferbatterien und fünf Maschinengewehre vernichtet.

»Das nenne ich einen Stachanow-Arbeiter!«, rief Schraube aus.

Die Siege der Roten Armee freuten die Genossen und machten ihnen Mut. Medved rechnete aus, dass die Frontlinie seit dem letzten Mal, als sie die Stimme Moskaus gehört hatten, um mindestens 200 Kilometer vorgerückt war. Sich die Namen aller eingenommenen Städte zu merken, war unmöglich. Die eifrigeren Genossen schrieben sie sich auf, um sie nachher in die Baumrinden zu ritzen. Medved sprach sich scharf gegen diese Praxis aus: Eine der Grundregeln der Geheimhaltung war es, keine Spuren an den Orten zu hinterlassen, wo man sein Lager aufschlug. Aber der Enthusiasmus war stärker als die Vernunft.

»Jetzt ist den Faschisten nicht danach. Sie spüren, dass Hitler im Eimer ist, und wagen es nicht, in die Nähe des Waldes zu kommen«, spottete Lenin. »Es steht schlecht um sie. Im Frühling werden unsere russischen Brüder die Donau überqueren.«

»Im Frühling?! Wenn ich mir anschaue, wie sie losgelegt haben, könnten sie schon im Winter hier sein!«, spuckte Schraube große Töne.

»So Gott will, so Gott will«, nickte Onkel Metodi, bis ihm jemand einen Schlag auf den Hinterkopf verpasste, damit er wieder zu sich kam.

»Welcher Gott, Mann! Gitler kaput, Hitler ist im Eimer!«

»Gitler kaput, Gitler kaput!«, skandierten die anderen.

»Wir müssen nur noch so lange aushalten«, fasste der Gräber ernst zusammen.

Inspiriert durch die Heldentaten Negorizins, beschloss Gabriela, die Geschichte über die Stachanow-Arbeiter weiterzuführen. Nachdem Trotzki liquidiert war, machte sich die Brigade Stachanows in Windeseile daran, Hitlers Horden zu zerschlagen. Zu ihnen stieß natürlich auch besagter Negorizin. Stachanow knackte die faschistischen Panzer wie Walnüsse, Kriwonos fuhr alles mit seinem dampfbetriebenen Fahrzeug platt, und Winogradowa fing mit ihrem Netz ganze Kompanien ein, die Smetanin in der Folge einfror.

Die Partisanen waren begeistert, sogar Extra Nina zeigte sich beeindruckt von den Möglichkeiten, die diese innovative Form anschaulicher Agitation bot. Nur Monika murmelte etwas, die Augenbrauen streng zusammengezogen:

»Wenn es doch nur so leicht wäre …«

»Du bist nur neidisch, gib's doch zu!«, stichelte ihre Schwester.

»Unsinn!«, sagte sie scharf. »Schaut euch an, was die sowjetischen Partisanen tun! Und wir rufen hier nur ›Hurra!‹ und kritzeln auf die Bäume … Eine Schande!«

Die Informationen über die Aktionen der sowjetischen Partisanen im Rücken des Feindes waren ein nicht wegzudenkender Teil des Bulletins des Sowinformbjuro. Nachdem er die Nachrichten über die titanischen Zusammenstöße an den Fronten verlesen hatte, machte sich Lewitan daran, die Heldentaten der Partisanen aufzuzählen. Einige weißrussische Einheiten, die in der Gegend von Witebsk aktiv waren, hatten eine erfolgreiche Operation zur Zerstörung des Verkehrs- und Nachrichtennetzes des Feindes durchgeführt. Es wurde eine

Reihe von Brücken gesprengt. Die Weichen und Signalanlagen eines großen Bahnhofs wurden zerstört wie auch eine Zugladung Kriegsmaterial. Auf einem anderen Bahnhof wurden deutsche Lagerhäuser mit Treibstoff, Munition und Futtermitteln angezündet. 147 feindliche Soldaten wurden gefangen genommen. Die Partisaneneinheit von Minsk hatte eine mutige Attacke gegen die örtliche deutsche Garnison ausgeführt. 90 Soldaten und Offiziere wurden unschädlich gemacht. 48 wurden gefangen genommen. Folgendes wurde erbeutet: ein Geschütz, zwei Minenwerfer, sieben Maschinengewehre, 113 Gewehre und Maschinenpistolen, eine Rundfunkstation. Eine Gruppe von Partisanen, die in der Gegend von Kamenezk-Podolsk operierte, kippte einen gepanzerten deutschen Zug um. Die Lokomotive, zwei Waggons und vier gepanzerte Rampen wurden zerstört. Fast die ganze Besatzung kam dabei um. Eine Partisaneneinheit, die in der Gegend von Gomel operierte, sprengte innerhalb von nur einem Tag vier Brücken. Über 80 Nazikollaborateure wurden getötet …

Neben Freude und Hoffnung weckten diese Nachrichten auch das bittere Gefühl von Hilflosigkeit. Gabriela war gezwungen zuzugeben, dass in den Worten ihrer Schwester eine große Portion Wahrheit lag. Seit drei Monaten war die Einheit untätig. Der trockene, heiße Sommer war unmerklich vorbeigegangen. Die Morgen wurden immer kühler. Das Gras war im Morgengrauen überzogen mit eisigem Raureif. Der Wald nahm langsam eine rötliche Färbung an.

Anfang September organisierte Medved einige taktische Manöver, die den Partisanen einen Teil ihres Selbstbewusstseins zurückgaben. Während dieser Manöver teilte sich die Einheit in Faschisten und Kämpfer aus dem Volk auf. Die Faschisten bewachten strategische Objekte: Brücken, Lagerhäuser, Treibstofftanks, Flughäfen etc. Die Kämpfer aus dem Volk hatten die Aufgabe, sie unschädlich zu machen und die entsprechenden Objekte zu zerstören. Die Rollen wurden ausgelost, und nach jeder Aktion wurde getauscht, damit es gerecht zuging. Das Gefühl von Echtheit wurde durch die Uniformen, die Medved sie zu tragen anwies, noch gesteigert. Diese Uniformen, die bekannten und unbekannten Gesetzeshütern abgenommen worden waren, lagen zusammen mit den anderen Lumpen in der Höhle. Die meisten von ihnen waren schon vergammelt, sie stanken nach Kadavern, Knöpfe und Gürtelschlaufen waren abgefallen, auf manchen waren auch deutlich Blutflecken zu sehen. Wenn sie sie trugen, sahen die Kämpfer, die die Faschisten spielten, wie eine gespenstische Armee aus, die soeben der Unterwelt entstiegen war. Bei ihrem Anblick machte sich Onkel Metodi sofort daran, Pflöcke anzuspitzen und Knoblauch aufzufädeln.

Die Bilanz der Manöver war beeindruckend.

Gesprengt: sieben Kerosintanks, zwei Munitionslager, ein Funkstörsender sowie drei Eisenbahnbrücken, über die Güterzüge mit Nahrungsmitteln, Fellen und Wein für die Ostfront fuhren. Verbrannt: sieben Lastwagen und zehn Kübelwagen. Bei den Kampfhandlungen wurden 82 Faschisten liquidiert, 26 gefangen genommen. Folgende Waffen wurden erbeutet: zehn Maschinengewehre, drei Minenwerfer, zwei leichte Feldhaubitzen, 114 Gewehre und Maschinenpistolen.

»Wenn wir jetzt auch eine echte Brücke sprengen, wäre das nicht verkehrt«, merkte Gabriela zufrieden an.

Sie sagte es ohne jegliche Hintergedanken oder Spott – ganz spontan, so wie es ihr in den Sinn gekommen war. Monika brach in Gelächter aus. Medveds Gesicht wurde finster. Es trat peinliches Schweigen ein.

»Ich kenne eine Brücke, die sich sehr gut zum Sprengen eignet«, meldete sich Dičo. »Kurz hinter Krivodol, wo der Zug den Fluss Botunja überquert. Vor dem Krieg reiste ich nach Vidin und sagte mir: Wenn hier jemand ein paar Stangen TNT reinsteckt, gibt das ein großes Unglück … das kann man sich gar nicht vorstellen!«

»Ich kenne die Brücke! Im Jahr 23 ist das Heer dort über den Fluss gegangen, um die Stadt Bojčinovci einzunehmen«, mischte sich Onkel Metodi ein, in dessen verwirrtem Geist von Zeit zu Zeit Funken der revolutionären Vergangenheit aufglimmten. »Wir hätten sie schon am 23. September sprengen sollen, aber Gavril Genov zögerte. Und statt uns auf den Weg nach Vraca zu machen, führten wir eine Schlacht um Bojčinovci und verloren wertvolle Zeit …«

»Sag mal, Onkel Metodi«, mischte sich Schraube ein. »Stimmt es wirklich, dass ihr bei Bojčinovci Sonnenblumen gepflückt habt, damit es so aussieht, als würdet ihr Gewehre tragen?«

»Wir hatten nur wenige Gewehre …«, stimmte der Veteran unbestimmt zu.

»Bauern mit Knüppeln / mit bloßen Händen / mit Treibstacheln / mit Kreuzhacken / mit Forken / mit Äxten / mit Beilen / mit Sensen / und Sonnenblumen / jung und alt / stürzten sie von allen Seiten heran / wie eine freigelassene Herde / blinder Tiere …«, rezitierte Extra Nina in einem Zug und fügte unerwartet hinzu: »Diese Sonnenblumen sind mehr wert als 10 000 Gewehre, weil sie Geo Milev zu seinem unsterblichen Poem ›September‹ inspiriert haben!«

»Also gut, warum sprengen wir diese Brücke nicht einfach?!«, rief Monika.

»Genau, wir brauchen doch bloß die Lunte anzuzünden …«, warf der Gräber lässig ein.

»Wir werden den ganzen Landkreis Vidin abschneiden!«, rieb sich der Strunk die Hände.

Medved lauschte diesen Gesprächen mit wachsender Verärgerung. Für ihn bestand kein Zweifel daran, dass die Genossen nur versuchten, den Zwillingen zu gefallen, sich in Tapferkeit zu überbieten und sie mit ihrem Wagemut zu beeindrucken. Es hatte bereits die Runde gemacht, dass die Mädchen eine Aktion zur Enteignung ihres eigenen Vaters durchgeführt hatten und dieser sich öffentlich von ihnen losgesagt hatte. Auf das eigene Fleisch und Blut zu pfeifen und von der Familie verstoßen zu werden, das grenzte für diese

Sprösslinge des Patriarchats an die größtmögliche Selbstaufopferung im Namen der weltumspannenden Brüderlichkeit. Selbst der Tod schien ihnen begreifbarer, näher und natürlicher als solch ein schrecklicher Schritt. Und nachdem sie das getan hatten, wozu waren sie wohl noch fähig?!

»Ich sage, wir sprengen den Gaskessel bei Bochot!«, spuckte Maksim große Töne und warf einen feurigen Blick in Richtung Gabriela.

»Bochot ist zu weit weg«, murmelte ein anderer eifersüchtig. »Besser, wir jagen die Lederfabrik in Kravoder in die Luft. Dort machen sie Stiefel für die Armee. Und es ist ganz in der Nähe, nur zwei Tage von hier …«

»Es geht nicht!«, unterbrach ihn Medved jäh. »Man kann nicht einfach so etwas in die Luft sprengen! Eine Aktion dieser Größenordnung muss mit dem Zonenstab abgestimmt werden. Alles andere ist Abenteurertum, das die Partei aufs Schärfste verurteilt!«

»Und wie sollen wir es abstimmen, wenn wir keine Verbindung zum Stab haben?!«, wurde Extra Nina laut. »Ich habe mehrfach dazu aufgerufen, eine Kontaktgruppe nach Sofia zu schicken, um Direktiven zu erhalten …«

»Die Umstände waren noch nicht so weit!«, explodierte Medved. »Die Einheit musste sich konsolidieren und ihre Kampfbereitschaft wiedererlangen. Im Moment kontrollieren wir ein bedeutendes Territorium. Ist das etwa nichts?«

»Es würde mich nicht wundern, wenn sie denken, wir hätten uns selbst aufgelöst!«, bohrte sie weiter. »Überleben kann kein Selbstzweck sein. Ich weiß, dass einigen Genossen dieser Zustand recht ist. Was sie sich dabei denken, ist wohl: Die Rote Armee wird ohnehin die ganze Arbeit machen, warum sollten wir uns da in Gefahr begeben? Besser, wir erleben die Sowjetherrschaft noch. Dieses Denken ist schädlich und gefährlich.«

Medved spürte den ungesunden Wind des Pluralismus. Es war Zeit für Selbstkritik. Er suchte mit dem Blick Botev, aber jener starrte Löcher in die Luft. An seiner Stelle stand Monika auf. Sie steckte sich ein paar Locken hinters Ohr und begann erregt:

»Ich unterstütze die Genossin Nina voll und ganz! Untätigkeit ist verhängnisvoll für den revolutionären Geist. Seit wir im Feldlager Nachtgespenst sind, habe ich den Teig für über 1000 Fladenbrote geknetet, aber nur 23 Patronen verschossen! Versteht mich nicht falsch. Für mich ist es eine Ehre, dieses edle Handwerk des Volkes auszuüben, aber ich bin der Meinung, dass das Verhältnis ein anderes sein müsste.«

Einige lachten, andere pfiffen, aber prinzipiell wurden ihre Aussagen wohlwollend aufgenommen. Gabriela wollte ihrer Schwester in nichts nachstehen und sprang ebenfalls auf. Ihr schlanker Körper verbog sich wie eine Feder.

»Die anschauliche Agitation muss mit aktiven Kampfhandlungen verbunden werden!«, rief sie. »Sonst bleibt es einfach nur Laienkunst. Die Stachanow-Arbeiter sind vor allem Menschen der Tat und keine Helden, die nur vom Plakat herunterlächeln.«

Stürmischer Applaus.

Eine unsichere Hand hob sich. Botev stand auf und trippelte auf der Stelle, so als müsste er aufs Klo. Er war bleich und durcheinander. Er stieg auf jemandes Fuß, ein anderer beschimpfte ihn, aber er schenkte dem keine Beachtung.

»Ich beschuldige mich selbst der Untätigkeit«, begann seine Stimme leise im Rachen zu plätschern. »Der opportunistischen Angepasstheit an die sesshaften Formen des Lebens und einer beobachtenden Haltung gegenüber der Wirklichkeit …« Plötzlich breitete er die Arme in Richtung des Feuers aus und gab einen herzzerreißenden Schrei von sich: »Ich kann nichts sehen, Genossen! Ich sehe nichts! Hilfe! Ich bin blind!!!«

Es trat ein Durcheinander ein. Zwei Genossen packten ihn unter den Armen und halfen ihm, sich hinzusetzen. Der

Strauch kam mit einer Feldflasche Schnaps angerannt und schüttete einen großzügigen Schluck in seinen Mund.

»Kannst du jetzt was sehen?«, der Kleine wedelte mit den Fingern vor Botevs Nase herum.

»Nein, ich sehe nichts …«, schluchzte er.

Der Schatten des großen Masturbators

Nur fünf Minuten später konnte Botev wieder sehen, genauso unverhofft wie er seine Sehkraft verloren hatte. Er war so erschrocken, als wäre er aus einem tiefen Brunnen voller Skorpione und Schlangen geholt worden.

In der Einheit gab es niemanden mit einer medizinischen Spezialausbildung. Seinerzeit hatte Extra Nina einen Hebammenkurs besucht. Feldscherkurse mit veterinärmedizinischer Ausrichtung hatte Tanko der Taube (Vitan Čurov aus dem Dorf Čurova Češma) absolviert, dem die Tasche mit den Arzneimitteln anvertraut war. Sie nannten ihn den Tauben, weil er auf dem rechten Ohr nicht gut hörte. Er hatte erfolgreich Lozans Wunde gesäubert und verbunden, aber in diesem Fall zuckte er nur die Achseln. Der Taube und Nina starrten vergebens in Botevs Pupillen: An ihnen war nichts ungewöhnlich oder beunruhigend …

»Hast du was direkt vom Boden gegessen? Hast du getrunken? Bist du auf den Kopf gefallen?«, befragten sie ihn beharrlich, wie es auch die richtigen Ärzte taten. »Ist dir das früher schon einmal passiert? Hast du Fälle von Blindheit in der Familie? …«

»Nee, nee, nee!« meckerte er.

Für alle Fälle durchwühlten sie seinen Rucksack auf der Suche nach einem Schlüssel für das Mysterium. Außer allerlei Männergerümpel und einer bedeutenden Menge an Zigaretten fiel auch noch ein weißer, gepunkteter Stofffetzen mit

Spitzenbesatz heraus. Eigentlich war er schon längst nicht mehr weiß, sondern eher gelblich … Extra Nina hob ihn mit zwei Fingern hoch und betrachtete ihn befremdet. Dann drehte sie sich zu den Partisanen um, die sie umringt hatten.

»Was ist das … Genossen?«

Die Männer zuckten die Achseln mit vorgetäuschtem Desinteresse.

»Meine Unterhose!«, rief Gabriela.

»Deine Unterhose?! Warum hast du sie ihm gegeben?«

»Unsinn! Wie kommst du denn darauf?!«, wehrte sie sich. »Eines Morgens war sie einfach von der Wäscheleine verschwunden. Ich dachte, eine Elster hätte sie geklaut …«

»Eine Elster!«, schnaubte Medved verächtlich.

Gabriela warf die Unterhose mit einer Mischung aus Ekel und Mitleid ins Feuer. Es war nicht klar, wo genau die Verbindung zwischen ihrer Unterhose und Botevs plötzlicher Erblindung lag, aber dass da etwas nicht in Ordnung war, merkten alle.

»Woher hast du so viele Zigaretten?«, fragte der Kommandeur streng.

Botev senkte den Kopf.

»Gib's schon zu! Gib's schon zu!«, rief Tichon gehässig. »Treibst Handel mit fremden Unterhosen, was?«

»Tschtooo, waaas?!«

»Zwei Zigaretten wollte er für diesen teuflischen Stofffetzen, Towarischtsch KomBrig! Für zehn Minuten zwei Zigaretten. Kapitalist. Gott hat ihn bestraft!«

»Tichon!«, rief Nina.

»Die Natur, wollte ich sagen«, korrigierte sich der ehemalige Mönch sofort. »Das Naturgesetz hat ihn bestraft!«

»Ich wollte keine Zigaretten! Sie haben sie mir freiwillig gegeben«, meldete sich Botev weinerlich, der endlich aus seinem Stupor erwacht war. »Ich wollte mich den Genossen gegenüber nicht ungefällig zeigen … Ich habe sie auch ohne Zigaretten verliehen. Nicht wahr? Sag schon, Maksim!«

»Ich, dings …«, stammelte der junge Mann verwirrt.

»Wozu hast du dieses Stück Stoff gebraucht?!«, fragte der Kommandeur scharf.

»Ich habe es nicht gebraucht!!!«

»Wofür! Um sich einen runterzuholen, dafür, ha-ha-ha!!!«, sagte Tichon unvermittelt. »Los, jetzt stellt euch nicht so an! Gebt es doch zu!«

»Als ob du dir nie einen runterholen würdest!«, rief Svilen.

»Na klar mach ich das«, antwortete Tichon und glättete würdevoll seinen Bart. »Aber nicht so oft. Fünf Mal gehen sie sich einen runterholen, Towarischtsch KomBrig! Bei Tag und bei Nacht. Ich wusste, dass es ein Unglück geben wird … Im Dorf haben wir einen Blinden, sie nennen ihn den Kobold. Nicht nur blind, sondern auch blöd. Meine Großmutter machte mir immer Angst damit, dass ich so werde wie er, wenn ich mir einen runterhole. Ich will deine Patschhändchen schön über der Decke sehen, drohte sie mir. Aber wer hört schon darauf … Wie viele Schläge mit Brennnesseln diese Hände über sich haben ergehen lassen, mein lieber Freund!«

Er spreizte seine groben Wurstfinger ab und schüttelte traurig den Kopf.

»Mir haben sie ebenfalls mit Brennnesseln auf die Hände geschlagen«, beschwerte sich der Strunk.

»Man wird nicht nur blind davon«, ergänzte der Gräber. »In unserem Dorf haben wir einen Manol, der ist schon seit fünfzehn Jahren gelähmt. Meine Mutter sagte immer: Hol dir nur einen runter, wenn du so daliegen willst wie Onkel Manol, hol dir nur einen runter, aber ich werde dir dann nicht den Hintern abwischen …«

»Mir hat man gesagt, dass man davon Ohnmachtsanfälle bekommt«, sagte Lozan. »Die Krankheit heißt Epilepsie, falls ihr schon mal davon gehört habt …«

»Wenn ein Kind sich am Ignatiustag im Haus einen runterholt«, flüsterte Onkel Metodi und fasste die jahrhundertealten Erfahrungen des Volkes zusammen, »dann wird das Jahr unfruchtbar. Der Samen des Ziegenbocks wird verwässern, und er wird nicht aufgehen. Die Hühner werden seltener Eier legen, und die Kühe werden nicht kalben.«

Es trat ein beklemmendes Schweigen ein. In den Erinnerungen eines jeden lebte ein in Schwarz gekleidetes Großmütterchen mit Kopftuch, das in der einen Hand Brennnesseln hielt und in der anderen eine Rute von einem Kornelkirschenbaum. Jetzt erhob sich dieses bucklige Heer aus den Ecken des Vergessens und rückte kampflustig und mutig vor, so wie es nur die uralten Großmütterchen können, wenn es darum geht, die Dämonen zu vertreiben, die in der menschlichen Natur eingesperrt sind. Mit wachsartigen Gesichtern und nach oben verdrehten Augen teilten sie schreckliche Drohungen und Unheil verkündende Weissagungen über schändliche Gebrechen, Familienflüche und einen qualvollen Tod aus.

Die Unterhose verbrannte mit einer kleinen, gewellten Flamme.

»Seit wann geht dieses skandalöse Verhalten schon so?«, fragte Extra Nina.

Botev zeigte mit dem Finger auf die Mädchen:

»Seit die da gekommen sind …«

»Was?!«, zogen Gabriela und Monika überrascht die Augenbrauen hoch.

»Du lügst doch, du Schwein!«, rief der Strauch. »Ich habe dich auch vorher gesehen, wie du dir einen runterholst! Noch in Tričavoto, während du auf Wachposten warst … Du hast die anderen damit angesteckt!«

»Ich versteh immer nur Bahnhof!«, mischte sich Gabriela ein. »Wer hat was runtergeholt und von wo? Und was soll das für eine Krankheit sein, mit der ihr euch angesteckt habt? Wir haben sie jedenfalls nicht eingeschleppt. Die letzte ansteckende Krankheit, die wir hatten, waren die Röteln, aber das ist schon ewig her.«

Jetzt konnte sich keiner mehr das Grinsen verkneifen. Selbst über Medveds Gesicht huschte etwas, das an ein Lächeln erinnerte. Extra Nina wurde, warum auch immer, rot, und die Mädchen sahen einander verwirrt an.

»Könnte uns vielleicht einmal jemand erklären, in welcher Bedeutung ihr das Verb runterholen verwendet?!«, Monikas Augen blitzten verärgert auf.

Extra Nina nahm sie verlegen beiseite. Sie war definitiv keine Expertin auf diesem Gebiet, trotz des Hebammenkurses, deshalb klang ihre Erklärung ziemlich merkwürdig. Es vergingen einige Minuten, bevor die Zwillinge kapierten, worum genau es ging.

»Ach, das war gemeint!«, rief Monika aus.

»Wir haben viel über Masturbation gelesen«, verkündete Gabriela. »In einer der Zeitschriften unserer Mutter gab es einen Artikel von einem Herrn Stekel, einem österreichischen Gelehrten. Er behauptet, Masturbation sei eine ganz normale menschliche Handlungsweise.«

»Ja, ganz normal …«, bestätigte ihre Schwester, drehte sich zu den Männern um und rief: »Ganz ruhig, Genossen! Davon wird man weder blind noch blöd, und man bekommt davon auch keine Ohnmachtsanfälle. Über Jahrhunderte hinweg wurde die Masturbation von den Kräften der Reaktion dämonisiert, um die breiten Volksmassen zu unterdrücken. Die aktuelle Forschung hat diese absurden Lügen vollständig zurückgewiesen, man ist sogar der Meinung, dass sie irreparable Schäden an der menschlichen Psyche angerichtet haben! Es lebe die freie Masturbation! Nieder mit der Tyrannei der Vorurteile!!!«

Niemand wagte es, die neue Losung aufzunehmen, so verlockend sie auch klang. Die Männer sahen Gabriela mit scheelen Blicken an, als vermuteten sie eine Falle. Oder Spott. Und auch die Großmütterchen ergaben sich nicht so leicht … Medved merkte, dass alle Augen auf ihn gerichtet waren. Es war nur eine Frage der Zeit, und er ahnte schon, was für eine Frage man ihm stellen würde.

»Und wie steht es um die Frage der Masturbation in der UdSSR, Towarischtsch KomBrig?«, fragte Schraube schüchtern.

Medved zog seine Uniformjacke zurecht, hustete und sagte dann wichtig:

»Die Frage der Masturbation steht in der UdSSR nicht auf der Tagesordnung. Die sowjetischen Menschen haben wichtigere Aufgaben zu lösen. Sie können es sich nicht erlauben, ihre Energie so leichtsinnig zu vergeuden. Wir können uns nicht auf eine regelmäßige Versorgung verlassen. Jede Kalorie ist notwendig für die Ziele des Kampfes!«

Extra Nina wartete ab, bis sich seine Worte im Bewusstsein der Kämpfer gesetzt hatten.

»Wenn es die sowjetischen Menschen können, können wir es auch!«, rief sie.

»Was mischst du dich da ein …«, murmelte Lenin.

»Genossen!«, stand Schraube mit vor Erregung zitternder Stimme auf. »Als Sekretär der Jugendorganisation verspreche ich im Namen aller vernunftbegabten Mitglieder feierlich, dass wir dieser Praxis ein Ende setzen!«

»Wir versprechen es, wir versprechen es …«, waren zögerliche Stimmen zu hören.

Medved kratzte sich skeptisch. Botev stand mit gesenktem Kopf am Feuer. Als er an ihm vorbeiging, blieb der Kommandeur kurz stehen und fixierte ihn mit diesem schweren, starren Blick, dem alle auswichen.

»Es ist nicht schön zu stehlen, Genosse.«

»Ich habe nicht gestohlen! Ich habe sie mir nur geliehen …«, heulte der Unglückliche. »Ich hätte sie bei der ersten Gelegenheit wieder zurückgegeben!«

»Heute sind es die Unterhosen, morgen das Brot der Genossen. Nächstes Mal wirst du erschossen, nur dass du es weißt!«

***

Am Abend fiel die Temperatur stark ab. Die Partisanen zogen alle vorhandenen Pullover, Baumwollhemden, Uniformjacken und Keilhosen an, schlüpften unter die Planen und drängten sich aneinander. Das Feuer verglomm allmählich. Am Ende leuchtete nur noch die trübe kleine Petroleumlampe im Stabszelt. Vor dem Eingang versah Stojčo mit aufgesetztem Bajonett seinen Dienst. Medved hatte die Führung der Einheit um sich versammelt. Von Zeit zu Zeit war das Klappern der Schreibmaschine zu hören. Allen war klar, dass lebenswichtige Fragen erörtert und strategische Entscheidungen getroffen wurden, die möglicherweise schon bald ihr Schicksal verändern würden.

Die beiden Mädchen berührten sich mit den Nasenspitzen, um sie sich zu wärmen.

»Weißt du«, flüsterte Gabriela, »egal, was dieser Stekel für einen Unsinn erzählt, mir scheint das überhaupt nicht kameradschaftlich zu sein …«

Monika schwieg einige Sekunden lang und flüsterte dann ihrerseits:

»Ich frage mich, ob wir sie nicht irgendwie dazu provoziert haben, so etwas zu tun.«

»Wie denn?«

»Woher soll ich das wissen … Vielleicht wollten wir ihnen insgeheim gefallen? Wir haben weibliche Koketterie an den Tag gelegt oder eine andere Schwäche, die Gelüste geweckt hat, die mit dem Kampf unvereinbar sind?«

Sie machte eine kurze Pause.

»Wir haben ihnen erlaubt, uns nackt zu sehen!«

»Das war keine Absicht!«

»Nein, war es nicht.«

Es vergingen ein paar schweigsame Minuten. Zwischen ihren Nasen floss eine weiche Wärme.

»Wenn wir heldenhaft im Kampf umkommen, werden sie begreifen, dass wir nicht solche Frauen waren …«, raunte Gabriela. »Aber dann ist es zu spät.«

Bei diesem Gedanken kamen beiden fast gleichzeitig die Tränen.

Nicht weit von ihnen entfernt schnarchten die Bauernbündler vor sich hin, die auf einem Haufen lagen wie Kürbisse. Botev bibberte allein unter einer Plane, von allen verstoßen wie ein Aussätziger. Der Strauch hatte einen eigenen Schlafsack, gefüttert mit Schaffell, in den er ganz hineinpasste wie in einen Kokon. Tichon hatte sich eng zum Gräber und zu Onkel Metodi gelegt, weil ihm kalt war. Aus Kameradschaft nahmen sie ihn auf, und aus Dankbarkeit furzte er ihnen unter der Plane was vor. Onkel Metodi, der schon längst in einer anderen Realität schwamm, ließ sich von dem Gestank offenbar nicht beeindrucken. Aber der Gräber konnte sich nicht einmal vorstellen, sich die Decke über den Kopf zu ziehen. Seine Ohren froren unter der dünnen Schirmmütze. Außerdem war er beleidigt, dass Lenin zur Versammlung eingeladen war und er nicht. An sein Ohr drangen die gedämpften Stimmen der Jüngeren, die hinter den Büschen lagen.

»Und was heißt das jetzt …«, meldete sich Lozan. »Dass sie uns unser ganzes Leben lang angelogen haben wie die letzten Trottel?«

»Nicht nur dich«, fügte der Nagel finster hinzu. »Auch deinen Vater, deinen Großvater und den Vater deines Großvaters … Bis in die dritte und vierte Generation haben sie uns belogen, vielleicht auch darüber hinaus!«

»Wenn sie uns nur in dieser Sache belogen hätten!«, seufzte Dičo.

»Man muss immer fragen, wer ein Interesse daran hat«, warf Schraube ein.

»Die Ausbeuterklasse!«, war ein Gruppenflüstern zu hören.

»Sie haben die schönsten Frauen, haben Geliebte, nicht nur eine, sie können sich alle möglichen Genüsse leisten …«, fuhr Schraube erbittert fort. »Und was hat das Volk? Zwei bloße Hände. Und selbst das missgönnen sie uns!«

»Ja, Masturbation ist eine proletarische Tat«, stimmte der Nagel zu.

»Aber das mit den Unterhosen kommt mir nicht sehr proletarisch vor …«, sagte Lozan. »Wir haben damit die Genossinnen gekränkt. Was sie jetzt wohl von uns denken? Eine Bande von Missgeburten!«

»Sie haben doch gesagt, dass es in Ordnung ist.«

»Vielleicht ist es ja in Ordnung, aber es ist nicht kameradschaftlich!«, sagte Dičo bestimmt. »In der Sowjetunion machen sie so etwas nicht. Sie sind tapfere Mädchen und verdienen Achtung. Wir müssen einen Weg finden, den schlechten Eindruck zu korrigieren.«

»Wir werden ihn korrigieren«, meldete sich leise Svilen.

»Wie?!«

»Indem wir sterben.«

»Jetzt holt euch endlich einen runter und dann schlaft, verdammt!«, konnte sich der Gräber nicht zurückhalten.

»Auf keinen Fall!«, kam prompt die Antwort. »Wir haben es versprochen.«

Ich strebe danach!

Hauptmann Nacht und Zanev verließen die Nachmittagsvorstellung des Kinos »Modernes Theater« in Gesellschaft zweier attraktiver, gut gekleideter Mädchen. Sie hatten soeben die Komödie »Rose scarlatte« des vielversprechenden jungen italienischen Regisseurs Vittorio de Sica mit Renée Saint-Cyr in der Hauptrolle gesehen. Die Mädchen und Zanev waren verzaubert, während der Hauptmann den Kinosalon, vorsichtig ausgedrückt, gelangweilt verließ. Wäre es nach ihm gegangen, hätten sie sich »Die Belagerung des Alcázars von Toledo« angeschaut – ein heroischer Film über den Spanischen Bürgerkrieg, in dem eine Handvoll Patrioten die Festung von Alcázar gegen die Horden der Republikaner verteidigte. Aber die Mädchen waren unerbittlich. Es handelte sich um Marinella und Kiki, die Zanev in der Konditorei von Serge Minasjan kennengelernt hatte. Sie waren schon einige Male zusammen ausgegangen. Zwischen Zanev und der rothaarigen Kiki tobte eine stürmische Romanze, aber sie weigerte sich hartnäckig, sich ohne ihre Freundin mit ihm zu treffen. Wahrscheinlich zur Tarnung. Der Hauptmann konnte diesem aufgeblasenen weiblichen Snob nicht viel abgewinnen, auch wenn sie ihn mit Feldmarschall Rommel verglichen hatte, was seinem Selbstbewusstsein angenehm schmeichelte. Ihre aschblonden Locken und das Muttermal über der Oberlippe rückten Marinella ins *Visier* (militärisch gesprochen). Aber etwas fehlte ihr, das diesen gleichmäßigen Formen Leben eingehaucht hätte. Oder zumindest war Nacht dieser Ansicht. Immerhin ging sie mit den Schwestern Palaveev in die gleiche Klasse, und mit ihr auszugehen war der sicherste Weg, mehr über die beiden zu erfahren …

Seit einiger Zeit wurde der Verstand dieses strengen, stets korrekten Offiziers vom Gedanken an die Zwillinge beherrscht. Obwohl er sie nie persönlich getroffen hatte, glaubte er, sie um sich herum zu spüren. Wie jeder Puritaner war Hauptmann Nacht aus subversiven Leidenschaften gewoben, die unerwartet freigesetzt worden waren. Als Zeichen dieser existenziellen Wende bewahrte er zwischen den Seiten seines Notizbuchs immer noch das in den Bergen gefundene Bonbonpapier auf. Jeder weitere Schritt verstärkte sein Interesse an den beiden Mädchen nur noch. Jedes Detail, das sich ihm offenbarte, fügte seinem Bild von ihnen einen neuen Zug hinzu und beflügelte seine Fantasie. Er fühlte sich unwiderstehlich von ihnen angezogen. Und wenn bis vor Kurzem noch sein Motto *»Est modus in rebus«* oder »Es gibt ein Maß in den Dingen« war, dann erstrahlte jetzt auf seinem Schild nur ein einziges Wort: *»Cōnor!«*

Ich strebe danach!

Der Hauptmann und Marinella gingen in anständigem Abstand voneinander. Hinter ihnen kamen untergehakt der Fähnrich und Kiki. Die beiden hörten nicht auf zu plappern und zu kichern, es war ein gedämpftes verschwörerisches Lachen. Zanev hatte bemerkt, dass im Herzen seines Vorgesetzten irgendwelche komplizierten Prozesse abliefen, die nur ihn selbst angingen, und er nutzte die Situation, um so viel Zeit außerhalb der Kaserne wie möglich für sich herauszuschlagen. Der Tag neigte sich seinem Ende zu. Am Ende der Vitoška-Straße zeichnete sich der Kegelstumpf des Gebirges ab. Die Hänge waren immer noch grün, hie und da waren gelbliche Flecken zu sehen.

»Ich sehe, dass das leichte Genre Sie langweilt …«, warf Marinella ein. »Nächstes Mal suchen Sie den Film aus. In Ordnung?«

Nacht salutierte automatisch vor einem Oberst aus dem Generalstab, der an ihnen vorbeiging, und vergaß, ihr zu antworten.

Auf dem Platz vor der Theologischen Fakultät fand eine von der deutschen Gesandtschaft organisierte Fotoausstellung im Freien statt. Die Fotos waren in Glasvitrinen ausgestellt; auf ihnen waren Fabriken und Betriebe mit rauchenden Schloten, Gießereien, Minen, Felder voll goldener Ähren und wohlgenährte Herden zu sehen. Wo sich diese Dinge befanden und wie sie hießen, war nicht angegeben. Die Texte darunter lauteten wie folgt: *»Unter der Führung deutscher Ingenieure und Wirtschaftsfunktionäre erhält das Neue Europa aus den Ostgebieten Stahl, Eisenerz, Holz, Brot, Baumwolle und Reis.«* Vor einer der Vitrinen hatten sich neugierige Bürger versammelt. Ein magerer junger Mann mit Brille in einem Uniformmantel zeigte auf etwas und erklärte mit lauter Stimme:

»Schaut, auf diesem Mähdrescher weht eine Fahne mit dem Wappen der UdSSR. Die Deutschen werden sie wohl kaum angebracht haben! Also wurde das Foto vor dem Krieg gemacht. Das ist ein Propagandatrick … Aus Russland kommen nur Leichen zurück!!!«

»Ja, wirklich, stimmt! Da schau an!«, schnalzten die Bürger mit der Zunge.

»Beachtet, was hier steht: ›Der Fünfjahresplan in drei Jahren‹. Was für ein Fünfjahresplan denn?! Das sind sowjetische Archivaufnahmen …«, wurde der junge Mann erneut laut, doch plötzlich verstummte er.

Er hatte Hauptmann Nacht bemerkt.

Der junge Mann schlüpfte zwischen den Leuten hindurch, ging hinter der benachbarten Vitrine vorbei und nahm die Beine in die Hand. Der Hauptmann suchte Zanev mit dem Blick. Er wollte ihm ein Zeichen geben, dem verdächtigen Element auf der anderen Seite den Weg abzuschneiden, aber sein Untergebener gurrte irgendetwas in Kikis Ohr und hatte offensichtlich keine Lust auf Verfolgungsjagden. Er zögerte einige Sekunden, ob er dem Element nicht selbst hinterherlaufen sollte, dann winkte er ab.

»Schuft!«, zischte Marinella.

Die beiden näherten sich der Vitrine. Die Schaulustigen machten ängstlich den Weg frei. Hauptmann Nacht streckte den Hals vor und untersuchte das Foto von der landwirtschaftlichen Brigade. Die Fahne auf dem Mähdrescher war mit schwarzer Tusche eingekreist und mit einem Pfeil versehen.

»Er hat recht«, stellte er trocken fest.

Marinella versuchte den kleinen Kreis mit Spucke wegzuwischen.

»Es hat keinen Sinn«, schüttelte der Hauptmann den Kopf.

»Wir gehen im neuen Eissalon an der Ecke ›Neofit Rilski‹ und ›Khan Krum‹ Pfirsich Melba essen«, erreichte sie Kikis Stimme von hinten. »Kommt ihr mit?«

»Nein, ich hab keine Lust auf Eis!«, antwortete ihre Freundin schroff.

»Ich werde Fräulein Marinella nach Hause begleiten«, sagte Nacht und sah den Fähnrich streng an. »Morgen um sechs will ich Sie in der Dienststelle sehen!«

»Jawohl, Herr Hauptmann!«, schlug Zanev die Hacken zusammen.

»Wie kommen Sie auf die Idee, dass ich nach Hause möchte?«, fragte Marinella, als sie erneut die Vitoška-Straße hinuntergingen.

»Nun … ich weiß nicht«, geriet ihr Begleiter durcheinander. »Wollen Sie denn nicht?«

»Ich habe nur keine Lust auf Eis! Das bedeutet nicht, dass ich nach Hause möchte.«

Einige Zeit lang gingen die beiden schweigend nebeneinander her.

»Ist die Lage an der Front so schlimm, dass man gezwungen ist, sich solch billiger Tricks zu bedienen?«, fragte sie unvermittelt.

»Es ist nicht gerade rosig«, antwortete er lakonisch.

»Und die ›Geheimwaffe‹? Alle sprechen davon!«

»Sie ist noch in der Erprobung, vermute ich.«

»Hoffentlich ist sie bald einsatzbereit …«, seufzte das Mädchen.

Ein unangenehmes Klappern brachte sie dazu, den Kopf zu wenden. Auf der Straße fuhr ein seltsames Automobil mit offenem Verdeck vorbei. Von vorne sah es noch beeindruckender aus, aber in der Mitte waren einige hässliche Metallklammern angebracht, die das Heck festhielten, welches wie das Bäuchlein eines Mistkäfers aussah. Die Achsen waren verbogen, und die Räder hatten einen Achter. In der ganzen Konstruktion des Fahrzeugs lag etwas Verzogenes, Schiefes und Geflicktes, das tiefe Betroffenheit hervorrief. Nicht weniger traurig sah auch der Fahrer selbst aus: ein junger Mann, knapp über 30, mit einem länglichen, bärtigen Gesicht. Er trug einen zerknitterten gelben Anzug mit einem SS-Abzeichen am Revers.

Er wurde langsamer und winkte Marinella verzagt zu:

»Hallo, schöne Cousine!«

»Hallo, Dandy, geht's dir gut?«, nickte sie leicht verlegen.

»Mehr oder weniger …«, lächelte der Mann traurig.

Aus dem Auspuff brach eine Wolke stickigen schwarzen Rauchs hervor, und das Fahrzeug wirbelte den Staub auf der Vitoška-Straße auf, als es davonfuhr. Nacht sah seine Begleiterin fragend an.

»Mein Cousin, Asen Despodov …«, seufzte Marinella und ergänzte: »Seit das mit seinem Auto passiert ist, ist er nicht mehr derselbe.«

»Was ist denn passiert?«

»Man hat es zerlegt …«

»Wie bitte?«

»Sein Vater war Bankier, starb aber früh. Seine Mutter ist bereit, alles für ihn zu tun. Sie schenkte ihm dieses Auto zu seinem dreißigsten Geburtstag, einen Bugatti Type 57. Es gibt keinen zweiten im Königreich! Angeblich im Namen von Rudolf Heß ...«

»Was hat Heß damit zu tun?!«, zeigte sich Nacht überrascht.

»Dandy ist Gründer des Clubs ›Freunde der faschistischen Idee‹. Vorher war er in der Nationalen Bewegung von Aleksandär Cankov. Er führte eine rege Korrespondenz mit Rudolf Heß. Heß war so etwas wie ein geistiger Mentor für ihn. Er hat ihn sogar zur Versammlung der jungen europäischen Elite ins Schloss Wewelsburg eingeladen. Als Heß nach England floh, war Dandy am Boden zerstört. Aber das mit dem Auto gab ihm den Rest. Er konnte es nicht wieder zusammenbauen, ein Totalschaden! Und seine Mutter hat kein Geld mehr für ein neues ... Ich bin schuld! Ich habe meinen Cousin mit ihnen bekannt gemacht!«

»Mit wem?«, spitzte Nacht die Ohren.

»Mit diesen Ausgeburten, den Palaveevas! Ich wollte ihnen nur helfen. Sie für ein höheres Ziel gewinnen. Sie zogen mit allerlei Gestalten von der VMRO, der Inneren Mazedonischen Revolutionären Organisation, herum ... Vergesst die doch, habe ich zu ihnen gesagt, kommt zu uns! Wir bekennen uns zu europäischen Werten. Wieso musste ich mich auch einmischen? Dandy ist ihretwegen fast verrückt geworden. Er fuhr sie im Bugatti hierhin und dorthin. Und sie kicherten nur. Sie haben die faschistische Idee nie ernst genommen, will ich damit sagen. Sie kamen nur, um sich mit Weinschorle volllaufen zu lassen. Und er schickte sie, Bulgarien beim ›Wettbewerb für arische Schönheiten aus Mittel- und Osteuropa‹ zu vertreten ...«

»Ach was?«, sagte der Hauptmann und pfiff durch die Zähne. »Das höre ich zum ersten Mal!«

»Er wurde nur einmal durchgeführt. Im Frühling 1941 in Klagenfurt, der Hauptstadt Kärntens. Unter der Schirmherrschaft von Heß! Dandy entschied sich, die beiden statt mir zu schicken. Ich habe damals so viel geweint ... Die Zwillinge haben gerade so eben den neunten Platz gemacht. Weil sie Grün in ihren Augen haben. Und als man sie fragte, wer ihre liebste literarische Figur ist, haben sie plötzlich ›Superman‹ gesagt …«

»Die Figur aus den amerikanischen Comics?«

»Heß wäre fast in Ohnmacht gefallen. Man hielt es für einen dummen Scherz … Wie konnten sie Bulgarien nur so blamieren!? Wäre ich dort gewesen, wäre ich mit Sicherheit Erste geworden. In meinen Augen ist kein Grün, schauen Sie!«

Sie drehte ihm ihr Gesicht zu und riss die Augen weit auf, ohne zu blinzeln.

»Weder Grün noch Gelb! Und meine Lieblingsfigur ist der junge Werther. Oder zumindest würde ich das sagen, wenn ich gefragt werde. Tristan geht auch. Aber Dandy hat bekommen, was er verdient … Sie haben ihm zum Dank das Auto zerlegt!«

»Wer hat es zerlegt? Und wie?«

»Wer schon? Die Zwillinge! Man konnte es nie beweisen, aber ich verwette meinen Kopf darauf, dass sie es waren. Als sie aus Klagenfurt zurück waren, verloren sie schnell jegliches Interesse an unseren Versammlungen. Dandy hing vor der Schule herum. Er erzählte ihnen was von Verpflichtungen, von Rassenehre, von nationaler Verantwortung. Pustekuchen! Eines Morgens zündet er den Motor, fährt los und rums, zerbricht der Wagen in zwei Teile. Sie hatten die Hinterachse am Kanalgitter festgebunden. Was für ein Mensch muss man sein, um so einen Vandalenakt zu begehen? Ein kleines Schmuckstück zu zerstören!«

»Sicher ist er ihnen lästig gefallen …«, warf Hauptmann Nacht eifersüchtig ein.

»Wie können Sie so etwas sagen?«, stampfte das Mädchen mit dem Fuß auf. »Sie kennen ihn doch gar nicht! Dandy ist ein Ästhet. Er glaubt an die Symmetrie. Deshalb hat er sich die Ideen des Nationalsozialismus zu eigen gemacht. Er will, dass alle Menschen schön sind. Aber die Zwillinge verlachten ihn nur. So werden sie es mit jedem machen, der irgendwelche Werte vertritt. Das sind subversive Köpfe. Kein Wunder, dass sie bei den Kommunisten gelandet sind!«

Ohne es zu merken, waren sie ans Ende der Vitoška-Straße gelangt.

»Fräulein, kann ich …«, begann Nacht auch für sich selbst unerwartet, »Sie auf eine Tasse Tee einladen?«

Er wollte das interessante Gespräch unbedingt weiterführen.

»Wohin?«

»Ich wohne ganz in der Nähe.«

»Wie bitte?!«, Marinella zuckte. »Ich soll in Ihre Wohnung mitkommen?!«

»Entschuldigen Sie!«, wurde der Hauptmann verlegen. »Ich weiß auch nicht, wie ich auf die Idee gekommen bin … Ich wollte Sie nicht kränken. Das ist natürlich inakzeptabel für eine junge Dame. Ich bitte Sie noch einmal, mir zu verzeihen!«

»Warum eigentlich nicht?«, zuckte sie die Achseln.

Der Hauptmann hatte zwei Zimmer in einer geräumigen Wohnung auf dem »Patriarch Evtimij«-Boulevard gemietet, gegenüber den Gedenktafeln für das 1. und 6. Infanterieregiment. Dahinter befand sich die Kaserne, wo auch seine Kompanie ihr Quartier hatte, wenn sie nicht im Einsatz war. Seine Vermieterin, die Witwe eines hochrangigen Militärs, kümmerte sich um ihn wie um einen Sohn. Sein Teil der Wohnung hatte einen eigenen Eingang – eine Bequemlichkeit, die er nicht schätzen konnte, weil ihn nie jemand besuchte. Der kleinere Raum war sein Schlafzimmer, den größeren nutzte er als Wohnzimmer und Büro. Dorthin lud er seinen weiblichen Gast ein.

Marinella trat scheu ein, verdrehte die Augen und raunte:

»Interessant.«

Das Zimmer war mit Modellen mittelalterlicher Schlösser und Burgen vollgestellt. Es mussten mindestens zwanzig sein. Sie standen auf dem Kamin, auf den Tischen, auf der Kommode, auf dem Bücherregal … Die meisten hatte er aus dem Katalog von Ravensburger bestellt, sie stellten Pappkopien der berühmten Schlösser und Burgen entlang des Rheins dar. Nacht hatte Tausende von Stunden darauf verwendet, sie zusammenzubauen. Während seine Kollegen sich dem Wein und den Weibern verschrieben, zog er sich zurück und setzte sich vor einen Haufen von Einzelteilen, suchte nach den Details und passte sie ein, klebte sie sorgfältig fest und folgte mit angehaltenem Atem den edlen Formen, die vor seinen Augen wuchsen und sich entfalteten. Das war sein einziges Hobby. Bis zu dem Augenblick, als er sich mit derselben Hartnäckigkeit und Geduld daran machte, das Bild der Zwillinge zusammenzusetzen. Seither hatte er die Burgen nicht mehr angerührt.

»Sie sind schön!«, sagte das Mädchen.

Eine heiße Welle lief ihm übers Gesicht. Seine Stimme bebte vor Stolz:

»Sie können sie sich ansehen. Aber fassen Sie nichts an! Ich gehe den Tee aufsetzen.«

Während er in der Küche hantierte, stürmte seine Vermieterin in einem geblümten, seidenen Morgenmantel und mit einem Häubchen auf dem Kopf herein. Ihr runzliger, fleckiger Hals schwankte vor Aufregung hin und her.

»Endlich!« Sie spreizte ihre knotigen Finger, die von Ringen überhäuft waren.

»Wo ist das Teesieb?«, fragte er hilflos.

»Ach, lassen Sie das, lassen Sie das! Ich mache das schon. Gehen Sie zu der Dame. Sagen Sie mir nur eines: Ist sie aus gutem Hause?«

»Aus sehr gutem!«, entgegnete Nacht, ohne darüber nachzudenken.

»Soll ich auch ein wenig Kirschlikör bringen? Nur ein Tröpfchen …«

»Danke«, nickte er und ging hinaus.

Marinella beugte sich über den Schreibtisch, eine billige Chippendale-Imitation, und blinzelte ungläubig. Die mit grünlichem Filz bedeckte Tischplatte war von Fotos jener Wesen übersät, die ihr am verhasstesten waren – die Schwestern Palaveev. Als Babys mit Wollmützchen und Hausschühchen, als kleine Mädchen auf dem Schaukelpferd, als bereits größere Mädchen im Sommerhaus, in den Bergen, am Arianasee … Fotos mit der Gouvernante, Fotos aus dem Gymnasium, vom Sportplatz, von überall! Dieses ganze Material hatte Nacht während der Untersuchung konfisziert und gründlich erforscht, wovon auch die mächtige Lupe am Ende des Schreibtischs zeugte. Die größeren Fotos waren mit Reißnägeln an der Wand befestigt.

Als sie Schritte hörte, drehte sich Marinella um. Ihre Stimme quietschte wie eine Blechschere.

»Sie sind ja verrückt!!!«

Nacht wich zurück, um den Pfeilen auszuweichen, die aus ihren Augen schossen.

»Pardon?!«

»Besessen …«, fuhr sie erbittert fort, die Worte auszuschneiden. »Haben Sie mich deshalb in Ihre Höhle gelockt? Was wollen Sie noch über sie erfahren?«

»Ich … ich … führe eine Untersuchung durch!«

»Sie untersuchen ihre eigenen lüsternen Wunschträume!«

»Ich habe sie ja noch nicht einmal getroffen!«

»Aber Sie träumen von ihnen! Sie sehnen sich nach ihnen, nicht wahr? Zwillinge! Blond! Hübsch … wenngleich nur auf Platz neun! Sie denken, Sie sind ein Ritter? Das glauben aber auch nur Sie. Sie sind wie alle anderen … *Wichser*. Ach, was habe ich gesagt?! Verzeihen Sie, verzeihen Sie mir!«

Er stürzte sich auf sie. Packte sie mit seinen knochigen Händen, schob ihren Kopf zurück und presste seine Lippen auf ihre. Es folgte ein kurzes Muhen, welches im Strudel des Kusses unterging. Die beiden fielen aufs Kanapee, wobei sie eines der Modelle umwarfen. Ihr Kleid rutschte bis zur Taille hoch: Ein Oberschenkel blitzte in einem roten Strumpfbandhalter auf …

Im Türspalt erschien ein Teewägelchen, auf dem Tassen, Teller und silberne Löffelchen klapperten. Dahinter erschien die Vermieterin. Sie blieb auf der Schwelle stehen, hielt sich die Hand vor den Mund und flüsterte: »Herrjemine, herrjemine …«

Dann zog sie das Teewägelchen panisch zurück und schloss die Tür. Das Sofa hüpfte auf und ab wie ein bockendes Pferd. Plötzlich war ein gedämpfter Schrei zu hören und das Gehopse hörte auf.

»Mein Gott, das war's also«, raunte Marinella, während sie den blutigen Fleck auf ihrem spitzenbesetzten Unterrock betrachtete. »Endlich!«

Nacht zog seine Stiefelhose hoch und setzte sich mit irrem Blick neben sie. Der Absatz ihres Schuhs stach ihn in die Hüfte.

»Hast du an sie gedacht, während du mich geliebt hast?«

»Was? Natürlich nicht!«, wurde er rot.

»Lüg mich nicht an! Ich habe dich gesehen … Du hast den Blick nicht von den Fotos abgewendet!«

Er senkte den Blick. Das Modell der malerischen Burg Maus lag in Einzelteilen auf dem Teppich, aber das schien ihn nicht sonderlich zu beeindrucken. Marinella stand auf und zog ihr Kleid zurecht.

»Ich hoffe, du endest nicht wie Griša Oskolnikov«, kniff sie die Lippen zusammen.

»Wer?«, Nacht hob den Kopf.

»Der Lehrer für Altgriechisch. Er hat ihretwegen ebenfalls den Verstand verloren.«

»Was ist mit ihm passiert?«

»Ich habe nicht die Absicht, deine krankhafte Neugier zu befriedigen«, wandte sie sich brüsk ab. »Das wirst du schön selbst herausfinden. Du brauchst mich nicht zur Tür zu bringen! Leb wohl!«

Die Eingangstür knallte so laut ins Schloss wie eine 150-mm-Haubitze. Er blieb auf dem Kanapee sitzen und starrte auf die Überbleibsel von Burg Maus. Es überkam ihn ein Drang, all diese absurden Modelle zu zertrampeln … Aus dem Entree drang das Läuten des Telefons zu ihm. Die scheue Stimme der Vermieterin war zu hören, dann zeichnete sich deren Gestalt hinter dem matten Glas der Tür ab.

»Man fragt nach Ihnen, Herr Hauptmann …«

»Dragiev!«, begrüßte ihn das nasale Timbre Inspektor Bazovs. »Es gibt eine Entwicklung im Fall Palaveev. Wir haben die Banknoten aus dem Lösegeld verfolgt. Ich erwarte Sie im Foyer des Hotels ›Palace Royal‹ in 20 Minuten. Das verspricht, interessant zu werden …«

Auf Ziegenpfaden

Rajčo spielte ein wenig auf der kleinen, glänzenden Mundharmonika, von der er sich den ganzen Sommer über nicht getrennt hatte. Die Töne folgten den veränderlichen Launen seines kindlichen Herzens, in dem Freude und Trauer miteinander Bockspringen spielten. Sie waren weder melodiös noch sonderlich angenehm, aber der kleine Ziegenhirt erfreute sich ehrlich an ihnen. In ihnen lag etwas Pulsierendes und Übermütiges, das sich auch auf die Herde übertrug. Doch es war auch Schwermut darin, wie eine Vorahnung des nahenden Winters. Vom Gebirge war eine lange, weiße Wolke herabgestiegen und hatte sich wie ein Deckel über das ganze Dorf Balša gelegt. Am leeren, gräulichen Himmel kreiste ein einsamer Habicht. Auf ihren Hinterbeinen stehend, nagten die Ziegen gierig das Laub ab, das noch an den tieferen Zweigen der jungen Bäume hing.

Plötzlich verstummte das Lied der Mundharmonika.

Eine harte Hand stopfte dem kleinen Ziegenhirten den Mund. Eine andere Hand packte ihn um die Hüfte und zog ihn in den Wald hinein. Er versuchte, sich freizustrampeln, aber der Mann hielt ihn so fest, dass ihm die Luft wegblieb. Nach ungefähr zwanzig Schritten warf er ihn halberstickt auf eine gelbliche, kleine Wiese. Dort warteten zwei weitere Männer mit Gewehren. Sie sahen ihn ohne jede Spur von Mitgefühl an.

»Kennst du uns noch?«, der Gräber machte die Lippen spitz und rief einige Male Kuckuck.

»Nnnnein«, stotterte er.

»Gleich weißt du's wieder!«, der Gräber versetzte ihm einen Tritt in den Hintern. »Hast du die Soldaten ins Lager geführt, du kleines verräterisches Stück Scheiße?«

»Nein! Nein!«, quietschte Rajčo.

»Wer dann? Nur du kanntest den Weg. Nicht einmal der Wels ist zu uns gekommen!«

»Sie haben mich geschlagen!«, heulte der kleine Ziegenhirt. »Sie haben gesagt, sie reißen mir die Eier ab!«

»Ich werd dir die Eier abreißen!«, drohte der Gräber. »Wo ist der Wels?«

»Onkel Pavel wurde verhaftet.«

Pavel Černogorov (der Wels) war ein alter Partisanenhelfer und die Verbindung der Einheit zum Zonenstab. Er unterhielt einen der sichersten Kanäle, über den die Genossen aus Sofia und Umgebung sich der Partisanenbewegung anschlossen. Der Kanal verlief durch die Dörfer Mramor, Dobroslavci, Balša und … hinauf ins Balkangebirge. Das Haus des Welses befand sich am Dorfrand, fast am Wald, wodurch es besonders geeignet war, um sich unbemerkt davonzuschleichen. Er galt als wohlhabender, erfolgreicher Mann (er besaß eine Limonadenfabrik!) und erregte bei den Behörden keinen Verdacht. Obendrein war sein Cousin kürzlich Bürgermeister geworden. Aber in Černogorov brannte die Flamme des Kampfes. Er hatte einen Lastwagen, mit dem er die Limonade nach Sofia brachte und das Leergut mindestens einmal wöchentlich abholte. Zusammen mit der Limonade fuhren auch Nachrichten aus den Bergen nach Sofia: Berichte über durchgeführte Aktionen und Lebensmittelbestände, manchmal kranke oder verwundete Genossen, die eine besondere Behandlung brauchten. Auf dem umgekehrten Weg kamen Instruktionen, operative Informationen, die eine oder andere Pistole oder Granate, versteckt im Stroh zwischen den Flaschen, einmal war auch eine ganze Kiste voller Dynamit dabei. (Dasselbe Dynamit, das für das System »Immergrün«

verwendet wurde!) Černogorov selbst vermied es, ins Lager zu gehen, damit er nicht zum Verräter werden konnte, falls er der Polizei in die Hände fiel. Für diesen Zweck hatte er den kleinen Ziegenhirten angeheuert. Er war ständig in Bewegung und konnte beim kleinsten Anzeichen von Gefahr leicht ins Gebirge flüchten.

Aber etwas war schiefgegangen …

»Wenn du gesehen hast, dass sie ihn verhaften, warum hast du dich dann nicht versteckt?«, mischte sich Lenin ein.

»Ich war bei ihm zu Hause, Onkel Pavel hat mir eine Limo ausgegeben, als die Soldaten kamen. Sie haben den ganzen Hof umstellt. Es gab kein Entkommen!«, klagte Rajčo erschrocken. »Onkel Pavel haben sie direkt nach Sofia verfrachtet, und mich haben sie mitgenommen und die Hügel hinaufgetrieben. Aber ich habe sie nicht geführt. Der Hund hat sie geführt! Sie haben ihn an einem Stück Stoff schnuppern lassen und dann gesagt: ›Such!‹ Und er ist losgerannt …«

»Schau an«, grinste der Strunk, »warum haben sie dich dann geschlagen?«

»Na ja, sie haben mich eben geschlagen. Zum Spaß …«

»Und woher hast du die schöne Mundharmonika? Hast du sie dir selbst gekauft?«

»Der Hauptmann hat sie mir gegeben.«

»Und warum?«

»Woher soll ich das wissen? Er hat sicher Mitleid mit mir gehabt …«

»Mitleid, na klar! Ich glaub dir kein Wort, Rajčo. Die Faschisten sind nicht gerade bekannt für ihr Mitleid …« Der Gräber nahm das Gewehr von der Schulter. »Wir auch nicht.«

»Ich habe doch nie einen Fuß ins Lager gesetzt!«, schrie der kleine Ziegenhirt. »Wie hätte ich sie dann hinführen können? Der Hund hat sie geführt! Er hatte Witterung aufgenommen …«

»Stimmt, bis ins Lager ist er nie gekommen«, gab Lenin zu.

»Vielleicht ist uns die Ratte ja gefolgt!«, zischte der Gräber.

»Dieses Stück Stoff«, meldete sich der Strunk, »haben sie das im Haus vom Wels gefunden?«

»Sie hatten es schon dabei«, sagte der kleine Ziegenhirt, »in einem Fläschchen.«

»Hm, da ist was faul«, murmelte der Bauernbündler. »Diese Spur, Genossen, wurde absichtlich gelegt. Wusstet ihr, dass der Geruchssinn von Polizeihunden 40-mal stärker ist als der des Menschen? Es braucht nur einer vorbeigehen und ein paar Blätter streifen, schon ist es so, als hätte er einen roten Faden vom Haus des Welses bis zur Einheit gelegt!«

»Diese Sache wird langsam brenzlig«, murmelte Lenin.

Der Gräber schwieg argwöhnisch.

Eine der Schlüsselentscheidungen, die in Medveds Zelt getroffen wurden, war es, eine Kampfgruppe in die Gegend des vorherigen Feldlagers zu schicken, um den Verräter zu bestrafen. Auf dem Weg der einfachen Logik waren sie zu dem Schluss gekommen, dass es sich nur um den kleinen Ziegenhirten handeln konnte. Es gab keine andere Möglichkeit, und, ehrlich gesagt, mochte ihn auch niemand besonders. Er war ja noch nicht einmal Mitglied der Arbeiterjugend! Und immer machte er Andeutungen, damit sie ihm etwas gaben: mal ein Bonbon, mal einen Lutscher oder einen Apfel. Wenn sie ihm nichts gaben, schmollte er. Ob er Eltern hatte oder nicht, hatten sie nie herausgefunden. Warum der Wels, ein erfahrener Verschwörer, diesem halbwilden Geschöpf so eine verantwortungsvolle Aufgabe übertragen hatte, war ein Rätsel. Drei Tage waren die Männer oberhalb des Dorfs umhergestreift, bis sie ihn in die Finger bekamen. Er spielte sorglos auf der Mundharmonika, als sei nie etwas geschehen.

»Und was machen wir jetzt mit ihm?«, fragte der Strunk.

»Ich weiß auch nicht …«, kratzte sich der Gräber. »Vielleicht denkt er sich das alles auch nur aus.«

»Wie soll er sich denn so was ausdenken! Du siehst doch, dass er nicht den Grips dazu hat.«

»Wir nehmen ihn mit«, sagte Lenin nachdrücklich.

***

Das Feldlager war im hohen Teil des Ponorska-Gebirges gelegen, nicht weit vom Schlangengipfel. Im Norden erhoben sich die Hänge des echten Balkangebirges, im Süden lagen die Dörfer Svidnja und Zavidovo, und noch weiter unten, in der Ferne, schimmerte grau das Sofioter Feld – bereits fest im Griff der Herbstnebel. Hier warteten die Partisanen auf Dičo und Extra Nina, die vor einer Woche zu einer geheimen Mission aufgebrochen waren. Medved legte sehr viel Wert auf Geheimhaltung, aber alle wussten, dass sie nach Sofia fuhren. Sie sollten mit dem Zonenstab in Verbindung treten, um über den Zustand der Einheit zu berichten und Anweisungen für die nächsten Aktionen zu erhalten. Medved hatte Nina auch eine andere Aufgabe übertragen, aber davon konnten sie nichts ahnen. Da seit der letzten Kontaktaufnahme schon ziemlich viel Zeit vergangen war, war es eine riskante Operation: Es war nicht klar, ob die alten konspirativen Orte noch in Verwendung und ob die Parolen noch dieselben waren.

Auf dem Rückweg würden Dičo und Extra Nina im Iskrec-Kloster »Mariä Himmelfahrt« absteigen, wo ein alter Bekannter von Tichon aus dem Priesterseminar Abt geworden war. Er teilte die radikalen Ansichten seines ehemaligen Mitschülers nicht, sympathisierte aber auf seine Art mit den entrechteten Gesellschaftsschichten und war bereit, sein Scherflein beizutragen, wobei er auch die in nicht allzu ferner Zukunft möglichen Veränderungen am politischen Firmament in Erwägung zog. Dreimal ging Tichon zum Kloster, und jedes Mal kam er allein und ordentlich angetrunken zurück. Medved schimpfte mit ihm, konnte aber im Wesentlichen nichts tun. Es war der einzige Weg, über den die Genossen in die Einheit zurückkehren konnten. Er beschloss, noch drei Tage zuzuwarten. Nina und Dičo hatten geschworen, dem Feind nicht lebend in die Hände zu fallen, aber Medved hatte schon zu lang gelebt, um zu wissen, dass einem ganz andere Sachen durch den Kopf gehen, wenn man in die Mündung einer Pistole schaut …

»Tschiiik, tschiiik, tschiiik …«, war zwischen den Bäumen zu hören.

Gabriela und Monika spitzten die Ohren. Sie hatten erst vor einer halben Stunde Posten bezogen. Im Feldlager Nachtgespenst mussten sie seltener Wachdienst schieben; die Genossen zogen es vor, ihnen allerlei hauswirtschaftliche Aufgaben zu übertragen. Aber hier war die Situation eine andere, der Alltag der Partisanen war stark vereinfacht, weder kochten noch wuschen sie – ihre ganze Aufmerksamkeit galt der Sicherheit. Das gefiel den Mädchen sogar. Maisbrei anzurühren, war weitaus langweiliger.

»Tschiiik!«, meldete sich die Stimme erneut.

Einige Genossen waren so gut geworden im Imitieren von Vogelstimmen, dass es fast unmöglich war, sie von echten Vögeln zu unterscheiden. Dies verurteilte die Kommunikation aber letztlich zum Scheitern. Sie konnten im Dornengestrüpp stundenlang piepen, zwitschern und gurren, ohne dass ihnen jemand Beachtung schenkte. Aufgrund ihrer städtischen Herkunft hatten die Zwillinge kein Ohr für die haarfeinen Unterschiede zwischen den Gesängen und antworteten jedes Mal, wenn sie etwas hörten, was sich undeutlich dem vereinbarten Signal annäherte.

»Tack-tack-tack!«, rief Monika.

Dieses Signal war vom Strunk vorgeschlagen worden. Er behauptete, dies sei der herbstliche Schrei der Waldschnepfe, bevor sie in den Süden fliegt. In der Luft macht die Waldschnepfe »tschiiik-tschiiik«, am Boden »tack-tack«.

»Tack-tack«, wiederholte Gabriela ohne großen Enthusiasmus.

In der Umgebung schien es viele Waldschnepfen zu geben, weil sich dieser Dialog mindestens schon zum zehnten Mal wiederholte. Unerwartet kam als Antwort das Läuten eines Kupferglöckchens und ein durchdringendes »Määääh!« zurück. Zwischen den spärlich gewordenen Blättern erschienen

Lenin, der Gräber und der Strunk. Bei ihnen war der gefesselte kleine Ziegenhirte und hinter ihnen, in einigem Abstand, aber hartnäckig und unzertrennlich, folgte die ganze Herde. Die Männer waren sichtlich gereizt.

»Was sind denn das für Ziegen?«, wunderte sich Monika.

»Ach, da haben wir uns was eingebrockt«, schnaufte der Strunk, »wir werden sie einfach nicht los!«

»Die Ratte hat sie gefickt, deshalb wollen sie sich nicht von ihm trennen. Na, hast du sie gefickt? Du Missgeburt!«, der Gräber versetzte dem kleinen Ziegenhirten einen Fußtritt, doch der hatte sich bereits an die Liebenswürdigkeiten gewöhnt und winselte nur.

»Warum bringt ihr ihn ins Lager?«, fragte Gabriela.

»Wir haben unsere Gründe«, entgegnete Lenin kühl.

»Los, gehen wir!«, forderte sie der Strunk auf.

Der Gräber drehte sich um und fuchtelte mit den Armen vor der Herde herum.

»Kusch! Kusch! Jetzt leckt mich doch am Arsch, ihr Drecksviecher!«

Er bückte sich und begann, Steine und Stöcke nach den herbeiströmenden Ziegen zu werfen. Aber diese wichen den Geschoßen mit Leichtigkeit aus und folgten ihnen erneut, wobei sie meckerten und mit ihren Glöckchen klimperten.

»Lass es, es hat keinen Sinn!«, rief der Strunk. »Wenn sich eine Ziege einmal was in den Kopf setzt, kannst du es ihr nicht wieder austreiben! Meine Frau ist genauso …«

Die Mädchen warteten, bis die Herde vorbei war, und nahmen erneut ihre Position im rostroten Farn ein. Die Waldschnepfen waren überraschenderweise verstummt. Ein Eichhörnchen huschte wie toll auf den Zweigen über ihren Köpfen vorbei. Ein Specht meldete sich zu Wort.

»Warum hat Lenin uns so angesehen?«, sagte Monika eher zu sich selbst.

»Wie?«, fragte ihre Schwester.

»Böse.«

In der Falle des Klassendeterminismus

Gegen fünf Uhr nachmittags zogen Wolken auf, ein schneidend kalter Wind gesellte sich hinzu und brachte feine Tröpfchen mit sich. Der Wald rauschte wie ein über die Ufer getretener Fluss, der auf seinem Weg alle anderen Geräusche ertränkte. Die Ziegen drängten sich unter einem Haselnussstrauch. Man hatte sie zusammengebunden und ihnen die Glöckchen abgenommen. Keine Menschenseele war in der Nähe zu sehen.

»Wo sind denn alle?«, flüsterte Gabriela.

»Ich weiß nicht, sie sind nicht da«, ihre Schwester sah sich unruhig um.

»Hallo! Genossen!«

»Pssst!«

»Was ist los?«

»Das gefällt mir nicht.«

Ihr Wachdienst war schon vor zwei Stunden zu Ende gewesen, aber es kam niemand, um sie abzulösen. Sie harrten im Farn aus, bis sie am Ende entschieden, eine von ihnen sollte zum Lager gehen, um nachzusehen, was los war. So sehr sie es auch hassten, sich zu trennen, sie hatten keine andere Wahl. Das Los fiel auf Monika, und nach kurzer Zeit kam sie zurück und berichtete, dass das Feldlager verlassen sei.

Die Mädchen suchten nach ihren Rucksäcken, konnten sie aber nicht finden. An der Stelle, wo sie geschlafen hatten, waren Reisig und Laub verstreut, damit man nicht sehen konnte, dass das Gras niedergedrückt war. Ohne etwas zu sagen, nahm Monika ihren Karabiner langsam von der Schulter. Gabriela griff nach der Pistole. In diesem Augenblick sprangen einige Gestalten hinter den Bäumen hervor und richteten die Waffen auf sie.

»Keine Bewegung!«

»Schraube!«, rief Monika aus. »Was hat das zu bedeuten, Genossen?!«

»Nehmt ihnen die Waffen ab!«, befahl er.

»Entschuldigt, Genossinnen, aber es muss sein …«, stammelte Maksim, als er mit einer gewissen Furcht das Gewehr und die Pistole einkassierte, dann nahm er ihr die Handgranate, die an ihrer Koppel hing, und am Ende auch das Messer weg.

Die Mädchen waren so überrascht, dass sie überhaupt nicht reagierten.

»Warum?!«, brachte Monika mit Mühe hervor.

»Befehl von Medved«, sagte Schraube bestimmt, wobei er vermied, sie anzusehen.

Sie verbanden ihnen die Augen und führten sie irgendwohin. Gabriela zählte an die 500 Schritte, vielleicht waren es aber auch mehr. Unterwegs sprach niemand ein Wort. An einer Stelle wurde der Pfad sehr steil und sie spürte jemandes vorsichtig stützende Hände. Wer war es? Schraube, Maksim oder ein anderer? Es war offensichtlich, dass die Genossen ebenfalls verwirrt waren – mindestens so sehr wie die Mädchen, aber sie hielten sich an ihre Befehle. Nach noch einmal gut hundert Metern spürte Gabriela eine weiche Wärme und das Knistern von brennenden Zweigen. Am Feuer wurde ein gedämpftes Gespräch geführt, das abbrach, als sie auftauchten.

»Wir haben sie hergebracht«, berichtete Schraube und nahm ihnen die Augenbinden ab.

Das Feuer brannte in einer flachen Kuhle. Seine kleinen Flammen beleuchteten die Gesichter Medveds, Lenins, des

Gräbers und des Strunks. Etwas abseits standen der kleine Ziegenhirt Rajčo und Lozan. Das Haar des Gymnasiasten war zerzaust, und er sah erschrocken aus, als hätte man ihn im Schlaf mit eiskaltem Wasser übergossen. Medved gab Schraube ein Zeichen, sich neben ihn zu setzen, und schickte die anderen weg. Stojčo hielt in der Nähe Wache.

»Towarischtsch KomBrig, was hat das zu bedeuten …?«, begann Monika.

»Ruhe!«, unterbrach sie Medved, wobei er auf seine Stiefel schaute. »Tak. Ich eröffne die Sitzung der revolutionären Untersuchungskommission in der Zusammensetzung …«, er diktierte die Namen der Anwesenden. Den kleinen Ziegenhirten, Lozan und die Mädchen erwähnte er nicht.

Der Strunk machte handschriftliche Notizen, wobei er mit der hereinbrechenden Dämmerung zu kämpfen hatte.

»Tak«, wiederholte Medved und fuhr fort: »Wie bekannt ist, wurde unsere Kampfeinheit vor einigen Monaten hinterhältig überfallen. Wertvolle Genossen haben ihr Leben gelassen. Wir waren gezwungen, das uns zugewiesene Gebiet zu verlassen und uns tief im Hinterland neu zu gruppieren. Infolgedessen waren all unsere operativen Pläne obsolet und wir verloren die Verbindung zum Zentralkommando. Diesem Scheitern liegt ein niederträchtiger Verrat zugrunde.«

Medved machte eine kurze Pause, hob den Blick von seinen Stiefeln und sah den Mädchen zum ersten Mal direkt ins Gesicht. Er hatte sich erneut in seine Hülle eingeschlossen, undurchdringlich für Gefühle und Emotionen. Der Strunk schrieb eifrig mit, wobei er das Heft gegen das Licht der Feuerstelle hielt.

»Bekennt ihr euch schuldig?«

»Wie bitte?!«, die beiden rissen gleichzeitig den Mund auf.

»Natürlich leugnen sie!«, mischte sich Lenin jähzornig ein. »Aber wir haben Zeugen und Indizien, nicht wahr?«

»Wofür?«, rief Gabriela. »Ich verstehe überhaupt nichts mehr …«

»Dafür, dass ihr bewusst eine Duftspur gelegt habt, die es den Polizeihunden ermöglicht hat, den Standort der Einheit aufzuspüren …«, sagte Medved ruhig und fügte hinzu: »Eine bekannte Methode.«

Die olfaktorische Deduktion war eines der meisterörterten Themen in der Schule. Sie galt als traditionelle, aber höchst effektive Methode aufgrund der einfachen Tatsache, dass der Geruchssinn eines Hundes selbst den weitestentwickelten Aufklärungstechnologien immer noch um einige Nasenlängen voraus war. Der Lehrende im Fach Tarnung verglich Gerüche mit Funkstationen, die direkt auf die Antennen der Gegner ausgerichtet sind. Er war Autor eines ganzen Systems von Schutzmaßnahmen – einige davon waren ziemlich extrem, sogar schmerzhaft. Das sicherste Mittel jedoch blieb das antiolfaktorische Spray (AOS), entwickelt auf der Basis eines berühmten sowjetischen Eau de Cologne, welches die Geruchsrezeptoren von Hunden blockierte. Es half auch gegen Schnaken. Medved hatte sein AOS aufgebraucht, als er noch von einer Unterkunft in die andere gebracht wurde, was zur Folge hatte, dass er selbst teilweise seinen Geruchssinn verloren hatte.

»Eine Duftspur?!«, wiederholte Monika. »Was ist denn das für ein Unsinn!«

»Aus den Angaben des Hirten geht hervor, dass die Gendarmen über ein Muster mit charakteristischem Geruch verfügten, was es ihnen in weiterer Folge einfach machte, euch beiden zu folgen.« Medved wandte sich an den kleinen Ziegenhirten: »Ist es nicht so?«

»Genau, genau«, nickte der wichtig; zum ersten Mal nannte ihn jemand Hirte, und das erfüllte ihn mit Selbstachtung.

»Ihr drei seid als Letzte diesen Weg gegangen«, meldete sich der Gräber. »Und nur einige Stunden später sind die Dreckschweine aufgetaucht!«

»Es mag schon sein, dass wir den Weg als Letzte gegangen sind, aber wir waren nicht die Einzigen«, sagte Monika nach kurzer Überlegung.

»Und was sagt ihr dazu?«, erklärte Lenin triumphierend.

Er holte eine kleine Kristallflasche heraus, legte sie auf seine Handfläche und streckte den Arm aus, damit alle es sehen konnten. Das Fläschchen hatte die Form eines Tannenzapfens und einen runden, goldglänzenden Verschluss. Es war leer.

»Das haben wir in Gabrielas Rucksack gefunden.«

»Das ist ein Parfüm! ›La rose d'été‹, von Chanel …«, sagte das Mädchen beschämt. »Ein Geschenk von meinem Onkel mütterlicherseits. Er ist Zollinspektor. Monika hat dasselbe, sie hat es nur zu Hause vergessen.«

»Chanel, was?«, warf der Gräber finster ein. »Wie schlau!«

»Ich hatte dir doch gesagt, du sollst keinen Plunder mit ins Gebirge schleppen!«, explodierte Monika.

»Riecht daran!«, beharrte Gabriela. »Ihr werdet sehen, dass es ein Parfüm ist.«

»Wir haben daran gerochen«, nickte Lenin. »Wir sind ja nicht blöd. Meine Schwester hat auch ein Parfüm. Aber das ist etwas anderes. Der Geruch verfliegt nicht, verflucht …«

»Weil es ein teures Parfüm ist, zum Teufel, darum!«, sagte das Mädchen unvermittelt.

»Du, Junge!«, Medved zeigte auf Lozan. »Hast du gesehen, dass sie sich vor dem Abmarsch eingesprüht haben?«

»Ja, ich habe es gesehen«, bestätigte der junge Mann und wurde rot. »Ich kann mich erinnern, dass ich ihnen gesagt habe, wie gut sie riechen.«

»Wir haben uns eingesprüht, weil es im Versteck des Welses nach toten Füchsen roch«, erklärte Monika. »Später hatten wir keine Lust mehr dazu.«

»Warum ist das Fläschchen dann leer?«, merkte Lenin scharfsinnig an.

»Und haben sie sich auch eingesprüht, bevor sie ins Feldlager gekommen sind?«, fragte Medved.

»Ja, haben sie«, bestätigte Lozan erneut. »Sie haben sich heimlich eingesprüht, aber ich habe es gesehen …«

»Jetzt kann ich mich erinnern!«, meldete sich Schraube, der bis dahin geschwiegen hatte. »Sie rochen wirklich anders, als sie kamen …«

»Es tut uns leid«, Monika senkte den Kopf. »Wir haben uns als dumme bourgeoise Koketten herausgestellt. Aber wir sind keine Verräterinnen.«

»Schreib das auf!«, wandte sich Medved an den Strunk, der sich schon ganz zum Feuer hin verdreht hatte. »Bei der Präsentation des zentralen Beweisstücks, einem lang anhaltenden odorisierenden Agens, getarnt als Parfüm, gerieten die Beschuldigten in Verlegenheit und machten widersprüchliche Angaben …«

»Wir sind keine Verräterinnen!«, wiederholte Gabriela verzweifelt. »Das ist ein Missverständnis … Lozan, sag es ihnen! Du kennst uns doch!«

»Na ja, also ich …«, stotterte der Gymnasiast. »So gut kenne ich sie nun auch wieder nicht. Sie waren in Brands Gruppe. Brand wusste, dass ich ins Gebirge gehen würde, und sagte zu mir, ich solle sie mitnehmen. Sie waren an einer sehr wichtigen Aktion beteiligt und gezwungen, in den Untergrund zu gehen. Die offizielle Version war, dass sie das Portrait des Zaren angemalt hatten, aber ich wusste, dass das nicht der einzige Grund sein konnte. Damals hat mir niemand gesagt, dass man ein Lösegeld von ihren Eltern verlangen würde, man hielt es geheim. Ich habe es erst erfahren, als ihr es auch erfahren habt …«

»Wir werden das überprüfen«, nickte Medved trocken. »Ich schließe die Sitzung.«

***

Das Eindringen der Ziegen ins Lager hatte nicht nur ein Durcheinander verursacht, sondern stellte auch eine reale Bedrohung dar. Die Herde hatte einen langen Trampelpfad hinterlassen, den man nur schwer verdecken konnte. Gerade war mit »Ziegenpfad« ein Name für das Feldlager gefunden, da gab Medved auch schon den Befehl aufzubrechen. Sie packten ihre Waffen, Munition, Nahrungsmittel, persönliche Dinge und zogen eilig weiter hinauf ins Gebirge. Das neue Feldlager war nur etwas mehr als einen Kilometer vom alten entfernt, aber hier war es deutlich kälter und unfreundlicher. Später brachten sie die Zwillinge mit verbundenen Augen ins Lager, es gingen Gerüchte über ihren Verrat um, der auf eine besonders komplexe und hinterhältige Weise erfolgt sei, und die Partisanen gerieten völlig durcheinander. Zum Abendessen wurden zwei Ziegen geschlachtet und gebraten, doch niemand hatte Appetit. Und das Fleisch wurde auch zäh. Das Fehlen des Strauchs machte sich bemerkbar.

»Nein, nein, nein, ich glaube es einfach nicht …«, schüttelte der Nagel niedergeschlagen den Kopf. »Sie haben uns im Feldlager Nachtgespenst das Leben gerettet!«

»Sie haben ihr eigenes gerettet«, merkte Schraube an.

»Sind sie nicht ein bisschen zu jung für Spionage?«, zweifelte Wurzel, der Anführer der Bauernbündler.

»Der Kampf ist in eine entscheidende Phase eingetreten. Der Feind wirft alle Reserven in die Schlacht. Was denkst du, Genosse Gräber?«

»Einer Büchse darf man nicht trauen«, sagte der Mann aus Pernik bedeutungsschwer, während er eine Sehne entfernte, die zwischen seinen Zähnen hängen geblieben war. »Woher haben sie wohl diese Kampfausbildung?«

»Für die Spionagetätigkeit braucht man auch ganz schön Courage«, meldete sich Courage. »Es ist kein Spaß, sich in die Höhle des Löwen zu begeben, wie man sagt …«

»Warum? Ich verstehe es nicht. Warum haben sie es getan?«, flüsterte Svilen.

»Weil sie ihrer Klasse dienen«, zischte Botev. »Das nennt man ›Klassendeterminismus‹. Wir haben ihre reaktionäre Herkunft unterschätzt …«

»Du schweigst besser, Unterhosenhändler!«, wies ihn jemand zurecht. »Sie haben doch ihre Familie enteignet? Welcher Klasse dienen sie deiner Meinung nach?«

»Und wenn es nur ein Trick war?«, schlug Schraube vor. »Um unser Vertrauen zu gewinnen.«

»Und was machen wir jetzt?«, war unruhiges Geflüster zu hören.

»Was schon? Was man mit Spionen macht …«

»Aber ist es denn mit Sicherheit bewiesen worden?!«, alle Blicke richteten sich auf Lenin.

Der schob wichtigtuerisch seine Schirmmütze zurecht.

»Dazu kann ich euch noch nichts sagen.«

***

Die Mädchen lagen verschnürt in einer Baumhöhle, deren Eingang mit Steinen und Ästen verbarrikadiert war. Drinnen war es eng, es roch nach Erde und morschem Holz. Schwere, dichte Dunkelheit umgab sie, die gleichsam die Luft aufsaugte.

»Siehst du jetzt, wohin uns dein blödes Parfüm gebracht hat!«, flüsterte Monika.

»Aber du hast dich auch damit eingesprüht, nicht wahr?«, war in der Dunkelheit Gabrielas Stimme zu hören.

»Egal!«, sagte ihre Schwester nachdrücklich, und fügte nach einiger Zeit hinzu: »Wäre nicht das Parfüm gewesen, hätten sie etwas anderes gefunden.«

»Ich verstehe dich nicht.«

»Wir sind anders! Wir kommen aus einer anderen sozialen Sphäre. Sie nehmen uns als Luxusspielzeuge wahr. Sie haben so getan, als würden sie uns bei sich aufnehmen, aber eigentlich haben sie nur darauf gewartet, dass wir einen Fehler machen. Wenn jemand geopfert werden muss, werden wir die Ersten sein …« Ihre Augen gingen über vor bitteren Tränen, aber sie konnte sie nicht wegwischen, und sie begannen, ihr über die Schläfen zu rinnen.

»Ich denke, wenn Extra Nina wieder da ist, wird alles wieder in Ordnung kommen. Es ist doch klar, dass wir keine Spioninnen sind!«, sagte Gabriela tapfer.

Es vergingen Minuten, bevor ihre Schwester den Mund aufmachte.

»Es juckt mich am Ohr … Kannst du mich mal kratzen?«

Gabriela näherte sich ihr mit dem Kopf, ihre Zähne rieben zärtlich am Ohr der Schwester.

»Das andere«, präzisierte Monika.

Die Schlinge zieht sich zu

Tichon erschien am nächsten Morgen im Lager, aber dort war niemand mehr außer den Ziegen. Diesmal kam er nicht allein. Bei ihm waren Extra Nina, Dičo sowie ein älterer Genosse aus dem Stab namens Dragan. Ihnen folgten 17 neue Kämpfer. Sie waren erst kürzlich mobilisiert worden, nachdem sie unerwartet aufgeflogen waren – Gymnasiasten, Studenten, Arbeiter. Auf die Schnelle bewaffnet, schlecht ausgerüstet, hungrig. Anfänglich war geplant, dass die jugendliche Einheit zur Čavdar-Brigade stoßen sollte, aber gewisse Schwächen in der Koordination hatten die Verbindung vereitelt. Die Rekruten trieben sich zwischen Svoge und Iskrec herum, ihre Nahrungsvorräte gingen zur Neige, und im Zonenstab fragte man sich bereits, was man mit ihnen anstellen sollte, als wie aus dem Nichts Extra Nina auftauchte. Die Neuigkeit, dass Medveds Kampfgruppe überlebt hatte, wurde begeistert aufgenommen, trotz einiger kritischer Anmerkungen bezüglich ihrer langen Abwesenheit. Es wurde sofort der Entschluss gefasst, die neuen Kämpfer zu dieser Eliteeinheit umzuleiten, um sie auszubilden, damit sie sobald wie möglich aktiv an den Kämpfen teilnehmen könnten. Auch der erfahrene Parteifunktionär Dragan (Konstantin Văpov) wurde zur Einheit geschickt, seine Aufgabe war es, die Leitung mit den neuesten Direktiven und taktischen Anweisungen vertraut zu machen, die es in Bezug auf diese neue Etappe des bewaffneten Kampfes gab.

Dičo zeigte auf die Herde:

»Jemand hat die Genossen in Ziegen verwandelt!«

Niemand lachte. Die jungen Männer krümmten sich in ihren durchnässten Mänteln. Ein Teil von ihnen trug Schuhe für die Stadt, an denen riesige Klumpen Erde klebten. Zwei, drei husteten bereits.

»Ist hier das Lager?«, zeigte sich Dragan skeptisch.

»Das war es«, Tichon zuckte die Achseln.

Extra Nina sah sich unruhig um, die Hand auf dem Karabiner. Hinter ihr war ein Pfeifen zu hören. Sie drehte sich um und erblickte Lenin, der ihr vom Waldrand zuwinkte.

***

Der Regen klopfte monoton an die Zeltwand. Medved blickte finster drein, aber er schien nichts zu sehen – sein Blick war nach innen gerichtet, auf sich selbst, und suchte eine einsame Spur, die sich durch den Wald seiner Gedanken schlängelte. Extra Nina und Dragan hatten neben ihm die Beine untergeschlagen und tranken Tee aus zwei schartigen Konservenbüchsen. Lenin war ebenfalls anwesend, kurz darauf stieß auch Schraube zu ihnen. Er kam von einer Versammlung der Arbeiterjugendorganisation. Das Zelt war für die fünf zu eng, und ihre Schultern berührten sich. Alle warteten darauf, dass der Kommandeur etwas sagte, aber er hatte es nicht eilig.

»Ich denke«, sprach er schließlich, »dass der Stab eine übereilte Entscheidung getroffen hat. Wir haben nicht die Möglichkeiten, so viele Leute aufzunehmen.«

Dragan sah ihn schief an und sagte mit Nachdruck:

»Das ist ein Befehl.«

Er war ein groß gewachsenes, knochiges Individuum mit einem länglichen Kopf und eingefallenen runden Augen wie eine Eule. Aus seinen Nasenlöchern quollen Garben von Haaren. Er trug einen dicken, gelblichen Regenmantel und Wollgamaschen über den Schuhen. Bewaffnet war er mit einer alten, schweren Pistole, einer Mauser C96 mit einem zehnschüssigen Magazinkasten. Im Bedarfsfall konnte man einen Anschlagschaft montieren. Er war auf diese Waffe besonders stolz, da sie sich auch unter den sowjetischen Kommandeuren im Bürgerkrieg großer Beliebtheit erfreute.

»Sie können nirgendwo hin«, fuhr Dragan bereits versöhnlicher fort. »Wenn sie in die Stadt zurückgehen, wird man sie verhaften. Wir dachten daran, sie in Trănskis Einheit zu schicken, aber man hat uns berichtet, dass es in der Gegend von Kalna und Cărna Trava eine Blockade gibt. Niemand weiß, wie lange das so bleibt. Sie werden nicht so lang aushalten. Ihr seht doch, in was für einem Zustand sie sind!«

»Unsere Lage ist auch nicht gerade rosig!«, begehrte Medved auf.

»Wir werden eurem Gebiet auch die Sennerei bei Dolna Kriva zuschlagen«, ergänzte Dragan verführerisch. »Jetzt wird sie dem Genossen Trănski zugerechnet, aber ich werde euch ein Dokument ausstellen, dass ihr sie angreifen dürft.«

»Und die Genossenschaft in Godeč«, fügte Lenin unerwartet hinzu. »Der Winter steht vor der Tür. Es müssen einige Sachen beschafft werden.«

»Schau, davon weiß ich jetzt nichts …«, seufzte Dragan. »Ich habe kein Mandat, um über die Genossenschaft zu verhandeln. Ihr wisst, dass der Genosse Trănski sehr eifersüchtig ist, was sein Territorium angeht.«

»Wie könnt ihr nur so feilschen!«, zeigte sich Schraube empört. »Die Genossen sind in einer Notlage. Wir, die Arbeiterjugend, haben dafür gestimmt, sie aufzunehmen!«

»Ich bin auch dafür«, unterstützte ihn Extra Nina.

»Du warst auch beim letzten Mal dafür!«, explodierte Medved. »Und was ist dabei herausgekommen? Zwei schöne Partisaninnen haben wir uns da angelacht! Spioninnen …«

Extra Nina senkte den Kopf und starrte in die Konservendose. Der restliche Tee darin war inzwischen kalt geworden und hatte einen unangenehmen metallischen Geschmack angenommen.

Medved wandte sich an Dragan:

»Können Sie uns mehr Informationen über den Fall Palaveev geben?«

»Ja und nein …«, begann der Funktionär ausweichend. »Erstens, der Zonenstab und das Zentralkomitee haben nichts mit dieser Aktion zu tun gehabt. Für uns ist das reinstes Abenteurertum! Brands Gruppe hat eigenmächtig gehandelt. Zweitens, niemand, außer Brand vielleicht, hat bis zu diesem Zeitpunkt das Lösegeld zu Gesicht bekommen, noch hat jemand eine Vorstellung davon, was daraus geworden ist. Es sollte der militärtechnischen Abteilung für den Kauf von Waffen und Munition übergeben werden – zumindest lautet so die offizielle Version der Gruppe. Aber ich wiederhole, bis jetzt ist kein Cent dort eingetroffen! Es gehen alle möglichen Gerüchte um. Brand selbst wurde vor zwei Wochen im Hotel ›Palace Royal‹ in der Hauptstadt verhaftet. Dem Portier des Hotels zufolge, der sich als Sympathisant unserer Sache herausstellte, hat Brand eine riesige Summe im Casino des Hotels verspielt. Er hat mit zwei Prostituierten auf großem Fuß gelebt, die ihn dann letztlich an die Polizei verraten haben. Natürlich erst, nachdem sie ihn richtig gemolken hatten … Seitdem kommt es massenweise zu Verhaftungen. Offensichtlich hat er die Polizei mit einer detaillierten Namensliste versorgt. Was in der Praxis die dringliche Evakuierung dieser jungen Leute notwendig gemacht hat.«

»Unglücklicher Abenteurer!«, zischte Lenin.

»Wenn nicht sogar noch etwas Schlimmeres …«, stimmte Dragan finster zu. »Die bourgeoise Presse machte ein großes Geschrei darum, dass wir junge Mädchen entführen würden. Das Ansehen der Partei ist beschmutzt!«

»Eta isjasnjajet wsjo, das erklärt alles …«, sprach Medved langsam. »Es handelt sich um eine Provokation enormen Ausmaßes.«

»Die Mitglieder der Arbeiterjugend sind beunruhigt darüber, was mit ihnen geschehen soll …«, mischte sich Schraube scheu ein. »Mit Gabriela und Monika, meine ich …«

Es trat beklemmendes Schweigen ein. Nina knetete ihre Konservendose so fest, dass das Blut aus ihren Fingerknöcheln wich und sie ganz weiß wurden. Medved hatte erneut den Blick nach innen gerichtet. Der Regen begann, die Wände des Zeltes aufzuweichen.

»Der Genosse Lenin hat mich mit der Situation vertraut gemacht«, ergriff Dragan energisch das Wort. »Am besten wird es sein, sie loszuwerden.«

»Und was ist, wenn der kleine Ziegenhirt lügt?«, rief Extra Nina plötzlich.

»Und lügt Lozan auch?«, fragte Medved mit Grabesstimme.

***

Das Tageslicht blendete sie. Sie hatten das Gefühl, eine ganze Woche in der feuchten, dunklen Baumhöhle verbracht zu haben. Durst quälte sie, ihre Lippen waren aufgeplatzt. Sie wurden nacheinander geholt – erst Monika, dann Gabriela. Die Genossen banden ihre Beine los und stellten sie auf die Füße. Das Blut strömte schmerzhaft in ihre Sohlen. Extra Nina musterte ihre straffen Gesichter. Jetzt sah ihr Haar noch weißer aus, fast durchsichtig, als wäre es aus Glas. Bei ihr waren Dičo, Schraube und Botev. Ein, zwei Minuten lang sagte keiner etwas.

»Schon klar«, seufzte Monika schließlich.

»Ich werde euch das Urteil vorlesen«, sagte Extra Nina ausdruckslos, wobei sie ein Blatt Papier auffaltete, das mit Maschine beschrieben war.

»Im Namen des Volkes … Nachdem es sich mit den Fakten und Beweisen vertraut gemacht hat, die von der revolutionären Untersuchungskommission gesammelt wurden, und sorgfältig die Begleitumstände der Tätigkeit der Gruppe Brands studiert hat, die zu einem schweren Schlag gegen unsere Befreiungsbewegung geführt hat, ist das Revolutionstribunal der Ersten Balkangardedivision zu folgendem Entschluss gelangt:

A) Es wird als bewiesen angesehen, dass die Schwestern Palaveev (Kara und Jara, auch bekannt als Monika und Gabriela) an einer Provokation großen Ausmaßes durch den repressiven faschistischen Apparat beteiligt waren mit dem Ziel, die bereits erwähnte Kampfeinheit zu vernichten und den gesamten Kampf zu diskreditieren.

B) Für ihre Beteiligung an dieser Spionagetätigkeit erlegt das Revolutionstribunal den Schuldigen die schwerste Strafe auf – Tod durch Erschießen.

C) Das Urteil soll unverzüglich vollstreckt werden. Vorsitzender des Revolutionstribunals: KomBrig Medved.«

Während Nina mit gleichmäßiger Stimme las, konnte Dičo die Augen nicht von dem roten Tuch abwenden, das er Monika persönlich umgebunden hatte. Wie oft hatte er sich das vorgestellt: Er und sie, beide, Schulter an Schulter in der Schlacht. Sie wird verwundet, er trägt sie auf dem Rücken, es gelingt ihnen zu entkommen. Sie hat ziemlich viel Blut verloren. Er kümmert sich um sie, verbindet ihre Wunde – irgendwo an der Schulter. Er schneidet sein Hemd in Streifen, Monika beißt die Zähne zusammen, ihre Brustwarzen sind ganz hart vor Kälte. Sie flüstert: »Ich will an deiner Seite sterben.«

»Du wirst nicht sterben!«, sagt er und küsst sie.

»Warum!? Warum habt ihr das getan?«, brach es aus seinem tiefsten Inneren hervor.

»Wir haben gar nichts getan«, antwortete Monika bestimmt. »Aber wenn ihr es begreift, wird es schon zu spät sein … Sowohl für uns als auch für euch!«

»Sind das eure letzten Worte?«, fragte Nina trocken.

»Wir dachten, wenigstens du würdest uns unterstützen!«, rief Gabriela.

»Wenn ich es doch nur gekonnt hätte …«, seufzte die Politkommissarin. »Los! Botev und ich werden das Urteil vollstrecken. Ihr zwei«, sie zeigte auf Dičo und Schraube, »geht zurück zur Einheit!«

Es hatte zu regnen aufgehört, aber der Boden machte immer noch schmatzende Geräusche unter ihren Füßen. Botev schob die Mädchen mit dem Gewehrlauf vor sich her wie mit einem Ochsenstachel, und in seinen Augen leuchteten bösartige kleine Flammen auf. Schon am ersten Tag hatte er eine instinktive Feindseligkeit gegenüber diesen athletischen Geschöpfen von der Sonnenseite des Lebens verspürt, die er nur in seinen Fantasien haben konnte. Sie hatten Besitz von der Seele der Einheit ergriffen. Man sprach über sie, dachte an sie, träumte von ihnen. Alle wetteiferten um ihre Gunst, bereit, alles zu tun, um einen Blick, ein Lächeln oder ein Wort von ihnen zu erhaschen. In ihrer Anwesenheit wurden die Guten noch besser, die Tapferen noch tapferer, die Dummen noch dümmer, die Jämmerlichen noch jämmerlicher … Genau das konnte er ihnen nicht verzeihen. Dass sie seine wahre Natur zum Vorschein gebracht hatten. Er hatte sich selbst gesehen – so, wie er wirklich war. Und er konnte sich nicht mehr in den Spiegel schauen!

Extra Nina ging nachdenklich an der Spitze der Kolonne voran. Dičo und Schraube sahen ihnen nach, bis ihre Rücken zwischen den Bäumen verschwanden. Dann machten sie kehrt und gingen schweren Schrittes zurück zum Lager.

»Genossin Politkommissarin«, war von hinten Monikas hämische Stimme zu hören, »wir wissen immer noch nicht, wie es dir damals gelungen ist, dich aus den Klauen der Polizei zu befreien. Willst du es uns nicht erzählen?«

Nina wurde langsamer, ohne sich umzudrehen. Ein wenig ausdruckslos, so als würde sie einen gut eingeübten Text sprechen, sagte sie: »Ich bin aus dem Zug geflohen, als sie mich nach Sofia transportierten. Zwei Polizisten waren bei mir. Hinter dem Bahnhof Lakatnik gelang es mir, sie abzulenken und unschädlich zu machen. Ich nahm ihnen die Waffen ab. Dann zog ich die Notbremse und sprang in die Büsche neben den Gleisen. Es kam zu einer Panik. Im Zug fuhren auch Soldaten mit, aber sie wagten es nicht, mich zu verfolgen …«

Die Mädchen sahen sich argwöhnisch an.

»Sogar die Zeitungen haben darüber geschrieben!«, fügte sie hinzu.

***

Etwas Merkwürdiges ging um sie herum vor, und die Neuankömmlinge konnten nicht verstehen, was es war. Alles, was sie wussten, war, dass die Vollstreckung der Todesurteile gegen zwei nachweisliche Spioninnen bevorstand. Sie würden bekommen, was sie verdienten, ganz klar! Das konnte kein Anlass zur Freude sein, natürlich nicht, aber der tiefe Trübsinn, der die Einheit befallen hatte, schien ihnen unerklärlich und erschreckend. Diese harten Menschen, die monatelang im Balkangebirge gelebt hatten, schienen plötzlich den Boden unter den Füßen verloren zu haben. Sie irrten zu zweit oder allein durchs Lager, saugten an feuchten Zigarettenstummeln und seufzten, wobei sie vermieden, dass sich ihre Blicke trafen. In den Augen vieler standen Tränen. »Warum?«, wunderten sich die neuen Genossen, die sich bei einem großen, weißen Stein versammelt hatten, wagten es aber nicht zu fragen.

Dragan saß neben Medved und erläuterte ihm geduldig die grundlegenden Punkte der erst kürzlich beschlossenen »Anweisungen und Pflichten des Kommandeurs der Einheit«. Er war sich bewusst, dass der Kommandeur ihm so gut wie gar nicht zuhörte, doch trotzdem fuhr er fort, ihn in ruhigem, energischem Ton zu instruieren, als glaubte er, er könne auf diese Weise dessen innere Qualen mildern. Er war ein erfahrener Funktionär.

»Towarischtsch KomBrig! In Spanien gab es einen Hund, der darauf dressiert war, Minen zu suchen. Der Mann, der sich um ihn kümmerte, prahlte damit, der Hund könne eine Spur aufnehmen, die vor einem Monat hinterlassen worden war. Er sagte, es gebe zwei Arten von Spuren: Die leichten schweben in der Luft und verflüchtigen sich innerhalb von Stunden, die schweren dringen in die Erde ein und können monate-, ja sogar jahrelang bestehen bleiben! Also, ich frage mich, was wäre, wenn jemand anders die Fährte gelegt hat? Wir müssen alle überprüfen, die zum Haus des Welses hinuntergestiegen sind …«

In diesem Augenblick hallte ein weit entfernter Schuss wider. Nach ihm – ein zweiter. Das Gebirge nahm sie auf und entlud ihr Echo über der Einheit wie einen Felsen.

»Es ist zu spät«, raunte Medved.

Die Schlacht der Herzen

Botev lag mit einem großen Loch im Kopf da, aus dem dickes, rotes Blut floss. Der zweite Schuss hatte seinen Körper getroffen, aber das hatte er wohl kaum noch mitbekommen. Aus der Mündung des Karabiners stieg dünner Rauch auf. Extra Nina warf ihn über ihre Schulter und ließ ihren Blick für einen Moment auf der Leiche ruhen.

»Er hatte seinen Namen nicht verdient …«, schüttelte sie den Kopf.

Sie zog ein Messer und schnitt die Fesseln der Mädchen durch.

Die blinzelten überrascht.

»Los, verschwindet! Geht immer bergab und dreht euch nicht um!«

Aber sie gingen nicht weg. Sie standen da und schauten.

»Warum hilfst du uns?«, fragte Monika.

»Weil …«, Ninas Gesicht färbte sich rosa. »Weil ihr nicht sterben dürft, darum! Euch trifft keine Schuld. Abgesehen davon, dass ihr noch jung und dumm seid …«, fügte sie mit einer Mischung aus Mitleid und Ärger hinzu.

»Und wie willst du Botevs Abwesenheit erklären?«

»Das wird nicht notwendig sein! Die Armee wird jeden Augenblick eintreffen. Diesmal entkommt keiner … Was schaut ihr mich so an? Geht! Wenn sie euch kassieren, sagt ihr, dass ihr von den Partisanen entführt worden und geflohen seid. Das denken ohnehin alle. Sie werden euch nach Hause zurückbringen, und wie ihr die Sache mit euren Eltern regelt, weiß ich nicht … Ehrlich gesagt ist es mir auch egal!«

»Du hast also die Spur gelegt!«, wurde Gabriela feuerrot.

»Ich hatte keine Wahl …«

»Warum?«

»Weil ich leben wollte, darum!«, Nina schüttelte ihr weißes Haar. »Hätten sie dir eine Stange Dynamit in den Hintern geschoben, würdest du mir vermutlich keine solchen Fragen stellen …«

»Es war doch eine Kerze?!«

»Das habe ich erst später erfahren«, lachte sie bitter. »Ich hatte schon alle Namen und Adressen ausgeplaudert. Ich unterschrieb ein Dokument über meine Zusammenarbeit, woraufhin sie meine Flucht inszenierten …«

»Du bist Agentin geworden?«, kniff Monika die Augen zusammen.

»Na und?«, sie sah sie herausfordernd an.

»Warum arbeitest du weiterhin für die?«

»Weil sie mich sonst auffliegen lassen und mich dann unsere Leute umbringen würden.«

»Und was wirst du tun, wenn die Revolution gesiegt hat?«

»Falls sie siegt! Bis dahin kann noch viel passieren …«

»Und du hast keine Angst, dass wir dich verraten könnten?«

»Ihr seid wegen Verrats zum Tode verurteilt«, erinnerte sie die Mädchen, wobei sie auf ihre Tasche klopfte. »Ich habe das Urteil schwarz auf weiß. Ihr seid mir was schuldig, zum Teufel!«

Nina nahm das Gewehr von der Schulter.

»Los, geht, bevor ich es mir anders überlege! Im Laufschritt marsch!!!«

Die Mädchen nahmen sich an der Hand und rannten den Abhang hinunter.

Sie liefen, ohne sich umzudrehen, rutschten auf dem Laub aus, fielen hin, standen wieder auf, sprangen über umgestürzte

Bäume, Ameisenhaufen, Rinnsale und Bäche, bis ihnen die Puste ausging. Am Ende ließen sie sich bei ein paar Kiefern auf die Erde fallen. Ihre Ohren dröhnten, ihre Herzen schlugen ihnen bis zum Hals wie die Kolben einer Dampflok. Eine dünne Schicht eiskalten Schweißes ließ die Kleider an ihrer Haut kleben.

»Wir sind am Leben!«, fasste Monika kurz zusammen.

Einige Minuten lang atmeten sie nur.

»Die arme Nina!«, raunte Gabriela, als ihr Puls sich wieder einigermaßen normalisiert hatte.

»Die Arme?!«

»Was würdest du tun, wenn du in ihrer Lage wärst?«

»Es geht darum, erst gar nicht in so eine Lage zu geraten!«, sagte Monika scharf.

»Das ist leichter gesagt …«

»Pssst!«, Monika legte den Finger auf den Mund.

Sie kroch auf allen vieren unter die Kiefern und spähte durch den Vorhang aus wohlriechenden, kleinen Nadeln. In der Ferne waren das Knacken von Reisig und Stimmen zu hören. Kurz darauf tauchten weiter unten braune Winteruniformen auf. Sie schritten in einer langen Reihe voran wie Schachfiguren. In der Mitte ging ein Soldat mit Hund. Das Tier hielt die Schnauze tief gesenkt und zerrte wie verrückt an der Leine. Monika schlüpfte zurück zu ihrer Schwester.

»Sie kommen …«

»Was sollen wir tun?«

»Wir werden sagen, man hätte uns entführt …«, begann Monika.

»Nein, nein!«, unterbrach sie ihre Schwester. »Dort oben sind 50 Genossen. Sie werden sie abknallen wie die Hasen. Wir müssen sie warnen.«

»Was für Genossen denn!?«, zischte Monika. »Sie hätten uns umgebracht, ohne mit der Wimper zu zucken. Jetzt werden sie herausfinden, wer der wirkliche Verräter ist!«

»Ich weiß. Trotzdem …«

»Trotzdem was?«

»Es ist blöd, sie einfach ihrem Schicksal zu überlassen. Ich finde es jedenfalls blöd.«

Das Geräusch von Schritten kam langsam näher. Monikas Gedanken irrten umher wie eine Metallkugel in einem Labyrinth aus Nuten und Rinnen. Sie schloss die Augen und wartete darauf, dass sie, vorangetrieben von ihrem eigenen Gewicht, ihren Weg fand. Während die Kugel an die Wände stieß, von Kante zu Kante hüpfte und in den Ecken stehen blieb, rollte sie an einigen trügerischen großen Löchern vorbei, bog in einen Seitenkanal ein, sprang dann plötzlich hinaus, um im letzten Loch zu verschwinden, in der Peripherie ihres Verstandes.

»Los!«, stieß sie ihre Schwester an.

»Was hast du entschieden?«, flüsterte Gabriela.

»Wir gehen zurück. Hoffentlich ist es noch nicht zu spät!«

***

Hauptmann Nacht schabte mit einem spitzen Stock konzentriert die Erde von seinen Stiefeln. Zanev neben ihm führte die gleiche Übung aus. Die Erde war klebrig und dicht, hatte die Farbe von frischer Scheiße und roch nach toten Blättern. Am Waldrand hingen noch träge Nebelfetzen in der Luft. Plötzlich hörte Nacht auf, seine Stiefel zu putzen, und starrte ins Gras.

»Zanev, schau mal!«

Er entfernte mit der Spitze des Stocks einige feuchte Blätter. Darunter war ein tiefer Abdruck eines Wanderstiefels. In das Profil waren fünfzackige Sterne eingeritzt, die eine deutliche Spur im Erdreich hinterlassen hatten.

»Der muss zu einem der Gymnasiasten gehören«, schloss Zanev und konnte sich ein Kichern kaum verkneifen. »Offenbar legen sie großen Wert darauf, dass man sieht, wo sie vorbeigekommen sind. Kinderkram!«

»Kinder oder nicht, sie haben Gewehre«, merkte der Hauptmann finster an.

Ein verärgertes, heiseres »Määäh!« zog seine Aufmerksamkeit auf sich. Die Tiere waren seit zwei Tagen angebunden, sie hatten bereits alles in der näheren Umgebung abgegrast und wurden langsam unruhig.

»Was haben diese Ziegen hier verloren? Und wem gehören sie?«

»Das entzieht sich meinem Wissen«, zuckte der Fähnrich die Achseln.

»Die Sache gefällt mir nicht …«

»Sollen wir sie losbinden?«

»Das fehlte noch! Dass uns allerlei Ziegen vor den Füßen herumlaufen …«

»Herr Hauptmann!«, meldete der Funker außer Atem. »Dritter und vierter Zug in Stellung, erster und zweiter schwärmen nach Westen aus. Die Gebirgsbatterie von Oberleutnant Angelov ist feuerbereit.«

Nacht nahm sein Fernglas und richtete es auf den Gebirgskamm.

»Stellen Sie eine Verbindung zur Heeresgruppe Nord her!«, ordnete er ohne weitere Umschweife an.

Das Erste, worum Nacht sich kümmerte, nachdem er das Kommando über die Operation »Schnee-Eule« übernommen hatte, war, den ihm unterstehenden Einheiten gebührende Codenamen zu geben sowie auch der Operation selbst. In ihnen fanden zweifellos die epischen Schlachten an der Ostfront ihren Widerhall, welche der Hauptmann mit Interesse verfolgte. Heeresgruppe Don, Heeresgruppe Mitte, Heeresgruppe Süd, Heeresgruppe Nord, Heeresgruppe A, Heeresgruppe B, Unternehmen Taifun, Unternehmen Fischreiher, Unternehmen Zitadelle – diese vom Geruch nach Schießpulver umflorten Namen plätscherten in seinem Gehirn wie ein irrer Cocktail herum und riefen die fantastischsten Gestalten hervor, die Goyas Pinsel würdig gewesen wären. Irgendwo mitten in diesem Chaos schaukelten auch die goldenen Medaillons mit den Portraits der Schwestern Palaveev wie Engel der frohen Botschaft. Der Hauptmann war ihr Ritter. Er würde sich in die Schlacht gegen die primitiven Barbaren stürzen, die sie gefangen hielten. Er würde sie retten und vielleicht sogar, wie es in den Märchen geschieht, heiraten … Aber welche von beiden? Hier verhedderten sich die Drähte, es sprühte Funken und sein Verstand hatte einen Kurzschluss.

»Eulenhorst, Eulenhorst, Eule ruft Adler, Eule ruft Adler …«, wiederholte der Funker und hielt sich den Kopfhörer ans Ohr.

Er operierte mit dem taktischen Kurzwellensender »Fürst Simeon von Tărnovo« (FST), einem Vorboten des bulgarischen technischen Genies, produziert in der Fabrik für militärische Nachrichtentechnik. Der Apparat zeichnete sich durch Zuverlässigkeit und Einfachheit aus, auch wenn er ziemlich plump wirkte.

»Die Verbindung steht«, der Funker reichte ihm den Kopfhörer.

Nacht nahm ihn, ohne das Fernglas abzusetzen.

»Hier Eulenhorst. Adler, ich kann euch sehen. Ende.«

»Hier Adler. Eule, wir können euch ebenfalls sehen. Ende«, war die Stimme Major Derevs zu hören, der die Heeresgruppe Nord befehligte.

Die Heeresgruppe bestand aus einem Bataillon, das durch eine Maschinengewehr-Batterie verstärkt wurde. Sie waren am Tag zuvor von Berkovica aufgebrochen und hatten schon den Kamm des Balkangebirges überquert. Obwohl Derev der Ranghöhere war, wurde die Leitung der Operation Nacht anvertraut, der als viel erfahrener bei der Jagd auf subversive Elemente galt und sich in letzter Zeit auch der Unterstützung einflussreicher Kreise im Innenministerium erfreute.

»Verbinden Sie mich mit der Heeresgruppe Zebra«, ordnete der Hauptmann an.

Der Funker stellte eine andere Frequenz ein und begann zu wiederholen:

»Eulenhorst ruft Zebra! Eulenhorst ruft Zebra!«

Zebra bestand aus drei Gendarmerie-Kompanien, von denen eine zur Gänze mit Maschinenpistolen MP 36 bewaffnet war. Sie hatten im Dorf Gubislav übernachtet, oberhalb der Stadt Lakatnik, und waren im Morgengrauen aufgebrochen, um die Ostflanke der Operation zu sichern. Die Einheiten standen unter dem Kommando von Hauptmann Kostev, den seine Untergebenen den Schleifer nannten. Er hatte nichts dagegen. Zwischen ihm und Hauptmann Nacht schwelte eine uralte Rivalität, was in allerlei Dingen seinen Ausdruck fand, die auf den ersten Blick unbedeutend schienen, aber eine tiefe Symbolik in sich trugen. Wie zum Beispiel der Codename Zebra, mit dem Nacht Kostevs Gruppe ausgezeichnet hatte. Für diesen war das eine absichtliche Erniedrigung, und darum meldete er sich auch nur höchst ungern.

»Zebra, warum antwortest du nicht!?«, ärgerte sich Nacht.

»Eule, ich habe keine Deckung«, lautete die Standardantwort. »Wie gehen gerade durch eine Rodung.«

Plötzlich knallten im Hörer Schüsse, man hörte verwirrte Rufe.

»Zebra!«, rief Nacht. »Wer schießt da, verflucht?! Ich habe doch verboten zu schießen, bevor ich nicht das Signal dazu gegeben habe!«

»Eule, wir werden von hinten angegriffen!!!«

»Wer greift euch an?«

Einige Zeit lang hallten im Hörer nur Schreie und Befehle wider. Das Echo der Schüsse pflanzte sich von einem Hügel zum nächsten fort.

»Eule«, berichtete Kostev nach einigen Minuten sauer, »die Situation ist unter Kontrolle. Eine Gruppe von Bauern ist plötzlich in unserem Rücken aufgetaucht. Wir dachten, es wären Partisanen. Ist ja auch kein großer Unterschied …«

»Zebra, was haben die dort zu suchen, zum Teufel?!«

»Irgendwelche beschissenen Ziegen! Sie folgen ihrer Spur schon seit Balša. Eule, sind die Ziegen bei euch?«

Nacht ließ seinen Blick auf der Herde ruhen. Er kam sich so dumm vor.

»Ja.«

»Eule, was sollen wir mit den Bauern tun? Der eine ist verletzt.«

»Zebra, seid ihr sicher, dass es keine Partisanen sind?«

»Sie behaupten, sie suchen nach ihren Ziegen. Sie sind nicht ernst zu nehmend bewaffnet: Sie haben nur drei Doppelflinten und Messer.

»Zebra, nehmt ihnen die Waffen ab und fesselt sie für alle Fälle. Danach geht ihr unverzüglich zum Angriff über. Ende.«

»Verstanden, Eule. Wir gehen zum Angriff über. Ende.«

Hauptmann Nacht zog angriffslustig seine Luger.

»Wir müssen sofort losschlagen.«

Erneut Schulter an Schulter

Medved spitzte beunruhigt die Ohren. Das Echo der Schüsse verstummte langsam. Ein tiefgreifendes Schaudern lief durch seinen massiven, geerdeten Körper und schüttelte ihn wie ein Stromschlag. Sein Blick befreite sich von der üblichen Schwermut.

»Hast du das gehört?«, wandte er sich an Dragan.

»Es könnten auch Jäger sein …«

»Jäger mit Maschinenpistolen?«

Alle im Lager hatten die Schüsse gehört und waren erstarrt.

»Wo bleibt denn dieser Botev?«, fragte Medved nervös.

»Er vergräbt sie …«, entgegnete Nina ausdruckslos.

Dičo stand am Wiesenrand, die Stirn gegen die Rinde eines Baums gepresst. Von Zeit zu Zeit zog er den Kopf ein Stück zurück, um dann wieder mit der Stirn dagegenzuschlagen, so als bemühte er sich hartnäckig, sich einen Gedanken einzuhämmern, der immer wieder aus seinem Kopf hervorsprang wie ein Nagel. Die harte Baumrinde hatte seine Stirn aufgeschürft, doch er spürte nichts davon. »Angsthase, Angsthase!«, wiederholte er in Gedanken. »Warum hast du dich nicht früher eingemischt? Warum hast du zugelassen, dass man sie abführt?« Ob es nicht etwas mit den Wünschen zu tun hatte, die ihn quälten? Wünsche, derer er sich schämte und von denen er wusste, dass sie sich nicht erfüllen würden. »Dumme, schlechte, arrogante Mädchen! Geschieht euch recht, wenn ihr mit den Männern spielt!« Aber warum brachte ihm dieser Gedanke keine Erleichterung? Das Tuch an Monikas Hals hörte nicht auf, im Wind zu flattern …

Jemand klopfte ihm auf die Schulter. Er drehte sich um: Eine schmale, weiße Hand legte sich auf seine Lippen.

»Still!«, flüsterte Monika.

Die beiden Mädchen zogen ihn in den Wald hinein.

»W-w-was hat das zu bedeuten?«, stotterte er. »Hat man euch nicht erschossen?«

»Das ist eine lange Geschichte …«, seufzte Gabriela finster. »Wir sind zurückgekommen, um euch zu sagen, dass es in der Gegend nur so von Soldaten wimmelt. Sie bewegen sich auf das Lager zu. Warne Medved, aber pass auf, dass Extra Nina nichts davon mitbekommt.«

»Ist sie die Verräterin?!«

»Geh!« Monika zog ein finsteres Gesicht. »Wir werden hier warten.«

Dičo sah den beiden nur in die Augen und nickte. Er rannte zu Medved, nahm ihn ein paar Schritte zur Seite und begann, auf ihn einzureden. Nina ließ Dičo und Medved nicht aus den Augen. Der Blick des Kommandeurs glitt zum Waldrand, dann bog er zu ihr ab, schwer und schrecklich wie die Mündung einer Doppelflinte, die mit Dinosaurierschrot geladen war.

»Dumme Mädchen!«, stieß er halblaut hervor.

Etwas zischte durch die Luft. Niemand außer Medved erkannte das Pfeifen der 120-mm-Mörsergranate. Es war keine Zeit mehr für das Kommando »Hinlegen!«. Einer der jungen Männer, die sich um den Stein versammelt hatten, dachte, eine Schnake würde über seinen Kopf hinwegfliegen, und wollte sie gerade fangen, als das Geschoss mit einem Knall in ihrer Mitte einschlug. Die Druckwelle schleuderte ihre Körper in alle Richtungen weg.

Niemand konnte orten, woher das Feuer kam. Die Batterie von Oberleutnant Angelov schoss von hinter dem Hügel in einem Winkel von 70 Grad. Die Feuerleitstelle befand sich ganz oben auf dem Gebirgskamm, wo man einen idealen

Überblick über das ganze Territorium hatte. Der Beschuss war kurz, aber intensiv. Das Gras färbte sich rot, überall lagen menschliche Überreste herum. Aus dem Wald kamen im Zickzack zwei tief gebückte Gestalten herbeigerannt und warfen sich neben Medved und Dičo auf den Bauch.

»Rotfront!«, sagte Gabriela außer Atem. »Braucht ihr Verstärkung?«

»Und gebt uns unsere Waffen zurück!«, fügte Monika hinzu.

»Dewotschki, Dewotschki …«, raunte Medved.

Er hätte gern noch etwas hinzugefügt, aber es wusste nicht, was, und so klopfte er nur den Dreck von seiner Schirmmütze ab. Eine unsichtbare Last löste sich von seinem Herzen. Er sprang auf die Füße und befahl:

»Rückzug in den Wald!!!«

Sein Blick streifte über die Wiese auf der Suche nach Extra Ninas weißem Skalp. Aber keine Spur von ihr. Sie war weder unter denen, die sich vom Boden erhoben, noch unter denen, die liegen blieben. Als hätte sie sich in Luft aufgelöst!

Medved spuckte wütend aus und rannte den anderen hinterher.

»Du warst bei ihr!«, die Überlebenden umringten Dičo. »Warum sollten wir dir glauben?«

»Ich habe die Wohnung von Tante Rajka in Lozenec nicht verlassen!«, verteidigte er sich. »Extra Nina ging zu den konspirativen Treffen und wer weiß, wohin sonst noch. Sie hat auch den da angeschleppt!«

»Jetzt hört aber auf, Genossen!«, hob Dragan abwehrend die Hände. »Sie wurde im Stab mit Medveds Code vorstellig. Woher soll ich wissen, mit wem sie sich sonst noch getroffen hat? Ich wurde geschickt, um mich vor Ort mit der Situation vertraut zu machen …«

»Genug!«, unterbrach Medved die anderen, wobei er den Mann im gelben Regenmantel prüfend anstarrte. »Nehmt ihm die Waffe ab und behaltet ihn im Auge.«

Dragan legte seine Hand auf den Griff der Mauser.

»Entscheidet ihr, ob ich mit oder gegen euch kämpfen soll.«

Kugeln prasselten auf die Baumstämme und rissen Stücke von der Rinde ab. Maksim sank lautlos ins Laub. Auf Dragans Ärmel brach ein kleiner roter Krater aus. Er schrie vor Schmerz auf, zog die schwere Pistole und eröffnete das Feuer auf die Helme, die zwischen den Bäumen auftauchten.

»Gräber, Lenin, haltet sie auf! Wie greifen von der Seite an …«, rief Medved, drehte sich zu den Mädchen um und sagte streng: »Bleibt dicht hinter mir!«

Er suchte noch zehn weitere Kämpfer aus, unter ihnen Stojčo, Schraube, den Nagel und Dičo. Die Gruppe zog sich gut fünfzig Meter zurück, ganz bis zum Waldrand, und bog dann ab, den Steilhang hinunter.

Kostevs Einheiten drangen gerade in das verlassene Lager ein. Sie rückten mit erhöhter Vorsicht vor, wobei sie eine Leiche nach der anderen umdrehten, immer auf eine Falle oder einen Hinterhalt gefasst. Medved nahm eine Granate von seinem Gürtel, zog den Sicherungsstift, zählte bis vier und warf sie unter dem steilstmöglichen Winkel in die Mitte der Wiese. Die Granate explodierte noch in der Luft und verteilte Schrapnelle in einem großen Umkreis. Die Gendarmeriesoldaten antworteten mit chaotischem Feuer. Der Nagel nahm auch Anlauf, um seine grindige Stielgranate zu werfen, aber Medved hielt ihn auf und zeigte in die andere Richtung.

Die Partisanen näherten sich robbend den feindlichen Linien. Die trockenen Blätter und Zweige raschelten verräterisch, aber die Soldaten waren viel zu sehr damit beschäftigt, die Gruppe weiter unten zu beschießen, und bemerkten sie nicht.

Medved gab den Befehl, alle vorhandenen Granaten zu werfen.

»Vorwärts, Genossen!«, und noch bevor die Explosionen verstummt waren, sprang er auf.

Gabriela und Monika stürzten hinter ihm her. Alles war wie in einem Traum. Das Bild vor ihren Augen verschob sich unter einem unmöglichen Winkel, verlor seine Farbe und wurde schwarz-weiß. Sie rannten und schossen, aber die Schüsse erreichten ihr Gehör wie aus weiter Ferne, und es klang, als würde jemand Popcorn machen. Monikas Karabiner hatte schon beim dritten Schuss Ladehemmungen. Sie versuchte verzweifelt, den Verschluss zu öffnen, während ein Soldat auf sie zielte. Im letzten Augenblick verzog er die Waffe und die Kugel zischte an ihr vorbei. Jemand hinter ihr stöhnte auf. Sie schaute über die Schulter und sah Mončo, den Bibliothekar. Er fiel unnatürlich langsam, als würde er in Watte versinken. Ihre Blicke trafen sich. Sein Kopf schlug schwer neben ihr auf. An seiner Brust hing der Beutel mit dem Schnellkurs in der Geschichte der VKP(b). Monika nahm ihn an sich.

»Pass darauf auf …«, raunte er.

Aus seinem Mund sprudelte Blut hervor.

Gabriela fiel ins Laub. Zwei Hände hielten ihre Knöchel wie in einem Schraubstock fest. Sie drehte sich um und sah das tote Gesicht eines Mannes in Uniform. Sie versuchte, sich freizustrampeln, aber er ließ sie nicht los. Er hatte sich an sie geklammert, als hoffte er, sie würde ihn aus dem Sumpf des Todes ziehen, der ihn unerbittlich verschluckte.

»Ich werde schießen!«, das Mädchen richtete die Beretta auf seinen Kopf.

Sie wartete noch fünf Sekunden, drehte sich weg und drückte ab. Ein kraftloses »Klick«. Das Magazin war leer. Gabriela hatte keines in Reserve. Sie musste die Patronen einzeln in die Kammer stecken – eine Aufgabe mit erhöhtem Schwierigkeitsgrad in ihrer Situation. Sie suchte nach ihrem Messer, als die Finger sich plötzlich öffneten und sie losließen. Das Mädchen stürmte nach vorn, ohne sich umzudrehen.

»Wo ist der Nagel?«, fragte der Gräber, als er seine Deckung verließ.

Die plötzliche Attacke hatte den Feind verwirrt. Das Feuer war eingestellt worden. Die Helme versanken gleichsam im Erdboden. Die Partisanen sammelten sich, ganz aufgeregt von der Schlacht, fiebrig und leicht benommen, als würden sie von einem sehr hohen Gipfel heruntersteigen, wo die Luft dünn ist.

»Wo ist der Nagel?«, wiederholte der Gräber.

Medved musterte seine Gruppe, es fehlten drei.

»Sie haben den Nagel getötet«, meldete sich Dičo.

Der Totengräber des Kapitalismus war ein roher Mensch und zeigte nur selten Gefühle. Der Nagel war vor seinen Augen aufgewachsen, er hatte ihn schon mit 13 auf eine illegale Versammlung mitgenommen … Er ballte die Faust und schlug gegen die Rinde eines nahen Baums.

Dragans gelber Regenmantel war durchlöchert wie ein Sieb; der Gesandte des Stabs atmete stoßweise, angelehnt an einen Baumstamm, und hielt seine Mauser weiter fest umklammert.

»Ich habe nur noch drei Schuss«, röchelte er. »Gebt mir ein Gewehr und geht. Ich werde sie so lang wie möglich aufhalten …«

»Gebt ihm eines«, ordnete Medved an. »Verzeih, Dragan …«

»Geht!«, der Verwundete spuckte zur Seite aus. »Meine Frau hatte gerade … Eintopf … gekocht. Und ich sage zu ihr, übermorgen bin ich wieder da, lasst mir was übrig. Und sie … schau, wie viel ich gemacht habe, sagt sie, schau du nur zu, dass du zurückkommst … Verdammt!«

Sie bewegten sich in einer lang gezogenen Kolonne, bereit, sich jeden Augenblick auf den Boden zu werfen. Sie waren nur noch zu sechzehnt. Kurz darauf waren in ihrem Rücken wieder Schüsse zu hören, und Medved beschleunigte den Schritt. Dragans Gewehr knatterte von Zeit zu Zeit einsam, als Antwort ertönte eine wütende Salve. Danach dröhnten ein paar Granaten und es wurde still.

»Es ist vorbei«, flüsterte Dičo.

Die zersetzende Kraft des Kapitals gegen die Hitlersäge

»Eulenhorst ruft Adler, Eulenhorst ruft Adler! Hört ihr uns?«

»Hier Adler, hier Adler! Wir hören euch gut, können euch aber nicht sehen.«

»Hier Eulenhorst. Wir können euch auch nicht sehen, aber wir hören euch …«

Hauptmann Nacht packte ungeduldig den Hörer:

»An den Befehlshaber der Heeresgruppe Nord. Die Banditen bewegen sich in Richtung Nordwesten. Sie werden bei Trapa herauskommen, unterhalb von Vuči Baba. Wir sind ihnen auf den Fersen. Die Heeresgruppe Morgenrot riegelt die östliche Flanke ab. Habt ihr Einheiten in diesem Sektor?«

»Oberhalb der Kurve bei Ljuti Most geht die dritte Kompanie in Stellung.«

»Verstärkt die Beobachtung. Sobald sie auftauchen, sofort das Feuer eröffnen. Erlaubt ihnen nicht, den Fluss zu überqueren. Bringt einen Teil eurer Leute am gegenüberliegenden Ufer in Position. Das ist ein Befehl!«

»Herr Hauptmann!«, meldete Leutnant Dobrev. »Schütze Balev vom vierten Zug hatte Feindberührung mit den Zwillingen …«

»Jawohl, Herr Hauptmann!«, bestätigte der Soldat mit Freude. »Das Gewehr der einen hatte Ladehemmungen, ich hatte sie im Visier, aber dann fiel mir ein, dass Sie sie lebend brauchen, und ich schoss auf den nächstbesten …«

»Nicht ich persönlich brauche sie«, sagte Nacht kühl.

»Sie hatten Waffen!!!«, unterstrich der Leutnant.

»Jawohl!«, stimmte Balev zu. »Und sie wussten damit umzugehen …«

»Wegtreten«, schickte ihn Nacht fort.

»Wie kann das sein? Angeblich sind sie entführt worden, und dann kämpfen sie auf der Seite der Partisanen?«, empörte sich der Unteroffizier. »Hier passt etwas nicht zusammen …«

»Staatsgeheimnis«, unterbrach ihn Nacht wichtigtuerisch. »Mir wurde aufgetragen, ihr Leben zu schonen. Von höchster Stelle! Mehr kann ich Ihnen dazu nicht sagen …«

Er hatte es eilig, die Abteilung vor sich einzuholen. Er schritt leicht gebeugt, die Pistole in der Hand, wie ein großer, magerer Vogel, der seinen Schnabel geschärft hat. Es war nach Mittag, die Wolken wurden dichter und verliehen dem Licht eine graubraune Färbung. Er konnte die Auflösung förmlich schmecken, aber das schien ihn nicht zu freuen. Die bei Tag durchgeführten Operationen waren so vorhersagbar!

»Herr Hauptmann!«, holte ihn Gefreiter Edrev außer Atem ein. »Bitte Meldung machen zu dürfen! Kostevs Leute schneiden bereits die Köpfe der getöteten Banditen ab. Sie werden sich unsere Belohnung holen!!!«

»Dreckskerl!«, Zanev spuckte aus. »Soll ich umkehren, Herr Hauptmann? Geben Sie mir nur 20 Mann, und ich werde ihn lehren, was es heißt zu stehlen!«

»Sind Sie verrückt? Nicht anhalten!«, zischte Nacht.

»Aber die Belohnung …«

Ein scharfes Geräusch, ähnlich dem zerreißenden Stoffs, schnitt ihm das Wort ab. Hauptmann Nacht erkannte neidvoll das charakteristische Krächzen eines MG 42, auch »Hitlersäge« genannt. Die Sägen waren erst seit Kurzem bei der bulgarischen Armee im Einsatz, und mit ihrer Kadenz von 1500 Schuss pro Minute galten sie als die furchteinflößendste leichte Schusswaffe, die je von einem Menschen erfunden worden war. Die Deutschen lieferten nur ganz wenige Exemplare, sie behielten sie lieber für sich. Seine Kompanie verfügte über das ältere Modell, das MG 34, welches ebenfalls gute Arbeit leistete, aber empfindlicher und schwerer war. Nacht drehte den Kopf in Richtung des sägenden Knatterns, und seine Nasenlöcher weiteten sich, als suchten sie nach der Schießpulverspur.

»Es hat begonnen.«

***

Seinerzeit, als Medved an der Schule des Zentralamts für Aufklärung ausgebildet wurde, war das MG 42 noch nicht in Dienst gestellt (das geschah erst 1942!), und so war er weder mit seinem charakteristischen Brüllen noch mit seiner tödlichen Effektivität vertraut. Das Geräusch erinnerte ihn an die Kreissäge in der Tischlerei, in der er einmal gearbeitet hatte. Er hatte sogar das Gefühl, als röche er Sägespäne. Aber als er sich umdrehte, stellte er fest, dass nur noch die beiden Mädchen hinter ihm waren. Der Rest der Kolonne lag zwischen den Steinen im seichten Fluss, abgehackt wie der Körper einer Schlange. Hie und da zuckte irgendein Glied konvulsivisch. Helme und Schirmmützen schwammen auf der Strömung davon.

»Nein!!!«, riefen die Mädchen im Chor.

Innerhalb weniger Sekunden hatten die Maschinengewehre die Kränkung und Verbitterung, die ihnen die Genossen angetan hatten, ausradiert. Es blieb die Erinnerung an die Pfade, auf denen sie hintereinander gegangen waren, an die Fladenbrote, die sie gemeinsam gebacken hatten, an das Lachen und die Lieder am Lagerfeuer und an den gemeinsamen Himmel, unter dessen Sternenzelt sie zusammen einschliefen. Das Wasser wusch die Gesichter der Toten und floss durch ihre verkrampften Finger. Lenins Kahlkopf glänzte wie ein Flussstein. Der Strunk hielt noch das Gewehr umklammert. Lozan sah höchst verwundert aus, der Gräber – verärgert …

Auf der anderen Seite des Flusses waren Dičo, Schraube und Tichon zurückgeblieben. Sie sahen sich unentschlossen um, so als hätte sich plötzlich die Erde vor ihnen aufgetan. Tichon zog seine Genossen zurück, und die drei schlugen sich in die Büsche am Ufer. Monika kaute auf dem Zipfel des Tuchs herum, das sie nie ablegte. Etwas sagte ihr, dass sie sich wohl kaum je wiedersehen würden.

»T-t-towarischtsch KomBrig …«, war ein schwaches Röcheln zu hören.

Stojčo bemühte sich, ans Ufer zu kriechen, aber sein schwerer Rucksack hinderte ihn daran. Er war am Bein verwundet. Gabriela und Monika rannten zu ihm hin und stützten ihn von beiden Seiten. Im nächsten Augenblick tauchten am gegenüberliegenden Ufer knapp dreißig Soldaten auf, angeführt von einem groß gewachsenen, finsteren Offizier. Medved schoss zwei kurze Salven aus seiner Maschinenpistole, um den Mädchen Feuerschutz zu geben.

Der Feind warf sich auf die Erde und schoss zurück.

Die Kugeln traten mit einem dumpfen, hohlen Geräusch in Stojčos Körper ein, als sei er ein Sandsack. Er ächzte nicht einmal auf. Die Zwillinge zerrten seinen Körper beharrlich weiter in den Wald hinein. Er zog eine schmutzig rote Spur hinter sich her.

»Er ist tot, lasst ihn liegen!«, befahl Medved. »Wosmite rjuksak, nehmt den Rucksack mit!«

Er war ganz blass und presste seine linke Hand auf Höhe der Milz an die lederne Uniformjacke. Zwischen seinen Fingern sprudelte Blut hervor.

»Sie sind verletzt, Towarischtsch KomBrig!«, rief Gabriela.

»Nitschego, das ist nichts, nur ein Kratzer … Gehen wir!«

Monika starrte in das runde, pockennarbige, einfältige Gesicht der Ordonnanz, als sähe sie es zum ersten Mal. Er hatte wie ein Schatten gelebt: Immer in der Nähe seines Kommandeurs, immer auf Posten, schweigsam, die hohe Theorie des Marxismus war ihm fremd, er hielt sich abseits von den Vergnügungen des Volkes – »der geborene Witwer«, wie ihn Onkel Metodi einmal genannt hatte.

»Leb wohl, Genosse Stojčo …«

»Dawai, dawai!«, trieb Medved sie an.

Sie waren keine hundert Meter gegangen, als ihnen gegenüber eine geschlossene Reihe von Soldatenmänteln auftauchte. Ihre Rockschöße schaukelten träge hin und her, darunter waren schlammige Stiefel zu erkennen. Die Unteroffiziere schrien Befehle.

Die drei kauerten sich in einem kleinen Tal zusammen.

»Haben wir noch Granaten?«, fragte Monika energisch.

»Schau im Rucksack nach!«, drehte sich Medved um. »Es ist wohl noch ein wenig Schwarzpulver da …«

»Es ist überhaupt nicht so wenig!«, merkte Gabriela zufrieden an, als sie zwei schwere Satteltaschen und einen Haufen Zündkapseln herausholte, die mit Bickfordschnur umwickelt waren.

»Diese Taschen kommen mir irgendwie bekannt vor …«, machte Monika ein finsteres Gesicht.

Sie öffnete die eine und lachte gereizt auf:

»Damit können wir uns einen ganzen Zug voll Sprengstoff kaufen!!!«

Die Geldbündel lagen dicht an dicht – auf den vergilbten Banderolen konnte man noch den Stempel der Genossenschaftsbank erkennen. Die Geldbündel, die sie in der Höhle gefunden hatten! Hölles Spareinlagen.

»Zum Teufel!«, fluchte Gabriela.

Die schweren Schritte der Soldaten kamen näher.

»Und was machen wir jetzt?!«, stöhnte sie.

»Dewotschki«, meldete sich Medved zu Wort. »Wir machen Folgendes: Ich werde sie hier erwarten, ich habe noch zwei volle Magazine … Ihr weicht nach rechts aus und versucht durchzubrechen. Vielleicht habt ihr ja Glück …«

»Nein!«, unterbrach ihn Monika. »Mir ist was Besseres eingefallen ...«

Sie stopfte einige Zündkapseln in jede Tasche und maß je dreißig Zentimeter Zündschnur ab, was ungefähr drei Minuten Brenndauer entsprach.

»So«, rieb sich das Mädchen die Hände. »Jetzt wollen wir doch mal sehen, ob die zersetzende Kraft des Kapitals nicht größer ist als die von Dynamit ...«

Sie reichte ihrer Schwester die andere Tasche.

»Häng sie an den Ast dort. Ich hänge sie hier auf. Wenn ich dir das Zeichen gebe, zünden wir gleichzeitig die Lunten an und weichen zurück in Richtung Fluss.«

Gabriela warf Medved einen raschen Blick zu. Er nickte.

»Schlimmer kann es nicht mehr kommen ...«

***

Der Sanitäter verband Hauptmann Nacht den Hals. Das war keine leichte Aufgabe, weil der Hauptmann gleichzeitig über Funk sprach. Obwohl die Wunde nicht tief war, blutete sie ziemlich stark. Die Kugel hatte ihn unterhalb des Ohrs gestreift. Es fehlte nur ein Zentimeter und der Hauptmann wäre tot gewesen, aber er schien seinem Glück keine große Bedeutung beizumessen.

»Adler, hört ihr mich?!«, schrie Nacht in den Hörer. »Ich hatte doch angeordnet, dass man sie daran hindert, den Fluss zu überqueren!!!«

»Adler hört«, meldete sich Derev ruhig. »Sie haben aber ebenfalls gesagt, wir sollen nicht auf die Zwillinge schießen. Sie sind als Erste über den Fluss gegangen, zusammen mit einem Mann. Allen anderen blieb diese Möglichkeit verwehrt ... Wie Sie vielleicht gemerkt haben.«

»Habt ihr Leute am anderen Ufer?«

»Jawohl. Zwei Kompanien.«

»Ihr habt gute Maschinengewehre, Adler. Bekommt man die nur über Beziehungen?«

»Für die Besten nur das Beste!«

»Wir werden ja sehen, wie gut ihr seid. Haltet die Augen offen! Ende.«

Nacht warf dem Funker den Hörer hin, riss dem Sanitäter den Verband aus den Händen und wickelte ihn sich selbst um den Hals. Er rannte wie ein Reiher durch den Fluss, drehte sich um und winkte den anderen ungeduldig mit seiner Luger zu.

»Bewegung!«

Aus dem Wald waren leise Detonationen zu hören: »Puff! Puff!« Er blieb stehen, suchte hinter einem Baum Deckung und wartete auf eine Fortsetzung. Nichts dergleichen geschah. Es trat verdächtige Stille ein. Der Wind wehte irgendein Stück Papier herbei. Nacht streckte die Hand aus und fing es noch in der Luft. Eine 50-Leva-Banknote! Was hatte sie hier verloren? Da, noch eine! Und noch eine … Zum Teufel!

Der Hauptmann stürmte voran.

Die Geldscheine kreisten in der Luft und wirbelten durcheinander wie große Schneeflocken. Die Soldaten sprangen in die Höhe, um sie zu fangen. Andere krochen auf der Erde herum und sammelten sie in ihren Helmen. Der Hauptmann schoss in die Luft, aber keiner schenkte ihm Beachtung. Erst beim dritten Schuss kamen die Offiziere und Unteroffiziere zu sich und begannen, die Ordnung mittels Tritten und Flüchen wiederherzustellen.

»Himmel, Arsch und Zwirn, verfluchte Füchse! Steht auf! Lasst das Geld liegen! Antreten!«

Der Hauptmann schüttelte nur den Kopf. Ein stechender Schmerz durchzuckte ihn. Er griff sich vorsichtig an den Hals. Die Wunde hatte durchgeblutet. Er wischte seine Finger an einem Geldschein ab, knüllte ihn zusammen und schnippte ihn weg.

Neben ihm tauchte Zanev auf und schnalzte mit der Zunge:

»Oh Mann, wo diese Mädchen sind, ist auch immer mächtig Kohle im Spiel. Vielleicht sollte ich eine von ihnen heiraten …«

»Da musst du sie erst einmal einfangen«, lächelte Nacht schief.

Neun Jahre und drei Tage

Das Geschrei hinter ihrem Rücken war längst verstummt, man hörte nur das klatschende Geräusch des nassen Schnees. Der Gebirgskamm war schon ganz weiß. Die Mädchen stützten Medved von beiden Seiten. Die Maschinenpistole schaukelte vor seiner Brust. Sie gingen bereits seit Stunden – immer nach Westen. Von Zeit zu Zeit schaute Monika auf den Kompass, um die Richtung abzugleichen. Dort irgendwo verlief laut Karte die alte bulgarisch-serbische Grenze. Wenn sie Glück hatten, konnten sie vielleicht Verbindung zu den serbischen Partisanen aufnehmen, die auf der anderen Seite aktiv waren. Zumindest war das Medveds Plan. Aber die Kräfte verließen ihn ... Seine Wunde hörte nicht auf zu bluten.

»Rast!«, befahl er kraftlos und zeigte auf einen Steinhaufen, dessen Kanten von den Jahrhunderten geglättet worden waren.

Am Fuß des Haufens zeichnete sich dunkel eine dreieckige Nische ab. An der Seite gab es einen Brunnen. Am alten, mit Grünspan überzogenen Hahn hingen Eiszapfen. Ein dünner Strahl rieselte in den steinernen Trog darunter.

Die Wände der Nische waren mit Schichten von geschmolzenem Talg überzogen. Es waren noch die Überreste von Kerzen zu sehen. An der hinteren Wand hatte man ein rostiges Kreuz angenagelt, um das herum verblichene Papierikonen angeordnet waren.

»Was ist das für ein Ort?«, fragte Gabriela.

»Eine Heilquelle, ein Heiligtum des Volkes …«, murmelte der Kommandeur, während er den Rücken an die Steinwand lehnte. »Wir werden hier übernachten.«

Er knöpfte seine Uniformjacke auf und zog das blutige Baumwollhemd hoch. Vorsichtig entfernte er den Verband, den er auf die Schnelle angelegt hatte, und untersuchte das kleine Löchlein. Die Stelle pulsierte rhythmisch.

»Wir müssen den Verband wechseln«, sagte Monika.

Sie zog sich die Windjacke über den Kopf, knöpfte ihre Strickjacke auf, zog den dünnen Kaschmirpullover aus und hatte nur noch eine weiße Baumwollbluse an.

»Das wird funktionieren …«

Gabriela zog ihr Messer und schnitt die Bluse in Streifen. Monika nahm ein Unterhemd, machte es nass und reinigte die Wunde. Es war ein Durchschuss, die Austrittswunde war größer und ausgefranst.

»Haben wir noch Sulfat?«, fragte sie.

Gabriela schüttelte verneinend den Kopf.

»Speichel desinfiziert ebenfalls«, meldete sich Medved unsicher. »Wie auch Urin … Ihr könnt beides probieren.«

Die Mädchen sahen sich an.

»Was willst du? Speichel oder Urin?«, fragte Monika entschlossen.

»Na ja, ich weiß nicht …«

»Jetzt zier dich nicht! Wir befinden uns unter Feldbedingungen.«

Gabriela dachte einen Augenblick lang nach und seufzte:

»Urin.«

»Gut«, sagte ihre Schwester. »Dann ich zuerst.«

Monika blinzelte und beugte sich über den haarigen Bauch Medveds. Es erfasste sie eine unerklärliche Erregung, die den Ekel überwog … Der salzige Geschmack von Blut erfüllte ihren Mund. Sie ließ die Zunge in die Öffnung gleiten und hielt sie fast eine Minute hinein. Das Pulsieren der Wunde floss mit dem Rhythmus ihres Herzens zusammen. Danach bearbeitete sie auf dieselbe Weise auch das Loch auf der anderen Seite.

»Jetzt du!«, wandte sie sich an ihre Schwester, während sie sich die Lippen leckte.

Gabriela knöpfte verlegen ihre Knickerbocker auf.

»Ich werde nicht hinsehen!«, ermutigte sie Medved und drehte den Kopf zum Kreuz am hinteren Ende der Nische.

Gabriela stieg über ihn drüber und hockte sich hin. Sie versuchte, nicht an das zu denken, was sie tat, aber ihre Harnröhre ließ keinen Tropfen durch, als wäre sie verknotet. Ihr Gesicht wurde ganz rot.«

»Was ist los?«, meldete sich ihre Schwester ungeduldig.

»Ich kann nicht!«, schnaufte sie.

»Red keinen Unsinn! Entspann dich …«

Das war leichter gesagt als getan. Der Mann unter ihr war KomBrig Medved höchstpersönlich! Vor lauter Anstrengung standen ihr Tränen in den Augen. Der Knoten unterhalb ihres Bauchs zog sich noch fester zu. »Pinkle!«, befahl sie sich selbst und konzentrierte sich auf das Rauschen, das vom Brunnen herkam. Aber ihr Körper weigerte sich erneut, seine revolutionäre Pflicht zu erfüllen.

»Ich kann nicht!«, wiederholte sie verzweifelt.

»Lass mich!«, schob Monika sie weg.

Der heiße Strahl plätscherte auf seine Haut. Ein stechender Schmerz durchfuhr ihn, als hätte jemand Jod in seine Wunde geschüttet. Gabriela wischte schnell die Flüssigkeit auf, packte ein paar Streifen Stoff auf die Stelle und legte ihm einen Verband an. Monika sah Gabriela vorwurfsvoll an und knöpfte schweigend ihre Hose zu. Medved atmete schwer. Die Mädchen ließen sich zu seinen beiden Seiten nieder und zogen die Knie ans Kinn.

Es fiel weiterhin Schnee.

»Wir müssen Feuer machen«, meldete er sich kurz darauf.

»Werden sie uns nicht sehen?«, zeigte sich Monika besorgt.

»Sonst erfrieren wir. Macht schon!«

Die Mädchen schleppten Äste an und legten sie vor den Eingang, um das Licht zu verdecken. So hatte Medved sie instruiert. Bald hatten sie einen beeindruckenden Haufen beisammen. Monika schürte geschickt das Feuer, aber die Zweige waren nass und wollten nicht richtig brennen. Die Streichhölzer gingen eines nach dem anderen aus und verbrannten ihre Fingerspitzen. Am Ende blieben nur noch vier.

»Ohne Papier wird das nichts …«, schüttelte der Brigadekommandeur den Kopf.

»Wir haben keines«, zuckte Gabriela die Achseln.

»Wir haben welches!!!«, fiel ihr ihre Schwester ins Wort, wobei sie das kompakte rote Büchlein aus der Hülle zog.

»Bist du verrückt?!«, schauderte Gabriela. »Das ist der Schnellkurs! Der Genosse Mončo hat ihn dir übergeben, damit du ihn aufbewahrst …«

»Wichtig ist, dass du ihn hier bewahrst!«, Monika legte sich die Hand aufs Herz. »Und hier!«, sie klopfte ihrer Schwester belehrend mit dem Finger gegen die Stirn.

»Das wird funktionieren«, nickte Medved.

»Für den Anfang können wir das Inhaltsverzeichnis verwenden. Oder ein weniger wichtiges Kapitel …«

»Es gibt keine weniger wichtigen Kapitel!«, widersprach Gabriela.

»Das über Kirow könnt ihr sofort rausreißen«, meldete sich der Kommandeur heiser. »Es ist ohnehin eine Lüge.«

»Was!?«, riefen die beiden im Chor.

»Jeder weiß, dass Stalin ihn umbringen ließ. Er wurde viel zu populär, und das mochte sein Chef nicht. Später beschuldigten sie Lew Kamenew, Drahtzieher des Attentats zu sein, weil sie ihn loswerden wollten. Tak rabotajet maschina, so funktioniert der Apparat …«

»Ich denke, er fantasiert …«, sagte Monika besorgt und legte die Hand auf seine heiße Stirn. »Beruhigen Sie sich, Towarischtsch KomBrig!«

»Der Arme!«, flüsterte die andere.

»Ihr Närrinnen!«, er stützte sich auf die Ellenbogen auf. »Die UdSSR ist nicht so, wie ihr denkt. Ihr, Dewotschki, würdet es dort nicht einmal eine Woche lang aushalten! Man würde euch sofort verhaften!«

»Warum denn?!«, fragte Gabriela argwöhnisch.

Medved brach in gehässiges, abgehacktes Lachen aus, das ihm wie Glassplitter im Hals steckenblieb.

»Weil ... Du reißt den Mund zu weit auf, darum! Ich weiß noch mindestens sechs weitere Gründe, um dich hinter Gitter zu bringen, aber der eine reicht. Und wenn man noch deine bourgeoise Abstammung dazunimmt ...«

»Man kann sich seine Eltern nicht aussuchen!«, wurde das Mädchen feuerrot. »Aber man kann sich das Ideal aussuchen, dem man dienen will.«

»Genau solche sind ihnen am liebsten!«, lachte er. »Es gibt ganze Lager, die voll von ihnen sind.«

»Was für Lager?«

»Solche.«

Monika hörte schweigend zu, dann riss sie einige Seiten aus dem hinteren Teil des Buches und steckte sie zwischen das Reisig. Das dicke Glanzpapier produzierte eine kräftige grün-gelbe Flamme. Die Kiefernnadeln begannen zu knistern.

»Nur zu, nur zu!«, ermunterte sie Medved.

Sie blätterte kurz und las vor:

»Die bolschewistische Partei im Kampf um die Kollektivierung ...«

»Ins Feuer damit!«, befahl er.

»Die bolschewistische Partei im Kampf um die Industrialisierung ...«

»Ins Feuer!«

»Es reicht, es reicht!«, rief Gabriela.

Die Flammen erfüllten die Nische mit einem zuckenden rötlichen Widerschein wie einen Ofen.

»Ich verstehe gar nichts mehr …«, flüsterte sie.

»Da gibt es nichts zu verstehen … Eta tjurma, die UdSSR ist ein gigantisches Gefängnis!«

»NEIN!«, Gabrielas Mund stand offen.

Monika kniff die Augen zusammen und musterte ihn aufmerksam. Ihre Züge wurden plötzlich hart. Ihre Stimme bekam ein männliches Timbre.

»Sie behaupten, die UdSSR sei ein Gefängnis!«

»Tschto?!«, zuckte er. »Ich habe nichts dergleichen gesagt!!!«

***

Der Untersuchungsbeamte nickte ironisch. Auf dem Kragen seiner Uniformjacke funkelten zwei grelle rote Bänder mit fünfzackigen Sternen – das Erkennungsmerkmal der Offiziere der GPU, der Geheimpolizei. Er befand sich irgendwo in dem riesigen Gebäude an der Lubjanka. Die dichten Vorhänge des Büros waren heruntergelassen. Auf dem Schreibtisch leuchtete eine Tischlampe mit entblößter Glühbirne. Der Untersuchungsbeamte rieb sich die Hände.

»Tak, tak …«, sagte er und schlug eine Akte auf. »Aber ihre Genossen behaupten genau das Gegenteil. Wir haben ihre Aussagen. Aus ihnen geht hervor, dass Sie eine illegale Grenzüberschreitung mit dem Ziel der Flucht aus der UdSSR geplant haben.«

»Ich bin in die UdSSR emigriert!«, stöhnte Medved auf. »Warum sollte ich fliehen?«

»Wegen Ablehnung der sowjetischen Regierung«, sagte ihm der Untersuchungsbeamte hilfsbereit ein, während er die Seiten umblätterte. »Sie haben mehrfach ihre Enttäuschung über die Lebensbedingungen in der UdSSR und den Zustand der Bürgerrechte geäußert. Sie haben bei Ihren ehemaligen Genossen für eine Rückkehr ins Königreich Bulgarien agitiert. Sie haben behauptet, die UdSSR sei ein Gefängnis für das Denken und den Verstand.«

»Aber das ist doch absurd!«, rief Medved aus. »Ich bin in Bulgarien zum Tode verurteilt. Das können Sie überprüfen. Ich habe am Septemberaufstand teilgenommen! Ich bin seit 1925 im Untergrund. Ich war stellvertretender Kommandeur einer Einheit!«

»Kennen Sie einen gewissen Dimitris Makaronidis?«

Medved blinzelte verwirrt, dann nickte er.

»Wann und wo haben Sie sich kennengelernt?«

»Das war im Jahr 1927, als der Kurs des bewaffneten Aufstands aufgegeben wurde, wir überschritten mit unserer Einheit die griechische Grenze und ergaben uns den dortigen Behörden. Man verbannte uns auf die Insel Syros. Der Genosse Makaronidis organisierte unsere Flucht nach Rhodos. Später brachte er uns mit den dortigen Genossen zusammen, die uns halfen, ein russisches Schiff nach Odessa zu besteigen. Ein wahrer Internationalist!«

»Makaronidis ist ein britischer Geheimagent«, sagte der Offizier ausdruckslos. »Hat er Sie angeworben? Wie viel hat man Ihnen bezahlt, um in die UdSSR einzudringen und in den Kreisen der IRH und der Komintern Fuß zu fassen?«

»Ich kam in die UdSSR, weil ich am Aufbau des Kommunismus mitarbeiten wollte«, sagte Medved mit dem Rest an Würde, der ihm noch geblieben war.

»Am Aufbau des Kommunismus werden Sie ohnehin mitarbeiten …«, schmunzelte der Offizier, als er die Akte zufallen ließ und ihm ein Blatt Papier hinüberschob.

»Unterschreiben Sie!«

»Aber das ist nur ein leeres Blatt Papier!«

Die ruhigen Züge des Untersuchungsbeamten verzerrten sich vor Zorn. Er sprang auf, nahm die Rute, die an sein Bein gelehnt gewesen war, und schlug Medved mit voller Kraft auf die Hände. Vor Medveds Augen tanzten Sternchen.

»Unterschreib, du Ratte!«, hallte es in seinen Ohren wider.

***

»Sie müssen sich ausruhen«, Gabriela versuchte, ihn dazuzubringen, sich hinzulegen.

»Bald werde ich nichts anderes mehr tun!«, stieß Medved sie weg.

Er zog sein Notizbuch, riss eine Seite heraus, nahm das Büchlein als Unterlage und begann, mit abgehackten, abrupten Bewegungen einen Plan zu skizzieren. Die Mädchen betrachteten die Skizze mit Unverständnis und Angst.

»Was ist das?«, fragte Monika schließlich.

Über der Zeichnung stand mit schiefen Druckbuchstaben: HÖLLE.

»Ich war dort!«, er drückte den Finger in die Mitte des Blattes: »Umerziehungs- und Arbeitslager Medweschaja Gora, Karelien. Vom Schwarzen Meer bis zum Weißen Meer, zwei Wochen auf einem Güterzug, zu fünfzigst in einem Waggon, wie die Sardinen. Wir haben einander auf die Köpfe geschissen … Das Lager war mit Stacheldraht umzäunt. Wachtürme mit Maschinengewehren. Einen Schritt außerhalb des Rasters und du bist tot. Hier Baracken. Drei Reihen Stockbetten, jedem Gefangenen stehen 50 Zentimeter zu. Der Ofen wird einmal täglich geschürt, und das nur, wenn die Temperatur unter −24°C fällt … Hier ist die Arrestzelle. Sie stecken dich ohne Oberbekleidung hinein, wenn du am Morgen noch lebst, überlebst du. Hier ein Wachposten, daneben die Hundehütten. Das ist die Kantine … Schaffst du die Norm, bekommst du zu essen. Schaffst du sie nicht, hungerst du. Wir schuften 12 Stunden am Tag, bei Eiseskälte und Gluthitze … Alles wird von Hand gemacht. Nach der Arbeit kommt ein Schlitten und sammelt die Leichen auf. Morgens bringen sie neue Gefangene. So wurde der Belomorkanal, der Weißmeer-Ostseekanal gebaut. In nur 20 Monaten. 100 000 haben gleichzeitig gegraben!«

»Aber warum?«, mischte sich Gabriela ein. »Weswegen hat man Sie dorthin geschickt?«

»Weswegen, weswegen!«, wiederholte er streitsüchtig. »Wegen nichts …«

»Es kann nicht wegen nichts gewesen sein!«, sagte Monika streng.

»So reden auch die Tschekisten«, nickte Medved. »Wenn du bei uns bist, gibt es einen Grund. Unschuldige halten wir nicht fest. Wenn du es nicht weißt, werden wir es dir sagen. Von dir wird nur verlangt, dass du unterschreibst …«

»Und, haben sie es Ihnen am Ende gesagt?«

»Man hat mich verleumdet …«

»Wer?!«, die beiden Mädchen schauten sich an.

»Die Unsrigen, wer sonst! Damals lebte ich noch in Odessa. Dort gab es eine große Gruppe von bulgarischen Emigranten. Sie halfen uns am Anfang, uns einzurichten. Sie haben sogar meine Frau gefunden … Später begannen die Genossen zu verschwinden. Einer nach dem anderen. Heute holten sie diesen, morgen jenen. Es kommt der ›Tschornij Woron‹, der Schwarze Rabe, die Grüne Minna, und im Handumdrehen ist jemand verschwunden. Als hätte es ihn nie gegeben, und keiner spricht mehr über ihn … Ich spürte, dass da etwas nicht in Ordnung war. Die Leute fingen an, mir aus dem Weg zu gehen. Meine Frau sagte, lass uns abhauen, denn du bist der nächste. Und ab nach Moskau, zu Dimitrov … Aber er war nicht da. Der Kassenwart der IRH empfing mich, Teohar Bakărdžiev. Er sagte, mach dir keine Sorgen, alles wird gut. Du hast dich um die internationale Revolutionsbewegung verdient gemacht. Sie brachten uns unter, versprachen mir Arbeit … Zwei Wochen darauf kam der Schwarze Rabe und brachte mich in die Lubjanka. Teohar war schon dort. Später ließen sie ihn gehen. Dann verhafteten sie ihn wieder …«

»Was ist das für ein ›Schwarzer Rabe‹?«, fragte Gabriela verwirrt.

»Er fantasiert«, wiederholte Monika und trocknete seine Stirn.

»Jeder denunzierte jeden. Von mir verlangten sie, ich solle gegen den Bruder von Makaronidis aussagen. Er arbeitete in der griechischen Sektion der Komintern. Sie beglichen ihre

Rechnungen. Ich mache bei diesen Spielchen nicht mit! Wenn du nicht unterschreibst, sagten sie, wird es ein anderer tun, und wir werden ihn trotzdem erschießen. Aber vorher erschießen wir dich. Ich unterschrieb … Die Haut ist wichtiger als die Seele. Sie verurteilten mich zu vier Jahren wegen antisowjetischer Agitation. Ich bin noch gut davongekommen. Die, die mich denunziert hatten, dachten, man würde sie laufenlassen. Pustekuchen, haha …

Vier waren vorbei, sie belohnten mich mit noch einmal fünf«, klagte er wie im Wahn. »Sie brauchten Arbeiter … Ich war ein guter Organisator. Ich hatte auch technische Kenntnisse. Sie ließen mich eine Brigade leiten. Verlegten mich von einem Lager ins nächste. An die Wolga, ins Lager Wolgolag, nach Norden ins Norillag, nach Süden, nach Alma-Ata, nach Sibirien ins Siblag, in den Fernen Osten ins Dalstroj … Millionen von Gefangenen, Sklavenarbeit, kein freier Tag, Kälte, Hunger, Läuse … Industrialisierung.«

»Aber immerhin habt ihr ihn gebaut, nicht wahr?«, sagte Monika finster.

»Tschto?«, er öffnete mit Mühe die Augen.

»Den Weißmeerkanal.«

»Wir haben ihn gebaut, ja.«

»Na dann«, brummte sie, »es wird also etwas davon zurückbleiben …«

»Und vielleicht war es notwendig?«, flüsterte er nachdenklich. »Diese Repressionen waren eine historische Notwendigkeit. Fehler waren unvermeidbar. Wir bauten den Kommunismus auf einem Sechstel der Erdoberfläche auf! Das war eine Kinderkrankheit des sowjetischen Organismus. Es werden Jahre vergehen, Unrecht wird korrigiert werden … Wer geprüft wird und nicht von seinem Glauben abweicht, wird am Ende ganz oben stehen.«

Monika nickte verständnisvoll.

»Haha, ganz oben!«, explodierte er. »In Eislöcher hat man sie gesteckt, zusammen mit denen, die nicht geglaubt haben.

Eines Tages wird man sie ausgraben wie Mammuts und sich wundern: Warum sind sie so massenhaft verreckt? Keiner wird fragen, wer geglaubt hat und wer nicht …«

»Und Sie … glauben Sie noch daran?«, fragte Gabriela scheu.

»Natürlich glaubt er!«, sagte Monika bestimmt. »Sonst wäre er nicht hier. Nicht wahr, Towarischtsch KomBrig? Sie kämpfen auf der Seite der UdSSR! Trotz aller Kränkungen sind Sie Kommunist geblieben!«

»Ich …«, stockte er. »Ich hatte keine Wahl. 1941 hatte ich auch meine zweite Strafe abgesessen. Ich ging, um meine Entlassungspapiere zu unterschreiben und … Hitler überfiel uns! ›Du hast kein Glück‹, sagte der Lagerkommandant, ›wir haben den Befehl bekommen, alle Gefangenen bis zum Ende des Krieges festzuhalten. Marsch in die Baracke!‹ Verstehe, ich werde hier sterben … Das Regime wird immer brutaler, die Nahrung immer weniger. Es vergeht ein Monat, ein zweiter Monat. Neuigkeiten von der Front erreichen uns so gut wie keine, aber man spürt, dass es schlecht steht. Einige Dummköpfe freuen sich insgeheim: Hitler wird Stalin den Garaus machen und uns befreien. Nur dass Stalin uns vorher den Garaus machen wird … Eines Tages rufen sie mich zu sich. Der Lagerkommandant sieht mich so merkwürdig an … Er bietet mir einen Tee an, nennt mich ›Towarischtsch‹. ›Ich erhielt die Anordnung, Sie nach Moskau zu schicken, Towarischtsch Galev.‹ Mir wurde schwindlig – vor noch einer Stunde war ich der ›Feind‹, jetzt bin ich ein ›Towarischtsch‹. Sie bringen mich ins Bad, geben mir frische Unterwäsche, neue Kleider, Stiefel … Dann setzen sie mich in ein Flugzeug, und 12 Stunden später sind wir in Moskau. Sie haben mich gewarnt: ›Keinen Mucks darüber, wo du gewesen bist und was du gesehen hast, sonst bringen wir dich zurück!‹ Und dort: Olja, neben ihr eine groß gewachsene, hübsche Dewotschka – Dascha. Sie kennt mich nicht, natürlich nicht. Auch Olja erkennt mich fast nicht wieder. Sie bringen mich in die Twerskaja-Straße, in eine schöne Wohnung. Wie im Traum … Ich erwarte, jeden Moment wieder im Lager aufzuwachen, aber ich erwache in einem weichen Bett. Drei Tage … So viel haben sie uns gegeben! Neun Jahre in der Hölle. Und drei Tage im Paradies.«

Die Wörter blubberten in seinem Mund wie die Luftbläschen eines Ertrinkenden:

»Dimitrov kommt zu mir, er umarmt mich: ›Was gewesen ist, ist gewesen, Hauptsache, du bist am Leben. Wir brauchen Leute wie dich. Du hast eine Einheit im Balkangebirge geführt, du kennst die lokalen Gegebenheiten, bist gestählt im Feuer von Widrigkeiten und Schlachten … Hier, wir geben dir dein Parteibuch zurück. Du wirst nach Bulgarien fahren und dich den vordersten Reihen des Kampfes anschließen. Aber vorher erhältst du noch eine Ausbildung‹ …«

»Sie haben mit Georgi Dimitrov gesprochen!?«, rief Gabriela aus.

Medved nickte oder, genauer gesagt, er ließ den Kopf nach vorn fallen.

»Aber warum haben Sie es ihm dann nicht gesagt?«

»Was denn?«, blinzelte er verwundert.

»Das, was Sie uns jetzt gesagt haben!«

Ein hämisches Grinsen verzerrte krampfartig sein Gesicht.

»Denkst du denn, er weiß es nicht? Und nicht nur er … Das ganze Auslandsbüro weiß es! Keiner ist gefeit … Nicht einmal Dimitrov. Jeden Augenblick kann der Schwarze Rabe vor deinem Haus landen, und man wird nie wieder etwas von dir hören … Alle hatten sie schreckliche Angst. Die, die schon dort gewesen sind, genauso wie die, die noch nie dort waren. Deshalb konnte ich, als ich erfuhr, dass man uns nach Bulgarien schicken würde, meine Freude nicht verhehlen, obwohl mich dort eine Verurteilung zum Tod erwartete. Besser, der Feind tötet dich als deine eigenen Leute!«

»Das wissen wir auch …«, murmelte Monika.

»Und Kolarov nahm mich zur Seite. ›Pass auf, was du tust‹, sagt er, ›denn deine Frau und deine Tochter bleiben hier. Wenn dir einfällt zu desertieren, dann kannst du davon ausgehen, dass man sie erschießen wird!‹« Medved presste die Lippen aufeinander und schnaubte, als würde er sich schnäuzen: »Als hätte ich nicht gewusst, mit wem ich es zu tun habe …«

Medved zog seine Uniformjacke hoch und betrachtete seinen Bauch. Der Verband war erneut rot. Der Schmerz knabberte träge an seinen Innereien wie ein Wiesel, das sich überfressen hatte. Er ließ sich zurücksinken.

»Ich habe das mit dem Schwarzen Raben immer noch nicht verstanden«, seufzte Gabriela.

»Du wirst es noch verstehen … Meine Geschichte ist vorbei. Aber ihr, Dewotschki, ihr habt die Wahl. Ihr habt immer noch eine Wahl! Sie kommen …«

Seine Zähne begannen im Rhythmus des Morsealphabets zu klappern, als würden sie eine Nachricht ins Jenseits schicken.

Monika zuckte die Achseln. Plötzlich überkam sie eine große Wut auf diesen sterbenden Menschen. Wer konnte seine Worte bestätigen? Warum sollten sie ihm glauben? In all diesen Monaten hatte sie sich sorgfältig und pedantisch ein Bild zusammengesetzt, das Bild des sowjetischen Landes. Eine Welt von Stachanow-Arbeitern, Gelehrten und Sportlern; mit sonnigen, vom Frühlingsregen blanken Straßen, grünen Parks und Schwimmbädern, an jeder Ecke ein Kiosk, um sich ein Eis zu kaufen; eine Welt technischer Wunder, durchzogen von Schienen und Rohrleitungen, Schornsteine und Gerüste ragten auf, zwischen denen Sternbilder von Elektroschweißgeräten flimmerten. Das war ein Ort, an dem ihr Verstand sich von der rohen Wirklichkeit erholen konnte, von den Zweifeln und Fragen, die sie immer öfter heimsuchten, von der Ungewissheit, die die Zukunft in einen Schleier hüllte … Jetzt lag ein schwerer Schatten über dieser Welt. Ihr schönes Mosaik bröckelte ab, und dahinter schimmerte eine öde Eiswüste. Tief in ihrem Inneren spürte Monika, dass Medved das nicht erfunden hatte, und das machte sie noch wütender.

»Ich wusste, dass etwas nicht stimmt«, presste sie hervor. »Es war zu schön, um wahr zu sein. Aber vielleicht ist es besser so … Jetzt wissen wir wenigstens, was Sache ist.«

Die beiden sahen zum Kommandeur. Sie warteten, dass er noch etwas sagte, aber er schwieg. Aus seinem Mund kamen nur Dampfwölkchen.

Medveds Vermächtnis

Die Erde unter dem Schnee war noch nicht gefroren. Die Mädchen gruben mit Messern und Händen. Die Arbeit wärmte sie auf. Über Nacht war gut ein halber Meter Schnee gefallen. Sträucher und Äste bogen sich unter ihren schweren, weißen Fellmützen. Der Himmel hing tief über dem Gebirge und floss fast mit der Schneeoberfläche zusammen. Nur das schwarze Rechteck der Grube unterschied sich von dem weißen Schleier wie der Eingang zu einem bodenlosen Keller.

»Es reicht«, sagte Monika.

Der Rand der Grube reichte ihr bis zur Taille. Sie kletterte hinaus und reichte ihrer Schwester die Hand. Die Mädchen wischten ihre schwarz gewordenen Finger im Schnee sauber und gingen mit langsamen Schritten zur Nische zurück, wo sie die Nacht verbracht hatten.

Medved lag mit erkaltetem, wachsbleichem Gesicht da, das zerfurcht war von Falten, die wie aus dem Nichts aufgetaucht waren und immer tiefer zu werden schienen. Die eine Hand ruhte auf dem Herzen, die andere war zur Faust geballt. Er hatte sein Leben einsam und unbemerkt wie ein Spion ausgehaucht, der illegal eine Grenze überquert. Als die Zwillinge sich am Morgen aus ihrer nächtlichen Umarmung lösten, entdeckten sie, dass der Kommandeur bereits tot war. Der Schlot seines Lebens hatte aufgehört zu qualmen. Seine kleinen grauen Augen waren starr auf einen Punkt gerichtet.

Der sandige Boden unter seinem Körper war mit schwarzem, klebrigem Blut getränkt.

»Los!«, nickte Monika.

Sie packte eines von Medveds Beinen, Gabriela nahm das andere, und sie begannen zu ziehen. Der tote Körper war so schwer, als wäre er aus Gusseisen geformt, und sank im lockeren Schnee ein. Alle zehn Meter blieben sie stehen, um zu verschnaufen. Dann packten sie erneut an. Schließlich gelang es ihnen, ihn zu der Grube zu schleifen, und sie stießen ihn ohne überflüssige Zeremonien hinein. Der Körper rollte hinein und blieb mit dem Gesicht nach unten liegen.

»Nein, das ist nicht richtig«, schüttelte Gabriela den Kopf.

»Was?«, Monika zog die Brauen hoch.

»Er muss mit dem Gesicht nach oben liegen …«

»Ist das wichtig?«

»Ist es!«

Gabriela sprang in die Grube, packte die Leiche an der Schulter und drehte sie um. Medveds Gesicht war immer noch genauso ausdruckslos. An Nase und Stirn klebten Erdklumpen. Sie wischte sie mit der Hand weg, zog ihr Taschentuch und bedeckte sein Gesicht. Sie versuchte auch, seine Hände auf der Brust zu überkreuzen, aber sie waren schon steif, und die eine fiel hartnäckig immer wieder zur Seite hinunter.

Monika trat von einem Bein aufs andere.

»Nimm ihm die Uhr ab!«, rief sie.

»Warum?«, sah sie ihre Schwester vorwurfsvoll an.

»Als Erinnerung«, sagte Monika. »Außerdem können wir sie eines Tages seiner Tochter geben. Falls wir sie zufällig treffen …«

Gabriela dachte einige Sekunden lang nach, seufzte und nahm die Uhr von Medveds Handgelenk. Sie steckte sie in ihre Tasche und kletterte aus dem Grab.

»Sollen wir nicht ein paar Worte sagen?«

Monika zuckte die Achseln.

»Oder wir könnten die Internationale singen«, schlug Gabriela unsicher vor. »Immerhin hat er doch daran geglaubt …«

»Hat er daran geglaubt?«, zog ihre Schwester die Brauen hoch.

»Ich weiß es nicht. Ich hatte den Eindruck, dass er noch daran glaubte. Aber auf eine andere Art …«

»Gut. Nur die erste Strophe. Wo über die Sklaven gesungen wird.«

»Das ist zumindest allgemeingültig«, stimmte Gabriela zu.

Ihre Stimmen schwangen sich über dem flachen Grab auf, zitternd vor Kälte, nicht sehr melodisch, aber ehrlich. Ein Eichhörnchen erstarrte auf einem Ast, warf ihnen einen verwunderten Blick zu und flitzte weiter.

»So, das war's …«, seufzte Gabriela.

Die beiden schütteten die Grube zu, traten die Erde fest und bedeckten die Stelle mit Schnee. Monika nahm einen Armvoll Kiefernzweige und wischte ihre Spuren weg, auch die Furche, die Medveds Körper beim Ziehen hinterlassen hatte.

Gabriela nahm einen kleinen Zettel und schrieb in Druckbuchstaben: »100 Schritte von hier in Richtung 36 Grad Süd liegt Spartak Galev (Medved), Kommandeur der Ersten Balkangardedivision, heldenhaft ums Leben gekommen im Kampf gegen den Feind am 21. November 1943.« Sie rollte die Notiz zusammen und steckte sie in eine Ritze.

Monika hatte Medveds Notizbuch aufgeschlagen und blätterte es mit wachsendem Interesse durch.

»Was liest du da?«, fragte ihre Schwester.

»Hier stehen ziemlich interessante Sachen drin … Wer wann in die Einheit gekommen ist. Charakteristika. Strafen, Belobigungen … Wer wann und wo umgekommen ist. Er hat sich über alles Notizen gemacht!«

»Steht auch etwas über uns drin?«

»Nein.«

»Sicher, weil wir als Letzte gekommen sind?«

»Und vielleicht hat er auch nicht geglaubt, dass wir bleiben würden …«

»Steht etwas Schlechtes über jemanden drin?«

»Über jeden! Außer über die Toten. Es gibt ein paar herausgerissene Seiten … Offenbar hat er alle negativen Bewertungen und Informationen über die Toten beseitigt. Er hatte nur Angst vor den Lebenden. Nach allem, was er mitgemacht hat, wundert mich das nicht.«

»Aber jetzt sind alle tot!«

»In seinen letzten Stunden war ihm wohl nicht danach, nehme ich an …«

»Lass es uns vernichten!«

»Nein!«, sagte Monika streng. Sie schlug das Notizbuch zu und verstaute es sorgfältig in ihrer Innentasche, zusammen mit dem Pistolenkugelschreiber. »Vielleicht kann es uns eines Tages etwas nützen. Das sind Informationen. Man weiß ja nie …«

»Was ist bloß los mit dir?!«

»Ich werde mich nicht ergeben!«, sagte sie entschlossen. »Weder den einen noch den anderen. Alles ist nur ein Kampf um die Macht, hast du das noch nicht begriffen?«

»Ich dachte, wir kämpfen für Gerechtigkeit …«

»Das dachte ich auch. Aber eigentlich kämpfen wir ums Überleben.«

»Ich habe Hunger«, stöhnte Gabriela.

In dem Durcheinander war es ihnen nur gelungen, ihre Waffen und ein paar Handvoll Patronen mitzunehmen. Am Abend hatte ihnen Medved etwas Brot von seiner eigenen eisernen Ration gegeben. Ihm selbst war der Appetit vergangen.

Entgegen den Legenden, die über Medveds Rucksack erzählt wurden, gab es darin keine besonderen Wunderdinge. Vielleicht waren sie ihm auch einfach ausgegangen. Das Radio mit einem Satz Reservebatterien. Leere Magazine für die Maschinenpistole. Ein Regenmantel. Eine Weste. Opanken. Ein Matrosenhemd. Ein Metallbecher. Ein Rasierer. Und an die zehn silbrige Würfelchen …

»Was ist denn das!?«, murmelte Gabriela verwundert.

Monika nahm eines der Würfelchen, entfernte das Stanniol und roch daran.

»Es ist keine Schokolade.«

Sie leckte an der bräunlichen Substanz und reichte das Würfelchen ihrer Schwester. Diese lutschte daran, blinzelte und meinte:

»Es ähnelt einem Brühwürfel.«

Monika packte noch ein Würfelchen aus und steckte es sich in den Mund. Einige Minuten später verspürten beide einen unerwarteten Zustrom von Kraft und Wärme.

»Wenn wir immer nach Westen gehen«, begann sie, »gelingt es uns vielleicht, mit den serbischen Partisanen Kontakt aufzunehmen. Der KomBrig hat gesagt, dass sie zahlreicher und besser organisiert sind als wir. Sie kontrollieren angeblich das ganze Territorium.«

»Und wie sollen wir sie finden?«, fragte Gabriela skeptisch.

»Wenn sie das Territorium wirklich kontrollieren, werden sie uns finden.«

»Hm … bei diesem Schnee?«

»Was schlägst du vor?«

»In den Dörfern gibt es Partisanenhelfer. Wir können uns bei ihnen verstecken.«

»Kennst du denn irgendwelche Partisanenhelfer?«

Gabriela schüttelte verneinend den Kopf.

»Du denkst doch nicht, dass sie Schilder mit ›Partisanenhelfer‹ an ihren Häusern hängen haben!«, fuhr ihre Schwester hämisch fort. »Das sind keine ›Zimmer zur Miete‹.«

»Wir könnten mit den Genossen in Sofia Kontakt aufnehmen. Sie werden uns in irgendeinem Keller oder auf einem Dachboden unterbringen …«

»Kapierst du nicht, dass sie aufgeflogen sind!!!«

Gabriela dachte einige Sekunden nach und nickte dann:

»Gut. Lass uns nach Westen gehen.«

Die Trennung

Das Glas des Kompasses war von einer dicken Schicht Raureif überzogen, der Zeiger schwamm darunter wie ein kleiner, roter Fisch. Die Mädchen streiften schon seit drei Tagen durch die Schneewehen. Die Würfelchen mit der hoch energetischen Nahrungssubstanz (HENS) hielten ihre Kräfte noch immer aufrecht, aber gestern hatten sie auch das letzte aufgegessen. Sie hatten keine Vorstellung davon, wie viele Kilometer sie zurückgelegt hatten. Der eintönigen Winterlandschaft nach zu schließen, die sie umgab, sah es aus, als wären sie im Kreis gegangen. Wenn sie dem Kompass Glauben schenkten, mussten sie die Grenze schon überschritten haben. Das machte allerdings keinen Unterschied. Im Schnee waren Spuren von großen und kleinen Tieren zu sehen. Hie und da ein gelbes Löchlein vom Urin. Die Waldbewohner selbst blieben allerdings unsichtbar, wie im Übrigen auch die serbischen Partisanen. Die einzigen Lebewesen, die sie in diesen Tagen trafen, waren ein Rudel Grauwölfe. Sie tauchten lautlos aus dem milchigen Nebel auf und umringten sie. Ruhig, sachlich, sogar leicht phlegmatisch. Gabriela gab ein paar Warnschüsse ab. Sie zogen die Schwänze ein und verschwanden. Aber die Mädchen wurden das Gefühl nicht los, dass die Raubtiere sie in sicherer Entfernung verfolgten und nur darauf warteten, dass die Kräfte sie endgültig verließen. Und das würde früher oder später der Fall sein. Eher früher …

»Wir hätten ihn essen sollen …«, meldete sich Monika.

»Wen?« Gabriela zuckte zusammen.

»Medved. Er hätte uns für mindestens zwei Wochen gereicht. Ich bin mir sicher, dass er nichts dagegen gehabt hätte … Er ist ohnehin tot. So viel Fleisch, das einfach zum Teufel gegangen ist!«

»Du bist ja verrückt!!!«

»Ganz im Gegenteil. Die Leute machen das immer, wenn sie sich in so schwierigen Situationen befinden. Das gilt nicht als Kannibalismus.«

Medveds Metallbecher hing über dem Feuer, in dem die letzten Reste des Schnellkurses verbrannten. Darin war nur Schnee. Das heiße Wasser wärmte ihre Innereien, aber es stillte nicht den Hunger. Kurz davor hatten sie die Rinde eines Baums gekaut und konnten den bitteren Geschmack immer noch nicht aus ihrem Mund verbannen. Unter dem Schnee gab es auch nichts außer verrotteten Blättern und Stöckchen.

»Du würdest mich essen, wenn sich die Gelegenheit ergäbe, nicht wahr?«, warf Gabriela gehässig ein. »Ich habe gesehen, wie gierig du mich ansiehst …«

»Du glaubst doch nicht, dass ich es dir sagen würde, selbst wenn ich daran dächte?«

»Probier's ruhig aus!«, sie umklammerte Medveds Maschinenpistole, die sie seit dem Tod des Kommandeurs beharrlich mit sich herumschleppte.

»Los, erschieß mich doch!«, sagte ihre Schwester provokant. »Und dann machst du dir eine gute Fleischsuppe.«

»Ich bin nicht so ein Mensch.«

»Ich weiß«, antwortete Monika ruhig, nahm dem Metallbecher vom Feuer, blies den Dampf weg und nahm einen kleinen Schluck. »Uff, ist das heiß!«

Dann reichte sie ihn Gabriela. Ihr Organismus nahm die Flüssigkeit durstig auf. Sie gab ihrer Schwester den Becher zurück.

»Wir können uns auf Folgendes einigen«, begann Monika. »Diejenige von uns, die zuerst an Hunger stirbt, erlaubt der anderen, ihren Körper zu essen.«

»Ich denke, wir werden gleichzeitig draufgehen …«, schüttelte Gabriela den Kopf. »Ich verbiete dir strengstens, mich zu essen, egal was passiert!«

»Du wirst es gar nicht mitbekommen …«

»Ich werde es mitbekommen. Und wie ich es mitbekommen werde! Ich werde dir im Traum und im Wachzustand erscheinen und werde dich quälen, bis du verrückt wirst!«

»Das ist kein marxistischer Ansatz«, versuchte Monika zu scherzen.

»Aber es funktioniert. Du wirst dich selbst davon überzeugen können.«

»Du glaubst doch nicht an das Leben nach dem Tod?«

»Es ist egal, ob ich daran glaube. Oder ob es existiert. Wie auch umgekehrt. Du kannst auch nicht an den Schwarzen Raben glauben, aber er kommt trotzdem und bringt dich weg.«

»Du weißt ja noch nicht einmal, was das ist!«

»Was immer es auch ist … Wichtiger ist, dass es ihn gibt!«

»Besser wir gehen.«

Monika ging voraus. Der Wind wehte pulvrigen Schnee in ihre Kapuze, über ihrer Oberlippe hatte sich eine Eiskruste gebildet. Sich einen Weg durch die Schneewehen zu bahnen, war so anstrengend, dass die Mädchen sich stündlich abgewechselt hatten. Jetzt wechselten sie sich bereits alle halbe Stunde ab … Der Schneesturm wurde stärker. Monika drehte sich um, um ihrer Schwester zu sagen, dass es Zeit für einen Wechsel war. Da erkannte sie, dass sie allein ging. Der Wind fegte den Pfad weg. Sie rannte schnell zurück, solange die Spur noch zu sehen war.

»Jara! Gabriela! Jara!«

Der Schneesturm packte ihren Schrei und schleuderte ihn ihr zurück ins Gesicht. Das Mädchen legte noch etwa zehn Meter zurück und bemühte sich, den weißen Vorhang mit

Blicken zu durchbohren. Ihre Schwester war wie vom Erdboden verschluckt, so als hätte sie derselbe Schwarze Rabe geholt, über den sie noch vor Kurzem gesprochen hatten. Sie schoss in die Luft, lauschte, aber es kam keine Antwort. Beim zweiten Mal hatte das Gewehr Ladehemmungen. Monika stieß es in einem Anfall von Machtlosigkeit in den Schnee. Sie hatte keine Lust, auch nur einen Schritt weiterzugehen! Musste wirklich alles so dumm enden?

Plötzlich riss der Vorhang auf und gut zehn Gestalten in weißen Anzügen sprangen hervor, die den Berg herunterkamen. Hinter ihnen war ein Streifen violetten Himmels zu sehen. Im ersten Augenblick glaubte sie, eine Fata Morgana vor sich zu haben. Eine Vision kurz vor dem Tod, die zusammen mit den letzten Funken ihres Bewusstseins verlöschen würde … Zumindest war sie schön. Es überkam sie eine merkwürdige Ruhe. Die weißen Silhouetten rutschten lautlos dahin, wobei sie gleichmäßige Kurven beschrieben. Ihre Skier wirbelten Wolken von Schnee auf. Sie hatte das Gefühl, als würden sie gleich wie Gespenster durch sie hindurchfahren. Erst als sie nahe genug waren, bemerkte sie, dass sie gelbliche Sturmhauben aufgesetzt hatten und Maschinenpistolen auf dem Rücken trugen. Aber da war es schon zu spät. Einer der weißen Männer packte sie um die Hüfte und stellte sie auf seine Skier. Ihr Gewehr blieb im Schnee zurück. In ihrem Ohr erklang eine Männerstimme:

»Ganz ruhig! Ich halte dich!«

***

Ihr Fuß drang in das Loch unter dem Schnee ein. Sie versuchte, ihn herauszuziehen, rutschte aber noch weiter hinein. Sie spürte, wie sie eine vereiste Rinne hinunterglitt. Das Weiße um sie herum wurde plötzlich schwarz, und sie fiel auf etwas Weiches.

Sie lag auf einer dicken Schicht trockenem Moos und Kiefernnadeln. Durch das Loch über ihrem Kopf strömte fahles

Licht herein. Die Luft war warm, gesättigt von einem scharfen, stickigen Geruch. An den Wänden wucherten große, graue Pilze mit herabhängenden Hüten.

Gabriela zog Medveds Maschinenpistole zu sich heran und richtete sich auf. Sie hatte wohl gerade noch zehn Schuss, aber die Waffe gab ihr Sicherheit. Die Decke war nicht sonderlich hoch, sie konnte sie mit der Hand erreichen. Sie starrte in den dunklen Schlund, der sich nach hinten verjüngte. Dann machte sie ein paar Schritte und lauschte. Sie hatte das Gefühl, nicht allein zu sein, aber wie sehr sie sich auch anstrengte, sie konnte nichts Verdächtiges hören. Nur der Schneesturm pfiff weit entfernt hinter ihrem Rücken. Trotzdem wagte sie es nicht weiterzugehen und kehrte um.

Sie untersuchte den engen Spalt, durch den sie gefallen war, und versuchte, hinaufzukriechen. Sie musste ihre Schwester finden! Die Wände der Rinne waren steil und vereist. Nach nur wenigen Metern rutschte sie erneut hinunter und landete auf dem weichen Boden. Der zweite Versuch hatte etwas mehr Erfolg, führte aber zum selben Resultat. Beim dritten Mal schaffte sie es fast bis an die Oberfläche, als plötzlich eine spitze, graue Schnauze in der Öffnung auftauchte. Der Kiefer schnappte einige Zentimeter von ihrer Nase entfernt zu, heißer Dampf wehte ihr entgegen. Sie fiel nach hinten und landete auf der Schulterstütze der Maschinenpistole, spürte aber keinen Schmerz. Sie richtete die Waffe auf die Rinne und wartete mit dem Finger am Abzug. »Komm doch, komm, dann mache ich dir den Garaus!«, drohte sie in Gedanken. Aber niemand kam. Der Wolf winselte über dem Loch. Wie ein Saugferkel, ging es ihr aus unerfindlichen Gründen durch den Kopf, obwohl sie noch nie ein solches Geräusch gehört hatte …

Ihr fiel ein, dass ihre Schwester draußen allein durch die Gegend streifte. Vielleicht suchte sie ebenfalls nach ihr. Vor einigen Stunden hatten sie noch darüber gestritten, wer wen essen würde … Kein gutes Vorzeichen!

Gabriela fiel es langsam schwer, Medveds Maschinenpistole zu halten, und sie stützte sie an der Wand ab. Der Hunger saugte ihre Gedanken ein wie ein Schwarzes Loch. Ihr Blick fiel auf den Pilz, der neben ihren Füßen aus der Erde geschossen war. Sie pflückte ihn vorsichtig und untersuchte die Lamellen unter seinem Hut. Im Sommer, als sie durch den Dadan-Wald zogen, hatte der Strauch sie gelehrt, Pilze zu erkennen. Aber sie hatte nicht sonderlich gut aufgepasst … Bei der Erinnerung an die sorglosen Tage im Wald lächelte sie traurig. Der Kleine war mit Onkel Metodi zusammen im Feldlager Nachtgespenst geblieben, um Wintervorräte anzulegen. Für wen? Sie würden vergeblich auf die selten gewordenen Vogelstimmen lauschen und auf das vereinbarte Signal warten! Die Einheit würde nicht zurückkehren …

Man kann alle Pilze essen, aber manche davon nur einmal, erinnerte sie sich an den Pilzsammlerwitz. Sie roch an dem Pilz und brach ein Stückchen ab. Das Fleisch der giftigen Exemplare wurde oft blau. Manchmal geschah das Gegenteil. Es war fast eine Minute vergangen, aber der Pilz änderte seine Farbe nicht. Gabriela biss vorsichtig ab.

War es überhaupt von Bedeutung, ob sie an Hunger oder an einer Vergiftung sterben würde?

Gabriela begann, auf dem Stückchen herumzukauen. Ihr Mund erfüllte sich mit einem frischen, leicht säuerlichen, aber angenehmen Pilzgeschmack. »Wenn ich in den nächsten ein, zwei Stunden nichts spüre, dann sind sie essbar …«, entschied sie. Aber im nächsten Moment stopfte sie sich den ganzen Pilz in den Mund. Besser so! Wenn sie sterben sollte, dann war das eben so. Sie würde nicht in diesem Loch hier verenden! Sie pflückte noch einen Pilz und nagte gierig daran. Sie hatte ihre Schwester verloren. Nina hatte sich als Verräterin herausgestellt. Die Genossen hatten sie zum Tode verurteilt. Die UdSSR erwies sich als etwas ganz anderes als das, was sie sich vorgestellt hatte. Lohnte es sich überhaupt noch zu leben?

Innerhalb weniger Minuten verringerte sich die Anzahl der grauen Hüte sichtbar.

Ihr Magen verarbeitete nervös das Rohmaterial. Gabriela zog Medveds Uhr aus der Tasche und starrte auf die Zeiger. Sie hatte ein seltsames Gefühl von Zwiespältigkeit. Das große Zifferblatt zeigte vier Uhr, das kleine sechs. Das Räderwerk tickte kaum hörbar. Der Schneesturm schüttete allmählich das Loch über ihr zu, das Licht wurde weniger.

Sie nahm die Skizze, die Medved hingekritzelt hatte, bevor er starb, und faltete sie auf den Knien auseinander. Sie sah aus wie eine Kinderzeichnung. Kleine Häuser, Türme, ein Zaun, ein Bach … Plötzlich fiel ihr das Bild eines komischen Hundes mit spitzen, aufgerichteten Ohren ins Auge. Sie hätte schwören können, dass der vorher noch nicht da war! Es kam ihr vor, als bewegte der Hund seine Ohren, was sie zum Lächeln brachte.

»Warum lachst du?«, hörte sie die Stimme ihrer Schwester.

»Kara!? Monika …«, sie zuckte zusammen und blickte sich um.

Der Hund rollte auf den Rücken und begann mit den Beinen zu strampeln. Dann richtete er sich auf, wackelte wieder mit den Ohren und bellte schelmisch, als forderte er sie auf, ihm zu folgen. Sie versuchte, das in Wellen aufkommende Kichern zu unterdrücken, schaffte es aber nicht.

»Ich verstehe nicht, was daran so lustig ist?!«, meldete sich die Stimme erneut.

Sie klang feindselig und dumpf, als käme sie aus einer Baumhöhle.

»Wo bist du?«, rief Gabriela. »Du bist doch nicht etwa gestorben?«

Wieder überkam sie ein Lachen, als hätte sie etwas sehr Lustiges gesagt.

»Entschuldige! Ich weiß nicht, was mit mir los ist …«

Sie knüllte das Stück Papier zusammen und stopfte es in ihre Tasche. Es vergingen einige Minuten, aber niemand meldete sich. Sie war allein. Alles ist in Ordnung, beruhigte sie sich selbst. Die Nerven. Ein blasser Lichtschein zog ihren Blick auf sich. Die Hüte der Pilze pulsierten mit einem weichen, violetten Licht. Sicher enthalten sie Phosphor, versuchte sie, eine rationale Erklärung zu finden. Genau. Phosphor.

»Phosphor ist gut fürs Gehirn …«, murmelte das Mädchen.

Aus dem Inneren der Höhle war ein tiefes Knurren zu vernehmen. Es war so tief und kräftig, dass der Boden erzitterte. Sie griff nach der Maschinenpistole und richtete sie auf den dunklen Schlund. Die Waffe begann sich zu winden. Auf einmal erkannte sie, dass sie eine fette, glitschige Schlange in Händen hielt. Gabriela warf sie mit einem Schrei weg. Das Reptil zischte bösartig und verschwand in einer Ritze im Felsen.

Der Boden erbebte erneut, und aus der Dunkelheit tauchte ein riesiger, golden glänzender Kopf auf. Ein Löwe fixierte sie mit seinen schmalen, gelblichen Augen. Er sah verwundert aus, aber alles andere als erschrocken. Dann leckte er sich lässig die Schnurrhaare.

»Das ist nicht echt«, sagte sie sich und schloss fest die Augen.

Sie zählte bis drei und machte sie wieder auf.

Ein gleißendes Licht blendete sie. Beunruhigende Schreie erreichten ihr Gehör. Sie befand sich in einem großen Käfig, um den herum gut zehn Schwarze mit weißen Umhängen und bunten Turbanen auf dem Kopf auf und ab liefen. Ein paar Palmen warfen zerzauste Schatten auf die Erde, die von abgenagten Knochen übersät war. Die Sonne brannte auf ihre nackten Schultern herab. Ihre Kleidung war auf mysteriöse Weise verschwunden. Sie hockte sich hin und verschränkte die Arme vor der Brust. Der Löwe sah sie immer noch verwundert an. Offensichtlich hatte er keinen Hunger.

Zehn Jahre später

Stalin lag schon den fünften Tag im Sterben.

Pavel Černogorov, außerordentlicher und bevollmächtigter Botschafter der Volksrepublik Bulgarien in London, saß im geheimen Sektor der Botschaft und betrachtete den bollernden, rautenförmigen Ofen. Die Fensterläden aus Metall waren fest geschlossen. Kein Geräusch und kein Licht konnte von drinnen nach außen gelangen und auch umgekehrt nicht. Als wäre er zum Grund des Ozeans hinabgestiegen. Seit die beunruhigende Nachricht um die Welt gegangen war, verließ Černogorov den Raum so gut wie gar nicht mehr. Die sowjetischen Quellen waren extrem sparsam, was Details anging, woraus man schließen konnte, dass die Lage wirklich ernst war. Mit dem Instinkt eines alten Parteifunktionärs spürte er, dass eine Veränderung bevorstand, aber was für eine, ob zum Guten oder zum Schlechten, vermochte er nicht zu entscheiden. Und es gab auch niemanden, der es ihm hätte einflüstern können … Aus Sofia war eine kurze verschlüsselte Mitteilung mit der Instruktion gekommen, Vorbereitungen für die Vernichtung der geheimen Dokumentation zu treffen. Danach kam nichts mehr. Seine Versuche, mit dem sowjetischen Kollegen Kontakt aufzunehmen, blieben ohne Erfolg. Die Botschafter der anderen Bruderstaaten waren ebenfalls auf Tauchstation gegangen. Er war ganz allein.

Er drehte sich zu der jungen Frau um, die auf einem langen Tisch die Akten sortierte, die zur Vernichtung vorgesehen waren. Man wartete nur noch auf die Bestätigung aus der Zentrale. Die Krise der sowjetischen Führung konnte zum Anlass für allerlei Provokationen werden, sogar für einen Krieg … Černogorov hatte eine Weisung an das Personal in Queens Gate Gardens erlassen: Niemand sollte bis auf Weiteres die Gesandtschaft verlassen. Der Hausmeister der Botschaft hatte die vorhandenen Lebensmittelvorräte inventarisiert und ausgerechnet, dass sie für eine ganze Woche reichen würden. Was die Zigaretten anging, sah die Lage nicht ganz so rosig aus. Aber sie mussten durchhalten. Die internationale Lage erforderte es!

Die Frau spürte seinen Blick und wandte den Kopf um. Sie war um die dreißig, trug ein braunes Kostüm, das ihrer sonst schlanken Figur ein viereckiges Aussehen verlieh. Ihr Haar war zu einem Dutt hochgesteckt. Sie hatte regelmäßige, aber irgendwie erschöpfte Gesichtszüge wie jemand, der viele Stunden in geschlossenen Räumen verbringt. Sie trug kein Make-up, wenn man von dem dünnen Strich unterhalb der Augen absah.

»Major Grebenarova …«, begann der Botschafter.

»Nennen Sie mich nicht so!!!«

»Entschuldigen Sie«, seufzte er. »Ist es Ihnen gelungen, Kontakt zur sowjetischen Botschaft aufzunehmen … über Ihre Kanäle?«

»Dort wird Ihnen jetzt niemand etwas sagen!«, stellte sie trocken fest.

»Vielleicht sollten wir Waffen an die Genossen austeilen?«

»Es könnte notwendig werden …«

Sie ging zu einem der Safes, stellte die Kombination ein und öffnete ihn. Sie nahm eine massive kleine Kiste heraus, die mit zwei roten Siegeln verschlossen war, und stellte sie auf den Tisch.

»Und was machen wir damit?«

»Hat Sofia Sie nicht darüber instruiert?«, zeigte sich der Botschafter besorgt.

»Man weiß nicht, dass es hier ist.«

»Wie ist das möglich?! Warum ist es dann hier?«

»Ich dachte, Sie wüssten es!«

»Was ist da drin?«

»Ich kann es Ihnen nicht sagen.«

»Wissen Sie es denn?«

»Auch das kann ich Ihnen nicht sagen.«

»Verstehe«, seufzte er. »Wenn etwas passiert ... Man darf es nicht in der Botschaft finden, nicht wahr? Wir müssen es vernichten!«

»Es ist gefährlich.«

»Also wissen Sie es doch!«

»Ich weiß, dass es gefährlich ist.«

»Schicken Sie es zurück!«

»Das habe ich nicht zu entscheiden. Sie ebenso wenig.«

»Ich sehe nicht, was wir in diesem Fall tun könnten ...«

»Ich auch nicht«, nickte sie. »Vorerst tun wir einmal nichts.«

Die Frau, die soeben als Major angesprochen worden war, nahm die kleine Kiste, trug sie vorsichtig zum Safe und stellte sie wieder hinein. Sie verdrehte das Zahlenschloss, und es schnappte ein. Grebenarova war für die innere Sicherheit der Botschaft verantwortlich, obwohl sie im Stellenplan als Sachbearbeiterin geführt wurde. Welche Funktionen sie sonst noch hatte, wollte keiner wissen ...

Es läutete an der Tür, und sie ging, um aufzumachen. Es war der dritte Botschaftssekretär Kamen Bregov. Er hatte eigentlich keinen Zugang zum Sektor, deshalb musste er jedes Mal läuten. Er sah verwirrt und erschrocken aus.

»Sie bringen gerade etwas im Fernsehen ... Ich glaube, es ist wichtig.«

»Was?«

»Na ja, ich kann doch außer Russisch keine Fremdsprachen ...«, stammelte er.

Der Fernseher war eine relativ neue Errungenschaft. Černogorov wollte ihn nicht in seinem Büro haben, weil er das

Gefühl nicht loswurde, dass der Apparat ihn ausspionierte. Und er verstand auch nicht, was da gesprochen wurde … Man hatte im Empfangsraum im ersten Stock einen Platz für ihn gefunden. Es handelte sich um ein Gerät der Marke »Bush« mit einem für die damalige Zeit riesigen 14-Zoll-Bildschirm in einem Mahagonischränkchen mit Türen. Und aus diesem Symbol westlicher Verschwendungssucht und Prosperität musste das Personal der Botschaft der Volksrepublik Bulgarien die erschütternde Nachricht erfahren.

»Der Genosse Stalin ist am gestrigen Abend um 21:50 Uhr Moskauer Zeit verstorben …«, fasste die Genossin, von deren wahrem Rang und wahrer Funktion nur wenige wussten, die Nachricht kurz zusammen.

Es herrschte Grabesstille. Nur der Sprecher von BBC in seinem makellosen Anzug und seiner noch makelloseren Diktion, in der man gleichsam auch einen schadenfrohen Unterton vernehmen konnte, fuhr fort, die Nachrichten vorzulesen.

»Gibt es eine Bestätigung von der TASS?«, fiel jemandem zu fragen ein. »Vielleicht ist es eine Provokation …«

»Sie zitieren gerade die TASS!«, wies sie ihn zurecht.

Als Erste begann Černogorovs Sekretärin zu flennen; ganz natürlich und leicht, so wie man ein Volkslied anstimmt. Ihre klagenden Triller übertönten die hämische Stimme des kapitalistischen Kommentators. Über ihre Wangen kullerten große, nasse Tränen. Gleich nach ihr begannen auch alle anderen zu schluchzen. Der Botschafter blickte sich panisch um und bedeckte das Gesicht mit den Händen. Grebenarova rannte hinaus. Jetzt weinten schon alle, was sie aber nicht daran hinderte, einander wachsame Blicke zuzuwerfen.

»Wieso musstest du uns verlassen, Koba!«, heulte in der Ecke der erste Sekretär.

»Was soll nun werden …«, flüsterte der zweite unter Tränen und hätte beinahe noch offenherzig »aus uns« hinzugefügt.

Der Botschafter blinzelte erschrocken hinter seinen Fingern hervor. Er wagte es nicht, die Hände herunterzunehmen, damit niemand bemerkte, dass seine Augen trocken waren. Sosehr er sie auch rieb und sich anstrengte, er konnte nicht eine einzige Träne herauspressen. Verflucht! Wie hatte er damals geweint, als sein geliebter Kater gestorben war! Bedeutete Stalin ihm etwa weniger? Er versuchte, sich an das warme Schnurren zu erinnern, das ihm so sehr fehlte, aber es klappte wieder nicht. Es war schon einige Zeit vergangen, und offenbar hatte er den Verlust überwunden. Er begann, trocken zu schluchzen.

»Kommen Sie«, Grebenarova berührte ihn an der Schulter.

Er folgte ihr erleichtert.

»Lassen Sie mich mal sehen«, sie musterte sein Gesicht. »Sie weinen nicht!«

»Ich versuche es!«, stöhnte er und lehnte sich gegen die Wand im Flur.

»Jetzt werden wir Sie kurieren.«

Sie nahm ein kleines Plastikfläschchen mit Pipette aus ihrer Tasche, entfernte den Deckel und näherte es entschlossen seinen Pupillen.

»Was ist das?«, der Botschafter wich erschrocken zurück.

»Sie wollen doch weinen oder nicht?«

»Natürlich will ich!«

»Dann blinzeln Sie nicht!«

Sie träufelte jeweils einige Tropfen in seine beiden Augen. Er spürte ein leichtes Jucken. Sein Blick verwässerte sich, seine Wimpern wurden feucht, und bald flossen dünne Rinnsale über seine Jochbeine.

»Wie haben Sie das gemacht, zum Teufel?«

»Es gibt Mittel und Wege … Ich verwende es selbst auch«, lächelte sie geheimnisvoll.

Der Botschafter kehrte triumphierend in den Saal zurück. Bei der Ansicht seines nassen Gesichts begannen die anderen, noch eifriger zu weinen.

»Ach, ich kann nicht aufhören!«, stöhnte Černogorov zwei Stunden später.

Er war bereits beim vierten Taschentuch angelangt.

»Es ist ganz normal, dass Sie trauern«, beruhigte sie ihn unter Tränen. »Wir weinen alle. Der Tod des Genossen Stalin ist ein nicht zu verschmerzender Verlust.«

»Was schreiben sie? Ich kann nichts sehen …«, schluchzte er.

Aus Sofia war eine verschlüsselte Mitteilung gekommen. Die Frau und der Botschafter hatten sich im geheimen Sektor eingeschlossen, um die letzten Instruktionen zu erörtern.

»Sie ordnen an, dass wir die Ersten sein sollen, die sich ins Kondolenzbuch eintragen, welches in der sowjetischen Botschaft aufliegen wird. Die Ersten!«, sagte sie mit Nachdruck.

»Und ab wann wird es aufliegen?«, zeigte sich der Botschafter besorgt.

»Ich werde anrufen, um zu fragen«, sagte sie und ging hinaus.

Er fuhr fort, die Bäche, die seine Wangen hinunterrannen, zu trocknen. Grebenarova kam einige Minuten später zurück.

»Alle Leitungen sind belegt.«

»Vielleicht musst du einen Spaziergang dorthin unternehmen …«

»So wird es sein«, nickte sie.

Grebenarova warf schnell ihren Trenchcoat über und rannte die Treppe hinunter. Kurz bevor sie auf die Straße hinausging, drehte sie sich zur Mauer und träufelte sich einige Tropfen aus einem Flakon aus ihrer anderen Tasche in die Augen.

Die Tränen trockneten fast augenblicklich.

»Ich weiß nicht, was genau passieren wird, auch nicht wann«, hatte Semitschastny bei der Instruktion vor zwei Wochen gesagt, »aber wir müssen uns auf das Schlimmste vorbereiten … Das hier ist die Substanz ›Glazin‹, entwickelt in unseren Labors unter spezieller Aufsicht des Genossen Beria. Sie stimuliert die Tränenproduktion, ohne die Schleimhaut übermäßig zu reizen. Und das hier ist ›Antiglazin‹, das automatisch die Tränenproduktion stoppt. Tragen Sie sie immer im Set bei sich. Man weiß nie, in was für eine Situation man gerät. Die politische Konjunktur verändert sich von Augenblick zu Augenblick. Ein Tschekist darf nicht unvorbereitet sein …«

Grebenarova hatte die Botschaft seit fast einer Woche nicht mehr verlassen, und der Spaziergang nach Kensington Gardens hatte trotz des nebligen Märztages eine erfrischende Wirkung auf sie. Am Zaun vor der sowjetischen Botschaft hatte sich bereits eine Schlange von schniefenden Vertretern der lokalen Gattung »nützlicher Idiot« gebildet, wie Lenin seine westlichen Anhänger freundlicherweise betitelte. Die Flagge auf dem Dach war auf Halbmast. Ein Dutzend Bobbies marschierte auf und ab. Vor dem Tor lauerten unsauber aussehende Typen mit Fotoapparaten. Die Blitze warfen violette Lichter auf die Fenster der Botschaft. Grebenarova ging an der Schlange vorbei und blieb vor der schmalen Metalltür in der Wand des Konsulats stehen. Sie drückte auf den Klingelknopf und sagte etwas in die Gegensprechanlage. Das Schloss schnappte auf. Bevor sie hineinging, drehte sie sich um, und mit einer schnellen, kaum wahrnehmbaren Geste, so als würde sie Parfüm auflegen, spritzte sie sich etwas Glazin in die Augen.

Eine halbe Stunde später öffnete sich die kleine Tür erneut und die junge Frau befand sich wieder auf der Straße. Trotz der Tränen strahlte ihr Gesicht ein Gefühl der Zufriedenheit aus. Sie ging den Weg zurück, den sie gekommen war, verlangsamte aber allmählich ihre Schritte, so als kämpfte sie gegen einen nicht sonderlich richtigen Gedanken an. Dann blieb sie stehen und ging in die entgegengesetzte Richtung. Sie kam am oberen Ende der Straße heraus, bog links in die Notting Hill Gate ab und war etwa zehn Minuten später am Portobello Road Market. Einige mitleidige Blicke erinnerten sie an das Fläschchen Antiglazin in ihrer Tasche. »Stalin is dead!«, schrien die Schlagzeilen an den Zeitungsständen, aber niemand schien sie ernsthaft zu beachten. Sie ging die Reihe von malerischen kleinen Geschäften und Ständen entlang, bis sie zu einer eleganten Boutique im Art-déco-Stil kam, über der eine rosa Schrift leuchtete: *Appletree*. Als sie vor einem Monat zufällig hier vorbeigekommen war, hatte sie einen Hut gesehen, der ihre Aufmerksamkeit fatalerweise auf sich gezogen hatte. Wahrscheinlich aus Übermüdung war ihr ideologischer Schutzschild geschwächt gewesen, und sie erlaubte es diesem ungesunden Objekt der sinnlosen Eitelkeit, sie direkt ins Herz zu treffen …

Grebenarova blieb mit der scheuen Hoffnung vor dem Schaufenster stehen, dass jenes Objekt, wegen dem sie gekommen war, bereits einen anderen Eigentümer gefunden hatte. Sie hatte ein für Rekognoszierung geschultes Auge und stellte sofort fest, dass der Raum hinter der Scheibe auf neue Weise arrangiert worden war. Aber obwohl die »Schapotschka«, wie sie den Hut in Gedanken nannte, auf dem Kopf einer anderen Schaufensterpuppe saß, war sie immer noch da, immer noch so fein und mystisch verlockend … Es handelte sich um ein gut abgehangenes Modell aus den Dreißigern, das Erinnerungen bei ihr weckte, die sie im tiefsten Verlies ihres Gedächtnisses eingeschlossen hatte. Sie neigte den Kopf und versuchte, die Spiegelung ihres Gesichts unter die schmale schwarze Krempe zu bringen. Der kurze Hutschleier bedeckte knapp ihre Augen. Die äußerst klaren Linien unterstrichen den wagemutigen Schwung des Schopfs aus rabenschwarzen Federn. Grebenarova war eines vollkommen bewusst: Selbst wenn sie die fantastische Summe, die auf dem Etikett stand (Geld war eigentlich kein Problem, da sie praktisch ihr ganzes Gehalt sparte!), ausgab, gab es weder einen Anlass noch besaß sie etwas, wozu sie ein solches Stück hätte tragen können. Außer vielleicht … nackt im Bad? Bei diesem Gedanken bekam sie eine verräterische Gänsehaut auf den Armen.

»Pass auf, Genossin!«, erschreckte sie eine innere Stimme. »Heute ist ein Tag planetarischer Trauer. Was ist schon so eine Schapotschka dagegen?«

Das silberne Glöckchen über der Tür klingelte fröhlich. Die beiden Verkäuferinnen sahen zur neuen Kundin hinüber. Sie trugen identische gestreifte Blusen mit schwarzen Schleifchen. Das Geschäft war lang und schmal, an den Wänden waren jeweils zwei Kleiderstangen übereinander angebracht. An ihnen hing extravagant geschnittene Kleidung für Damen. Die Hüte und Schals waren künstlerisch über den weißen Tisch in der Mitte verstreut.

»Mrs Finnegan!«, kam eines der Mädchen auf sie zu, wobei sie das merkwürdige braune Kostüm nicht aus den Augen ließ. »Ihr Kleid ist fertig. Wollen Sie es anprobieren?«

Grebenarova war wie erstarrt.

»Unsere Schneiderin hat die Änderungen durchgeführt. Wir haben auch den Reißverschluss am Rücken getauscht …«, die andere nahm ein dunkelgrünes Kleid vom Bügel.

Offensichtlich verwechselte man sie mit jemandem, aber aus unerfindlichen Gründen reagierte sie nicht. Sie nahm das Kleid und betrachtete es misstrauisch. Sie war nur hereingekommen, um die Schapotschka zu probieren. Wie lange konnte dieses Theater wohl noch weitergehen?

»Ich denke, jetzt wird es ihnen ganz ausgezeichnet stehen. Kommen Sie!«, forderte sie das Mädchen auf.

»Ich würde auch gern diesen Hut probieren«, brachte sie fast akzentfrei hervor und zeigte ins Schaufenster.

»Natürlich, Mrs Finnegan!«

Die Verkäuferin begleitete sie zur Umkleidekabine im hinteren Teil des Geschäfts.

»Ein originelles Kostüm!«, merkte sie mit dem Wunsch an, sich einzuschmeicheln.

Grebenarova zog jäh den Vorhang zu und ließ sich auf den Hocker in der Ecke fallen. Wer, zum Teufel, war diese Finnegan? Das Gefühl, in ein fremdes Leben eingedrungen zu sein, verließ sie nicht. Aber statt zu sehen, wie sie es so schnell wie möglich auf Zehenspitzen wieder verlassen könnte, fuhr sie fort, die Situation mit masochistischem Vergnügen zu erforschen. Sie wartete, bis sich ihr Puls beruhigt hatte, und begann, sich auszuziehen. Ein formloses Kleidungsstück nach dem anderen kam auf den Haken, bis nur noch ein Unterrock und fleischfarbene Strümpfe übrig waren. Sie fuhr sich mit der Hand über ihren flachen Bauch und lächelte. Dann schlüpfte sie in das Kleid und zog es über ihrem Körper straff. Danach nahm sie die kostbare Schapotschka und platzierte sie auf ihrem Kopf wie eine Tiara.

Das Glöckchen über der Eingangstür klingelte erneut. Die verwirrten Stimmen der Verkäuferinnen waren zu vernehmen, aber Major Grebenarova schenkte ihnen keine Beachtung. Sie war von der Erscheinung im Spiegel hypnotisiert.

»Wer ist diese unverschämte Person!?«, erklang eine wütende Frauenstimme, und eine Hand, die in einem feinen Lederhandschuh steckte, zog entschlossen den Vorhang zur Seite.

Ein kühler Hauch drang in die Umkleidekabine. Grebenarovas Schultern zuckten und sie wandte den Kopf um. Ihr gegenüber stand eine elegante Dame mit kariertem Schirm und einem gelben Sakko, das mit einem Patchwork aus Pelz gefüttert war. Die beiden Verkäuferinnen blickten ihr erschrocken über die Schulter.

»Du!?«, rief die Dame auf Bulgarisch, drehte sich um und zog blitzschnell den Vorhang zu. Ihr Blick glitt über das Kleid, das dem schlanken Körper der anderen wie angegossen passte. Dann fixierte sie das Gesicht unter dem Hut. Ein Stromschlag durchfuhr sie. Als sähe sie sich selbst!

»Kara … Schwesterchen …«, raunte sie.

»Jara?«, flüsterte Grebenarova.

Einige Sekunden lang musterten sie einander mit starrem Blick.

»Ich dachte, du wärst tot …«

»Ich dachte auch, du wärst tot!«

Die beiden jungen Frauen umarmten einander und blieben so fest aneinandergeklammert stehen, ohne einen Ton von sich zu geben, bis die Gerüche, die Vibrationen und ihr Atem sich allmählich miteinander vermischten und ein unsichtbares Ganzes ergaben.

Die Verkäuferinnen trieben sich vor der Umkleidekabine herum, wobei sie sich vielsagende Blicke zuwarfen und dem Geflüster lauschten, das aus ihrem Inneren kam. Aber das Gespräch wurde in einer unbekannten Sprache geführt, und sie konnten nichts verstehen. Plötzlich wurde der Vorhang aufgezogen, und die beiden Frauen sprangen untergehakt heraus. Die eine hatte noch den Hut und das Kleid an, die sie in die Anprobe mitgenommen hatte.

»Schreiben Sie alles auf meine Rechnung!«, winkte die andere ab.

»Kein Problem, Mrs Finnegan …«, die Mädchen begannen, geschäftig hin und her zu laufen.

Sie stopften Grebenarovas Kostüm in eine rosa Tüte mit dem Logo des Ladens und reichten ihr ihren Trenchcoat. Mrs Finnegan führte sie ohne weitere Erklärungen nach draußen. Das silberne Glöckchen klingelte energisch, als sie das Geschäft verließen.

Sie waren keine hundert Meter gegangen, als Kara plötzlich stehen blieb. Sie sah beunruhigt und erschrocken aus, als wäre sie auf einmal von den Wolken der Euphorie wieder auf die Erde hinabgestiegen.

»Was ist los?«, fragte Jara.

»Ich kann *so* nicht zurück in die Botschaft gehen«, sagte ihre Schwester.

»Wie?«

»In diesen Kleidern …«

»Aber warum denn nicht?!«

»Ich kann es einfach nicht!«, sagte sie nachdrücklich.

Sie machte kehrt und ging entschlossenen Schrittes zurück zu dem kleinen Geschäft, wobei sie ihre Schwester auf der Straße warten ließ. Einige Minuten später erschien sie erneut, gekleidet in ihr altes Kostüm. Auf dem Kopf trug sie einen billigen Schal aus künstlicher Seide. In ihren Händen schaukelte nur die kleine Lackledertasche mit den scharfen Metallkanten, die besonders gut zur Selbstverteidigung geeignet war.

»Wo ist das Kleid?«, wunderte sich Jara.

»Ich habe es zurückgegeben.«

»Aber …«

Kara legte ihr die Hand auf die Schulter.

»Du würdest es nicht verstehen.«

»Uncle Joe hat den Löffel abgegeben!!! Der Rote Zar ist tot!!! Stalin wird neben Lenin liegen!!!«, ein Zeitungsjunge zischte an ihnen vorbei.

***

Ralph Finnegan stand am Kamin und lauschte dem Knacken der Holzscheite. Er machte einen nachdenklichen, ja sogar besorgten Eindruck. Seine Hand schwenkte einen Schluck einer rostroten Flüssigkeit am Boden des breiten Kristallglases hin und her. Die Adern an seinen Fingern waren hervorgetreten, am Zeigefinger blitzte ein Ehering auf. Ein schwaches Geräusch brachte ihn dazu, den Kopf zu wenden.

»Darling!«

»Es tut mir leid, dass ich mich verspätet habe …«

Er betrachtete das gerötete Gesicht seiner Frau.

»Ist etwas passiert?«

»Nein, nichts Besonderes. Ich bin zu Fuß durch den Park gegangen … Die Schneiderin hat das Kleid ruiniert. Ich werde nichts mehr in diesem Loch kaufen!«

»Uncle Joe hat den Löffel abgegeben.«

»Ja, Stalin … War aber auch an der Zeit«, sagte sie zerstreut.

»Ich muss verreisen. Eigentlich müsste ich schon weg sein. Aber ich wollte nicht aufbrechen, ohne dir Auf Wiedersehen zu sagen.«

Er stellte das Glas auf den marmornen Rand des Kamins und ging zu seiner jungen Frau. Seine Hände umfassten ihre

Schultern. Sie hob den Blick zu seinem länglichen, nordischen Gesicht. So viele Male hatte sie ihm von ihrer Schwester erzählt, und jetzt konnte sie ihm nichts sagen. Stalins Schatten lag zwischen ihnen, und selbst die Tatsache, dass er tot war, änderte nichts daran.

»Wohin schickt man dich?«

»Du weißt, dass ich dir das nicht sagen kann.«

»Ich weiß … Und wann kommst du zurück?«

Auf seinen Lippen tanzte etwas wie ein Lächeln.

»Kannst du mir das auch nicht sagen?«

»Ich weiß es noch nicht, Darling.«

Sie griff nach dem Tüchlein, das aus seiner oberen Sakkotasche schaute. Es gab nichts zurechtzurücken: Es war makellos gefaltet und ragte genau so weit heraus, wie es sich gehörte. Das ärgerte sie ein wenig, weil sie gerne eine Geste der Aufmerksamkeit angebracht hätte. Mit der Zeit offenbarten die Leute normalerweise ihre Unzulänglichkeiten, aber bei Ralph schien es genau das Gegenteil zu sein. Eines Tages, fürchtete sie, würde er den Punkt der Vollkommenheit erreichen, jenseits dessen es ihr unmöglich sein würde, ihn zu lieben. Sie stellte sich auf die Zehenspitzen und küsste ihn.

»Hauptsache, du kommst zurück!«

Hinter ihr war flinkes Trappeln zu hören. Ein blonder, molliger Junge von ungefähr sieben Jahren in einem kirschroten Samtanzug stürmte ins Wohnzimmer. Dahinter tauchte auch das Dienstmädchen Conny mit schuldbewusstem Gesichtsausdruck auf, als hätte sie die Käfigtür des Kanarienvogels offen gelassen. Das Kind breitete die Arme aus, blies die Backen auf und imitierte ziemlich authentisch das Geräusch eines Flugzeugpropellers.

»Captain America, fertig zum Start, brrrrr!«

Ralph packte den Jungen und wirbelte ihn über seinem Kopf herum. Die dicken Beinchen strampelten in der Luft.

»Schalte den Schutzschild ein, mein Junge! Vergiss nicht den Schild!«

Jara ging zum Tischchen mit den Getränken. Sie goss sich zwei Finger Whisky ein und ließ sich in den Sessel neben dem Kamin fallen. Ihr Mann wirbelte immer noch den Kleinen über seinem Kopf herum, aber es war, als würde das in einer anderen Welt passieren. Einer Welt, in der sie bis vor Kurzem noch gelebt hatte und die ihr plötzlich fremd geworden war.

Oder zumindest kam es ihr so vor …

Grebenarova nickte dem Diensthabenden zu und verschwand im Inneren der Botschaft. Die Korridore waren menschenleer, es herrschte beklemmende Stille. Hie und da waren hinter verschlossenen Türen sporadische Schluchzer zu hören, die verstummten, sobald sie daran vorbeigegangen war. Černogorov wartete im Sektor auf sie. Er hatte auf einem alten Porzellanteller mit dem Wappen des Königreichs Bulgarien Wurst aufgeschnitten und trank Bier, der Funker leistete ihm Gesellschaft. Der Strom von Tränen hatte aufgehört, aber aus seinen Augen tröpfelte es weiterhin.

»Wo bleibst du denn?«, ächzte er.

»Sie haben mich dabehalten, um mich zu instruieren«, entgegnete sie trocken.

»Wann wird das verfluchte Buch aufliegen?«

Sie warf ihm einen vorwurfsvollen Blick zu, sodass ihm ein Stückchen Wurst im Hals stecken blieb. Der kräftige Mann begann zu husten, nahm einen großen Schluck direkt aus der Flasche und sagte weinerlich durch die Nase:

»Ich weiß vor lauter Trauer auch schon nicht mehr, was ich sage!«

»Vor der sowjetischen Botschaft hat sich schon eine Schlange gebildet«, informierte sie ihn mit einem Hauch von Häme. »Die Leute haben es eilig, ihr Beileid auszusprechen.«

»Und jetzt?!«, begann er zu jammern. »Ich habe die Anweisung, als Erster zu unterschreiben. Man wird mich bestrafen!«

»Ich habe da etwas in die Wege geleitet … Der Genosse Semitschastny hat versprochen, Ihnen einen Platz ganz vorne im Buch zu reservieren. Patočka, der Botschafter der Tschechoslowakei, drängte ebenfalls darauf, Erster zu sein, aber so wie es jetzt aussieht, hat er keine Chance.«

»Ach, du!!!«, der ältere Mann sprang auf und küsste sie auf die Stirn. »Mein Schutzengel! Wir sind gerettet … Sie sind eine echte Genossin! Ein kostbarer Kader der Revolution!«

»Ich denke, es wird nicht schaden, wenn wir dem Genossen Semitschastny eine Kiste Sliwowitz schicken. Von ihrem …«

»Zwei Kisten! Zwei!!!«, rief Černogorov. »Sofort! Lass uns gehen, bevor Patočka ihm seine Sekretärin Markéta geschickt hat. Rufen Sie den ersten Sekretär! Kasčiev soll das Auto vorfahren. Sie kommen auch mit, oder?«

»Ich bin nur Sachbearbeiterin. Das Protokoll sieht es nicht vor …«

»Ja, ja, Sie wissen das besser als ich. Ich mische mich da nicht ein. Wichtig ist, dass alles abgestimmt ist.«

»Sie brauchen noch einen Trauerflor!«, erinnerte sie ihn.

»Was würde ich nur ohne Sie tun?«

Grebenarova schlich in ihr Büro, ohne das Licht einzuschalten. Der hohe, enge Raum versank in grünlichem Halbdunkel. Am Fenster krümmte sich ein halb vertrocknetes Stiefmütterchen. Sie setzte sich an ihren Schreibtisch und zündete sich eine Zigarette an. Sie zog einige Male daran, dann vergaß sie sie gleichsam. Der dünne Rauchfaden zog sich bis zur Decke. Bald lösten sich auch die letzten Reste des Tages in der hereinbrechenden Dunkelheit auf. Auf der Straße fuhr ein Auto vorbei, dessen Scheinwerferlicht sich auf den Jalousien abzeichnete.

Die Zigarette brannte im Aschenbecher herunter, sie zündete sich eine zweite an und vergaß sie ebenfalls. Die schwarze Bakelitkiste des Telefons begann unerwartet zu läuten.

»Ja?«, erklang ihre Stimme in dem dunklen Zimmer.

»Genossin Grebenarova, ein Anruf für Sie aus Sofia«, meldete sich der Diensthabende. »Ihr Gatte, General Grebenarov … Ich verbinde.«

Es vergingen einige Sekunden, bevor sein kräftiges Timbre den Hörer ausfüllte. Sie versuchte, seine ersten Worte zu erraten, und war ein wenig enttäuscht, dass es ihr tatsächlich gelungen war.

»Wie hältst du dich?«

»Ich halte mich.«

»Weiter so, mein Mädchen. Wir trauern alle …«, stöhnte er, als würde er ein Schrapnell aus seinem Oberschenkel ziehen. »Aber wir müssen stark sein!«

»Ich halte mich«, versicherte sie ihm.

»Es ist schwer, allein zu sein … in einem solchen Augenblick.«

»Du bist nicht allein!«

»Ich weiß. Die Partei …«

»Sie wird immer bei dir sein. Selbst wenn ich nicht mehr da bin.«

»Warum sagst du so etwas?«

»Alles ist möglich …«

Es folgte eine kurze Pause.

»Ich weiß«, seufzte die Stimme auf der anderen Seite.

»Nein, weißt du nicht«, sagte sie zu sich. »Nichts weißt du! Und du wirst es auch nie erfahren …« Der Hörer brummte immer noch in ihrer Hand, aber sie schenkte ihm keine Beachtung, bis sich die Stimme im Rauschen entlang der Trasse verlor wie der Klageruf eines Insekts, das von Treibsand verschluckt wird. Dann legte sie auf. Sie öffnete das Fach unter ihrem Schreibtisch und holte eine kleine, silbrige Thermoskanne heraus. Sie schraubte den Becher ab und füllte ihn mit einer kühlen, farblosen Flüssigkeit. Die erste Hälfte trank sie auf ex, dann füllte sie nach.

»Na sdarowje, Monika!«, sagte jemand in der Dunkelheit.

Von der Straße drang das Geräusch eines Motors herauf. Ein Lichtbündel durchbohrte die Jalousien und funkelte in den Falten ihrer alten, ledernen Uniformjacke …

»Towarischtsch KomBrig!«, rief sie.

Das Zimmer versank erneut in Dunkelheit. Halb hinter ihrem Schreibtisch stehend, bemühte sich Kara Grebenarova, die Konturen einer Silhouette auszumachen, aber sosehr sie sich auch anstrengte, sie konnte nichts erkennen außer dem Schatten des Kleiderständers. Monika! Seit Ewigkeiten hatte sie niemand mehr so genannt. Sie vermied es sogar, diesen Namen in Gedanken auszusprechen, weil es ihr unerträgliche Schmerzen bereitete. Sie erinnerte sich an ihre verlorene Schwester. An jenen kristallklaren Morgen, als sie dem kleinen Ziegenhirten ins Gebirge gefolgt waren … Zwei waren aufgebrochen, eine war übrig geblieben.

Sie stürzte den Becher mit dem Wodka hinunter, aber diesmal sagte keiner »na sdarowje« zu ihr, auch nicht »Prost«. Die Stimme war direkt ihrem Gehirn entsprungen. Sie kam aus großer Tiefe und drehte die Worte um wie Steine. Was ist los mit dir, Monika? Freust du dich nicht, dass deine Schwester am Leben ist? Warum seid ihr nicht zusammen? Warum sitzt du hier allein, in dieser widerlichen Abstellkammer? Du machst dir Sorgen darüber, was passiert, wenn publik wird, dass deine Schwester in aller Seelenruhe im Westen lebt und nicht im Kampf ums Leben gekommen ist, wie du immer behauptet hast. Stimmt, das sieht ganz und gar nicht gut aus … Erzähl mir doch nichts, du hattest es ziemlich bequem in all diesen Jahren. Die heldenhaften Schwestern! Man hat sogar eine Straße nach deiner Schwester benannt! Und keiner hat mehr nach deiner bourgeoisen Herkunft gefragt. Aber jetzt wird es ihnen sicher wieder einfallen … Na ja, du kannst ihnen ja immer eine lange Nase drehen und die Seiten wechseln. ZU IHR! Gib zu, dass es dir im Kopf herumgeht … Niemals! Soso, niemals also … Dann könnte sie ja zu dir kommen. Aber warum, zum Teufel, sollte sie das tun? Damit ihr zusammen seid. Vergiss es! Es geht einfach nicht … Du hast so viele Jahre ohne sie gelebt, du wirst es auch in Zukunft können. Wichtig ist, dass niemand etwas davon erfährt. So, als hättet ihr einander nie getroffen. Du bist eine vernünftige

Frau, Major Grebenarova. Die Genossen vertrauen dir. Enttäusche sie nicht!

In diesem Moment war es, als würde etwas in ihr zerreißen. Sie schlug mit den Fäusten auf den Tisch und stieß hervor: »NEIN! NEIN! NEIN! Wir werden zusammen sein, komme, was da wolle. Es kann nicht sein, dass es keinen Ausweg gibt! Niemand hat das Recht, uns zu trennen. Weder Stalin noch Churchill! Auch keiner, der nach ihnen kommt …« Sie lauschte, ob die Stimme eine sarkastische Bemerkung machen würde, aber niemand wagte es mehr, sich zu Wort zu melden. Also gut, sagte sie sich, wir werden den Umständen entsprechend handeln. Wir sind keine kleinen Mädchen mehr. Wir wissen, wo die »Schwarzen Raben« überwintern.

Inhalt